Kathinka Engel

Finde mich. *Jetzt*

KATHINKA ENGEL

FINDE MICH.

Jetzt

ROMAN

PIPER

Mehr über unsere Autoren und Bücher:
www.piper.de

Wenn Ihnen dieser Roman gefallen hat, schreiben Sie uns unter Nennung des Titels »Finde mich. Jetzt« an *empfehlungen@piper.de*, und wir empfehlen Ihnen gerne vergleichbare Bücher.

FSC
www.fsc.org
MIX
Papier aus verantwortungsvollen Quellen
FSC® C083411

ISBN 978-3-492-06171-1
2. Auflage 2019

Dieses Werk wurde vermittelt durch die
Michael Meller Literary Agency GmbH, München.
Satz: Tobias Wantzen, Bremen
Gesetzt aus der Legacy Serif ITC
Druck und Bindung: CPI books GmbH, Leck
Printed in Germany

Tamsin

1 Heute ist ein Tag der Gegensätze. Ein Tag der letzten und der ersten Male, ein Tag der einsamen Traurigkeit und ein Tag der stillen Vorfreude. Ich habe zum letzten Mal den Briefkasten meiner Eltern geleert und zum ersten Mal meine neue Adresse auf Pakete geschrieben, die sehr zum Ärger des Postbeamten bis zum Rand mit Büchern und Schallplatten gefüllt waren. Ich habe auf der Beerdigung meines Großvaters zum letzten Mal von der wichtigsten Person in meinem Leben Abschied genommen und blicke gleichzeitig das erste Mal positiv und neugierig auf alles, was vor mir liegt.

Seit einer halben Stunde sitze ich nun endlich allein in meinem Kinderzimmer – in dieser rosa Hölle, in der nichts nach mir und alles nach meiner Mutter aussieht. Die letzten Beileidsbekundungen der Nachbarn konnte ich nicht mehr ertragen.

Sie streckten meinem Vater die Hand hin. »Mr Williams, Ihr Verlust tut uns leid.« Dann umarmten sie meine Mom. »Mrs Williams, wir fühlen mit Ihnen.« Niemand kam auf die Idee, mir sein Beileid auszusprechen, obwohl ich die einzige Person in diesem Haus bin, der er etwas bedeutet hat.

Aus der Küche dringt das Scheppern von Geschirr zu mir herauf. Meine Eltern sind also unten und werden mit Sicherheit nicht plötzlich hier hereinplatzen. Denn dass ich inmitten meiner Klamotten auf dem Boden sitze und Koffer packe, würde wohl definitiv zu Fragen führen. Die Fragen würden einen Streit auslösen, und dann müsste ich all meine Pläne begraben. Pläne, die mein Leben verändern sollen. Pläne, die ein aufgeregtes Kribbeln tief in meinem Innern verursachen.

Ich werde von hier weggehen. Heute Nacht, wenn alle schlafen, werde ich Rosedale den Rücken kehren und ein neues Leben beginnen – ein Leben als Studentin im beinahe dreitausend Meilen entfernten Pearley. Ich habe nur noch darauf gewartet, meinem Großvater ein letztes Mal Lebewohl zu sagen. Den Plan, zu gehen, hatte ich bereits in dem Moment gefasst, als er mich hier allein zurückließ. Denn nichts hält mich mehr in diesem provinziellen Nest. Absolut nichts.

Eine Packliste habe ich nicht. Vielleicht ist das waghalsig bei einem Umzug, aber die Dinge, die ich mitnehmen möchte, sind schnell gefunden. Alle Kleidungsstücke, die ich mir selbst ausgesucht habe, werfe ich in meinen Koffer. Was meine Mutter für mich gekauft hat, fliegt ohne jede Ordnung zurück in den Schrank. Ich bestimme, was ich in mein neues Leben mitnehme. Die Beerdigung meines Großvaters war die letzte Gelegenheit, bei der ich mir habe vorschreiben lassen, was ich anziehen soll.

Meine Vintagekleider aus dem Secondhandladen meines Vertrauens, die bestickten Hippieblusen vom Flohmarkt, die original 80er-Jahre-Jeans meiner Tante, die ich vor der Mülltonne gerettet habe – sie alle schaffen es in den Koffer. Nichts davon konnte ich je tragen, ohne dass meine Eltern die Nase rümpften. Mehr als einmal schickten sie mich sogar wieder in mein Zimmer, damit ich mir »etwas Anständiges« anzog.

Kurz überlege ich, was ich mit meiner Spitzenunterwäsche anstellen soll. Denn ich lasse nicht nur die strengen Regeln meiner Eltern in Rosedale zurück, sondern auch jede Ambition, mich jemals wieder auf eine Beziehung einzulassen. Andererseits brauche ich vielleicht Ersatz, wenn alles Bequeme in der Wäsche ist. Am Ende siegt die Faulheit und ich kippe einfach den gesamten Inhalt der Schublade in meinen Koffer.

Koste das Leben voll aus. Diesen Ratschlag meines Großvaters werde ich beherzigen. Ab jetzt. Ich habe heute zum letzten Mal das brave, folgsame Mädchen gespielt. Denn ich habe zum ersten Mal eine Entscheidung für mich allein getroffen. Ein Lächeln breitet sich auf meinem Gesicht aus, als mir bewusst wird, dass all das hier schon bald der Vergangenheit angehört.

Ich sehe es schon vor mir: wie ich mit Kommilitoninnen und Kommilitonen über Literatur diskutiere, in der Bibliothek arbeite, bis mein Kopf raucht. Ich will mit Sam auf wilde Studentenpartys gehen, neue Leute kennenlernen.

Sam ist mein bester Freund, meine bessere Hälfte. Und nach allem, was war, der einzige Mann, den ich noch in meine Nähe lasse, bis ich ungefähr achtzig bin. Wir waren lange Zeit Nachbarn, bis er fürs Studium nach Kalifornien zog. Inzwischen promoviert er in Pearley. Eigentlich wollte ich ihn darauf vorbereiten, dass sich meine Pläne geändert haben und ich nach Kalifornien komme. Doch zwischen meinen Vorbereitungen und der Beerdigung hatte ich noch keine Zeit, ihn anzurufen. Eine einfache Textnachricht erschien mir zu wenig. Ich will wenigstens seine Stimme hören, wenn er die aufregenden Neuigkeiten erfährt.

Mir vorzustellen, was mich erwartet, verstärkt das kribbelige Gefühl noch. Die Bilder in meinem Kopf machen den Aufbruch so richtig real. Ich wische meine feuchten Hände an einem Oberteil ab, das aussieht, als wäre es in den späten Neunzigern der letzte Schrei bei Sekretärinnen kurz vor der Pensionierung gewesen, und werfe es in den Schrank. Dann setze ich mich auf meinen Koffer, um den Reißverschluss zuzumachen. Hoffentlich platzen die Nähte nicht auf.

Mein Blick wandert durchs Zimmer. Nichts von all dem Kram, den ich zurücklasse, bedeutet mir etwas. Da sind die scheußlichen Nippesfigürchen in ihrer beleuchteten Vitrine, die meine Mutter mir jedes Jahr zum Geburtstag schenkt – natürlich viel zu wertvoll, als dass ich als Kind damit hätte spielen dürfen. Auf meiner Kommode stehen sinnlose Pokale, die von meinen vergangenen Erfolgen bei Buchstabier- und Vorlesewettbewerben zeugen. Das türkisfarbene Ungetüm von einem Ballkleid, das meine Mom mir zum Abschlussball aufgezwungen hat, hängt an der offenen Tür meines begehbaren Kleiderschranks. Ich kann mich beim besten Willen nicht daran erinnern, dass meine Mutter jemals meine Wünsche wahrgenommen, geschweige denn respektiert hätte. Mein Zimmer – ihre Deko. Mein Abschlussball – ihr Kleid. Meine Freunde – ihr Urteil.

Ich lege mich das letzte Mal in mein Bett. Die Kleider behalte ich an, damit ich bereit bin, wenn um vier Uhr mein Wecker klingelt. Meine etwas ramponierte Ausgabe von *Pu der Bär* liegt noch auf dem Nachttisch. Wie jeden Abend lese ich ein paar Seiten. Denn ich bin überzeugt, wenn man lesend einschläft, werden die Träume schöner. Mit dem Buch in der Hand und dem unangenehm süßlichen Weichspülergeruch meiner perfekt gebügelten Bettwäsche in der Nase schlafe ich langsam ein.

Beim ersten Klingeln des Weckers bin ich sofort hellwach. Ich weiß nicht, ob ich überhaupt richtig geschlafen habe. Mit einer App auf meinem Handy organisiere ich mir ein Uber. Die Adresse, die ich angebe, ist um die Ecke. Um jeden Preis muss ich verhindern, dass meine Eltern von einem laufenden Motor geweckt werden. Leise schleiche ich mich in mein Badezimmer, putze mir die Zähne und wasche mein Gesicht. Im Spiegel sehe ich irgendwie anders aus als noch vor ein paar Tagen. Irgendwie erwachsener. Als würde ich tatsächlich nicht mehr hierhergehören. Meine braunen Haare wellen sich über meine Schultern. Dazwischen schauen mich zwei etwas zu groß geratene braune Augen an. Ich lächle mir selbst zu, wie um mir zu sagen, dass das hier richtig ist. Und mein Spiegelbild lächelt das erste Mal seit Langem überzeugend zurück.

Ein Neuanfang. Danach sehe ich aus. Und ein Neuanfang soll es werden. Ohne meinen Großvater zwar, aber auch ohne ... Nein, ich verbiete mir jeden Gedanken an ihn. Und ohne meine Eltern, die mich am liebsten für immer hier in Rosedale halten würden und die mir keine Wahl gelassen haben, als sie sagten: »Du studierst in Rosedale oder gar nicht.« Doch jetzt lasse *ich* ihnen keine Wahl. Ich habe mir fest vorgenommen, ab jetzt mein Leben selbst zu leben. Mich nicht von ihren Ängsten und Bedenken der Welt gegenüber anstecken zu lassen.

Meine letzten Toilettenartikel fliegen zu *Pu der Bär* in den Rucksack. Es ist die erste große Reise, die dieses Buch unternimmt. Ich setze den Rucksack auf und hebe den Rollkoffer hoch. Um keinen Lärm zu machen, muss ich ihn tragen.

Beinahe lautlos gelange ich ins Erdgeschoss. Erst jetzt erlaube ich mir, auszuatmen. Mein Herz schlägt schnell. Ich stelle den Koffer ab, froh über die Pause, die ich meinen Armen gönnen kann. Dann gehe ich ins Wohnzimmer. Ich traue mich nicht, das Licht einzuschalten, und taste mich behutsam im Halbdunkel vorwärts. Meine Hände erfühlen den Designer-Glastisch, auf dem die Sukkulenten-Sammlung meiner Mutter steht.

Aus meiner Hosentasche ziehe ich einen etwas zerknitterten Brief und lehne ihn an einen der Blumentöpfe. Darin erkläre ich meinen Eltern, dass ich nach Pearley gehe, um mein eigenes Leben zu führen. Es ist vielleicht nicht gerade die feine englische Art, einfach zu verschwinden, aber nach den Erlebnissen der letzten Tage fühle ich mich nicht imstande, einen Kampf mit ihnen auszufechten. Und ein Kampf würde es werden. Es ist einfacher, sie vor vollendete Tatsachen zu stellen. Das wird es auch für sie leichter machen. Hoffe ich zumindest.

Gegenüber vom Glastisch steht das spießige Blumensofa, auf dem man nicht krümeln darf. Meine Finger gleiten über die Oberfläche. Ob mich bei diesem letzten Mal wohl noch ein wenig Nostalgie oder Wehmut überkommt? Zwei Schritte nach vorn und ich stoße beinahe an den schweren, dunklen Sekretär, für den meine Eltern auf einer Antiquitätenauktion ein Vermögen ausgegeben haben. Das Gesprächsthema Nummer eins bei jeder langweiligen Dinnerparty.

Zurück im Flur ertaste ich mit den Fingern die Garderobe. Im Schuhregal finde ich meine geliebten Chucks. Meinen Eltern waren sie immer ein Dorn im Auge. Ihrer Meinung nach laufen nur »fragwürdige Jugendliche« mit diesen Schuhen herum. Aber zum ersten Mal in meinem Leben kann mir völlig egal sein, was sie denken oder sagen. Ich schnappe mir meine Jacke von der Garderobe, da es Anfang September in Maine nachts recht kühl ist.

Als ich die Tür öffne, weht mir frische Nachtluft ins Gesicht. Ich atme einmal tief ein und hieve meinen Koffer über die Schwelle nach draußen. Ganz vorsichtig, Zentimeter für Zentimeter, ziehe ich die Tür hinter mir zu, bis sie mit einem leisen Klicken langsam ins Schloss gleitet. Geschafft!

Noch wage ich es nicht, meinen Koffer zu ziehen, und trage ihn stattdessen die Einfahrt hinunter. Als ich auf der Straße vor unserem Haus stehe, stelle ich den Koffer ab und blicke mich noch ein letztes Mal um. Ich forme mit meinen beiden Daumen und Zeigefingern ein Viereck und konzentriere mich auf den Anblick meines Elternhauses. Diesen Moment will ich in meinem geistigen Fotoalbum festhalten – meinen Abschied von Rosedale. Ich betätige den imaginären Auslöser meiner Kopfkamera. So hat es mir mein Großvater beigebracht, als ich noch klein war. Seine Worte kommen mir in den Sinn: *Auf diese Weise kannst du Momente, die nur für dich bestimmt sind, für immer festhalten.* Es ist das erste Bild in meinem neuen Album.

Ich mache mich auf den Weg die dunkle Straße entlang, die wie ausgestorben vor mir liegt. Außer meinen Schritten und dem leisen Keuchen, weil mein Koffer von Minute zu Minute schwerer wird, ist kein Geräusch zu hören. Als ich um die Ecke biege, sehe ich dort die Rücklichter meines Ubers.

Der Fahrer, ein etwas mürrisch dreinblickender älterer Herr mit Baseballkappe, hebt den Koffer ohne jede Anstrengung in den Kofferraum.

»Wo soll es denn hingehen?«, fragt er.

»Zum Flughafen bitte«, sage ich mit klopfendem Herzen zum ersten Mal in meinem Leben.

Rhys

2 »So, Mr Bolton«, sagt Powell, einer der Wärter, »dann hoffe ich für Sie und uns, dass wir Sie hier nicht mehr zu Gesicht bekommen.«

Es ist das erste Mal in meinem Leben, dass ich »Mr Bolton« genannt werde. Die letzten sechs Jahre war ich »Bolton« oder »52899«, Gefängnisinsasse des Pearley Juvenile Prison.

Powell händigt mir eine alte Plastiktüte aus. »Ihre Sachen«, sagt er. In der Tüte befinden sich eine Jeans und ein T-Shirt – die Klamotten, die ich anhatte, als sie mich mit fünfzehn hier eingesperrt haben. Schon damals war mir beides eigentlich zu klein. Was ich jetzt damit soll, weiß ich nicht, aber ich nehme die Tüte brav entgegen und quittiere den Empfang.

Powell eskortiert mich den langen Gang entlang, der neben diversen Hochsicherheitstüren und Schleusen den Trakt 2, in dem ich die letzten Jahre untergebracht war, vom Ausgang trennt. Metall- und Plastikröhren verlaufen an der Decke, und der gesamte Bau scheint zu summen.

Tief im Innern des seelenlosen Gebäudes betätigt jemand einen Knopf. Es ertönt ein dröhnendes Warnsignal – das Zeichen, dass die Tür jetzt entriegelt ist. Sie öffnet sich automatisch, und ich trete hindurch. In die Freiheit. Das erste Mal seit sechs verfluchten Jahren. Die Sonne blendet mich, und ich muss blinzeln. Ich stehe auf dem asphaltierten Vorplatz des PJP und habe das Gefühl, es sollte irgendetwas Großes passieren. Die Welt sollte mich, Rhys Bolton, willkommen heißen. Aber die Welt ist nicht mehr das, was sie war, als ich mich mit fünfzehn von ihr verabschiedet habe. Sie will mich nicht, und ich weiß nichts über sie. Wir sind einander völlig fremd.

Ich gehe einen Schritt und blicke dann noch einmal zurück. So richtig glauben kann ich es noch nicht. Aber tatsächlich, die Tür, durch die ich hinausgegangen bin, schließt sich in diesem Moment wieder – und ich stehe immer noch hier. Außerhalb der hohen Mauern, die jede Freude, jeden Traum ersticken. Draußen. Vermutlich sollte ich glücklich sein, mich verdammt noch mal federleicht fühlen. Aber ich fühle nichts. Ich merke nur, dass meine Jeans und der viel zu große Kapuzenpulli, die meine Sozialarbeiterin mir besorgt hat, zu warm sind für den kalifornischen Sommer. Aber in meine Sachen von damals, die ich als einzige Erinnerung an mein früheres Leben in der Hand halte, passe ich nun mal nicht mehr. Mit dem Jungen von damals habe ich nichts mehr zu tun. Innerlich wie äußerlich. Denn wenn man den Wichsern im PJP körperlich nichts entgegensetzen kann, wird man kaputt gemacht. Noch kaputter. Jetzt kann ich jedem Arschloch, das mir zu nahe kommt, den verdammten Schädel einschlagen.

Obwohl ich weiß, was meine nächsten Schritte sein sollten, stehe ich unschlüssig herum. Ich will mich nicht bei Amy melden. Das ist die Sozialarbeiterin mit dem »richtigen Riecher« für Kleidergrößen. Sie hat mir ein Zimmer in einer Wohngemeinschaft besorgt und einen Job in einem Café, das »Leuten wie mir« eine zweite Chance gibt. Sie hat mir die Adresse ihres Büros aufgeschrieben, dort soll ich mich melden, wenn ich »draußen bin«. Aber ich habe keine Lust. Nicht auf Amy, nicht auf das Zimmer, nicht auf den Job. Ich will hier stehen und mich irgendwann auflösen. Komplett verschwinden. Dieses Leben ist nicht für mich. Für irgendjemanden, sicher. Aber nicht für mich. Für mich ist es eigentlich schon vorbei.

Doch es gibt da eine Sache, die ich mir geschworen habe. Den einen Gedanken, der mich am Leben gehalten hat. Ein Bild steigt vor meinem inneren Auge auf. Es ist verschwommen, so lange ist es inzwischen her. Aber ich halte es fest, klammere mich daran. Und siehe da, meine Füße setzen sich in Bewegung. Vielleicht liegt es auch daran, dass die Sohlen meiner zu kleinen Schuhe sehr dünn sind und der heiße Asphalt sich langsam in meine Fußsohlen brennt. Aber ich habe immerhin dieses eine Ziel. Und um das zu erreichen, muss ich wissen, wo *er* sie versteckt. Dafür brauche ich eine Internetverbindung. Und dafür brauche ich eine Bude. Und ich brauche einen Laptop, wofür ich wiederum den Job brauche. Also brauche ich Amy.

Ich habe keinen mickrigen Cent für den Bus, der ohnehin nur einmal pro Stunde fährt, wie mir der Fahrplan verrät, auch wenn es schwer ist, etwas darauf zu erkennen, so vergilbt, wie er ist. Zu allem Überfluss hat jemand mit einem wasserfesten Filzstift seine hässlichen Initialen darüber verteilt.

Also werde ich zu Fuß gehen. Der Weg führt mich durch meine alte Nachbarschaft. Durch *unsere* alte Nachbarschaft. Ich überlege, ob ich einen Umweg gehen soll, um unser Haus nicht sehen zu müssen, um die Leere, die ich fühle, nicht bestätigt zu sehen. Denn sie sind nicht mehr da.

Die Neugierde siegt, und so mache ich mich auf den Weg an der heißen Straße entlang. Grillen zirpen laut in den Grasstreifen zu beiden Seiten. Es gibt keinen Fußweg, aber in dieser Gegend ist nicht viel Verkehr. Als ich die ersten Häuser erreiche, bin ich beinahe überrascht, wie abgefuckt es hier ist. In der Erinnerung habe ich meine Herkunft und mein trauriges Leben vermutlich verklärt. Die Fenster, sofern sie noch Scheiben haben, starren mich an wie schwarze Löcher. In den Vorgärten liegt Müll, der langsam von Unkraut überwuchert wird.

Ich biege in unsere Straße ein. Einige staubige Autos, die ihre beste Zeit längst hinter sich haben, parken am Straßenrand. Aus irgendeinem Haus dringt Kindergeschrei, das gleich darauf wieder verstummt. Probleme und Streitigkeiten werden in dieser Gegend ohne viele Worte gelöst.

Ich setze beinahe widerwillig einen Fuß vor den anderen, wage es kaum, den Blick zu heben. Das Haus, in dem ich meine Kindheit verbracht habe, ist nicht einmal hundert Meter von mir entfernt. Doch ich zwinge mich, weiterzugehen. Ich muss den Schmerz spüren. Ein letztes Mal.

Als ich direkt davor stehe, hebe ich den Blick. Es ist ein kleines, schäbiges Haus. Eine graue Fassade, von Rissen durchzogen. Eine morsche Holztreppe führt zur Eingangstür, in der ein kaputtes Fliegengitter hängt.

Offensichtlich wohnt jemand in dem Haus, denn ich erkenne neue Gardinen in den Fenstern. Ich starre hinauf zum ersten Stock. Dort oben war mein Zimmer. Das Zimmer, aus dem sie mich herausgerissen haben, mich, einen unschuldigen Fünfzehnjährigen. In mir verkrampft sich alles. Ich höre vergangenes Kinderlachen, das Klappern meiner Mom in der Küche. Und sein Brüllen. Sein Wüten.

Ich wende mich ab. Schnell setze ich meinen Weg fort. Dieser Ort ist für mich gestorben. Ich muss einen neuen finden, ein Zuhause für uns. Fernab von allem Bösen. Ich werde für uns stark sein. Stärker als jemals zuvor. Ich werde das hier hinkriegen. Das Leben, die Freiheit. Bei dem Gedanken wird mir übel und ich stütze mich auf der Motorhaube eines Autos ab, weil mir die Luft wegbleibt. Das rostige Metall ist heiß, und ich verbrenne mir beinahe die Finger.

Ich brauche Amys Hilfe.

Eine halbe Stunde später stehe ich vor einem heruntergewirtschafteten Gebäude, in dessen erstem Stock Amys Büro sein soll. Die Klingelanlage hängt an den Drähten aus der Wand und ich mache mir nicht die Mühe, sie auszuprobieren. Ich drücke die holzgerahmte Glastür auf, an deren Innenseite Flyer hängen. Entzugskliniken, Selbsthilfegruppen, Seelsorgetelefon, all so nutzloser Kram, den man erst braucht, wenn es schon längst zu spät ist. Aber hey, ruf uns an, dann wird alles wieder gut! Von wegen. Eher: Ruf uns an, damit wir unser schlechtes Gewissen beruhigen können.

Ich hoffe, Amy ist anders. Sie hat mich in den letzten Wochen ein paarmal besucht und wirkte okay. Nicht, dass es eine Rolle spielt, aber ich bin kein Mittel zum Zweck. Ich bin sicher nicht hier, um ihr Gewissen zu beruhigen, falls es das ist, was sie will.

Das Treppenhaus ist angenehm kühl nach meinem Fußmarsch durch diese Affenhitze. Ich wische mit dem Ärmel über meine Stirn und gehe die Stufen hoch. Auch hier hängen an der Wand Plakate für irgendwelche bescheuerten Programme. Jugendliche Straftäter, die in die Gesellschaft integriert werden sollen, Förderkurse – nichts für mich. Am Treppenabsatz angekommen zögere ich einen Moment. Was, wenn ich mich einfach nicht bei ihr melde? Was, wenn ich den Rest mit mir selbst ausmache, verschwinde und nicht mehr wiederkomme in dieses verfluchte Nest, das bis auf Elend und Verzweiflung nichts hervorbringt?

Aber natürlich trete ich ein. Ich bin es so gewohnt, keine Wahl zu haben, dass ich mich einfach füge. Wie armselig ich bin. Keine Ahnung von der Welt, kein Wille, kein Drive.

Amy sitzt an einem Schreibtisch voller Ordner und Unterlagen. Sie sieht auf und lächelt mich an.

»Hey, Rhys! Du bist schon da! Ich habe erst heute Nachmittag mit dir gerechnet«, ruft sie für meinen Geschmack etwas zu laut. Sie scheint begeisterter über meine Entlassung zu sein als ich.

»Hi«, sage ich kurz. Ich habe keine Lust auf Small Talk.

Sie lächelt freundlich. Ihre Schneidezähne stehen ein bisschen zu weit auseinander. Ihre blonden Haare hat sie zu einem unordentlichen Pferdeschwanz nach hinten gebunden. Sie wirkt locker. Genau das Gegenteil von mir. Ich weiß nicht, wohin mit mir, mit meinen Händen. Ich passe hier nicht hin. Amy steht auf und bedeutet mir, ihr zu folgen. Im Nebenraum steht eine Sitzgarnitur. Sie nimmt auf einem Sessel Platz, und ich lasse mich auf die Couch fallen.

»Na, dann schauen wir mal, was wir mit dir machen. Hast du für den Anfang schon irgendwelche Fragen? Dass ich eine Unterkunft und einen Job für dich organisiert habe, weißt du ja schon.«

»Nee, passt.« Ich habe wirklich keine Lust auf ein Gespräch. Es ist mir viel zu viel: die Räumlichkeiten, Amy, einfach alles.

»Okay, du weißt, dass du immer herkommen kannst, wenn etwas ist. Ich würde gerne – wenn du erlaubst – in der ersten Zeit ab und zu bei der Arbeit oder auch bei dir zu Hause vorbeikommen. Nur um sicherzugehen, dass es dir gut geht.«

»Mhm.« Das klingt ja fantastisch. Verdammte Freiheit, dafür Überwachung, oder was?

»Sehr schön. Danke für dein Vertrauen, das weiß ich zu schätzen. Ist ja nicht selbstverständlich.« Sie schlägt die Beine übereinander, greift nach einem Ordner und reicht mir daraus ein paar Blätter.

»Hier ist deine Adresse. Du wirst erst mal noch allein in der Wohnung wohnen. Allerdings ist nur eines der Zimmer für dich. Das andere wird bald vergeben. Leider wurde der Junge, mit dem du eigentlich dort hättest wohnen sollen, rückfällig. So was ist immer schwer.« Die letzten Worte sagt sie etwas leiser. Als würde es sie wirklich interessieren, was mit uns armen Schweinen passiert. »Das Café, in dem du arbeiten kannst, ist Teil eines Resozialisierungsprogramms. Dein Chef ist einer von den Guten. Ein echt netter Kerl, dem soziale Projekte in Pearley am Herzen liegen. Die meisten deiner Kollegen sind allerdings Studenten. Nicht jeder ist leicht vermittelbar.«

Ich schnaube. *Leicht vermittelbar,* wie das klingt. Als wäre ich ein beschissener Straßenköter. Ich brauche keine Gefallen. Ich komme schon klar. Aber das sage ich nicht. Ich halte einfach meine Klappe.

Sie lächelt wieder und fährt fort: »Also, da du schon so früh da bist, würde ich vorschlagen, dass ich dich erst mal nach Hause bringe.« *Nach Hause.* Sie sagt tatsächlich *nach Hause.* Ich weiß nicht mal, was das bedeuten soll. »Hast du irgendwelche Sachen?«

Ich deute auf die Plastiktüte. Mehr habe ich nicht – hatte ich vor sechs Jahren auch nicht. Woher denn auch? Er hat mir alles weggenommen. *Er.* Da ist er schon wieder. Immer wieder stiehlt er sich in meine Gedanken. Und mit ihm ein anderes Gesicht. Ein schönes, freundliches. Doch ich vertreibe es aus meinen Gedanken. Noch ist nicht die Zeit. Ich gebe mir einen Ruck. »Sonst habe ich nichts. Nur die Klamotten, die du mir mitgebracht hast. Danke übrigens.« Die letzten Worte nuschele ich in mich hinein.

»Kein Problem. Ich habe mich wohl bei der Größe vertan. Allerdings muss man zu meiner Verteidigung sagen, dass ich nicht gerade viel Auswahl habe. Die Spenden, die wir bekommen, passen in den seltensten Fällen. Der Vorbesitzer deines Sweatshirts war anscheinend deutlich dicker als du.« Sie lächelt wieder, und ich tue ihr den Gefallen und lächle auch. Es fühlt sich komisch an. Verzerrt. Also lasse ich die Mundwinkel wieder sinken. »Wenn du magst, kannst du mal im Lager schauen, ob dich etwas anlacht.«

»Okay«, sage ich. Denn schaden kann es nicht, ein bisschen Auswahl zu haben. Bis ich meinen Plan in die Tat umsetzen kann, werden sicher einige Monate vergehen. Ich weiß ja nicht einmal, wo ich anfangen soll, zu suchen. So lange kann ich schlecht in diesem hässlichen Sack herumlaufen.

Amy steht auf, und ich folge ihr. Sie geht aus dem Büro und sperrt eine Tür auf dem gleichen Stockwerk auf. Dahinter verbirgt sich offensichtlich eine Art überdimensionale Rumpelkammer. Es riecht leicht muffig. Sie knipst das Licht an und weist auf einige Kleiderstangen. »Hier, die kannst du gerne durchschauen. Ich gehe mal auf eine Zigarette raus – ja, ich weiß, ich sollte nicht rauchen«, schiebt sie hinterher und blickt beschämt zu Boden.

Ich zucke nur mit den Schultern. Ist mir doch egal.

»Komm einfach runter, wenn du fertig bist. Dann gehen wir zusammen rüber. Hier sind Müllsäcke, stopf einfach alles rein, was dir gefällt.« Damit dreht sie sich um und geht.

Ich bin froh, allein zu sein. Es ist brutal anstrengend, die ganze Zeit vollgequatscht zu werden. Ich gehe auf die Kleiderstangen zu. Nach einigem Durchforsten habe ich ein paar Jeans gefunden, die aussehen, als könnten sie passen, und vier T-Shirts. Ein Paar ausgelatschte Sneakers in meiner Größe steht auch herum. Die zu kleinen Schuhe und die Tüte mit meinen Sachen lasse ich da. Den Rest stopfe ich in einen Müllsack, knipse das Licht aus und mache mich auf die Suche nach Amy. Obwohl sie mir herzlich egal ist, und ich für sie nur ein Job bin, ist sie doch der einzige Fixpunkt, den ich im Moment habe. Sie steht vor dem Gebäude und raucht. Als sie mich sieht, lächelt sie wieder und hält mir ihre Schachtel Zigaretten hin. Ich nehme eine. Sie gibt mir Feuer, und ich inhaliere tief.

»Danke«, sage ich und meine es wirklich ernst. Diese Zigarette tut unglaublich gut und lässt mein Leben weniger fremd wirken. Ein Stück Normalität in der Fremde. Ich lehne mich gegen die Wand und schließe die Augen.

»Das ist sicher alles viel für dich«, sagt Amy. Ist sie eigentlich nie still? »Aber ich bin da, in Ordnung?« Sie zeigt auf meinen Müllsack. »Schön, dass du was gefunden hast. Bald kannst du dir von deinem Lohn auch was Neues kaufen. Aber für den Anfang ist es besser als nichts.«

Ich nicke. »Ja, passt schon.« Allerdings bezweifle ich,

dass ich mir sonderlich viel von meinem Lohn werde kaufen können. Er reicht gerade einmal für die Miete und Lebensmittel. Ich nehme noch einen tiefen Zug.

»Sollen wir dann?«, fragt Amy. Sie kann es anscheinend kaum erwarten.

»Klar«, erwidere ich. Und gemeinsam machen wir uns auf den Weg.

In der Nachbarschaft, in der sich meine Wohnung befindet, sind die meisten Häuser abgerissen worden. Meine Wohnung ist in einem Wohnhaus, das früher mal links und rechts von weiteren Häusern flankiert wurde, jetzt aber frei steht. Der Putz bröckelt.

Im ersten Stock schließt Amy eine Tür auf und gibt mir gleich den Schlüssel. Drinnen riecht es seltsam fremd. Mein Zimmer ist klein und miefig. Ein Einzelbett steht darin, eine Kommode, ein Tisch mit einem wacklig aussehenden Stuhl. Die Wände sind kahl. Ich komme jedoch kaum dazu, mich in der abgefuckten Bude umzusehen. Denn Amy schlägt vor, gleich noch zu *Mal's Café* zu gehen. Dann könne ich mich schon mal vorstellen und mit allem vertraut machen. Sie verschwendet wirklich keine Zeit. Ich hätte mich lieber auf mein Bett gelegt und eine Woche lang geschlafen, so müde bin ich. Aber wie heißt es so schön: Zeit ist Geld. Und Geld ist der Anfang von allem, was ich vorhabe.

Im Café werde ich als Erstes Malcolm vorgestellt. Er ist der Besitzer und freut sich offensichtlich, Amy zu sehen – und auch mich. Nach den üblichen Floskeln einer Begrüßung klopft er mir auf die Schulter. Ich zucke zusammen. Ich will nicht angefasst werden, schon gar nicht von einem alten Kerl, den ich gerade mal zwei verdammte Minuten kenne.

»Rhys wird sich hier bestimmt gut machen«, versichert Amy. »Oder, Rhys?«

»Mhm«, murmele ich. Ich weiß nicht, was ich sonst sagen soll.

Wir gehen gemeinsam in die Küche, deren Zugang sich hinter dem Tresen befindet. Dort ist es unerträglich heiß.

»Hey, Mann«, ruft ein gut gelaunter Südamerikaner, der auf den Edelstahloberflächen Gemüse schnippelt. Er will mit mir abklatschen. »Ich bin Ernesto, aber alle nennen mich ›Che‹.«

»Hey«, erwidere ich und tue ihm den Gefallen eines High Five. »Rhys.«

»Freut mich! Endlich mal wieder ein richtiger Kerl – wenn man Ollie nicht zählt.« Er senkt verschwörerisch die Stimme. »Ollie ist lesbisch.«

Für diesen Kommentar boxt Malcolm ihn sanft in die Schulter. Anscheinend tatscht er einfach gern. Beide lachen laut. Ich versuche es noch mal mit einem bescheuerten Lächeln, aber es wirkt wieder so fremd, dass ich beschließe, es ab jetzt bleiben zu lassen.

Wir lassen Che in der Küche allein, und Malcolm beginnt, mir alles zu erklären. Kaffeemaschine, Kaffee, Milch, Becher, Deckel. Tassen für die Kunden, die sich an einem unserer Tische niederlassen wollen. Eimer und Lappen, um die Tische zu wischen. Muffins, Brownies, Donuts. Er drückt mir eine Schürze in die Hand und sagt: »Du teilst dir die Schichten mit Ollie und Liz, die immer kommt, wenn Not am Mann ist. Heute haben sich beide krankgemeldet, deswegen bin ich hier alleine. Traust du dir zu, schon einzuspringen?«

»Äh«, stottere ich, denn damit habe ich nicht gerechnet. Ich möchte einfach nur meine Ruhe haben.

»Ich weiß nicht, ob das eine so gute Idee ist«, sagt Amy. »Rhys ist noch gar nicht richtig angekommen.«

»Oh, ach so, entschuldige, Rhys. Das ist kein Problem. Dann fängst du ganz normal deine erste Schicht übermorgen bei uns an. Hier ist der Schichtplan.« Mit diesen Worten gibt er mir einen Ausdruck. »Amy, kann ich dich noch kurz unter vier Augen sprechen?«

»Klar, für dich hab ich immer Zeit«, sagt Amy lächelnd.

Zu zweit gehen sie durch einen Vorhang ins Hinterzimmer. Endlich habe ich kurz Zeit, mich umzusehen. Das Café sieht normal aus, aber was weiß ich schon. Es ist ja nicht so, als sei ich in letzter Zeit in vielen Cafés gewesen. Das Holz der Tische gefällt mir. An der Wand hängen Bilder. Auf einem Schild lese ich, dass sie von lokalen Künstlern gemalt wurden. Ich widme mich der Kaffeemaschine.

Tamsin

3 Eingerahmt von meinem Gepäck warte ich vor meinem mit Graffitis verzierten Wohnhaus auf die Maklerin, die mir den Schlüssel vorbeibringen wollte. Mich beschleicht ein leicht mulmiges Gefühl, das ich aber sofort ignoriere. Ja, vielleicht habe ich unbesehen vor ein paar Tagen über eine Website eine Wohnung angemietet. Vielleicht war es die erstbeste, die ich finden konnte. Und ja, vielleicht ist das im Nachhinein betrachtet etwas leichtsinnig gewesen. Aber fangen nicht alle guten Abenteuer mit Leichtsinn an? Ich bin eine Viertelstunde zu früh und beschließe, meine Eltern anzurufen. Inzwischen müssten sie meinen Brief gefunden haben.

Als das Freizeichen ertönt, bin ich nervös. Ich sehe meine Eltern vor meinem inneren Auge. Entsetzt über ihre Tochter; schockiert darüber, dass ich sie übergangen habe. Ich lasse es lange läuten und will schon auflegen, als ich höre, wie jemand abhebt.

»Hallo, hier ist Tamsin«, sage ich. »Ich wollte sagen, dass ich gut angekommen bin.«

Am anderen Ende herrscht eisiges Schweigen. Gut, das war vermutlich zu erwarten. Auf einmal kommt mir mein Plan, einfach zu verschwinden, ziemlich blöd vor. Andererseits haben meine Eltern mir unmissverständlich klargemacht, dass sie alles daransetzen würden, mich in Rosedale zu halten.

»Dass du uns das antust«, flüstert meine Mom plötzlich am anderen Ende der Leitung. »Das ist unverzeihlich.«

»Es tut mir leid, Mom«, sage ich. »Ich musste das tun. Für mich. Ihr habt mir keine Wahl gelassen. Du weißt ganz genau, dass ihr mich nicht hättet gehen lassen.«

»Selbstverständlich nicht!« Sie spricht jetzt lauter, was anscheinend meinen Dad alarmiert. Aus dem Hintergrund höre ich ihn brüllen.

»Du telefonierst doch nicht etwa mit ihr? Leg sofort auf, Francine. LEG AUF, HABE ICH GESAGT.«

»Ich muss Schluss machen«, sagt meine Mom und weg ist sie.

Ich schlucke schwer. Ich weiß, dass ich meine Eltern verletzt habe. Und ich habe es sicher nicht leichten Herzens getan. Aber meine Mom hat mir soeben noch mal bestätigt, dass sie mich nicht hätten gehen lassen. Es war meine einzige Chance.

Ich lächle bemüht breit, als ich mich von der Maklerin verabschiede und endlich die Tür meiner eigenen Wohnung hinter ihr schließe. Obwohl, Wohnung ist vielleicht etwas zu viel gesagt, aber es sind eigene vier Wände. Ich schließe die Augen und atme tief ein. Dann drehe ich mich um und laufe aus dem winzigen Flur am Badezimmer vorbei in *mein Zimmer*.

Ein Moment für meine Kopfkamera. Mein neues Zuhause. »Klick«, mache ich, als ich ein imaginäres Bild von meiner Umgebung schieße.

Ich liebe es hier. Ich liebe die Tapete, die halb heruntergerissen ist und in den Fünfzigern sicher mal der letzte Schrei war. Ich liebe den feuchten Fleck in der einen Ecke über dem beigefarbenen, abgewetzten Samtsessel. Er erinnert mich an Wasserfarben, und das ist gut, denn ich will nicht wissen, woher er wirklich stammt. Ich liebe den Blick aus meinen halb blinden Fenstern. Aus dem einen schaue ich auf die Straße, die links und rechts von parkenden Autos gesäumt ist. Auf der Straßenseite gegenüber ist ein Café, das mir vorhin schon aufgefallen ist. Und direkt neben meinem Wohnhaus bietet ein weiteres Fenster den Blick auf die ungefähr zwei Meter entfernte Hauswand eines leer stehenden Bürokomplexes, in dem sich bestimmt mal die Träume vieler Menschen erfüllen sollten. Start-ups und Kreativbüros. Was würde ich in einem eigenen Büro machen? Sofort fange ich an zu träumen. Meine eigene Literaturagentur. Oder ein Literaturmagazin. Oder … Ich lasse mich auf mein Bett fallen. Autsch! Meine Matratze ist eine Zumutung. Eine Feder bohrt sich in meinen Rücken, und ich beschließe, dass eine neue Matratze die erste Anschaffung werden muss. In meinem Kopf fange ich eine Liste an. Neben der Matratze brauche ich ein Regal für meine Bücher, einen Duschvorhang, einen zweiten Stuhl. Mir fällt sicher bald noch mehr ein, aber im Moment bin ich so zufrieden, dass ich nicht darüber nachdenken will, was mir fehlt. *Koste das Leben voll aus,* sage ich mir.

Ich habe es geschafft. Ich bin wirklich gegangen. Von Maine nach Kalifornien. Ich habe mich getraut. Und es war ganz leicht. Ich fühle mich so frei, beinahe, als würde ich schweben.

Wäre da nicht das nervtötende Vibrieren meines Handys, das mir gerade die ungefähr hundertste Nachricht in einer Woche ankündigt. »Wo bist du?«, »Melde dich!«, »Lass es mich erklären«, »Gib mir noch eine Chance«. Ich will es ignorieren, will mir diesen Moment nicht kaputt machen lassen. Männerfreie Zone. Das ist es, was diese Wohnung sein soll.

Nachdem ich mein neues Zuhause noch mal genau inspiziert habe, mache ich mich daran, meine Sachen auszupacken. Meine Klamotten hänge ich an die Kleiderstange, die neben dem Bett steht. Den Rest sortiere ich in die kleine Kommode unter einem der Fenster. *Pu der Bär* lege ich auf den Nachttisch. Das Buch sieht aus, als würde es genau hier hingehören. Meine Toilettenartikel räume ich ins Bad. Ich blicke in den Spiegel und mir fällt auf, dass auch ich so aussehe, als würde *ich* hier hingehören. Als Letztes stelle ich noch zwei Bilderrahmen auf. Eines der Bilder zeigt mich mit meinem Großvater.

Mit dem Daumen streiche ich über sein Gesicht. Ich bin diesem fantastischen Mann so unendlich dankbar für alles, was er für mich getan hat. Bei ihm habe ich gelernt, ich selbst zu sein, auch wenn ich dieses *Selbst* meistens für mich behalten musste. Auch dass ich hier in Pearley bin, verdanke ich vor allem ihm. Denn kurz nach seinem Tod bekam ich einen Anruf von einem »Mr Porter von Porter, Beck und Sealsfield«, einer Anwaltskanzlei in Rosedale. Dieser eröffnete mir, mein Großvater habe mir sechzigtausend Dollar vererbt. Ich fiel fast vom Stuhl – und hatte in diesem Moment die Entscheidung getroffen. Eine Entscheidung für das Leben, gegen die Spießerhölle von Rosedale und mein Elternhaus, in dem ich mich nie wirklich frei gefühlt habe.

Das zweite Foto zeigt mich mit Sam, als wir noch Kinder waren. Die Aufnahme wurde kurz nach dem Einzug seiner Familie ins Nachbarhaus aufgenommen. Man sieht, wie ich ihn als Sechsjährige anhimmle, während er offensichtlich genervt ist. Ich liebe dieses Bild. Vor allem, weil die Freundschaft, die aus meiner Grundschulschwärmerei wurde, trotz des Altersunterschieds so lange gehalten hat. Und jetzt sind wir wieder in der gleichen Stadt! Der Gedanke an Sam zaubert mir ein Lächeln aufs Gesicht.

Allerdings weiß er ja noch gar nicht, dass ich in einer Nacht-und-Nebel-Aktion meine Sachen gepackt habe und nach Pearley gezogen bin. Meine emotionale Aufgewühltheit und der allgemeine Trubel zu Hause ließen keine Zeit für Telefonate, bei denen ich die Zeitverschiebung hätte berücksichtigen müssen. Ich nehme mein Handy und wähle seine Nummer. Nach dem zweiten Klingeln meldet er sich.

»Tamsin!«, sagt er überschwänglich.

»Sam!« Ich imitiere seine Begeisterung.

»Das ist eine Überraschung. Was gibt's?«

Ja, was gibt es? Das ist eine seltsam banale Frage, gemessen an der Antwort, die er gleich hören wird.

»Ich bin in Pearley«, sage ich lächelnd. Mein Herz schlägt schnell. Ich hoffe, er freut sich.

»Was? Warum hast du nicht gesagt, dass du mich besuchen kommst? Ich bin bis Sonntag gar nicht da!«

»Ich bin nicht zu Besuch. Ich bin hergezogen. Fürs Studium«, korrigiere ich ihn.

»Wie bitte?« Er gluckst. »Wann hast du dich denn dazu entschieden?«

»Erzähle ich dir, wenn wir uns sehen. Ist eine längere Geschichte. Erinnerst du dich, als wir vor ein paar Monaten aus Spaß zusammen meine Bewerbung umformuliert haben, um sie auch an die Pearley University zu schicken?«

»Natürlich erinnere ich mich daran«, sagt Sam. »Das war der Abend, an dem dein Dad unser Skype-Gespräch gecrasht hat, weil du beim Abendessen irgendeinen respektlosen Witz über die Republikaner gemacht hast.«

»Genau. Du hast gesagt, du würdest mit mir auf Studentenpartys gehen und durch Cafés und Bars tingeln. Ich weiß, das war damals ein Witz, aber wenn das Angebot noch steht, würde ich es gern in Anspruch nehmen.«

»Aber selbstverständlich steht das Angebot noch!« Er klingt immer noch leicht ungläubig. Aber nicht unglücklich. Ich kann aus seiner Stimme ein Grinsen heraushören. »Du bist echt irre, Tamsin. Ich bin die ganze Woche auf einer Summerschool, aber Sonntagabend können wir uns treffen. Soll ich uns einen Tisch bei meinem Lieblingsitaliener reservieren?«

»Sehr gern.«

»Perfekt. Dann haben wir ein Date.«

Haben wir natürlich nicht. Sam hat mit allen möglichen Studentinnen Dates, aber sicher nicht mit mir.

Es ist unglaublich. Ich werde am gleichen Institut studieren, an dem Sam promoviert. Ein paar allgemeine Kurse muss ich natürlich auch besuchen, ehe ich mich vollständig auf die Literatur konzentrieren kann, aber auch darauf freue ich mich. Die Schule hat mir nie gereicht. Ich war immer neugierig, noch mehr zu lernen – außer Trigonometrie. Ich wollte die Zusammenhänge der Welt verstehen und nicht nur an der Oberfläche entlangkratzen. Diese Möglichkeit bekomme ich jetzt an der Pearley University und kann es kaum erwarten, dass das Herbst-Trimester endlich beginnt.

Ich sehe mich schon die Bücher in meinem Sessel lesen, in der Bibliothek arbeiten – oder im Café. Wie eine richtige Studentin. Der Gedanke weckt in mir sofort die Entdeckerlust. Das Café gegenüber wäre vielleicht ein Ort, an dem es sich gut arbeiten und lesen ließe. Ich beschließe, es mir aus der Nähe anzusehen und gleich den Kaffee auszuprobieren.

In meiner Hosentasche rascheln ein paar kleine Dollarscheine. Es gibt Leute, die würden mich jetzt sicher schelten, dass ich schlampig mit meinem Geld umgehe. Dass es Geldbeutel gibt. Aber diese Leute gehören der Vergangenheit an, und ich finde es sehr praktisch, nicht erst mein Portemonnaie suchen zu müssen.

Aus einigen der Wohnungen, an denen ich im Treppenhaus vorbeikomme, dringen Geräusche. In der Wohnung direkt unter meiner läuft der Fernseher. Noch ein Stockwerk weiter unten höre ich eine Frau telefonieren. In einer anderen Wohnung wird offensichtlich gerade heftig gestritten. Auch wenn ich nicht glaube, dass meine Gegend wirklich gefährlich ist - zumindest hat die Maklerin mir versichert, dass ich hier gut aufgehoben sei -, so zieht der günstige Mietpreis sicher nicht nur Studenten wie mich an.

Draußen brennt die Sonne auf den Asphalt herunter. Anfang September ist in Kalifornien im Gegensatz zu Maine noch richtig Sommer. Von der anderen Straßenseite aus wirkt *Mal's Café* sehr gemütlich. Links neben der Eingangstür ist ein großes Schaufenster, durch das ich in den Laden blicken kann. Drinnen stehen bunt zusammengewürfelte Holztische und -stühle. Ich laufe über die Straße, und als ich die Tür öffne, erklingt eine Glocke, die mich ankündigt. Ich trete ein und atme den betörenden Geruch von frisch gebrühtem Kaffee. An den Wänden hängen Bilder von verschiedenen Künstlern, die zum Verkauf angeboten werden. Es ist ein bunter Mix aus abstrakter

Kunst und Landschaftsmalereien. Ja, hier lässt es sich aushalten.

Auf dem Tresen stehen große Gläser mit Cookies neben einer altmodischen Kasse. Dahinter dreht sich der Barista langsam um und sieht mich mit einem seltsamen Blick an. Sein Gesichtsausdruck ist eine Mischung aus Verwirrung und Panik. Wo bin ich denn hier gelandet?

»Hi«, sage ich, aber er nickt nur knapp. »Ich bin gerade gegenüber eingezogen«, erkläre ich ihm. Manchmal lockern solche Informationen merkwürdige Situationen auf. »Ich bin auf der Suche nach meinem neuen Stammcafé.«

Er sieht mich an, als hätte er keine Ahnung, was ich von ihm will. Ist das Konzept »Café« in Kalifornien ein anderes? Macht man hier keinen Small Talk?

»Aaaaalso«, sage ich gedehnt und studiere die Tafel über der silbern glänzenden Kaffeemaschine, auf der die verschiedensten Kaffeespezialitäten angeboten werden. »Ich glaube, ich nehme …« Vor lauter Frappuccinos und Lattes in verschiedenen Geschmacksvarianten bin ich etwas überfordert. »Ich glaube, ich nehme einfach einen schwarzen Kaffee.«

Ich lächle ihn breit an, aber sein Gesicht bleibt starr. Er glotzt mich einfach nur dämlich aus seinen eisblauen Augen an.

»Ich, also, hm«, macht er und räuspert sich. »Ich arbeite eigentlich noch gar nicht hier.« Er blickt zu Boden.

»Oh, ach so, entschuldige. Dann sind wir also beide neu hier«, sage ich und lache. »Ich bin Tamsin. Komischer Name, ich weiß.«

Langsam fühle ich mich ein bisschen dämlich. Der Typ fängt an, mir Angst zu machen, auch wenn er ziemlich gut aussieht. Ich habe den Männern zwar abgeschworen, aber auch ich bin nicht immun gegen ein derart markantes Gesicht. Soll ich noch einen Versuch unternehmen? Ich räuspere mich.

»Ich kann auch warten, kein Problem«, sage ich, um die Situation zu entschärfen. Was ist das nur für ein seltsamer Kerl, dass er nicht reagiert? Auch wenn er neu ist, ist das noch lange kein Grund, so ungehobelt zu sein. Entweder ist er dumm oder einfach nur extrem unhöflich.

»Mein Chef kommt gleich und macht dir deinen Kaffee«, bequemt sich der seltsame Kerl dann doch noch zu sagen.

Und tatsächlich, in diesem Moment wird der Vorhang zur Seite geschoben und eine sehr hübsche junge Frau und ein älterer Mann treten heraus.

»Ah, guten Tag«, begrüßt mich der ältere Mann. »Kann ich Ihnen helfen?«

»Ja, ich hätte gern einen schwarzen Kaffee.« Ich kann nicht glauben, dass ich doch noch zu meinem Heißgetränk kommen werde.

Während ich warte, beobachte ich aus dem Augenwinkel die blonde Frau und Mr Unhöflich. Sie sagt seltsame Sachen zu ihm. Alles kann ich nicht verstehen, weil sie sich Mühe gibt, leise zu sprechen, aber ich höre ein paar Fetzen heraus.

»... nicht so schlecht für deinen ersten Tag ... wird leichter ... bin für dich da.«

Ich wüsste zu gern, um was es geht, aber ich möchte nicht lauschen. Also nehme ich den Kaffeebecher entgegen, zahle und laufe Richtung Tür. Die beiden blockieren mir leider den Weg, und eine Entschuldigung murmelnd dränge ich mich zwischen ihnen durch. Ich streife den ungehobelten Kerl mit dem Arm, und er macht einen

Satz nach hinten, als hätte ich eine ansteckende Krankheit. So etwas ist mir wirklich noch nie passiert!

Auf der Straße drehe ich mich noch einmal um und schüttle kaum merklich den Kopf. Ob es wohl noch ein anderes Café in der Nähe gibt, in dem mein Traum von der kaffeesüchtigen Literaturstudentin wahr werden kann?

Am nächsten Tag kommen meine Bücherkisten. Ich bin froh, dass ich den höheren Preis für den Express-Versand in Kauf genommen habe, denn in der Fremde ist es schön, bekannte Dinge um mich herum zu haben. Als ich die Boxen öffne, entweicht ihnen ein zauberhafter Duft nach der Bibliothek meines Großvaters, nach Geborgenheit und Glücksmomenten zwischen Staub und vergilbten Seiten. Sofort steigen vor meinem inneren Auge Bilder seiner Wohnung auf. Ich wünschte, er könnte sehen, wie schön ich es hier habe! Schließlich war er die letzten neunzehn Jahre mein Verbündeter, mein Seelenverwandter. Der Einzige, bei dem ich mich verstanden und aufgehoben gefühlt habe.

Er war es, der mir mit fünf Jahren beibrachte, zu lesen. Der mir zeigte, dass ich in Büchern die Freiheit finde, nach der ich mich auf den Schutzbezügen unserer Sofagarnitur und in der geistigen Enge Rosedales immer gesehnt habe.

Kein Wunder also, dass meine Eltern mir die Besuche bei meinem Großvater verbieten wollten. Doch so folgsam ich ansonsten sein musste, diese eine Regel brach ich wieder und wieder. Keine Bestrafung der Welt konnte mich von seinen großen, dunklen Holzregalen fernhalten, die bis oben hin vollgestopft waren mit wunderschönen Klassikerausgaben. Beinahe jeden Nachmittag verbrachte ich in den unmöglichsten Sitzpositionen auf seinem gemütlichen ledernen Lesesessel – völlig versunken in fremde Welten.

Die Wohnung meines Großvaters war für mich der einzige Ort in ganz Rosedale, an dem ich das Gefühl hatte, ich selbst sein zu können. Hier musste ich nicht aufrecht sitzen, die Hände auf dem Tisch, Schultern zurück und Brust raus.

Ich schüttle das Gefühl der Enge, das mich überkommt, wenn ich an mein Elternhaus denke, von mir ab und widme mich wieder meinen Boxen.

Auf der Straße vor dem Café habe ich alte Obstkisten gefunden und sie an meiner Wand gestapelt. Ich hole ein Buch nach dem anderen aus den Kartons. Jedes einzelne behandle ich wie einen kostbaren Schatz. Mithilfe der Bücher stehen die Obstkisten sogar ziemlich stabil. Jetzt ist es richtig wohnlich. Ich finde, Bücher verleihen jedem Raum etwas Gemütliches und Lebendiges. Nicht nur sind die Buchrücken farbenfroh, man lernt auch noch viel über den Bewohner eines Zimmers. Ich war mal mit einem Jungen aus, in dessen Regal nur vier Bücher standen. Jedes hatte Ernährungs- und Fitnesstipps zum Inhalt. Mir war schnell klar, dass das mit uns nichts werden würde. Bei einer gewissen anderen Person war das anders. Er hatte viele Interessen, Pläne, Ziele. Wie kann man sich nur so in einem Menschen täuschen? Aber egal. Jetzt geht es nicht mehr um ihn. Jetzt geht es um mich!

Wie aufs Stichwort vibriert mein Handy.

Du kannst mich nicht ewig ignorieren.

Oh, doch. Das kann ich.

Meine Schallplatten lehne ich neben mein improvisiertes Regal. Mein Vater machte sich ständig lustig über meine Sammlung. Der Klang sei nicht gut genug, Vinyl zu empfindlich. Aber ich liebe den kratzigen Sound und das Gefühl, dass Musik etwas Zerbrechliches und Kostbares ist. The Velvet Underground, The Smiths, Nico, Talking Heads, The Clash. Über jedes Plattencover streiche ich einmal mit dem Finger, um sie willkommen zu heißen. Jetzt brauche ich noch einen Plattenspieler. Denn der, den ich zu Hause hatte, hätte die Reise nicht überlebt.

Ich mache mir eine Liste von den Dingen, die ich in den kommenden Tagen, bevor die Uni losgeht, noch erledigen muss.

Auf meine Liste schreibe ich:

› Immatrikulation bestätigen
› Online-Anmeldung für Unikurse
› neue Matratze kaufen
› Plattenspieler besorgen
› Mom und Dad besänftigen
› die Umgebung erkunden und hoffentlich ein neues Café finden

Damit habe ich einen Plan und es bleibt trotzdem noch genug Luft, um Sam zu treffen, zu lesen, den Campus kennenzulernen und die letzten freien Tage zu genießen. Ist das Leben nicht schön!

Rhys

4 Die nächste Zeit verbringe ich wie in einem Delirium. Ich schlafe viel, genieße die Stille um mich herum. Niemand schnarcht, ich werde nicht durch dieses scheußlich grelle Licht frühmorgens geweckt. Ich dusche lange und kann gar nicht fassen, dass ich dabei alleine bin. Manchmal habe ich den Eindruck, ich würde laute Männerstimmen vernehmen, aber das bilde ich mir nur ein. Ich nehme das erste Mal seit sehr langer Zeit meinen eigenen Körper wahr. Meine Hände verteilen die Seife auf meiner Brust und fühlen die Muskeln unter der Haut. Ich spanne sie an. Im Gefängnis bedeuteten sie Schutz. Ich habe trainiert, um fit zu sein, mich wehren zu können. Jetzt – ich weiß es nicht. Nichts, was ich tue, dient einem unmittelbaren Zweck. Es geht nicht mehr ums Überleben. Jetzt geht es ums Leben, und davon verstehe ich nichts.

Es fühlt sich seltsam an, Berührungen aktiv wahrzunehmen. Malcolms Hand auf meiner Schulter, der Arm des gesprächigen Mädchens aus dem Café an meiner Brust, meine Hände, unter denen Seife schäumt. Einerseits ist da nichts – als wären meine Nerven abgestumpft. Andererseits sind mir Berührungen so bewusst wie noch nie zuvor. Ich kann nicht einmal sagen, ob es mir gefällt. Ich weiß, dass es mir Angst macht. Nähe empfinde ich als bedrohlich. Und wer will es mir verdenken nach der ganzen Scheiße? Aber ich muss lernen, Menschen wieder in meine Nähe zu lassen. Sonst ist mein Plan zum Scheitern verurteilt.

Bei meinem ersten Ausflug in diese für mich so neue Welt mache ich mich auf die Suche nach einem Internetcafé. Früher gab es solche Läden an jeder Ecke. Aber inzwischen sind sie offensichtlich beinahe ausgestorben.

Ohne es zu wollen, entferne ich mich immer weiter von meinem Zuhause, von dem einzigen Ort, an dem ich meinen Platz kenne. Auf dem Teppichboden meines Zimmers, den Blick an die Decke gerichtet.

Ich nähere mich der Innenstadt. Immer mehr Menschen wuseln um mich herum. Es ist laut, es ist grell. Pearley ist in der Stadtmitte bunt und lebendig. Es ist das genaue Gegenteil von mir, der ich innerlich wie gelähmt bin. Besonders wenn die Studenten wie jetzt aus den Sommerferien zurückgekehrt sind, quellen die Restaurants, Cafés und Boutiquen, die die Straßen im Zentrum säumen, beinahe über. Pearley ist überschaubar, wenn die Studenten wegfallen. Aber sobald sie da sind, kommt die Stadt auf bestimmt achtzigtausend Einwohner. Und in diesem Moment habe ich den Eindruck, als wären alle achtzigtausend auf der Straße. Ich bin derjenige, der gegen den Strom unterwegs ist. Ständig muss ich nach links und rechts ausweichen, um niemandem zu nahe zu kommen. Oder damit mir niemand zu nahe kommt. Keiner scheint Notiz von mir zu nehmen, aber dafür bemerke ich jede noch so kleine Bewegung mit einer ungekannten Intensität. Autos fahren an mir vorbei. Jedes Mal zucke ich zusammen. Ich bin diese Art von Stadtlärm nicht mehr gewohnt.

An einer Kreuzung laufe ich an einem kleinen Kino vorbei. Es ist ein weißes Art-déco-Gebäude. Die weißen Anzeigetafeln mit schwarzen Buchstaben kündigen auch heute noch die Filme an. Kurz habe ich das Gefühl, dass die Zeit stehen geblieben ist. Ich erinnere mich, wie ich mich früher hier in Vorstellungen geschlichen habe, da nie genug Geld übrig war, um eine Karte zu kaufen. Aber als ich blinzle, bin ich mir der Tatsache, dass sechs Jahre vergangen sind, seit ich das letzte Mal hier war, nur allzu bewusst. Hinter der Kreuzung beginnt die Fressmeile. Restaurant reiht sich an Restaurant, ein Hotdog-Stand wirbt damit, die besten Hotdogs Kaliforniens zu verkaufen. Obwohl mein Magen knurrt, habe ich keinen Appetit.

Eine Gruppe junger Leute – vermutlich Studenten – kommt mir entgegen. Ich weiß nicht, wie ich reagieren soll. Es sind zu viele, um ihnen auszuweichen. Sie lachen, klopfen sich auf die Schultern. Es sind drei Kerle und vier Mädchen. Sie kommen immer näher, und ich erstarre. Einer der Typen blickt mich an, weil er einen Bogen um mich laufen muss, und runzelt die Stirn. Als sie an mir vorbeigelaufen sind, bleibe ich noch eine ganze Weile wie versteinert stehen. Ich versuche, regelmäßig zu atmen, um meinen Puls zu beruhigen. Es ist einfach zu viel.

Ich biege in eine der weniger belebten Nebenstraßen ein. Hier findet das Nachtleben statt, aber tagsüber ist es ruhig. Einige der Bars haben zwar schon offen, aber am frühen Nachmittag sind sie noch nicht gut besucht.

Vor einem Eingang, aus dem gedämpfte Musik zu hören ist, steht ein Mann und raucht. Ich gehe auf ihn zu.

»Entschuldigung, hätten Sie vielleicht eine Zigarette für mich?«, frage ich mit zittriger Stimme. Ich räuspere mich.

»Na klar«, sagt der Mann und lächelt. Er hält mir eine Schachtel und sein Feuerzeug hin, und ich bediene mich.

»Vielen Dank.« Ich inhaliere tief und merke sofort, dass ich ruhiger werde. Ich komme mir albern vor. Überfordert von einer Kleinstadt. Wenn ich jetzt zurück Richtung Hauptstraße blicke, wirken die bunt gestrichenen Häuser mit ihren Markisen und Sitzgruppen auf dem Gehweg regelrecht idyllisch. Die bunte Parade wird hier und da von rohem Backstein unterbrochen. Es ist nicht die Stadt, die mich bedroht. Ich bin es, der die Idylle stört.

Ich drehe mich wieder zu dem Mann um, der seine Zigarette in diesem Moment wegschnippt. Ich ergreife meine Chance.

»Wissen Sie zufällig, ob es hier in der Nähe ein Internetcafé gibt?«, frage ich und ziehe noch mal an meiner Zigarette.

»Ein Internetcafé?«, wiederholt er ungläubig, und als ich nicke, sagt er: »Hier an der Hauptstraße können sich solche Läden die Miete nicht mehr leisten. Siehst ja, was hier gefragt ist.« Er deutet auf die Bars und Restaurants. »Aber in dieser Richtung kommt da hinten auf der rechten Seite ein Computerladen, der auch Internet anbietet.«

Ich bedanke mich und er nickt mir zu, als er zurück in die Bar geht.

Der Angestellte der *PC World* weist mir einen Computer zu und ich mache mich gleich daran, meine im Gefängnis erlernten Internet-Fähigkeiten auszuprobieren. Doch ich stelle schnell fest, dass die Kurse, die uns angeboten wurden, nicht sonderlich nützlich waren. Ich kann immerhin mit Suchmaschinen umgehen und vertiefe mich in Artikel über das Auffinden von Personen. Daraufhin erstelle ich mir erst eine eigene E-Mail-Adresse und im Anschluss Profile in sozialen Netzwerken. Als sie mich damals mitnahmen, hatten wir zu Hause keinen Computer. Deswegen ist es nun das erste Mal, dass ich mich überhaupt mit sozialen Netzwerken befasse. Ich gebe nicht viel über mich preis, habe ja nicht einmal ein Foto von mir. Nacheinander tippe ich die Namen meiner Familie in die verschiedenen Suchmasken. Doch nachdem keiner der Namen einen Treffer erzielt, beschließe ich, dass ich systematischer vorgehen muss. Das Internetcafé kostet zu viel Geld, als dass ich hier meine Zeit verplempern könnte. Ich muss mir eine Liste mit Namen von früher machen. Ich hoffe, mir fallen genug ein. Denn bisher ist mir noch keine bessere Idee gekommen, um herauszufinden, wo *er* sie hingebracht hat.

Meine ersten Schichten in *Mal's Café* sind in Ordnung. Meistens ist Ollie da und übernimmt die Kunden. Ich beobachte, wie sie mit den Gästen redet, ihnen einen schönen Tag wünscht, sie willkommen heißt. Sie redet ansonsten nicht viel, das gefällt mir. Ihr ganzes Gesicht ist gepierct, sie hat schwarze, kurze Haare und trägt einen Undercut. Ihre Jeans sind zerrissen und ihre T-Shirts ausgeblichen. Sie wirkt, als hätte sie schon einiges erlebt, und vermutlich ist sie deswegen nicht gesprächig. Sie fragt mich nichts, ich frage sie nichts. So kann es weitergehen.

Auch Liz ist okay. Alle sind freundlich zu mir, nur ich kann nicht aus meiner verdammten Haut. Meine Haut, die beinahe taub ist. Es gibt Momente, in denen es mir leidtut, dass sich alle Mühe geben und ich nichts erwidern kann. Aber dann merke ich, wie es mir doch egal ist.

Amys Besuche, die in dieser ersten Woche mit einer erstaunlichen Regelmäßigkeit erfolgen, strengen mich an. Sie erwartet von mir, dass ich mit ihr spreche. Sie fragt viel.

»Geht es dir gut, Rhys?«

Achselzucken.

»Hast du dich schon eingelebt?«

Blick auf den Boden.

»Wie ist der Job?«

»Okay.«

»Kommst du mit den anderen klar?«

»Ja.«

»Brauchst du etwas?«

Erneutes Achselzucken. Ich habe kaum Antworten für sie. Woher weiß ich, ob es mir gut geht? Ich weiß nicht, wie es sich anfühlt, sich eingelebt zu haben. Komme ich klar? Ich lebe noch, das sollte als Antwort genügen.

Manchmal bin ich kurz davor, ihr von meinem Plan zu erzählen und sie um Hilfe zu bitten. Aber ich habe Angst, dass sie versucht, ihn mir auszureden, und mich dann noch strenger überwacht. Ich könnte ihre Hilfe gut brauchen, denn die Sorge schnürt mir die Luft ab.

Um wenigstens irgendwas zu sagen, habe ich ihr erzählt, dass ich mir einen Laptop kaufen will, damit ich nicht auf Internetcafés angewiesen bin. Sie war völlig aus dem Häuschen, faselte etwas von Zielen, die gesund seien. Sie bot an, einen Bekannten zu fragen, der gebrauchte Laptops verkauft. Regelmäßig sagt sie, wie froh sie ist, dass ihr Projekt Kapazitäten für mich hatte. Bin ich froh darüber? Vielleicht. Vielleicht ist sie nützlich. Vielleicht ist es gut, jemanden hier draußen zu kennen.

Am Freitagmorgen arbeite ich wieder im Café. Ich bin mit Che alleine. Er erzählt mir von seiner großen Leidenschaft, dem Bierbrauen, und fragt mich, ob ich eins von seinen Stouts probieren will. Ich weiß nicht einmal, was das ist, aber er ist Feuer und Flamme und erklärt mir, dass es sich um eine schwere schwarze Biersorte handelt. Er faselt etwas von Malzgehalt und ich verspreche ihm, sein Bier zu probieren. Vor allem, damit er mich wieder in Ruhe lässt.

Später, kurz vor Feierabend, soll Ollie noch kommen, um die Kasse zu kontrollieren. Ich weiß nicht, ob es daran liegt, dass ich neu bin. Vermutlich ist der Grund eher, dass ich *ich* bin. Jedenfalls mache ich die Abrechnung nicht.

Es ist nicht viel los. Ein paar Leute kaufen gekühlte Getränke. Für Kaffee ist es wohl einfach zu warm. Aber dann geht die Tür auf und das seltsame Mädchen von vor einigen Tagen steht wieder vor mir. Sie trägt Jeans und eine bunte Bluse mit weiten Ärmeln, und ihre braunen Haare fallen locker über ihre Schultern. Sie wirkt ein bisschen wie aus der Zeit gefallen. Das haben wir wohl gemeinsam – wenn auch auf völlig unterschiedliche Art und Weise. Es verunsichert mich, dass sie einfach nicht aufhört zu reden und zu strahlen. Ihre übertriebene Positivität gibt mir das Gefühl, menschliche Interaktionen nicht mehr zu beherrschen. Ich kann Armdrücken, ich kann mein Bett in unter einer Minute machen und ich kann mit einem gezielten Schlag eine Nase brechen. Aber all das nützt mir hier draußen wenig.

Als sie mich sieht, gibt sie nur ein einfaches »Oh« von sich. Es klingt enttäuscht oder genervt. Ich bin mir nicht ganz sicher. Sie wägt wohl ab, ob sie bleiben soll, entscheidet sich dann aber dafür. Sie legt ihre Umhängetasche und das Buch, das sie in der Hand hält, auf einen Tisch und kommt wieder an den Tresen.

»Kaffee? Schwarz?«, versuche ich es, denn das war doch

neulich ihre Bestellung, oder? Aber auch dieser Versuch, ihr entgegenzukommen, fühlt sich ungenügend an.

»Ja, danke«, sagt sie und setzt sich an den Tisch. Sie schlägt ihr Buch auf und beginnt zu lesen. Viele Seiten fehlen ihr nicht mehr, dann ist sie durch.

Ich fülle einen Becher mit schwarzem Kaffee und bringe ihn an ihren Tisch. Sie sieht nicht einmal von ihrem Buch auf, sondern tastet, bis sie den Henkel der Tasse mit den Fingerspitzen findet. Fast will ich fragen, was sie liest, so spannend, wie es sein muss. Aber was hätte ich davon? Stattdessen gehe ich in die Küche und frage Che nach einer Zigarette.

Vor dem Café schließe ich beim ersten Zug die Augen. Ich habe noch kein Geld, um mir selbst eine Schachtel zu kaufen, deswegen rauche ich viel weniger, als ich gewohnt bin und als mein Körper braucht. Ich hatte mir überlegt, Amy um eine Packung zu bitten, aber wer weiß, was sie dafür von mir will. Antworten auf all ihre Fragen vermutlich. Nein danke. Vielleicht ist jetzt ein guter Moment, mit dem Rauchen aufzuhören.

Ich blicke die Straße hinunter. Es ist nicht viel los an diesem heißen Tag. Die geparkten Autos am Straßenrand sind staubig. Dies ist keine Gegend, in der man sich viel aus einem sauberen Wagen macht. Wenn er einen von A nach B transportiert, reicht das vollkommen. In dieser Straße, in der beinahe jedes Haus mit Graffitis verziert ist, glaubt man kaum, dass nur zwei Kreuzungen weiter die lebendige Innenstadt beginnt. Beim Gedanken an den Trubel läuft es mir kalt den Rücken runter. Es gibt sogar eine beschissene Eisdiele. Zumindest war das vor sechs Jahren noch so. Ich war nicht oft dort, aber ich weiß noch genau, wie es ausgesehen hat. Studenten und Schüler, die bis auf die Straße für einen Eisbecher anstanden. Jetzt kommt es mir vor wie eine andere Welt. Eine andere Galaxie, in der ich nichts verloren habe.

Ich gehe wieder hinein. Das Mädchen schaut kurz auf und lächelt, als hätte sie für einen Moment vergessen, dass sie mich nicht leiden kann. Dann vibriert ihr Handy. Sie nimmt es auf, liest die Nachricht und stöhnt. Dann wirft sie das Telefon beinahe genervt auf den Tisch.

In Ermangelung einer interessanteren Beschäftigung beobachte ich eine Weile, wie sie wieder in ihr Buch versunken am Tisch sitzt. Sie liest schnell. In regelmäßigen Abständen blättert sie um. Nur ab und zu scheint sie an einzelnen Passagen zu verharren. Dann kann ich sehen, wie sich ihre Lippen bewegen, als würde sie sich wichtige Sätze lautlos vorlesen.

Plötzlich höre ich meine eigene Stimme. »Was liest du da?«, frage ich, ohne zu wissen, was ich eigentlich gerade tue.

Sie schaut wieder auf. *»Jenseits von Eden«,* sagt sie. »Kennst du das?«

»Nein«, erwidere ich, obwohl ich es im Gefängnis gelesen habe. Ich habe in den letzten Jahren eine Menge gelesen gegen die Langeweile und die Einsamkeit. Ich weiß nicht, warum ich sie angelogen habe. Ich muss mich selbst ermahnen, freundlich zu sein, muss lernen, mit Menschen umzugehen, wenn ich auf dieser Welt eine Chance haben will. Die Gäste im Café sind eigentlich das ideale Training. Deswegen reiße ich mich zusammen und frage: »Ist es gut?«

»Na klar, Steinbeck ist toll«, sagt sie. »Ich besuche im nächsten Trimester ein Seminar zu Steinbeck. Ich …« Sie zögert, als wüsste sie nicht, ob sie weiterreden soll. »Ich fange nächste Woche mit dem Literaturstudium an. Nachher muss ich mich noch persönlich einschreiben. Aber das willst du gar nicht wissen. Entschuldige.«

Sie schlägt ihre großen braunen Augen nieder und will sich schon wieder in die letzten Seiten vertiefen. Sosehr es mir auf die Nerven geht, dass sie mir das Gefühl gibt, ich müsste mich für all das interessieren, was sie von sich gibt, tut es mir fast ein bisschen leid, dass ich ihr nicht mehr Freundlichkeit entgegenbringen kann. Ich beiße die Zähne zusammen.

»Dann viel Spaß!«, sage ich und bin fast ein bisschen verwirrt. Das war, wenn mich nicht alles täuscht, eine relativ normale Unterhaltung, auch wenn ich sie nicht unbedingt genossen habe. Selbst das So-tun-als-ob strengt mich an.

Tamsin

5 Mr Unhöflich, der komische Vogel aus dem Café, hat gerade tatsächlich versucht, mit mir zu sprechen. Ich bin erstaunt. Wer hätte gedacht, dass aus seinem Mund mehr als nur unfreundliches Gestammel kommt? Dabei habe ich extra versucht, ihn in Ruhe zu lassen. Ich habe nicht geschwafelt oder ihm meine halbe Lebensgeschichte aufgezwungen wie beim letzten Mal. Ich habe sogar aufgepasst, ihn nicht anzustarren. Dabei hat er ein faszinierendes Gesicht. Kalte blaue Augen, volle Lippen, hohe Wangenknochen und ein sehr markantes Kinn. Er sieht aus wie jemand, der viel angestarrt wird. Unter seiner Schürze zeichnen sich durch das T-Shirt Muskeln ab. Wäre ich noch an Männern interessiert, würde ich vermutlich sagen, er sei attraktiv. Auf eine wilde und gefährliche Art. Aber mir geht es sehr gut in meiner männerfreien Welt. Ich werde mir meine Studienzeit sicher nicht mit Eifersucht und Liebeskummer ruinieren.

Ich will noch einen Schluck aus meinem Kaffeebecher nehmen – weiß mit hellblauen Punkten –, aber die Tasse ist leer. Was soll's, ich gönne mir noch eine. Der Versuch, ein anderes Stammcafé zu finden, ist gründlich misslungen, sodass sie mich jetzt hier im *Mal's* ruhig kennenlernen sollen: Tamsin Williams, Literaturstudentin und Kaffeesüchtige.

»Entschuldige …? Ich weiß leider deinen Namen nicht«,

sage ich. Der Kerl am Tresen blickt auf. »Kann ich noch einen kriegen?« Ich schwenke den Becher.

»Jep«, sagt er kurz angebunden. Seine freundliche Phase ist offensichtlich vorbei. Er kommt auf mich zu. Als er neben mir steht und meine Tasse nimmt, zeigt er auf ein Schild an seiner Brust. Dort steht in schwarzen Blockbuchstaben »Rhys«.

»Hi, Rhys«, sage ich. »Ich bin Tamsin, aber das habe ich dir ja beim letzten Mal schon erzählt.«

Er füllt schweigend meine Tasse auf und bringt sie mir wieder an den Tisch. Als er sich gerade wegdrehen will, sage ich: »Bist du eigentlich zu allen Gästen so ruppig oder nur zu mir?« Ich weiß nicht, was in mich gefahren ist. Manchmal kann ich einfach meine Klappe nicht halten.

»Wie bitte?«, fragt er. »Habe ich dir nicht gerade einen Kaffee an den Tisch gebracht? Stimmt damit vielleicht irgendwas nicht?«

»Äh, nein, alles in Ordnung, danke. Ich dachte nur, na ja, gegen ein bisschen Small Talk hat sonst niemand etwas. Entschuldige, ist ja auch deine Sache«, murmele ich.

»Ja, genau, meine Sache«, entgegnet er.

Ich weiß gar nicht, wie mir geschieht. Normalerweise mögen die Menschen meine Art. Sie sagen Dinge wie »Tamsin, die ist witzig« oder »Tamsin ist wirklich nett« oder »Ich will neben Tamsin sitzen«. Ich wüsste gerne, was Rhys' Problem ist.

Auf einmal höre ich seine tiefe, etwas heisere Stimme direkt hinter mir. »Tut mir leid, ich meine es nicht so.«

Ich bekomme fast eine Gänsehaut. Er fühlt sich ganz nah an, viel näher, als er in Wirklichkeit ist. Dieser Satz klingt anders als alles andere, was er bisher gesagt hat. Er klingt irgendwie ehrlich und verletzlich. Ich blicke mich um, und da steht er, an den Tisch hinter mir gelehnt, die Arme wie zum Schutz vor der Brust verschränkt.

»Schon okay«, sage ich. Plötzlich will ich, dass er sich nicht mehr schlecht fühlt deswegen. Ich versuche es mit einem Lächeln. »Der Kaffee hier ist übrigens wirklich gut.« Vielleicht lockert das die Stimmung zwischen uns wieder. Seine Mundwinkel zucken kaum merklich nach oben. Ganz so, als würde er lächeln wollen. Aber sein Mund macht irgendwie nicht mit. Er atmet tief ein und stößt beim Ausatmen einen Seufzer aus. In diesem Moment wirkt er, als trage er die gesamte Traurigkeit der ganzen Welt mit sich herum. Ich wüsste zu gern, wie er so geworden ist. Als besorgte Kundin, versteht sich. Ob er das Gleiche durchgemacht hat wie ich? Hat er auch einen geliebten Menschen verloren? Wurde er auch hintergangen? Aber das fragt man natürlich nicht, und so wende ich mich wieder meinem Buch zu.

So richtig konzentrieren kann ich mich allerdings nicht mehr. Ab und zu hebe ich den Kopf und beim dritten oder vierten Mal erschrecke ich, als sich unsere Blicke treffen. Ich schaue nicht sofort wieder weg, und für ein paar Sekunden sehen wir einander in die Augen. Mein Herz macht einen kurzen Satz. Ich habe definitiv zu viel Kaffee getrunken. Es wird Zeit, dass ich mich auf den Weg zur Uni mache.

Der Campus der Universität liegt sehr zentral. Die verschiedenen Gebäude sind durch Parkanlagen miteinander verbunden. Da der Universitätsbetrieb noch nicht wieder angefangen hat, ist kaum etwas los. Hier und da sitzen vereinzelt Studenten auf der Wiese und lesen.

Der erste Blick auf das Hauptgebäude erfüllt mich mit einer kribbeligen Aufregung. Ich forme mit den Fingern meine Kopfkamera, und – »Klick« – habe ich das Bild für immer festgehalten. Das Hauptgebäude ist ein beeindruckender roter Ziegelbau aus dem neunzehnten Jahrhundert. Das habe ich schon auf der Webseite der Universität nachgelesen. Die rote Farbe ist immer wieder von weißen Zierornamenten unterbrochen. Das Eingangsportal wird von weißen Säulen gestützt. Links und rechts vom Haupteingang ragen hohe, viereckige Türme in die Luft, die der Universität etwas Erhabenes verleihen. Die Nebengebäude sind etwas moderner, jedoch in der gleichen Ziegeloptik gehalten, sodass der gesamte Komplex stimmig wirkt.

Ich finde das Sekretariat, in dem ich meine Unterlagen für die Immatrikulation abgeben muss, nicht sofort. Die Gänge im Hauptgebäude sind verwinkelt, und das blöde Zwischengeschoss ist unerreichbar.

»Entschuldigung«, frage ich deshalb ein zierliches, dünnes Mädchen mit lilafarbenen Haaren und einem kurzen Gothic-Rock, »weißt du, wo das Büro für die Einschreibung ist?«

Sie bleibt stehen und dreht sich um. Ihr Gesicht ist sommersprossig und fröhlich.

»Da muss ich auch hin!«, sagt sie und kommt auf mich zu. »Lass uns zusammen suchen. Ich bin übrigens Zelda.« Bei diesen Worten streckt sie ihre Hand aus.

»Ich bin Tamsin«, sage ich und wir schütteln uns die Hände.

»Ich glaube – aber ganz sicher weiß man es erst hinterher –, dass das Büro auf diesem Stockwerk sein muss. Ich habe mir den Lageplan abfotografiert, schau.« Zelda zeigt mir ihr Handy und vergrößert mit den Fingern ein relativ unscharfes Foto. »Wir sind jetzt hier, siehst du? Und eigentlich sollte es da vorne um die Ecke sein.«

Sie nimmt mich am Arm und zieht mich hinter sich her. Und tatsächlich, hinter der nächsten Ecke steht eine Schlange aus ungefähr zwanzig etwas ängstlich dreinblickenden Jungen und Mädchen.

»Tadaaa«, sagt Zelda triumphierend. »Ich bin froh, dass ich dich getroffen habe«, flüstert sie dann. »Das ist ja eine seltsame Leichenstimmung hier.«

Ich grinse.

»Wo kommst du her?«, frage ich, weil ich finde, dass wir uns die Wartezeit durchaus mit einer netten Unterhaltung vertreiben können.

»Ich bin nicht weit von hier aufgewachsen. Eine Stunde westlich. In der Nähe von einem Ort namens Paloma Bay. Wird dir nichts sagen. Unser Haus liegt etwas außerhalb auf einem Hügel. Man überblickt von dort den Ort und die Bucht.«

»Das klingt traumhaft«, sage ich, doch Zelda schnaubt.

»Na ja, wie man es nimmt. Mit Touristenaugen sicher. Mit Touristenaugen ist bestimmt auch das Herrenhaus meiner Eltern traumhaft. Aber wenn man sich nicht so viel aus Geld macht, ist es unerträglich.« Sie grinst.

»Mein Elternhaus ist zwar etwas bescheidener, aber wenn man sich nichts aus Sukkulenten macht, ist es da auch unerträglich«, lache ich. »Weißt du schon, auf was du dich spezialisieren willst?«

»Ich weiß vor allem, worauf ich mich *nicht* spezialisieren will«, sagt Zelda. »Meine Brüder studieren alle Jura oder Wirtschaft. Einer erfolgreicher als der andere. Also das wird es definitiv nicht. Ich war schon immer die Rebellin zu Hause. Ich glaube, meine Eltern sind ganz froh, dass ich endlich ausgezogen bin«, erzählt sie. »Und du?«

»Ich will auf jeden Fall Literatur studieren. Davon

träume ich schon, seit ich lesen kann«, sage ich. »Aber ich habe auch kein gutes Verhältnis zu meinen Eltern. Der letzte Anruf zu Hause war eine mittlere Katastrophe.«

»Oh, oh«, macht Zelda.

Die Schlange wird nur langsam kürzer, aber mit Zelda als Gesprächspartnerin macht es mir nichts aus.

»Wohnst du auf dem Campus?«, fragt sie.

»Nein, dafür war ich zu spät dran. Ich habe eine kleine Wohnung für mich alleine.«

»Oh, wow! Das klingt himmlisch!«, seufzt Zelda. »Ich glaube aber, dass ich nicht dafür gemacht bin, allein zu wohnen. Ich brauche Trubel um mich rum. Zu Hause war ich auch immer am liebsten in der Küche bei den Angestellten. Da, wo etwas los war.« Sie lächelt. »Ich habe zwei Mitbewohner. Nett und laut. Wie ich es mag.«

Inzwischen sind nur noch zwei Leute vor uns.

»Literatur also«, sagt Zelda und nimmt das Thema von vorhin wieder auf. »Vielleicht haben wir ein paar Kurse zusammen. Ich war so unentschlossen, dass ich irgendwie von allem etwas belegt habe.«

»Das wäre schön«, sage ich. »Ich kenne hier so gut wie noch niemanden.«

Dann ist Zelda dran. Während ich warte, wähle ich noch einmal die Nummer meiner Eltern. Der Anrufbeantworter geht ran. »Hallo, Mom und Dad. Hier ist Tamsin. Ich wollte mich noch mal melden und euch sagen, dass es mir gut geht. Ich hoffe, ihr macht euch keine Sorgen. Ich melde mich bald wieder.«

Mein schlechtes Gewissen ist zwar immer noch da, aber mehr kann ich im Moment nicht tun.

Nach einigen Minuten kommt Zelda wieder heraus, und endlich bin ich an der Reihe.

Ich gebe meine Unterlagen inklusive Passbild bei der schlecht gelaunten Sekretärin ab, die sich von allem Kopien macht. Dann händigt sie mir einen Studentenausweis aus.

Als ich wieder rauskomme, wartet Zelda auf mich.

»Ich habe ganz vergessen, dich zu fragen, ob du Lust hast, mal was mit mir trinken zu gehen«, sagt sie.

Gemeinsam machen wir uns auf den Weg nach draußen. Wir tauschen Nummern aus und verabreden uns für die erste Vorlesung, die wir tatsächlich gemeinsam haben.

Am Sonntag treffe ich mich mit Sam bei seinem Lieblingsitaliener. Ich finde ihn ohne Probleme. Da ich kein Auto habe, laufe ich die zwanzig Minuten in die Innenstadt. Ich kenne inzwischen den Weg. Ich gehe die Straße hoch bis zu einer größeren Kreuzung. Dort biege ich nach links ab und nach einigen Hundert Metern bin ich schon fast im Zentrum. Man merkt deutlich, wo das Leben in Pearley beginnt. Hier, in der Nähe der Universität, gibt es viele Studentenkneipen, aus denen Musik dringt. Die meisten der Häuser sind in Pastellfarben gestrichen. Gelb, Hellblau, Rosa, Minzgrün. Mit Blumen verzierte Laternen tauchen die Straße in ein warmes Licht. Auch die vielen Balkons im ersten Stock sind mit Blumenkästen geschmückt. Hier im Studentenviertel sind die Gebäude nur zwei bis vier Stockwerke hoch. Im Hintergrund kann man allerdings beleuchtete Hochhäuser erkennen.

Zwischen den Bars, auf deren bunten Leuchtschildern Namen wie *Vertigo, Heat* oder *Shamrock* prangen, befinden sich kleine Läden. Antiquariate stellen wertvolle Erstausgaben und sonstige Sammlerstücke aus. Goldprägungen glänzen im Schaufensterlicht. Buchhandlungen werben mit Studentenrabatten in den ersten Wochen des Trimesters. Mein Blick fällt auf die Empfehlungen der Mitarbeiter, die auf einer Staffelei aufgereiht sind. Es ist eine hübsche Auswahl an Neuerscheinungen und Klassikern. Ich gehe einen Umweg, um auch ein paar der Nebenstraßen zu erkunden, und entdecke einige Vintageläden. Auf jeden Fall muss ich hier tagsüber noch einmal herkommen, um all die wundervollen Geschäfte nacheinander zu durchkämmen.

Der Italiener, bei dem Sam einen Tisch reserviert hat, ist ebenfalls in einer Seitenstraße, in der sich auch ein kleines Theater befindet. Sie spielen gerade Shakespeares *Der Sturm,* wie ihre Schaukästen verraten.

Da Luigi sieht aus, wie man sich ein italienisches Restaurant vorstellt. Ich war zwar noch nie in Italien, aber die rot-weiß karierten Tischdecken, auf denen in leeren dunkelgrünen Weinflaschen Kerzen brennen, wecken sofort Fernweh in mir. Es läuft gedämpfte italienische Musik, und der Duft frisch gebackener Pizza steigt mir in die Nase. Mein Magen beginnt augenblicklich zu knurren.

Ich will gerade der Empfangsdame Sams Namen nennen, damit sie mich zu unserem Tisch führt, da sehe ich ihn schon aus der hinteren Ecke winken. Ich laufe auf ihn zu, und er steht auf. Mein Herz schlägt schnell, so doll freue ich mich, ihn zu sehen. Mir war bis eben gar nicht bewusst, wie sehr mir in den letzten Tagen ein vertrautes Gesicht gefehlt hat. Ich falle ihm um den Hals, und er drückt mich ganz fest an sich. Er riecht gut, nach seinem Parfüm und Sam. Wir haben uns seit den letzten Ferien nicht mehr gesehen. Er promoviert nicht nur in amerikanischer Literaturgeschichte, sondern gibt auch ein paar Kurse, sodass er nur in der vorlesungsfreien Zeit nach Rosedale kommen kann. Aber auch dann hat er oft so viel zu tun, dass er es nicht schafft.

Wir setzen uns und sagen dann gleichzeitig: »Wie schön, dass du da bist!« Ich muss lachen. Es ist immer etwas seltsam, wenn wir uns nach langer Zeit wiedersehen. Anfangs ist es, als müssten wir uns wieder neu kennenlernen oder zumindest einander versichern, dass wir uns noch mögen. Aber das gibt sich normalerweise nach ein paar Minuten. Etwas gehemmt greife ich über den Tisch nach seiner Hand und drücke sie leicht, um mich zu vergewissern, dass er wirklich da ist. Sein schönes Gesicht strahlt im Schein der Kerze. Er trägt seine braunen Haare jetzt etwas länger, sodass sie ihm in die Stirn fallen, was ihn verwegener aussehen lässt.

»Im Ernst, ich freue mich sehr, dass du da bist«, sagt er, und mir wird ganz warm vor Glück und Vertrautheit.

Wir vertiefen uns in unsere Speisekarten, und Sam bestellt schon mal eine Karaffe mit Wein. Eigentlich darf ich noch keinen Alkohol trinken, aber Sam zwinkert mir zu und sagt, ich sei jetzt Studentin, da wäre es geradezu verpflichtend, distinguiert an einem Glas Rotwein zu nippen, während man sich unterhält. Es ist auch nicht so, dass ich noch nie Alkohol getrunken hätte. Auf einigen Partys in Rosedale gab es billiges Bier. Einmal musste ich mich übergeben, seither bin ich etwas vorsichtiger.

Wir bestellen, und ich erzähle Sam von meiner Wohnung, meinem Matratzenkauf im Internet, dem ersten Eindruck vom Campus und meiner Vorfreude auf alles, was kommt. Er hört mir zu und wundert sich wahrscheinlich über meinen Redeschwall. Ich habe ein immenses Mitteilungsbedürfnis, da sich meine sozialen Kontakte in den letzten Tagen auf den mürrischen Kerl im Café, die Sekretärin an der Uni und die nette Bekanntschaft mit Zelda beschränkt haben.

»Okay, okay, das klingt ja alles sehr schön, Tams«, sagt Sam. »Aber kannst du mir noch mal genau erklären, warum du eigentlich hier bist? Wolltest du nicht mit Dominic zusammenziehen?«

Dominic. Beim Klang seines Namens verkrampft sich alles in mir. Aber natürlich, Sam kann ja nicht ahnen, was passiert ist. Er weiß noch nichts von meiner Horrorwoche.

»Mein Großvater ist gestorben«, sage ich.

»O nein, Tamsin, das tut mir leid«, erwidert Sam und klingt ehrlich traurig. Er und mein Großvater mochten sich. Ich glaube, mein Großvater hat sich immer gewünscht, dass aus uns beiden ein Paar wird. Aber diese Dinge kann man eben nicht erzwingen. »Und deswegen bist du ans andere Ende der Welt gezogen? Was sagt Dominic dazu?«

»Das ist eine längere Geschichte«, sage ich, weil ich eigentlich keine Lust habe, mir den schönen Abend von den Ereignissen der letzten Zeit verderben zu lassen. Meine Taktik, alles, was mit ihm zu tun hat, zu ignorieren, war bis jetzt sehr erfolgreich.

»Also ich habe mir den Abend für dich freigehalten.« Sam grinst.

»Na gut. Irgendwann muss ich wohl mal drüber reden.« Ich versuche, innerlich Abstand von dem Moment zu gewinnen, in dem mein Leben wie ein Kartenhaus in sich zusammenfiel. Seit meiner Ankunft hier habe ich alles, was in Rosedale vorgefallen ist, erfolgreich von mir weggeschoben. Ich weiß nicht, was passiert, wenn ich jetzt darüber rede. Welche Schleusen sich öffnen. Ich will sicher nicht in der Öffentlichkeit anfangen zu heulen. Ich stelle mir vor, dass gar nicht ich es bin, der das passiert ist, sondern eine andere Tamsin. Eine vergangene Tamsin, die es nicht mehr gibt.

Ich räuspere mich und straffe die Schultern. »Dominic hat mich betrogen«, sage ich mit fester Stimme und versuche, Sam nicht anzusehen. »Mit unserer Maklerin. In unserer neuen Wohnung.«

»Was?«, ruft Sam ungläubig. »In eurer Wohnung? Das hätte ich nicht einmal Dominic zugetraut.«

Dominic und Sam konnten sich nie leiden. Sie sind wohl zu verschieden. Dominic hielt Sam für einen Träumer, der sich keine Gedanken über die Zukunft macht und seine besten Jahre an ein Thema verschwendet, das ihm nie Geld einbringen wird. Und Sam fand immer, dass Dominic ein langweiliger Streber war, der nichts als Karriere im Kopf hatte.

»Ja, und das Schlimmste an der Sache war, dass ich sie erwischt habe. Ich wollte das Wohnzimmer noch mal ausmessen. Aber als ich die Wohnung aufgeschlossen habe, hörte ich ein lautes Stöhnen durch die leeren Räume hallen. Es ist wirklich erstaunlich, wie laut Menschen sind, wenn ihre Geräusche nicht von Möbeln absorbiert werden. Vor allem beim Sex«, sage ich bitter. Ich merke, wie Tränen in meinen Augen brennen, aber ich nehme einen Schluck Wein und schlucke den Kloß in meinem Hals damit hinunter.

»Suzie, die ach so professionelle Suzie, deren Kostüme immer perfekt sitzen, deren Blusen immer gebügelt sind, hat mich zuerst gesehen. Sie hat einen spitzen Schrei von sich gegeben, hat Dominic von ihrem winzigen Hintern weggestoßen und in Windeseile ihren Rock wieder nach unten gezogen.« Die Erinnerung an das Bild ist höllisch schmerzhaft. Es gibt auch Bilder meiner Kopfkamera, die ich gerne wieder vergessen würde. Aber die hässlichen bleiben leider auch, selbst ohne »Klick«.

»Und Dominic?«, fragt Sam leise.

»Der stand einfach nur da und hat ›Fuck, fuck, fuck‹ gemurmelt. Und natürlich gefaselt, dass es ihm leidtut.«

»Das ist ja unglaublich!«, sagt Sam. »Wie in einem schlechten Hollywood-Film. Haben sie gesagt, es sei nicht das, wonach es aussähe?« Bei den letzten Worten höre ich ein leichtes Glucksen in seiner Stimme. Ich schaue ihn an, und die Sorge in seinem Gesicht ist einem schelmischen Grinsen gewichen. Es tut mir gut, das zu sehen, und ich fange auch an zu kichern.

»Die waren viel zu überrascht, um wirklich etwas sagen zu können«, erwidere ich. »Und Dominic hat seine Hose nicht gleich hochziehen können. Irgendwie hatte sich sein Gürtel verhakt. Er ist fast umgefallen beim Versuch, mir hinterherzulaufen.«

Jetzt können wir nicht mehr. Wir prusten laut los, und ich halte mir den Bauch, weil ich so lachen muss, dass es fast wehtut. Dieses Lachen ist Balsam für meine Seele. Ich brauche das Erlebnis, das mir im ersten Moment den Boden unter den Füßen weggezogen hat, nicht mehr ernst zu nehmen. Ich kann es verspotten. Und damit alle Beteiligten.

Als wir uns wieder einigermaßen beruhigt haben, sagt Sam: »Na, jedenfalls ein Glück, dass du diesen Vollpfosten los bist. Und wie hast du so schnell eine Wohnung bekommen?«

Ich blicke verschämt auf die Tischdecke, weil ich mir denken kann, wie Sam auf meine unkonventionelle Wohnungssuche reagiert. »Ich habe über eine Webseite ein kleines Apartment gemietet.«

Zu meiner Erleichterung lacht er. »Da trifft es sich wohl gut, dass du so genügsam bist. Und mein Glück ist es, dass du jetzt hier bist.« Bei diesen Worten erhebt er sein Glas, und wir stoßen an. Auf unsere Freundschaft und meinen Neuanfang in Pearley.

Rhys

6 Mittwochnachmittag ist Tamsin die erste neue Kundin meiner Schicht. Sie hat eine Tasche umgehängt, die aussieht, als würde sie gleich platzen. Sie lässt sie vor dem Tresen von ihrer Schulter auf den Boden plumpsen und stöhnt auf.

»Puh! Magst du mal meine Tasche hochheben?«, fragt sie.

Warum sollte ich das wollen?

Also sage ich: »Warum sollte ich das wollen?« Das war vermutlich falsch, denn sie verdreht ihre großen Kulleraugen und stöhnt. Ich ärgere mich über mich selbst. Ich hätte ihre bescheuerte Tasche einfach hochheben sollen.

»Bist du gekommen, um einen Kaffee zu trinken, oder willst du, dass ich dir deinen Kram hinterhertrage?«

»Ja, ja, schon gut. Ich brauche Kaffee«, sagt sie und klingt wieder ganz versöhnlich.

Sie setzt sich an einen Tisch, lässt aber, wie mir auffällt, ihre Tasche einfach vor dem Tresen stehen.

»Äh«, setze ich an und zeige auf die Tasche.

»Keine Chance«, sagt sie. »Keine zehn Pferde kriegen mich dazu, die noch mal hochzuheben.«

Ich zucke mit den Schultern und bringe ihr ihren Kaffee. Als Nächstes hole ich die Tasche und stelle sie auf den Stuhl neben ihr. So schwer ist sie nun auch wieder nicht, aber ich sage nichts. Außerdem gibt ihr blumiges Hippiekleid mit Spaghettiträgern den Blick auf einen roten Striemen frei, der ihre Haut dort ziert, wo die Tasche hing.

Sie schaut auf und lächelt. »Danke!«

Ich gehe zurück hinter meinen Tresen. Dort fühle ich mich am wohlsten. Die Interaktion mit Gästen fällt mir nach wie vor schwer, und hier habe ich immerhin einen Schutzwall um mich. Da das Café bis auf Tamsin und vereinzelte andere Gäste leer ist, kommt es mir aber dann doch seltsam vor, einfach nur herumzustehen.

Ich schlucke und sage: »Also sag schon, was trägst du da mit dir herum?«

»Büüüücher«, erwidert sie und zieht das »ü« übertrieben in die Länge. »Die stehen auf meiner Leseliste für die Uni. Ich habe sie alle aus der Bibliothek ausgeliehen.« Sie beginnt, ihre Tasche auszupacken, und stapelt ein Buch nach dem anderen auf ihren Tisch. Als sie zehn Wälzer aufeinandergelegt hat, dreht sie sich um und sieht mich an. »Können wir hier nicht ein Regal an die Wand hängen? Dann könnte ich einfach herkommen zum Lesen.«

Was sagt sie da? Ich glaube nicht, dass ich das entscheiden kann. Außerdem wäre die Gefahr zu groß, dass andere Gäste die Bücher mitnehmen.

»Keine Sorge, das war ein Wi-hitz«, sagt sie, und ich fühle mich ziemlich bescheuert. Natürlich war es ein Witz.

»Ja, weiß ich schon«, sage ich patzig, frage mich aber gleichzeitig, ob es nicht wirklich eine schöne Sache wäre, ein paar Bücher ins Café zu stellen. Ich habe im PJP viel mit Holz gearbeitet. Billige Produktion unter dem Deckmantel einer »Ausbildung«. Aber wenn ich ein paar Bretter hätte, könnte ich sicher etwas bauen.

In diesem Moment geht die Tür auf, und Amy kommt herein. Ich stöhne innerlich auf. Nicht, weil ich sie nicht leiden kann. Ich will nur vermeiden, dass Gäste etwas von meiner Vergangenheit mitbekommen. Ich habe Angst, dass dann keiner mehr kommt, Malcolm mich rauswirft und ich meinen Plan vergessen kann.

»Hi, Rhys«, begrüßt mich Amy und strahlt mich an, als gäbe es nichts Schöneres auf der Welt, als mich zu sehen. Mir fallen eine Million Dinge ein, die schöner sind. Ein Schlag in die Fresse, Waterboarding, Zigarettenstummel auf der Haut. »Na? Wie geht's dir?«

Ich sehe, wie Tamsin neugierig aufblickt. Als sie merkt, dass es mir auffällt, vertieft sie sich schnell wieder in ein Buch.

»Alles okay«, sage ich. Ich habe Amy nichts zu erzählen.

»Wie ist die Arbeit?«, fragt sie weiter.

Ich kann nicht glauben, dass sie das wirklich durchzieht. Hier in der Öffentlichkeit, vor Gästen!

»Läuft«, antworte ich. »Wir haben eine neue Stammkundin.« Bei diesen Worten nicke ich zu Tamsin hinüber.

»Hi«, sagt die und winkt Amy zu. »Rhys hat es noch nicht geschafft, mich zu vergraulen.«

Ich verdrehe die Augen. Haben Amy und Tamsin sich gegen mich verschworen? Ist das ein Wettbewerb, wer mich blöder aussehen lassen kann?

»Ja, wir haben uns überlegt, ob wir nicht ein Regal an die Wand hängen könnten. Für Bücher«, sage ich und hoffe, dass Tamsin dadurch besänftigt wird und es gleichzeitig etwas ist, das Amy hören möchte. Pläne machen und so. Zwei Fliegen mit einer Klappe.

»Das ist eine tolle Idee«, sagt Amy und haut vor Begeisterung mit der flachen Hand auf den Tresen. »Du solltest unbedingt Malcolm fragen.«

Tamsin sieht mich an und lächelt verschwörerisch. Und ich … lächle zurück. Halt! Was war das? Habe ich wirklich gerade gelächelt? Ich berühre unwillkürlich mit der Hand meinen Mundwinkel. Gott sei Dank fällt es niemandem auf. Ich drehe mich um und probiere es noch mal. Mundwinkel nach oben. Aber jetzt fühlt es sich wieder falsch an, irgendwie gequält. Vermutlich habe ich es mir nur eingebildet.

»Weswegen ich eigentlich gekommen bin«, fängt Amy wieder an. »Ich habe dir doch von meinem Bekannten erzählt, der gebrauchte Computer verkauft. Na ja, er hat einen relativ alten und langsamen Laptop reingekriegt, der aber ansonsten einwandfrei funktioniert. Er würde ihn dir bis Ende des Monats reservieren, wenn du Interesse hast. Hundert Dollar, sagt er, weil er mich kennt.«

Wow! Das sind tolle Neuigkeiten. Endlich geht mal etwas voran.

»Auf jeden Fall!«, rufe ich mehr, als dass ich es sage. Ich bin ganz aufgeregt. »Sobald ich meinen ersten Lohn gekriegt habe, hat er das Geld.«

»Dachte ich mir doch, dass ich dir damit eine Freude mache. Also dann, ich muss auch schon weiter.« Mit diesen Worten dreht sie sich um und verlässt das Café.

»Eine Freundin von dir?«, fragt Tamsin.

»Na ja, eine Freundin nicht direkt«, sage ich.

»Aber du willst echt ein Regal bauen?« War ja klar, dass sie jetzt darauf herumreitet. Vielleicht war es doch nicht so schlau von mir, das Thema vor Amy anzubringen.

»Mal sehen. Warum nicht?«

»Das wäre cool. Ein Literaturcafé!«, schwärmt sie und strahlt. »Ich würde sofort meine Wohnung kündigen und hier einziehen.«

Das war bestimmt wieder ein Witz und ich versuche, nicht erschrocken auszusehen.

»Aber wer war denn nun die Frau? Ist ja ziemlich hübsch«, fragt Tamsin weiter.

»Nur Amy«, sage ich.

»Und wer ist ›nur Amy‹?«

Wieso lässt sie nicht locker? Sie schaut mich aufmerksam an.

»Eine Bekannte, die mir einen billigen Laptop besorgt.«

»Und sich nach deinem Wohlbefinden erkundigt«, fügt sie hinzu. »Steht sie auf dich?«

»Seit wann sprechen wir über solche Dinge?«, frage ich, denn die Unterhaltung ist mir inzwischen nicht mehr nur unangenehm, sie geht mir richtig auf die Nerven.

»Oh, entschuldige. Ich bin einfach neugierig. Ich kenne noch nicht so viele Leute hier«, sagt sie und wird rot.

Es gefällt mir, dass sie sich geniert. Geschieht ihr recht. Man mischt sich nicht in anderer Leute Angelegenheiten ein. Erst recht nicht in meine.

Sie steckt ihre Nase wieder in das Buch und ich sehe, wie sie ihre Lippen bewegt. Offensichtlich hat sie wieder eine Stelle gefunden, die sie sich vorlesen will. Es fällt mir schwer, den Blick von ihr abzuwenden. Ist es ihr Gesicht? Ihre Versunkenheit? Ich weiß es nicht. Aber ich weiß, dass sie eine seltsam hypnotisierende Wirkung auf mich hat.

Tamsin

7 Das Studium ist einfach großartig. Ich liebe es, von Vorlesungssaal zu Seminarraum zu tingeln. Während der ersten Tage ist es noch ein bisschen verwirrend, da ich sowohl Kurse im alten Hauptgebäude als auch in den moderneren Nebengebäuden habe. Aber es dauert nicht lange, und ich habe den Dreh mit den Raumkürzeln raus.

Gerade bin ich auf dem Weg in einen Kellerraum, in dem mein Seminar über Kriminalliteratur von ihren Anfängen bis heute stattfindet. Ich finde ihn zu meiner Überraschung auf Anhieb, sodass ich den Raum noch für mich habe.

Es ist ein kleiner Seminarraum. Die Tische sind zu einer Insel zusammengeschoben, wodurch automatisch die Atmosphäre einer Gesprächsrunde entsteht. Ich setze mich zuerst in die Mitte. Allerdings komme ich mir auf diesem Platz nach ein paar Minuten vor wie auf dem Präsentierteller und ziehe noch mal um. Ich lege meinen Notizblock vor mich und krame in meiner Tasche nach einem Kugelschreiber. Als ich wieder aufblicke, steht Sam in der Tür.

»Hi!«, sage ich erfreut.

»Kriminalliteratur, hm?«, fragt er und betritt den Raum. Als ich ihn verwundert ansehe, sagt er: »Ich schreibe meine Promotion bei Professor Armitage. Ab und zu hole ich für sie Bücher aus der Bibliothek.« Bei diesen Worten legt er einen Bücherstapel ans Kopfende der Tischinsel. Ich bin erleichtert, dass ich mich nicht aus Versehen dorthin gesetzt habe.

»Bleibst du für das Seminar?«, frage ich. Irgendwie hoffe ich es, denn ich fühle mich als Neuling ein bisschen unwohl.

»Keine Zeit, leider. Aber es ist sicher spannend. Armitage ist großartig.« Er zwinkert mir zu, und ich lächle zurück.

Als Sam den Raum schon längst verlassen hat, lächle ich immer noch. Es ist schön, einen Freund zu haben.

Langsam füllt sich der Raum. Einen Studenten kenne ich bereits aus meinem Einführungsseminar in die Literaturgeschichte, aber er blickt nicht auf. Zwei überschminkte Mädchen, die vermutlich aus einem höheren Trimester sind, unterhalten sich über anstehende Studentenpartys. Ein blasser, ernster Kerl liest eine Interpretation von Shakespeares *Ein Sommernachtstraum.* Ein paar Studenten tippen auf ihren Handys rum.

Als Professor Armitage eintritt, eine grauhaarige, streng dreinblickende Dame, sehen alle auf und unterbrechen sofort, was auch immer sie gemacht haben. Sie scheint eine natürliche Autorität zu besitzen.

»Herzlich willkommen zu meinem Seminar über Kriminalliteratur. Diejenigen von Ihnen, die mich schon kennen, wissen, dass es viel Arbeit wird. Allen anderen kann ich nur raten: Wenn Sie nicht motiviert sind, hart zu arbeiten, ist es besser, wenn Sie jetzt Ihre Sachen packen.«

Der blasse Typ sieht besorgt aus. Ich versuche, mich auf meinem Stuhl ganz klein zu machen. Ich bin motiviert, aber ich weiß nicht, ob meine Art der Motivation für Professor Armitage ausreicht.

»Kriminalgeschichten. Was wissen Sie darüber?«, fragt sie in die Runde.

Eine Studentin meldet sich und sagt: »Kriminalgeschichten folgen alle einem Urmuster. Es wird immer etwas anderes in gleicher Art und Weise geschildert. Nach Genette nennt man das ›Nachahmung‹.«

Ich verstehe nur die Hälfte, mache mir aber trotzdem Notizen.

»Sehr richtig«, sagt Professor Armitage. »Ich blicke hier in einige fragende Gesichter. Alle, die die Leseliste noch nicht haben, sollten sie sich schleunigst herunterladen und zusehen, dass sie aufholen.«

Ich mache mir sofort eine Notiz. Ich hatte keine Ahnung, dass es zu diesem Seminar vorab eine Leseliste gab.

Professor Armitage wirft für den Rest der Stunde mit Fachbegriffen um sich. Ich notiere mir die verschiedenen Phasen, aus denen die analytische Spannung aufgebaut ist. Dann exerziert sie die Phasen anhand von Edgar Allan Poes *Der Doppelmord in der Rue Morgue* durch. Ich hänge an ihren Lippen. Es ergibt alles Sinn, was sie sagt, auch wenn ich nicht erwartet hätte, dass Kriminalliteratur so theoretisch sein kann. Sie springt zur Figur des »Great Detective«.

Am Ende der Doppelstunde sagt sie: »Bis zum nächsten Mal schreiben Sie bitte einen zweiseitigen Essay über mindestens drei dieser ›Great Detectives‹. Stellen Sie anhand Ihrer Beispiele eine Liste der wichtigsten Charakteristika dieser für unser Seminar so wichtigen Figur auf. Vielen Dank für Ihre Aufmerksamkeit. Bis nächste Woche.«

Als sie den Raum verlassen hat, blicke ich vorsichtig in die Runde. Nicht alle sehen so verzweifelt aus, wie ich mich fühle, aber zumindest der Kerl aus meinem Einführungsseminar wirkt auch etwas hilflos.

Ich bin erst ein paar Tage an der Uni und schon muss ich eine Vorlesung schwänzen. Ich habe Zelda gebeten, für mich mitzuschreiben. Meine Matratze soll geliefert werden, und der Termin ist alles andere als präzise. Zwischen vierzehn und achtzehn Uhr soll ich zu Hause sein. Also sitze ich auf meinem Sessel und lese mir einen Essay für ein Seminar durch, während ich auf den Lieferdienst warte. Ich unterstreiche wichtige Passagen und mache mir Notizen auf einem Block. Ich bin so vertieft, dass ich erschrecke, als es an meiner Tür klingelt.

Ich betätige den Türöffner, aber auch nach zwei Minuten kommt niemand die Treppe hoch. War es falscher Alarm? Mein Rücken und ich können das Risiko nicht eingehen, dass sie wieder fahren. Deswegen schlüpfe ich schnell in meine Schuhe, um unten nachzusehen. Ich kann meinen Schlüssel in der Eile nicht finden und stelle einen Karton in die Tür.

Auf der Straße parkt ein großer weißer Lieferwagen, und zwei Männer wuchten ein eingeschweißtes Ungetüm von Matratze heraus. Ich winke ihnen zu und halte die Tür auf. Doch der Größere von beiden schüttelt den Kopf. Was meint er?

Nachdem sie die Matratze sicher aus dem Wagen auf die Straße befördert haben, kommt der Kleinere auf mich zu, der bislang mit dem Rücken zu mir gestanden hat. Er hat ein Formular dabei und hält es mir zur Unterschrift hin.

»Es ist im zweiten Stock«, sage ich und lege die alte, abgewetzte Fußmatte aus dem Hausflur in die Tür, damit sie nicht zufällt.

»Wir liefern nur bis zum Haus. Du musst die Matratze selbst hinauftragen. Dafür werden wir nicht bezahlt und sind auch nicht versichert«, sagt der Mann.

Habe ich richtig gehört? Soll ich die Matratze, die die beiden nur mit Mühe aus dem Wagen heben konnten, allein die Treppe hochtragen? Das wäre ja, wie wenn eine Ameise meine Büchertasche in den zweiten Stock tragen würde. Und Ameisen können – im Gegensatz zu mir – immerhin ein Vielfaches ihres Körpergewichts tragen!

»Könnten Sie vielleicht eine Ausnahme machen?«, versuche ich es. »Ich bin allein, wissen Sie.«

»Tut mir leid, Süße. Dürfen wir nicht«, sagt er und dreht sich um. Er steigt zu seinem Kollegen in den Lieferwagen, und weg sind sie.

Okay. Was weiß ich über Kraftwandler? Hätte ich nur in Physik besser aufgepasst. Schiefe Ebenen sind gut, Flaschenzüge noch besser. Aber ich habe weder eine schiefe Ebene noch einen Flaschenzug. Und die Matratze lehnt an der Hauswand und wird sich sicher nicht von selbst bewegen. Wenn sie wenigstens Griffe hätte!

Ich zerre an der Plastikhülle, aber die Matratze bewegt sich höchstens ein paar Zentimeter. Also stemme ich mich im nächsten Anlauf von der anderen Seite dagegen. Das funktioniert schon besser, und es gelingt mir, sie bis vor die Türschwelle zu schieben. Hier komme ich nicht weiter. Ich laufe wieder auf die andere Seite und versuche, sie auf die etwa zwanzig Zentimeter hohe Stufe zu heben. Ich bekomme sie auch hoch genug, aber dann beginnt die Matratze, bedrohlich zu schwanken. Ich will sie mit aller Macht festhalten, komme dabei aber selbst aus dem Gleichgewicht, sodass ich die Matratze loslassen muss. Mit einem erstickten *Wumms* fällt sie auf den Gehweg und wirbelt eine mächtige Staubwolke auf.

»Verdammt!«, brülle ich. Wenn sich die Matratze wenigstens in den Hausflur bugsieren ließe, könnte sie erst mal dort stehen und ich könnte Sam um Hilfe bitten. Aber ich will sie nicht einfach auf der Straße lassen, für den Fall, dass ein sehr kräftiger Matratzendieb vorbeikommt. Ich wäge die Wahrscheinlichkeit ab. Vermutlich gibt es einen solchen Dieb nicht, aber ich will das Risiko trotzdem nicht eingehen.

»He!«, höre ich eine Stimme von der anderen Straßenseite. Es ist Rhys, der vor dem Café steht und raucht. »Kann es sein, dass du Hilfe brauchst?«, fragt er.

»Gut erkannt, Sherlock«, rufe ich zurück. »Würdest du Captain Ahab in seinem Kampf gegen Moby Dick helfen?«

»Du scheinst dich öfter zu übernehmen«, sagt er, schlendert aber tatsächlich über die Straße. Er nimmt noch einen Zug von seiner Zigarette und schnippt sie dann gekonnt unter ein parkendes Auto.

»Ich kann eigentlich nichts dafür, dass ich in dieser Situation bin. Der Lieferdienst wollte mir nicht helfen.«

Rhys brummt etwas und richtet dann die Matratze wieder auf. »Und dann hat die Matratze dir ein Bein abgerissen, und jetzt kommst du nicht mehr von ihr los und jagst sie durch die Meere?«, fragt er, und ich bin völlig perplex. Hat er etwa *Moby Dick* gelesen? Bevor ich noch fragen kann, sagt er: »Willst du schieben oder ziehen?«

»Lieber ziehen, glaube ich. Es ist sicher sinnvoller, wenn der Stärkere schiebt.«

Gekonnt hievt er Moby Dick über die Schwelle, und ich ziehe am vorderen Ende, sodass wir in null Komma nichts im Haus sind. Rhys hebt die Matratze noch ein Stück an, und schon sind wir auf der Treppe. Ich ziehe, er schiebt von unten. Stufe um Stufe nähern wir uns dem ersten Stock. Eine Herausforderung ist die Kurve auf halber Höhe des

Treppenabsatzes. Aber Rhys drückt die Matratze einfach um die Biegung, als wäre da gar kein Widerstand.

»Wow«, sage ich und klatsche, als wir einen Moment innehalten, um unsere Arme auszuruhen. »Wie praktisch, dass du so stark bist.«

»Praktisch. Ja, genau«, antwortet er und schiebt dann in einem fast gehässigen Ton hinterher: »Wie schön für dich, dass ich so *praktisch* bin.«

Was habe ich denn nun schon wieder gemacht? Ich sage nichts mehr, sondern ziehe wieder an der Matratze, während er sich mit seinem Gewicht von unten dagegenstemmt.

Als wir im zweiten Stock ankommen, fragt er: »Lässt du deine Tür immer offen?«

Mir gefällt sein genervter Ton nicht. Deswegen sage ich: »Danke, den Rest schaffe ich jetzt auch allein.«

»Ach ja?« Er hat schon den kleinen Flur durchquert und steht in meinem Zimmer. »Und wie willst du die alte Matratze loswerden?«

»O nein!« Daran hatte ich gar nicht gedacht. Natürlich, das scheußliche Ding ist ja auch noch da. Ich sehe ihn mit meinem flehendsten Blick an und frage: »Vielleicht kannst du mir damit auch noch helfen?«

»Vielleicht kann Amy die brauchen«, sagt er und macht sich daran, die neue Matratze auf die Seite zu schieben.

Gemeinsam tragen wir das alte Teil in den Hausflur, wo ich sie erst mal stehen lasse. Sie hat scheußliche Flecken und ich bin froh, dass ich sie los bin.

»Die war übrigens schon so«, sage ich zu Rhys, weil es mir plötzlich peinlich ist, dass er glauben könnte, beim Schlafen würden diverse Körpersäfte unkontrolliert aus mir austreten.

Er würdigt meinen Kommentar mit einem Brummen und schiebt Moby Dick in mein Zimmer. Dort befreien wir ihn von der Plastikhülle. Rhys lässt die Matratze einfach auf das Bettgestell fallen und rückt sie noch zurecht. Perfekt!

Ich setze mich sofort darauf, schlage die Beine übereinander und beginne zu wippen, um auszutesten, wie weich mein neues Bett ist. Es fühlt sich herrlich an. Wäre mein Rücken eine Katze, er würde jetzt schnurren.

»Komm, probier's mal aus«, sage ich und klopfe neben mich auf die Matratze. Erst denke ich mir nichts dabei, dann kommt es mir aber doch seltsam vor, dass ich einen eigentlich Fremden einlade, mein Bett Probe zu liegen.

Rhys zögert kurz, lässt sich dann aber tatsächlich neben mich plumpsen und nach hinten umfallen. »Ja, die ist sehr bequem. Und gar nicht mal fleckig«, sagt er. Er richtet sich wieder auf und sieht mich an. Dann lächelt er. Ich weiß nicht, ob ich ihn schon mal lächeln gesehen habe. Sein hartes Gesicht wird dadurch gleich viel sanfter. Dann schließt er kurz die Augen, und das Lächeln ist wieder verschwunden.

»Vielen Dank für deine Hilfe. Ich hätte echt nicht gewusst, wie ich dieses Monster hier allein hätte hochschaffen sollen«, sage ich.

»Captain Ahab hatte schließlich auch seine Crew«, erwidert er. »Wichtig ist nur, dass wir das Biest bezwungen haben.«

Kann es sein, dass er langsam etwas auftaut?

Rhys

8 Habe ich gerade einen Witz gemacht? So muss es wohl sein, denn Tamsin kichert.

»Hast du etwa *Moby Dick* gelesen?«, fragt sie.

Ich zucke mit den Schultern. Sie muss nicht wissen, dass ich den Roman das erste Mal mit sechzehn gelesen habe und dann noch einmal vor einem Jahr. Dass ich selbst einen weißen Wal hatte, gegen den ich ankämpfen musste – und vermutlich immer noch ankämpfen muss. Allerdings war meiner real und gefährlich. Vielleicht sogar lebensgefährlich. Man sieht es mir auf den ersten Blick nicht an. Einen zweiten Blick lasse ich nicht zu.

»Kann ich dir zum Dank für deine Hilfe eine Cola anbieten?«, fragt Tamsin. »Eiskalt, ich habe den Kühlschrank zum Laufen gebracht.« In ihrer Stimme schwingt fast ein wenig Stolz mit.

Ich überlege. Liz hat im Café sicher alles im Griff. Als ich auf eine Zigarette vor die Tür gegangen bin, waren alle Gäste versorgt. Der Mittagsansturm müsste eigentlich vorüber sein. »Also gut, warum nicht«, sage ich und verbuche es unter »Erfahrungen sammeln« für mein zukünftiges Leben.

Tamsin steht auf. Die Küchenzeile ist gegenüber vom Bett, und als sie sich bückt, um die Getränke zu holen, rutscht ihre 80er-Jahre-Jeans nach unten und entblößt den lilafarbenen Spitzenrand ihrer Unterwäsche. Ich bin mir sicher, dass ich die Farbe ihres Slips nicht kennen sollte, und wende den Blick ab. Mein Herzschlag hat sich beschleunigt. Ich habe nicht mehr mit einem Mädchen allein in einem Zimmer gesessen, seit ich fünfzehn war! Mir fällt Alyssa ein. Sie muss die Letzte gewesen sein. Sie ließ die Jungs beim Knutschen unter ihr T-Shirt fassen. Ich schaue auf meine Hände und kann kaum glauben, dass ich damit wirklich Alyssas Brüste berührt haben soll. Je länger ich auf meine Finger starre, desto größer, unbeholfener und grober kommen sie mir vor. Es sind keine Hände, von denen irgendjemand berührt werden will.

Meine Gedanken machen mich nervös. Als Tamsin sich wieder neben mich setzt und die Matratze leicht wippt, bin ich mir ihrer Nähe viel zu sehr bewusst. Ich rieche ihren Duft, und ihre offenen Haare schimmern in der hereinfallenden Nachmittagssonne in verschiedenen warmen Brauntönen. Kurz muss ich mich daran erinnern, wer ich bin, um nicht meine Hand danach auszustrecken. Stattdessen nehme ich dankbar die Cola, die sie mir hinhält, und drücke mir die eiskalte Flasche gegen meine heiße Stirn.

Ich räuspere mich, und um von mir abzulenken, frage ich mit Blick auf ein gerahmtes Foto: »Ist das dein Bruder?«

»Sam? Nein, das ist mein bester Freund. Er ist der Grund, warum ich hier bin.«

»Wie meinst du das?« Die Frage kommt sehr schnell und ich wundere mich darüber, dass das alte Foto eines Jungen, der kaum älter als zwölf sein kann, bei mir so etwas wie Wut auslöst.

»Na ja, eigentlich bin ich aus Maine. Aber Sam ist hier an der Uni. Deswegen habe ich mich hier beworben. Und als ich angenommen wurde und zu Hause alles ein bisschen anders kam, als ich geplant hatte …« Sie beendet den Satz nicht.

»Was hattest du denn geplant?« Ich will eigentlich nicht so neugierig sein, aber jetzt interessiert mich doch, was genau *anders* gelaufen ist. Ich lasse mich nach hinten sinken und stütze mich auf die Ellbogen. Unwillkürlich gleitet mein Blick dabei noch mal auf ihren Hosenbund, doch man sieht nur noch einen dünnen Hautstreifen dort, wo das T-Shirt nicht ganz bis zur Hose reicht.

Sie dreht sich zu mir um und grinst. »Interessiert dich das wirklich oder fragst du nur aus Höflichkeit?«

»Du musst es nicht erzählen, wenn du nicht willst. Ich dachte, du stehst auf Small Talk.«

»Es ist zwar nicht direkt Small Talk, aber es ist auch kein Geheimnis. Allerdings wirkst du eben nicht unbedingt wie jemand, der sich für andere Leute interessiert.«

Da ist was dran. Ich ziehe aber trotzdem auffordernd meine Augenbrauen hoch, und sie seufzt theatralisch.

»Na schön. Ich hatte einen Freund. Wir waren drei Jahre zusammen. Wir wollten in eine gemeinsame Wohnung ziehen, ich sollte in Maine studieren. Aber dann hat er mich betrogen. In der gleichen Woche ist mein Großvater gestorben. Das Letzte, was er zu mir gesagt hat, war, dass ich das Leben voll auskosten soll. Und deswegen bin ich nach Kalifornien gekommen.«

Sie rattert das alles sehr schnell runter und scheint erleichtert zu sein, dass es raus ist.

»Oh«, sage ich. Hätte ich geahnt, dass es um etwas so Persönliches geht, hätte ich vermutlich nicht nachgefragt. Was für eine blöde Situation schon wieder. Sollte ich etwas sagen?

»Du musst dazu nichts sagen. Ich versuche, nicht mehr dran zu denken. Die Sache mit Dominic, so heißt der Penner, ist mir eben passiert, aber sicher nur dieses eine Mal. Männer können mir gestohlen bleiben.«

»Es sei denn, du brauchst Hilfe beim Tragen von schweren Gegenständen«, wende ich ein, denn ich habe das Gefühl, dass nebeneinander auf einer neuen Matratze zu sitzen und Cola zu trinken, nicht unbedingt das ist, was andere unter »gestohlen bleiben« verstehen.

»Ich verbiete mir natürlich nicht grundsätzlich den Umgang mit dem anderen Geschlecht. Aber es bleibt eben rein platonisch. Schließlich ist nichts dagegen zu sagen, Junggesellin zu sein. Bei Männern ist diese Lebensform sogar sehr anerkannt. Warum also nicht auch bei Frauen?«

Darauf weiß ich keine Antwort und nehme einen Verlegenheitsschluck aus meiner Cola, damit sie keine Reaktion von mir erwartet.

»Viele meiner liebsten Autorinnen waren ihr Leben lang allein. Jane Austen, Louisa May Alcott, Emily Dickinson. Der Kreativität scheint es also nicht zu schaden.« Sie hält einen Moment inne. Dann: »Dass es aber auch so schwer sein kann, seinen Schwanz in der Hose zu behalten!«

Ich schnaube. Sie kann ja nicht wissen, dass ich meinen Schwanz die letzten Jahre in der Hose behalten habe.

»Und du?«, fragt sie jetzt leiser. »Was ist deine Geschichte?«

Bei diesen Worten lässt auch sie sich nach hinten fallen und dreht mir das Gesicht zu. Sie ist mir jetzt fast zu nah, und ich bin versucht, mich wieder aufzusetzen. Doch dann entscheide ich, dass ich ihre Nähe aushalten werde, und bleibe, wo ich bin.

»Ich habe keine Geschichte«, sage ich.

»Ach komm, jeder hat eine Geschichte!« Sie lässt nicht locker. »Wo kommst du zum Beispiel her?«

»Aus Pearley. Geboren, aufgewachsen. Allerdings in einem Teil der Stadt, in den du dich nicht verirren solltest.«

»Gibt es in Pearley Viertel, die wirklich gefährlich sind?«, fragt sie ungläubig.

»Wo gibt es die nicht?«, frage ich.

»In Rosedale. Da, wo ich herkomme. Da gibt es nur Reihenhäuser und gepflegte Gärten. Gewaschene Autos und besorgte Mütter, die ihre Karrieren für die Kinder aufgegeben haben.« Sie verdreht die Augen.

»Im Ernst?«

»Im Ernst. Und ich wäre vermutlich ebenfalls eine dieser besorgten Mütter geworden.«

»Das kann ich mir kaum vorstellen«, sage ich. »Dafür bist du viel zu …« Mir fällt kein geeignetes Wort ein.

»Viel zu was?«, will sie wissen.

»Ach, ich weiß nicht. Viel zu … lebendig?«

Sie lächelt. Die Nähe zwischen uns kommt mir gar nicht mehr so aufdringlich vor.

»Danke«, sagt sie und richtet den Blick an die Decke.

Ich lege mich neben sie und starre auch nach oben. So liegen wir eine Weile schweigend nebeneinander. Ich höre ihren Atem und wüsste gern, worüber sie jetzt nachdenkt. Über ihren Ex? Ihre Mutter?

»Darf ich dich etwas fragen? Du musst auch nicht antworten«, sagt sie plötzlich.

»Wenn ich nicht antworten muss, nützt dir die Frage doch nichts«, erwidere ich.

»Na ja, vielleicht beantwortest du sie freiwillig. Ich will mich nur absichern für den Fall, dass du sonst wieder sauer wirst.«

Ich glaube, ich weiß, worauf sie anspielt. Vorhin im Treppenhaus. Das war nicht gerade elegant von mir gelöst.

»Na schön, also frag schon«, sage ich und versuche, nicht ruppig zu klingen. Schließlich hat sie sich mir auch anvertraut.

»Warum bist du manchmal so unnahbar?«, fragt sie.

»Das kann ich nicht beantworten«, sage ich. Denn wenn ich es ihr erklären würde, müsste ich ihr die letzten sechs Jahre erklären.

»Aber gibt es einen Grund?«

»Gibt es nicht immer einen Grund?«

»Keine Gegenfrage!«, beschwert sie sich.

»Also schön«, sage ich und mir wird ganz heiß, weil ich nicht weiß, wie mir geschieht. »Ja, es gibt einen Grund.«

»Und sagst du ihn mir?«

Ich setze mich ruckartig auf. Als ich antworte, klingt meine Stimme viel härter, als ich geplant hatte. »Wenn ich das wollte, hätte ich es dir schon erzählt.«

Tamsin

9 Was meint er denn damit? Dieser Kerl überfordert mich. Aber das ist natürlich mal wieder typisch. Ich erzähle ihm alles, was er wissen will. Einfach so. Fast habe ich schon das Gefühl, dass zwischen uns so etwas wie Vertrautheit entsteht. Aber im Gegenzug? Nichts. Das soll kein Vorwurf sein. Er kann ja machen, was er will. Mich geht es auch nichts an. Es ist ja nicht so, als wären wir Freunde. Aber eigentlich wäre es doch ganz schön, wenn zumindest die Möglichkeit einer Freundschaft bestünde. Gerade, wenn man wie ich frisch in eine neue Stadt gezogen ist. Aber er wohnt eben schon sein ganzes Leben lang hier und hat vermutlich genug Leute, die er Freunde nennen kann.

Ich drehe mich auf die Seite und stütze mich auf meinen rechten Ellenbogen. Mit der linken Hand tue ich so, als würde ich Fusseln von der neuen Matratze zupfen. Es war eine dumme Idee, unsere Kaffee-Matratzen-Bekanntschaft auf eine persönlichere Ebene heben zu wollen. Das weiß ich jetzt. Ich will gerade ansetzen, ihm genau das zu sagen, als er sich räuspert. Ich sehe auf, doch er bewegt sich nicht. Ich sehe nur seinen breiten Rücken, dessen Muskeln sich unter dem verwaschenen T-Shirt abzeichnen. Er scheint seinen Nacken anzuspannen, denn dort treten Sehnen hervor. Er macht ein Geräusch, das klingt wie Zähneknirschen. Auf einmal finde ich die Situation gar nicht mehr so ungezwungen. Sein Schweigen, seine Körperhaltung und vor allem seine Statur wirken plötzlich bedrohlich. Vielleicht sollte ein naives Mädchen aus Rosedale nicht einfach so fremde, kräftige Männer zu sich nach Hause einladen.

»Wenn ich dir jetzt etwas erzähle«, sagt Rhys plötzlich leise und klingt gar nicht mehr nach sich selbst, »versprichst du mir dann, darauf zu vertrauen, dass ich die Wahrheit sage?«

Ich bin etwas perplex. Seine Stimme ist so ernst, so eindringlich.

»Ja. Natürlich«, sage ich, ohne zu überlegen. Mein Herz schlägt schnell.

»Und kannst du mir garantieren, dass du dich damit zufriedengeben wirst?«

»Ja.«

Er fährt sich mit der Hand durch die dunkelblonden Haare und zögert einen Moment. Beinahe glaube ich, er sagt nichts mehr. Doch dann beginnt er zu sprechen. Sehr leise, sodass ich nicht wage, mich zu bewegen.

»Ich bin hier in Pearley geboren und aufgewachsen. Und auch die letzten Jahre habe ich hier verbracht. Allerdings nicht in der Stadt, sondern ...« Er hält inne, und ich traue mich nicht, mich zu rühren, aus Angst, er könne nicht mehr weitersprechen. »Sondern im Gefängnis.«

Ich liege stocksteif neben ihm. Sein Geständnis erschreckt mich. Im Gefängnis? Warum?

Er spricht weiter. »Ich habe sechs Jahre im Knast gesessen. Seit ich fünfzehn war. Unschuldig. Die blonde Frau, die du im Café gesehen hast, Amy, das ist meine Sozialarbeiterin.«

Mir entweicht ein Laut, der klingt wie ein zu hohes

Keuchen, obwohl er eine Mischung aus Mitleid, Überraschung und Entsetzen ist. Ich schlage mir die Hand vor den Mund.

»Das ist … wie … wie ist das möglich?«, stammle ich. »Was hast du gemacht?«

»Ich habe gesagt, ›unschuldig‹«, sagt er heiser. »Und du wolltest dich damit zufriedengeben.« Die letzten Worte presst er durch seine aufeinandergebissenen Zähne.

»Ja, natürlich, entschuldige. Das ist nur … das ist so unglaublich!«

»Ich weiß«, flüstert er, und ich habe das Gefühl, dass seine Stimme zittert.

Ich setze mich auf und blicke ihn an. Er starrt unbeweglich auf die Wand vor sich, das Gesicht hart.

»Und wie geht es dir jetzt?«, frage ich, weil ich die Stille zwischen uns unerträglich finde nach dieser Offenbarung.

»Okay, schätze ich.« Er scheint sich plötzlich daran zu erinnern, wo er sich befindet, denn er entspannt seine Schultern. Seine Stimme nimmt wieder die gewohnte Lautstärke ein. Er wendet seinen Kopf, wie um mich anzusehen. Doch unsere Blicke streifen sich nur kurz. Dann sieht er sofort auf die Matratze zwischen uns.

»Es ist seltsam, draußen zu sein«, gesteht er. »Die Welt ist irgendwie zu … voll. Und für mich ist kein Platz.«

»Was sagst du denn da! Natürlich ist für dich Platz! Wer soll mich denn mit Kaffee versorgen?« Ich versuche mich an einem kleinen Scherz und hoffe, dass er es nicht falsch versteht.

Er lächelt leicht. »Ja, ich schätze, das kann ich.«

Ich bin immer noch wie gelähmt. Ich wünschte, er würde mir erzählen, wie es zu alldem kommen konnte, erinnere mich aber an unsere Abmachung. Wenn das wirklich stimmt … dann hat Rhys beinahe seine gesamte Jugend im Gefängnis verbracht. Und ich habe versprochen, ihm zu glauben, so schwer vorstellbar das auch ist. Ich lege meine Hand ganz vorsichtig auf seine Schulter zum Zeichen, dass er mir vertrauen kann. Als ich ihn berühre, zuckt er zusammen. Ich ziehe die Hand wieder weg.

»Weißt du, es ist schon okay, solange man nicht drüber nachdenkt. Das habe ich am Anfang genug gemacht. Aber irgendwann bin ich zu dem Schluss gekommen, dass es Sachen gibt, die man ertragen muss. An denen man ohnehin nichts ändern kann. Es laut auszusprechen ist hart. Das macht es real und bringt Erinnerungen zurück.«

»Okay. Dann sprechen wir nicht drüber. Nur wenn du … also, … wenn du möchtest.« Ich will ihm auf jeden Fall das Gefühl geben, dass er mit mir reden kann.

»Danke. Das wird nicht nötig sein.« Seine Stimme ist jetzt wieder fest, und er sieht mich sogar an. Er wirkt ganz normal. Oder na ja, so normal, wie er eben wirkt. Seine Augen blicken mich eindringlich an und geben meinem Puls gar keine Chance, sich wieder zu beruhigen. Rhys' Enthüllung ist mir vermutlich fast so nahegegangen wie ihm selbst. Der Anblick seines gequälten Gesichtsausdrucks hat sich für immer in mein Gedächtnis gebrannt. Manchmal wünschte ich, ich könnte meine Kopfkamera besser kontrollieren.

Rhys

10 Jetzt ist es also raus. Ich habe einer fast fremden Person mein Geheimnis verraten. Mir wird plötzlich bewusst, dass ich ihr schon seit einigen Sekunden direkt in die Augen blicke. Sie wendet sich ab. Natürlich tut sie das. Wie soll sie sich neben mir wohlfühlen? Neben einem Verurteilten? Einem von der Gesellschaft Ausgestoßenen, der gerade vom System wieder ausgekotzt wurde? Warum habe ich es ihr nur erzählt! Wie konnte ich jemals annehmen, dass sie mir glauben würde? Ich muss hier verschwinden. Noch kann ich nicht absehen, was mein Geständnis für Auswirkungen haben wird, aber ich werde hier nicht herumsitzen und darauf warten, dass dieses seltsame Mädchen mich verurteilt. Ich stehe auf.

»Ich sollte dann mal wieder runtergehen. Liz ist ganz alleine im Café.«

»O ja, natürlich. Danke für deine Hilfe. Und für – na ja, du weißt schon. Deine Offenheit.«

»Wir sehen uns«, sage ich, hebe die Hand zum Gruß und laufe aus ihrer Wohnung, die Treppe hinunter und über die Straße ins Café. Beinahe renne ich.

Sobald ich den Laden betrete, habe ich das Gefühl, wieder in Sicherheit zu sein. Auf bekanntem Terrain. Was bin ich für ein Idiot! Wie konnte ich nur für eine Sekunde annehmen, dass dieser kurze Augenblick der Vertrautheit, den ich mir eingebildet habe, eine Basis wäre für eine solche Geschichte? Ich verstehe nicht, was mit mir geschieht. Habe ich durch ein Fenster in ein normales Leben geblickt und für einen kurzen Moment gedacht, ich könnte es teilen? Als hätten mich die letzten Jahre nichts gelehrt. Vertraue niemandem. Anscheinend nicht mal dir selbst. Das muss die Devise sein. Ich bin nicht hier, um Freunde zu finden. Dafür werde ich nicht einmal lange genug bleiben. Ich muss mich fokussieren.

»Wo hast du dich denn rumgetrieben? Siehst aus, als hättest du ein Gespenst gesehen«, sagt Liz, als sie aus der Küche kommt. Die Nächste, die mich mit Fragen in die Enge treiben will. In der Hand hält sie einen Teller mit einem Sandwich darauf, den sie nun lächelnd vor den einzigen Kunden im Café stellt. »Bitte schön«, sagt sie an den alten Mann gewandt.

»Habe nur jemandem geholfen«, nuschle ich. Mein Leben geht Liz nichts an. Und wenn ich kurz mal nach draußen gehe, brauche ich danach keine Fragestunde.

»Amy hat angerufen. Sie sagt, du sollst bei ihr vorbeikommen, wenn du Zeit hast. Sie ist heute bis neun im Büro.«

»Hat sie gesagt, was sie wollte?« Das hat mir gerade noch gefehlt. Noch jemand, der mich löchert.

»Sie hat gesagt, es sei dringend. Sie braucht bei irgendwas deine Hilfe.«

»Meine Hilfe?« Was soll denn das bedeuten? Ungläubig runzle ich die Stirn. Doch Liz zuckt nur mit den Schultern und geht nach hinten ins Lager.

Als ich nach Feierabend Amys Büro betrete, brütet sie über irgendwelchen Ordnern. Sie blickt auf und lächelt mich an.

»Ah, Rhys, schön dich zu sehen!«, sagt sie. »Na? Wie geht's?«

Ich seufze. Immer das Gleiche! »Wie soll es schon gehen?«, frage ich barsch. »Was soll diese Fragerei andauernd? Tamsin, Liz, du, ich habe keine Lust, ständig kontrolliert zu werden. Das ist wie im Gefängnis hier. ›Wo warst du?‹, ›Wie läuft es?‹, ›Wie fühlst du dich?‹. Als wäre ich grenzdebil oder so. Es ist ein bisschen spät für solche Fragen«, bricht es plötzlich aus mir heraus. Ich bin selbst etwas perplex über meine Lautstärke, aber das hat sie nun davon.

»Äh«, sagt Amy und sieht mich leicht verwirrt an. »Ich frage das ehrlich gesagt jeden, den ich länger nicht gesehen habe. Das ist reine Höflichkeit. Nur weil *ich* es schön finde, wenn man *mir* Interesse entgegenbringt, muss das ja nicht auch für dich gelten. Wenn es dich stört, lasse ich es ab jetzt. Ist notiert.«

Na toll. Jetzt bin ich also auch noch das Arschloch. »War wohl einfach ein langer Tag«, sage ich entschuldigend. »Liz meint, du brauchst meine Hilfe?«

»Ja, genau.« Amy scheint mir meinen Ausbruch glücklicherweise nicht übel zu nehmen. »Ich habe eine Liste von Empfehlungen für unser Programm bekommen. Die Gefängnispsychologen im Umkreis schicken mir ab und zu geeignete Kandidaten, die bald entlassen werden, wenn wir Kapazitäten haben. Da dein Mitbewohner – wie schon gesagt – rückfällig geworden ist, haben wir noch einen Platz frei. Und ich dachte, vielleicht wäre es auch in deinem Interesse, wenn du einen Blick auf die Namen wirfst. Schließlich musst du mit demjenigen, den wir auswählen, zusammenwohnen.«

Macht sie das, um sich bei mir einzuschleimen? Will sie mir das Gefühl geben, dass ich ein Mitspracherecht habe?

Oder geht es darum, das Konfliktpotenzial zu minimieren? Was auch immer ihre Motivation ist, mir soll's recht sein.

Sie winkt mich zu sich hinter den Schreibtisch und öffnet einen Ordner. Obenauf liegt ein Brief von Mr Brentford, dem Psychologen des PJP, bei dem ich auch einige Male war. Besonders in der Anfangszeit bestand er darauf, mich häufiger zu sehen. Bis ich aufgehört habe, mit ihm zu sprechen. Denn helfen konnte er mir ohnehin nicht. Niemand konnte an meiner beschissenen Situation etwas ändern – abgesehen von mir selbst. Unter dem Brief liegen einige Akten.

»Das Material ist streng vertraulich«, sagt Amy. »Aber die Namen kann ich dir verraten, dagegen spricht nichts. Vielleicht kennst du ja einen der drei und teilst Mr Brentfords Ansicht.« Sie reicht mir den Brief.

Einer der Namen springt mir sofort ins Auge. Malik Capela. Ein athletischer Afroamerikaner. Ich hatte nicht viel mit ihm zu tun, denn im PJP wurden die Insassen streng nach Hautfarbe getrennt, um Konflikte zu vermeiden – so die offizielle Version. Ich glaube, die Mitarbeiter sind einfach verdammte Rassisten. Malik aber ist mir in Erinnerung geblieben. Ich war nach einem Faustkampf gegen jemanden, den ich aus meinem Gedächtnis streichen möchte, ein paar Tage in Einzelhaft gewesen. An dem Morgen, als ich wieder rauskam, nickte Malik mir auf dem Gang zu. So etwas vergisst man nicht. Der zweite Name gehört zu einem blassen Mittzwanziger, über den ich nichts weiß, der dritte sagt mir nichts, klingt aber südamerikanisch. Meine Entscheidung steht fest.

»Malik«, sage ich und zeige auf seinen Namen.

Tamsin

11

Ich habe Rhys seit seinem Geständnis vor etwas über einer Woche nicht mehr gesehen. Ich hoffe, er denkt nicht, dass ich ihm aus dem Weg gehe. Ich habe es seitdem nur zweimal ins Café geschafft, aber beide Male war er nicht da. Die Uni hat jetzt richtig angefangen, und ich bin ziemlich eingespannt. Neben meinen allgemeinen Kursen und Vorlesungen besuche ich noch drei Seminare. Ein Einführungsseminar in die Literaturgeschichte, eines zu den Werken John Steinbecks und das Seminar über Kriminalliteratur, dessen Leseliste mich ganz schön auf Trab hält. Zum Einführungsseminar gehört außerdem eine Übung, die Sam leitet. Beim ersten Mal hatte ich keine Ahnung und war völlig perplex, als ich von meinem Buch aufblickte, um zu sehen, wie Sam seinen Namen an die Tafel schrieb. Nach der Doppelstunde wurde er von einigen meiner Kommilitoninnen umringt, die laut Sam Fragen zum Inhalt der Übung hatten. Oder eher Fragen zu seiner Telefonnummer, wie ich glaube. Ich freue mich, dass er hier an der Uni genau das gefunden hat, was ihn dazu antreibt, das Beste aus sich herauszuholen. Ich hoffe, das gelingt mir auch. Als Dozent ist er superverständlich und mitreißend. Man kann gar nicht anders, als ihn beeindrucken zu wollen.

Doch heute bin ich nach der Übung mit ihm verabredet. Wir haben länger keine Zeit miteinander verbracht und wollen gemeinsam einen Kaffee trinken. Außerdem habe ich einen Plan und brauche dafür seine Hilfe.

Nach der Doppelstunde wird Sam wieder von einer Mädchentraube belagert. Zelda, die neben mir sitzt, schnaubt. »Jaja, wir wissen es. Er ist zuckersüß und intelligent. Aber wie peinlich ist es bitte, sich so anzubiedern?«

Ich muss lachen. Mir gefällt Zeldas direkte Art. Ich freue mich immer, wenn sie sich neben mich setzt und mir trockene Kommentare auf meinen Block kritzelt.

»Was meinst du? Hat eine von denen eine Chance bei McPerfect?«

Sam heißt McPherson mit Nachnamen, und mir gefällt das Wortspiel. »Ich glaube nicht. Ich kann mir nicht vorstellen, dass er auf Groupies steht«, erwidere ich.

Die Mädchentraube löst sich langsam auf, und als nur noch zwei Studentinnen an Sams Pult stehen, blickt er kurz auf und ruft: »Ich bin gleich so weit, Tams. Gibst du mir noch eine Minute?«

»Waaaaas?«, flüstert Zelda, die gerade noch ihr Handy in die Tasche packt, in mein Ohr. »Hast du etwa was mit dem? Warum sagst du denn nichts?« Sie boxt mich in die Seite und grinst breit.

»Nein, Sam und ich sind nur Freunde. Wir kennen uns schon ewig«, sage ich, aber mir entgeht ihr übertriebenes Zwinkern nicht. »Ernsthaft, da läuft nichts zwischen uns. Selbst wenn ich etwas von ihm wollte, ich bin extra hierhergekommen, um von einem Kerl wegzukommen. Da lache ich mir doch nicht gleich den nächsten an.«

»Du kommst hierher? In McPerfects Übung? Um von einem Kerl wegzukommen? Na, wenn das kein todsicherer Plan ist …«, sagt Zelda mit ironischem Unterton.

»Jetzt hör schon auf.« Ich muss kichern. Denn von

außen betrachtet ist es vermutlich wirklich nicht abwegig, dass Sam und ich ein Paar sein könnten. Aber das hier ist meine Zeit. Und selbst wenn ich vielleicht früher mal für ihn geschwärmt habe, würde ich dafür nicht die Freiheit des Studentenlebens aufgeben.

»Schon gut. Aber sag Bescheid, wenn sich etwas ändert. Dann müssen wir nämlich den anderen die traurige Botschaft überbringen, dass sie mit ihrer Belagerung aufhören können. So fair sollten wir sein«, witzelt Zelda noch. Dann verlässt sie den Raum. Und auch Sam scheint inzwischen alle offenen Fragen geklärt zu haben. Wir verlassen zusammen den Seminarraum Richtung Kaffeestand.

Draußen auf dem Rasen vor dem Hauptgebäude der Universität sitzen viele Studentengrüppchen. Wir suchen uns einen Platz unter einem Ahornbaum und lassen uns in seinem Schatten nieder. Ich nutze die Gelegenheit, um an meinem Plan zu arbeiten.

»Gibt es etwas aus den letzten sechs Jahren«, frage ich, »das du nicht hättest verpassen wollen? Wenn du zum Beispiel …«, ich zögere, »… auf einem anderen Planeten gewesen wärst?«

»Wie kommst du denn auf so etwas?«, fragt Sam.

»Ach, diese ganze Literaturgeschichte hat mich zum Nachdenken gebracht«, versuche ich abzulenken. »Was passiert denn heutzutage noch, das bleibt?«

»Jede Menge!«, sagt Sam. »Filme, Musik, Literatur. Zeitgeschehen. Natürlich können wir noch nicht sagen, was davon bleibt, aber so ein paar Meilensteine würden mir schon einfallen.«

»Dann sag doch mal!«, dränge ich ihn.

»Ich hätte beispielsweise den zweiten Roman von Harper Lee nicht verpassen wollen. Das war schon ein Ding nach über fünfzig Jahren. Oder *Das Schicksal ist ein mieser Verräter*. Stell dir vor, du hättest das nicht gelesen.«

»Dann hätte ich mir viele Tränen erspart«, sage ich, weiß aber, was er meint. Es ist eins unserer gemeinsamen Lieblingsbücher.

»Oder *La La Land!* Ich dachte, du liebst diesen Film. O Gott, ich hätte zwei Bond-Filme verpasst!« James Bond ist Sams *guilty pleasure*. Er sagt, er sei sich durchaus bewusst, dass es sich dabei um »sexistische Schwarz-Weiß-Malerei mit überholten Feindbildern« handelt, aber er sieht sie sich trotzdem gerne an. »Und Halt! Den wichtigsten Film habe ich vergessen! Was ist mit *Frozen?*«

Wir brechen beide in schallendes Gelächter aus. Sam und ich schauen jedes Jahr zu Weihnachten gemeinsam *Frozen*. Das ist unsere Tradition. Danach bekommen wir monatelang *Let it go* nicht mehr aus dem Kopf.

»Du hättest aber auch nie einen Ohrwurm von *Call me maybe* gehabt«, sage ich. Es gab eine Zeit, da haben wir uns immer, wenn einer von uns das Lied irgendwo gehört hatte, Textzeilen geschickt, um den anderen mit dem Ohrwurm anzustecken.

»Das stimmt. Was für ein Verlust!«, sagt Sam. »Ich glaube, ich wäre am Boden zerstört, zu erfahren, dass David Bowie tot ist. Und das schon seit zwei Jahren. Und stell dir vor, du kommst zurück auf die Erde und der, dessen Name nicht genannt werden darf, ist plötzlich Präsident!«

»Andererseits ist es vielleicht gar nicht so schlecht, wenn du einfach vor vollendete Tatsachen gestellt wirst. Der Schock ist zwar groß, aber der Kummer vielleicht geringer«, werfe ich ein.

»Ich weiß nicht. Ich glaube, ich wäre lieber dabei, wenn

die Welt untergeht, als zurückzukommen und sie ist weg. Weißt du noch das Konzert von Sparks vor drei Jahren? Allein dafür hat sich meine Anwesenheit auf der Erde gelohnt.«

Ich erinnere mich noch gut an das Konzert. Ich behauptete, ich würde bei einer Freundin schlafen, fuhr aber stattdessen mit Sam nach Boston. Es war eine der großartigsten Nächte meines Lebens. Die Musik, die Stimmung, ein einzigartiger Abend mit meinem besten Freund. Das Bild meiner Kopfkamera transportiert mich sofort wieder zurück.

»Das war ein perfekter Abend«, sage ich.

»Ja, das war es«, erwidert Sam.

Wir unterhalten uns noch eine Weile, aber so richtig bin ich nicht anwesend. Ich mache schon wieder Listen im Kopf. Einkaufslisten diesmal.

Rhys

12

Ich bin jetzt stolzer Besitzer eines eigenen Laptops. Es ist kein sonderlich neues Modell, aber die alten Dinger, die wir im PJP hatten, schlägt er um Längen. Trotzdem blieben all meine bisherigen Suchanfragen erfolglos. Viele Namen von damals fallen mir einfach nicht mehr ein. Die, an die ich mich erinnere, sind zum Großteil auch nicht sofort auffindbar. Ich hoffe, dass ich mich von Kontakt zu Kontakt hangeln kann. Und irgendwo muss ich anfangen.

Das Letzte, was ich von meiner Familie weiß, ist, dass mein Stiefvater unser Haus verkauft hat. So stand es in dem Brief, den meine Mutter mir nach einem Jahr geschickt hat:

Rhys, es tut mir leid. Wir haben das Haus verkauft und fangen woanders von vorne an. Pass auf dich auf, mein Sohn.

In Liebe, Mom

Ich sitze an einem der leeren Tische im Café, den Laptop vor mir aufgeklappt. Ich versuche, jede freie Minute zu nutzen, und heute ist nicht viel los. Die Suche nach Spuren lenkt mich außerdem davon ab, dass Tamsin schon seit fast zwei Wochen nicht mehr hier war. Es kann mir eigentlich auch egal sein, aber es ärgert mich, dass ich ihr diesen kurzen Moment des Vertrauens geschenkt habe. Sie hat mich zwar dazu gedrängt, aber ich hätte verflucht noch mal schlauer sein müssen. Stärker. Ihr Blick nach meiner Offenbarung lässt mich nicht mehr los. War es Mitleid? War es Verachtung? Oder sogar Angst? Ich kann es nicht sagen. Es ist mir unmöglich, Menschen zu lesen.

Nacheinander tippe ich die Namen von Freundinnen meiner Mom in die Suchmaske, bis ich tatsächlich eine von ihnen finde. Mein Herzschlag beschleunigt sich, als ich auf ihr Profilbild klicke. Ich erinnere mich an sie. Sie war die Friseurin meiner Mom und hat ab und zu auf mich aufgepasst, als ich noch klein war. Viele Bilder hat sie nicht hochgeladen, und meine Mutter ist auf keinem zu sehen. Sarah, so heißt sie, wohnt offensichtlich nicht mehr in Pearley. Aber vermutlich weiß sie, wo *er* mit meiner Mom hingezogen ist. Ich beschließe, ihr zu schreiben.

Nach einigen Minuten habe ich tatsächlich eine Nachricht in meinem Postfach. Aufgeregt öffne ich sie. Ist das der Beginn meiner Jagd?

> Rhys, ich freue mich für dich, dass du offensichtlich wieder draußen bist. Ich werde für dich beten.
> Mehr kann ich nicht tun. Bitte kontaktiere mich nicht mehr. Sarah

Ich. Kann. Es. Nicht. Glauben. Der erste Kontakt mit jemandem aus meiner Vergangenheit. Meiner beschissenen Vergangenheit!

»Aaaaah«, brülle ich durch das leere Café. Ich zittere vor Wut. »Du verdammte Schlampe!« Und das ist an alle gerichtet. An Sarah, meine Mom, Amy, Tamsin. Heuchlerisches Pack.

»Ähm, störe ich?«, fragt eine vorsichtige Stimme von der Tür.

Ich schaue auf und kann mir denken, dass mein Gesichtsausdruck nicht gerade einladend ist. In der Tür steht Tamsin mit einem breiten Lächeln im Gesicht. Sie hat die Haare zu einem Pferdeschwanz zurückgebunden und trägt ein geblümtes, langes Sommerkleid. Sie sieht so unbekümmert aus, dass ich fast noch wütender werde.

»Ich dachte schon, du arbeitest gar nicht mehr.«

»Was soll das denn heißen?«

»Na ja, die letzten Male, als ich hier war, habe ich dich vergeblich gesucht.«

»Du warst da?« Ich bin völlig perplex. Sie ist zurückgekommen? Ich habe sie nicht vertrieben?

»Warum denn nicht? Hast du gedacht …« Sie beendet den Satz nicht, weil ich plötzlich vor ihr stehe und meine Arme um ihren Körper schlinge. Was auch immer in mich gefahren ist, es fühlt sich sehr hölzern an. Nicht sie. Sie ist zart und warm von der Sonne. Aber meine Arme wissen nicht, was sie tun. Ehrlich gesagt weiß *ich* nicht, was ich tue. Also lasse ich sie los und wende mich ab, weil mein Gesicht ganz heiß wird. Sie ist zurückgekommen. Obwohl ich *ich* bin. Bedeutet das, sie glaubt mir?

Ich gehe zu meinem Laptop zurück und klappe ihn schnell zu. Sie steht immer noch an der Tür, macht nun aber einen Schritt in den Raum.

»Natürlich war ich da«, sagt sie leise und lächelt mich an. Lauter fragt sie jetzt: »Wie sieht's aus? Kriege ich einen Kaffee?«

»Klar«, sage ich und bin erleichtert, dass sie die unbeholfene Situation, in die ich uns gebracht habe, wieder mal so perfekt löst.

»Ich muss leider gleich schon wieder los. Ich habe noch ein Treffen mit meiner Arbeitsgruppe an der Uni. Aber ich wollte dir etwas geben.« Sie läuft kurz nach draußen und kommt mit einer Pappschachtel zurück. Sie stellt sie auf den Tresen. Dann nimmt sie den Kaffee, den ich ihr hingestellt habe, und lächelt mich noch einmal an. »Ich hoffe, das ist okay«, sagt sie. »Bis bald.« Mit diesen Worten dreht sie sich um und verlässt das Café.

Es ist verrückt. Wenn Tamsin kommt, wird es laut und bunt und lebendig. Wenn sie weg ist, hallt das Leben noch nach.

Ich nehme den Deckel von der Schachtel. Obenauf liegt ein unordentlich abgerissenes Blockblatt, an dem noch die Ringfransen hängen.

Ich hoffe, du verstehst das hier nicht falsch. Aber mehr hast du eigentlich nicht verpasst.

Tamsin XXXX

Ich bin völlig platt. In der Kiste liegen DVDs, Bücher, CDs, Ausdrucke einer Online-Zeitung. Nacheinander ziehe ich *Skyfall*, *La La Land* und einen Disneyfilm namens *Frozen* aus der Box. Danach *Gehe hin, stelle einen Wächter* von Harper Lee. *Wer die Nachtigall stört* habe ich sicher viermal gelesen! Ich wusste nicht, dass sie noch ein zweites Buch geschrieben hat. Darunter liegt *Das Schicksal ist ein mieser Verräter*. Davon habe ich schon gehört. Dann ein Best-of von David Bowie, das in einen langen ausgedruckten Nachruf eingewickelt ist. Außerdem noch eine Single. *Call me maybe*. Darauf klebt ein Post-it mit dem Hinweis »Ohrwurmgefahr«.

Ich habe einen dicken Kloß im Hals und schlucke schwer. Noch nie, *noch nie* hat jemand so etwas Schönes für mich gemacht. Und ich dachte, sie sei so heuchlerisch wie alle anderen. Ich atme tief ein und wieder aus, presse meine Handballen auf die Augen, bevor alles zu verschwimmen droht.

Nach Feierabend kann ich es kaum erwarten, nach Hause zu kommen. Im Treppenhaus nehme ich immer zwei Stufen auf einmal und balanciere Tamsins Box vorsichtig auf einer Hand, während ich mit der anderen den Wohnungsschlüssel in den Tiefen meiner Hosentasche suche. Außer Atem schließe ich die Tür auf. Ich möchte mich gern mit meinen neuen Schätzen in mein Zimmer zurückziehen, einen nach dem anderen vor mir ausbreiten, mit den Händen über die Buchcover fahren. Ich kann immer noch nicht glauben, dass Tamsin das für mich gemacht hat. Trotz allem. Oder vielleicht gerade deswegen?

Ich stoße mit dem Fuß die Tür auf und weiß sofort, dass ich nicht allein bin. Aus der Küche dringen Geräusche. Und – ja, es riecht nach Essen. Was zur Hölle?

Ein dunkles Gesicht schiebt sich vorsichtig in den Türrahmen. Malik. Ich hatte ganz vergessen, dass ich heute einen Mitbewohner bekomme.

»Hi«, sagt er schüchtern und hebt unbeholfen eine Hand zum Gruß.

»Hi«, erwidere ich.

»Sorry, ich hoffe, das ist in Ordnung. Ich habe ein Omelett gemacht. Wenn du Hunger hast …«

Ich räuspere mich, fühle mich etwas überrumpelt. Natürlich kann er Omelett machen. Er wohnt schließlich auch hier. »Kein Ding«, versichere ich ihm deswegen und will eigentlich sagen, dass ich schon gegessen habe. Aber irgendetwas an Maliks Blick lässt mich meinen Wunsch nach Einsamkeit zurückstellen. »Wenn du genug gemacht hast, probiere ich gern.«

»Alles klar, Mann. Cool.« Malik grinst.

Ich stelle die Kiste ab und folge ihm in die Küche, in der es wirklich herrlich duftet. Auf der Anrichte liegen Zwiebelschalen. Der Tisch ist bereits für zwei gedeckt, als hätte Malik auf mich gewartet.

»Ich wusste ehrlich gesagt nicht, was ich sonst tun sollte«, sagt er mit einem Blick auf die Pfanne. »Im Knast war ich Teil des Küchenteams. Schätze, das war das Normalste für mich.«

»Ich beschwere mich nicht«, gebe ich zurück und blicke in sein fröhliches Gesicht.

Malik scheint das absolute Gegenteil von mir zu sein. Er kommt raus und weiß sofort etwas mit sich anzufangen. Bewundernswert. Seine Augen leuchten, als er die Pfanne vom Herd hebt und auf den Tisch stellt. Seine Bewegungen sind fließend. Er wirkt, als hätte er nie etwas anderes gemacht, und mir kommt es so vor, als wäre er außerdem nie irgendwo anders gewesen. Malik fügt sich perfekt in unsere kleine Küche ein, obwohl er groß ist – bestimmt fast zwei Meter – und breit gebaut. Er stellt das dampfende Omelett auf den Tisch, und wir setzen uns.

Kurz essen wir schweigend, dann sagt er: »Alter, ich freu mich, dich zu sehen. Als Amy mir erzählt hat, dass wir zusammenwohnen, dachte ich: ›Ja, Mann, das kann gut werden‹. Man hat sich viel über dich erzählt, weißt du. Was du damals mit Han…«

Ich hebe die Hand und bedeute ihm, zu schweigen. Ich will nicht darüber reden. Ich will den Namen nicht hören.

»Nicht!«, sage ich schnell. Dann schiebe ich hinterher: »Das ist lange her.«

Er kann nicht wissen, was die Erinnerung daran bei mir auslöst. Ja, sogar die Tatsache, dass Malik hier mit mir am Tisch sitzt, ist eigentlich schon zu viel. Die Bilder, die die Vergangenheit vor meinem geistigen Auge heraufbeschwört, jagen mir einen kalten Schauer über den Rücken. Ich höre das Johlen und verzerrte Lachen meiner Mithäftlinge, sehe ihre Gesichter, die sich über mich beugen. Kann meine Schreie, mein verzweifeltes Schluchzen hören. Das Brennen auf meiner Haut spüren. Aber ich will Maliks ersten Tag in Freiheit nicht versauen und verbanne die Erinnerung in den hintersten Winkel meines Bewusstseins. Ich hoffe, dort bleibt sie für immer.

»Kein Problem. Ich wollte nur sagen, du hast meinen Respekt. Alle hatten vor dir Respekt. Das können nicht viele Weiße von sich behaupten.« Er grinst und zwinkert mir zu. Nachdem er sich einen Bissen in den Mund gesteckt hat, schiebt er mit vollem Mund hinterher: »Mann, ich sag dir, dieses Mal wird alles anders. Dieses Mal schaffe ich es.«

»Was meinst du?«

»Ich war zwischendurch wieder draußen. Ich saß zwei Jahre, weil ich bei meinem Cousin im Auto war, als der Penner mit ein paar Kumpels eine Tankstelle überfallen hat. Ich hatte noch Glück. Er sitzt immer noch.« Malik grinst mich an, obwohl zwei Jahre Gefängnis nicht gerade meine Vorstellung von Glück sind. Als er meinen fragenden Blick sieht, erklärt er: »Wir wollten eigentlich nur ein bisschen rumfahren. Mein Cousin, zwei seiner Kumpels und ich. Dann kamen sie auf diese beschissen blöde Idee. Ich habe ihnen gesagt, dass ich da keinen Bock drauf habe, aber sie waren ganz aufgeregt. Wie aufgeputscht. Vermutlich hatten sie sich vorher was eingeworfen. Jedenfalls haben sie es knallhart durchgezogen und mich als Fahrer abgestellt. Und ich Vollidiot dachte, wenn ich den Wagen nicht fahre, kommt mein Cousin meinetwegen in den Knast. Ironie des Schicksals. Und vor ein paar Monaten haben sie mich dann noch mal eingebuchtet wegen ein paar Diebstählen. Wenn du einmal im System drin bist, Alter, kannst du dir nichts mehr erlauben. Ich wollte meiner kleinen Schwester ein Geschenk machen, und schwupps war ich wieder drin. Aber jetzt weiß ich Bescheid. Uns sehen die nicht mehr wieder, Mann. Hab' ich recht?«

Er hebt sein Glas mit Leitungswasser und prostet mir zu. Ich stoße mit ihm an und denke gleichzeitig an *meine* Familie und meinen Plan. Ich darf nicht ungeduldig werden, denn Ungeduld führt zu Fehlern, die ich mir nicht erlauben darf.

Malik erzählt mir von seinem ersten Tag. Was er von Amy hält, dass seine Familie ihn unterstützt, bis er mit Amys Hilfe einen Job – oder noch besser: einen Ausbildungsplatz – gefunden hat. Dass ihn sein erster Weg in Freiheit zu einem Supermarkt geführt hat, in dem er an allen Obstsorten gerochen hat, die dort auslagen. Er lacht. »Haha, ich dachte schon, die schmeißen mich raus! Aber im Ernst, dieser Duft!«

Ich höre ihm zu, bin fasziniert von seiner Anpassungsfähigkeit. Es scheint ihm keinerlei Probleme zu bereiten, sich in der Welt zurechtzufinden. Ich entspanne mich. Malik hat etwas Beruhigendes. Die Selbstverständlichkeit seiner Anwesenheit lässt alles so normal wirken. Ich ertappe mich dabei, dass ich beinahe etwas neidisch auf ihn bin.

»Warum wohnst du nicht bei deiner Familie?«, frage ich ihn und wundere mich selbst darüber, dass es mich interessiert.

»Da ist kein Platz. Das Haus ist winzig und voller Kinder. Ich könnte höchstens auf dem Fußboden schlafen. Sie haben mich abgeholt und hergebracht. Es war fantastisch, sie alle auf einem Fleck zu sehen.« Er lacht.

Als wir fertig gegessen haben, räumt Malik die Teller ab und stellt sie in die Spüle. Er streckt sich und gähnt.

»Weißt du, ich glaube, ich gehe ins Bett. Ich habe seit fast einem Jahr nicht mehr allein in einem Zimmer geschlafen. Ich kann es kaum erwarten.«

»Ja, mach das!« Ich klopfe ihm auf die Schulter. »Ich räume später auf. Danke fürs Essen.«

»Jederzeit! Gute Nacht, Mitbewohner.«

»Gute Nacht.«

Er biegt ins Badezimmer ab, und mein Blick fällt auf die Kiste, die ich bei meinem Eintreffen im Flur habe stehen lassen. Sofort erfüllt mich ein seltsam warmes Gefühl, und mein Herzschlag beschleunigt sich. Ich nehme die Box und bringe sie in mein Zimmer. Es ist heiß hier drin, und ich öffne das Fenster. Ein angenehm kühler Wind weht hinein. Erst zögere ich, aber dann ziehe ich mir doch mein verschwitztes T-Shirt aus. Tamsins Box steht auf dem grauen Teppichboden, und ich setze mich davor. Dann nehme ich einen Gegenstand nach dem anderen heraus, fahre mit den Fingern über jeden einzelnen. Ich lese den Nachruf auf David Bowie. Der Verfasser schreibt von seinem Status als Popikone, von seiner Unsterblichkeit. Das erscheint mir etwas zynisch, wenn man bedenkt, dass es sich um einen Nachruf handelt, aber was weiß ich schon.

Ich lege die CD in das Laufwerk meines Laptops und als die ersten vorsichtigen Klänge von einem Song namens *Space Oddity* erklingen, strecke ich mich auf dem Boden aus. Mein nackter Rücken sinkt in den rauen Teppich. Ich blicke an die Decke und lasse die Musik auf mich wirken. Die Gitarrenklänge und Bowies Stimme drücken angenehm schwer auf mich. Ich schließe die Augen und versuche, an nichts zu denken. Aber das Nichts nimmt schnell Konturen an. Konturen einer Person in einem Sommerkleid. Ich sehe Tamsin vor mir, wie sie Sätze aus Büchern beinahe lautlos vor sich hin spricht. Die Konturen ihrer sich bewegenden Lippen. Ich sehe ihr Gesicht dicht vor meinem, fühle ihren Körper in meinen Armen. Die Wärme. Ihr weiches Haar an meinem Kinn …

Ich weiß nicht, wie lange ich so gelegen habe, als ich plötzlich hochschrecke. Was tue ich hier? Was soll das bringen, abgesehen davon, dass es in meiner Hose pocht? Ein Gefühl, das ich seit Jahren nicht mehr hatte.

Ich setze mich auf und fahre mir mit den Händen über das Gesicht. So geht das nicht. Mal abgesehen davon, dass Tamsin ohnehin kein Interesse an Männern im Allgemeinen und damit auch an mir im Speziellen hat, kann ich an so etwas wie Körperlichkeit nicht einmal denken. Ich blicke an meinem Oberkörper hinunter, und beim Anblick der runden roten Narben auf meiner Brust und meinem Bauch verdrängt die Scham jedes schöne Bild aus meinem Kopf.

Tamsin

13 Zelda holt mich am Samstagmorgen mit ihrem Mini ab. Wir haben uns verabredet, um die Gegend etwas zu erkunden. Sie ist zwar hier in der Nähe aufgewachsen, aber ich kenne bislang nur die Innenstadt und mein Wohnviertel. Wie es außerhalb von Pearley aussieht, kann ich nur erahnen auf Grundlage dessen, was ich beim Landeanflug aus dem Flugzeug gesehen habe. Die Sonne scheint, und es ist ein absolut atemberaubender Tag.

Pearley liegt ungefähr eineinhalb Stunden vom Meer entfernt und ist von Hügeln eingerahmt. Die Landschaft ist komplett anders als in Maine. Die Hügel sind nicht sonderlich hoch und bewachsen mit trockenen Gräsern, kleinen Büschen und kleinblättrigen Bäumen, die auch bei Trockenheit überleben können.

Zelda stellt das Auto auf einem Parkplatz am Fuße eines der Hügel ab und wir machen uns an den Aufstieg.

»Bei gutem Wetter und etwas Wind«, sagt sie, »müsste man eigentlich von oben eine ganz ordentliche Aussicht haben. Aber vermutlich ist es zu diesig. Das kenne ich aus Paloma Bay.«

Ich bin gespannt, was mich erwartet. Ich war nie eine große Wanderin, aber als Zelda vorgeschlagen hat, einen Ausflug zu machen, war ich sofort begeistert.

Die Sonne brennt warm auf uns herab und ich bin froh, dass ich daran gedacht habe, mich mit Sonnenschutz einzucremen. Links und rechts neben uns zirpen Grillen, und ab und zu erschreckt mich ein Rascheln im Gebüsch. Doch es sind jedes Mal nur Vögel, die nach etwas Essbarem suchen.

»Sag mal, Tamsin, konntest du denn die Geschichte mit deinen Eltern inzwischen klären?«, fragt Zelda.

Sie scheint eine Gabe dafür zu haben, in den richtigen Momenten das Falsche zu sagen. Es ist so schön hier, dass ich eigentlich keine Lust habe, über meine Eltern zu reden. Andererseits freut es mich, dass sie ehrlich Anteil an meiner Situation zu nehmen scheint.

»Nein, immer noch nicht. Sie lassen mich die Sache einfach nicht erklären. Ich habe sie in der letzten Zeit fast jeden zweiten Tag angerufen. Aber entweder sind sie nicht zu Hause oder sie gehen nicht ans Telefon.«

»Tut mir leid«, sagt Zelda und boxt mich aufmunternd in die Seite. »Das wird schon. Irgendwann müssen sie mit dir reden.«

»Weißt du, manchmal denke ich, dass es vielleicht gar nicht so schlecht ist, wenn wir erst einmal nicht mehr miteinander reden. Ich wünschte nur, mein schlechtes Gewissen würde endlich die Klappe halten.«

»Hm, ja. Das verstehe ich. Sie scheinen es dir ja auch wirklich nicht leicht gemacht zu haben.«

»Das ist die Untertreibung des Jahrhunderts«, sage ich.

Wir laufen eine Weile schweigend nebeneinanderher. Ein warmer Wind weht und raschelt in den trockenen Gräsern und Büschen. Es ist ungemein friedlich hier. Der Wanderweg ist nicht sonderlich anspruchsvoll. Der staubige Geröllpfad ist breit und mit meinen Turnschuhen leicht zu bewältigen.

Zelda hat mir nicht zu viel versprochen. Die Aussicht, als wir oben ankommen, ist traumhaft. Man kann zwar nicht bis zum Meer sehen, denn dafür ist es tatsächlich in der Ferne zu neblig, aber ich kann erahnen, wo es ist. Und die Landschaft um uns herum – die Hügel mit ihrer trockenen Vegetation, die kleinen Büsche und Bäume, die im Wind zittern – ist so anders als alles, was ich aus Maine gewohnt bin, dass ich seufze.

»Ist alles in Ordnung?«, fragt Zelda.

»Und ob! Es ist nur manchmal schwer zu glauben, dass ich Rosedale wirklich hinter mir gelassen habe.«

Ich setze mich auf einen Felsbrocken, und Zelda lässt sich neben mir nieder. Sie streicht mir einmal fest über den Rücken. Es ist eine Geste der Bekräftigung und Unterstützung.

»Was ist mit dir und deinen Eltern?«, frage ich.

»Iiiiiih, so etwas fragt man nicht«, sagt Zelda.

»Du hast aber auch …«, beginne ich, aber Zelda lacht.

»Es ist ätzend«, sagt sie. »Als ich das letzte Mal dort war, haben sie gesagt, dass ich langsam die Augen nach einem geeigneten Kandidaten aufhalten soll.«

»Geeigneter Kandidat?«, frage ich verwirrt.

»Zum Heiraten, Dummchen. Wofür braucht man sonst geeignete Kandidaten als schwache Frau, die beschützt werden muss?«

Ich lache unsicher, weil ich nicht weiß, ob sie das ernst meint.

»Hast du Lust, heute Abend auf die Freshman-Party in der *Westside Bar* zu gehen?«, fragt sie und wechselt elegant das Thema.

»Ich wollte auf jeden Fall vorbeischauen. Was ist mit dir?«

»Als Frischling gehört sich das wohl«, sagt Zelda und grinst.

Die ersten Takte von *I love it* dröhnen aus den Boxen und Zelda zieht mich auf die Tanzfläche. Sie springt herum und wirft ihre Arme in die Luft, während ich ein bisschen zurückhaltender tanze. Sam zwinkert mir von der Bar aus zu. Er hat sich breitschlagen lassen, auch zu kommen. Allerdings nicht von mir, sondern von zwei Kommilitoninnen aus seiner Übung. Aber ich freue mich, dass er da ist. Ich winke ihn zu mir, aber er schüttelt den Kopf im Takt der Musik und prostet mir mit seinem Plastikbecher zu.

Ich signalisiere Zelda, dass ich zu Sam möchte, und sie nickt und ruft: »Geh du nur zu deinem McPerfect, ich hab hier Spaß für uns beide!«

Ich grinse und bahne mir einen Weg durch die tanzende Menge zu Sam. An der Bar umarmen wir uns.

»Ich habe Durst«, rufe ich ihm ins Ohr, und er hält mir seinen Becher hin. Gierig trinke ich einen Schluck von seinem kalten Bier. »Danke!«

»Ich bin froh, dich zu sehen«, sagt er dicht an meinem Ohr. »Du musst mich vor den Studentinnen retten.«

»Genau genommen bin ich auch Studentin. Also nimm dich in Acht! Warum bist du eigentlich überhaupt gekommen, wenn du keine Lust auf sie hast?«, frage ich provozierend. Ich bringe Sam gern in Verlegenheit.

»Keine Ahnung«, gesteht er. »Vielleicht war es mir anderswo einfach zu kalt und leise.«

Ich lache. Ich weiß genau, was er meint. Hier drin ist es unerträglich stickig, und man kann sich kaum unterhalten. »Hast du Lust, an die frische Luft zu gehen?«, frage ich deshalb.

»Gern. Einen Moment.« Er signalisiert dem Barkeeper, dass er gern noch zwei Bier hätte, und nimmt die beiden Becher entgegen.

Als wir in den umzäunten Außenbereich kommen, sauge ich gierig die Nachtluft ein, die zwar nicht so kühl ist, wie ich es aus Maine gewohnt bin, aber doch eine beträchtliche Verbesserung zu drinnen darstellt. Wir setzen uns auf eine kleine Bank, und Sam reicht mir einen Becher.

»Jetzt erzähl mal«, sagt er dann. »Wie waren denn überhaupt die ersten zwei Wochen?«

»Einfach perfekt«, schwärme ich. »Ich finde alles großartig. Die Vorlesungen, die Universität, die Dozenten …« Bei meinen letzten Worten stoße ich ihm meinen Ellenbogen in die Seite und lache.

»Und Rosedale?«, fragt er weiter. »Hast du kein Heimweh? Bereust du deine Entscheidung nicht?«

»Bereuen? Bist du verrückt? Definitiv nicht. Hierherzukommen war die beste Entscheidung jemals! *Ich koste das Leben voll aus.*«

»Das freut mich.«

Ich blicke zu Sam auf, und er lächelt mich an. Dann legt er einen Arm um mich und drückt mich fest an sich.

»Und verrätst du mir jetzt, was es mit deinen Einkäufen in dem Secondhandbuchladen auf sich hatte?«

»Also schön.« Ich seufze. Sam löchert mich seit unserem gemeinsamen Büchereinkauf mit dieser Frage. Ich weiß auch nicht, warum ich ihm nichts von der Überraschung für Rhys erzählt habe. Vielleicht hatte ich Angst, dass er mich für naiv hält. Es ist mir seltsamerweise extrem wichtig, nicht wie das kleine Mädchen aus Rosedale zu wirken, aus dieser Friede-Freude-Eierkuchen-Blase, die es nach außen zu sein scheint. »Es war eine Überraschung für einen Freund.«

»Für einen Freund?«

»Na ja, nicht direkt ein Freund. Jemand, den ich kenne.«

»Wie schnell lernst du denn Leute kennen?« Sam hebt eine Augenbraue.

»Er arbeitet im Café gegenüber. Er hat mir geholfen, meine Matratze in die Wohnung zu tragen, da dachte ich, ich revanchiere mich.«

»Okay. Und warum machst du dann so ein Geheimnis draus?«

Ich fühle mich ertappt. »Na ja, ich weiß auch nicht. Ich dachte, vielleicht muss ich mir dann von dir anhören, dass ich keine Fremden in meine Wohnung lassen soll oder so etwas in der Art.«

»Ach, Tams«, seufzt Sam. »Ich bin doch nicht dein Dad! Du bist erwachsen, du wohnst alleine – zugegeben in einer Gegend, in die ich selbst nicht unbedingt gezogen wäre –, du hast selbst entschieden, ans andere Ende des Landes zu gehen. Ich traue dir durchaus zu, zwischen Kriminellen und Baristas zu unterscheiden.«

Ich schlucke. Sam ist so großartig, und ich will ihn nicht belügen. Aber Tatsache ist, dass es anscheinend eine Schnittmenge gibt – eine extrem gut aussehende Schnittmenge, bei der ich mich, wenn ich ehrlich bin, nicht einfach nur revanchieren wollte. Ich wollte Rhys eine Freude machen. Das war meine ganze Motivation. Wenn ich jetzt an ihn denke, frage ich mich, ob er sich auch wirklich gefreut hat. Liest er schon in einem der Bücher? Liest er überhaupt? Es soll ja tatsächlich Menschen geben, die Literatur nichts abgewinnen können. Aber dann schaut er sich vielleicht einen der Filme an? Vor meinem inneren Auge taucht sein

Bild auf und zaubert mir ein Lächeln aufs Gesicht. So bescheuert es vielleicht klingt, aber Rhys ist mir wichtig. Seit er sich mir anvertraut hat, taucht er immer wieder in meinen Gedanken auf. Stiehlt sich heimlich hinein, und ehe ich's mich versehe, habe ich einen ausgewachsenen Tagtraum von seinem intensiven eisblauen Blick, seinem kräftigen Rücken, seinen muskulösen Armen, mit denen er mich neulich Nachmittag umarmt hat, seinem Duft nach herbem Männer-Deodorant, Kaffee und etwas ganz Eigenem. Wie er mich an sich drückt, nur ganz kurz, und ich seinen Herzschlag an meiner Brust spüren kann …

Ich tue es schon wieder, nur, dass es diesmal ein mit Bier angereicherter nächtlicher Wachtraum ist. Ich räuspere mich und vertreibe das Bild aus meinem Kopf. »Lass uns wieder tanzen gehen«, sage ich. Drinnen ist es so laut, dass Sam mir bestimmt keine Fragen mehr über Rhys stellen wird.

»Alles klar«, erwidert er, steht auf und reicht mir seine Hand, um mir aufzuhelfen. Von drinnen erklingt *I follow rivers* und Sam zieht mich im Takt der Musik wieder in den Pub.

Am nächsten Morgen wache ich mit einem stechenden Kopfschmerz auf. Mein Handy, das neben mir auf dem Bett liegt, vibriert. Es ist eine Nachricht von Zelda.

Na? Wie geht's dir heute, du Party-Tier?

Ich lasse mich stöhnend auf mein Kissen zurückfallen und lege meinen Arm über die Augen. Das war definitiv ein Bier zu viel gestern. Aber ich hatte so viel Spaß mit Zelda und Sam auf der Tanzfläche wie fast noch nie. Ich habe mich frei gefühlt, völlig euphorisiert von meinem neuen Leben in Unabhängigkeit. Denn das Gespräch mit Sam hat mir genau das noch einmal vor Augen geführt: dass ich jetzt mein eigener Herr bin und selbst entscheiden kann, was gut für mich ist. Ich schnaube. Das Bier war es definitiv nicht. Aber auch das ist erlaubt. Niemand ist hier, um mir kleine Dummheiten zu verbieten. Dieser Gedanke weckt mich endgültig.

Danke der Nachfrage, ich habe einen ganz bezaubernden Morgen. Und selbst? Ich hol mir erst mal einen Kaffee.

Ich binde mir meine Haare zu einem unordentlichen Dutt zusammen und will schon in meine Jogginghose schlüpfen, als ich innehalte. Ich sollte mich wirklich duschen und wenigstens ein bisschen Wimperntusche auflegen. Was, wenn Rhys im Café ist und mich in meinem desolaten Zustand sieht?

»Stopp!«, sage ich laut. Was ist denn in mich gefahren? Was ist aus der männerfreien Studentenzeit geworden? Was aus meinem Vorsatz, glückliche Junggesellin zu werden? Will ich mir nach allem, was ich mit Dominic erlebt habe, wirklich meinen Katermorgen von Oberflächlichkeiten diktieren lassen – noch dazu von Oberflächlichkeiten für einen Kerl, den ich kaum kenne?

Ich entscheide mich doch für die Jogginghose und außerdem für mein Lieblingsoberteil – ein weißes, schlabbriges T-Shirt mit einer Brusttasche, aus der eine aufgedruckte Banane herausragt –, das zwar nicht frisch gewaschen, aber für meinen Ausflug genau das Richtige ist. Wohlfühlen geht über Beeindrucken.

Als ich das Café betrete, bin ich aber doch erleichtert, dass Rhys nicht da ist. Nicht wegen meines Bananen-Shirts, sondern einfach, weil ich mich an diesem Morgen nicht so ganz auf der Höhe fühle. Das sieht man anscheinend, denn Ollie, die punkige Barista hinter der Theke, blickt mich mitleidig an und fragt: »Na? Lange Nacht gehabt?«

»Ist es so offensichtlich?«, frage ich.

»Na ja, deine Schminke ist ein bisschen verschmiert.« Ollie grinst. »Ich habe das perfekte Katerfrühstück für dich, wenn du willst. Einen Bagel mit Frischkäse, Avocado und Tomaten. Interesse?«

»Das klingt himmlisch! Und einen großen Becher Kaffee bitte.«

»Kommt sofort«, sagt Ollie und macht sich ans Werk, während ich in meiner Hosentasche nach Geld krame.

14 Rhys

Ich stehe in der Küche von *Mal's* und helfe Che beim Schnippeln, als ich plötzlich glaube, Tamsins Stimme zu hören. Mitten in der Bewegung halte ich inne und lausche. Ja, sie muss es sein. Kein Zweifel. Mir fallen meine Gedanken von neulich Nacht ein und Hitze steigt mir ins Gesicht. Diese Gedanken sollen eigentlich nicht sein, das weiß ich. Aber irgendetwas hat sie an sich, das mein Herz zum Klopfen bringt. Etwas, das in mir den Drang auslöst, in den Laden zu gehen und ihr Gesicht zu sehen.

Ich wische mir die Hände am Küchentuch ab, das über meiner Schulter hängt, und bedeute Che, dass ich nach vorne gehe. Als ich den Vorhang zur Seite schiebe, sehe ich sie. Sie steht vor der Theke und sieht so schön aus, dass ich kurz die Luft anhalte. Ihre Haare sind unordentlich hochgebunden. Ein paar Locken haben sich aus dem Haargummi gelöst und stehen wild von ihrem Kopf ab. Ihre Augen sind von schwarzer, etwas verwischter Schminke umrandet und verleihen ihr auf umwerfende Art etwas Verruchtes, ja beinahe Sündhaftes. Mein Blick fällt auf ihr T-Shirt. Es sieht alt aus, als würde sie es schon seit vielen Jahren mit großer Begeisterung tragen. Schlabbrig und geliebt. Eine leuchtende Banane ist daraufgedruckt – genau dort, wo sich ihre Brust abzeichnet. Ich gestatte mir, meinen Blick einen kurzen Moment auf der Banane verweilen zu lassen. Dann trete ich in den Laden.

Sie blickt von ihrer Hand auf, in der sie einen Berg Münzen hält.

»Oh, hi! Du bist ja doch da«, sagt sie, und ihre Wangen röten sich, was ihr Gesicht nur noch schöner macht.

»Ich helfe in der Küche aus«, erkläre ich und nicke nach hinten.

»Ich bin heute inkognito hier«, flüstert sie mir verschwörerisch zu. »Am besten vergisst du gleich wieder, dass du mich so gesehen hast.« Sie lächelt und dreht sich zur Seite, während sie mit einer Hand ihr Gesicht abschirmt.

Als könnte ich diesen Anblick je vergessen. »Ich weiß nicht, ob das so einfach geht«, sage ich und merke, wie mir erneut die Hitze ins Gesicht steigt. »Ich meine, so ein T-Shirt sieht man nun mal nicht alle Tage«, füge ich verlegen hinzu.

»Das ist mein Lieblingsshirt. Habe ich auf einem Flohmarkt gekauft.« Sie blickt beinahe stolz an sich hinab und zieht mit ihren Fingern die Banane in meinen Fokus. »Großartig, oder?«

»Aus dem Weg«, sagt Ollie in diesem Moment und schiebt sich mit einem Bagel an mir vorbei. »Kater-Notfall!«

Tamsin bedankt sich und nimmt dann einen großen Bissen.

»Oh. Mein. Gott. Ist der gut!«, sagt sie und schließt genüsslich die Augen. »Genau das habe ich gebraucht. Ich fühle mich jetzt schon wie neugeboren.«

Sie lächelt erst Ollie an, dann mich. Und dieses Lächeln löst etwas in mir aus. Den unbedingten Wunsch, ihr nah zu sein. Ich möchte mehr von Tamsins Positivität in meinem Leben haben, ja, ich möchte an ihrer Fröhlichkeit teilhaben. Dieser Gedanke verblüfft mich. Bis vor Kurzem gab es für mich nur meinen Plan. Das war das Einzige, was mich dazu bewogen hat, morgens aufzustehen. Aber bei Tamsins Anblick habe ich das Gefühl, dass das Leben auch für mich selbst nicht vorbei sein muss. Und auch wenn Tamsin niemals Teil meines Lebens sein kann, ist sie doch in ihrer Unbefangenheit so etwas wie ein Fenster in eine farbenfrohere Welt. Verdammt, ich kann nicht glauben, dass mein armseliges Gehirn zu solchen Gedanken überhaupt fähig ist. Ist es möglich, dass doch nicht alles grau ist um mich herum? Ich wage es kaum zu hoffen, aber eventuell kann meine Zeit auch mit etwas Schönem gefüllt sein. Niemand zwingt mich, allein in meinem Zimmer zu sein, darauf wartend, dass mich der Boden verschluckt. Ich kann mit Malik Omelett essen, ich kann Tamsin beobachten, wie sie in nur zwei Minuten einen ganzen Bagel verputzt, ich kann mit Che nach Feierabend ein selbst gebrautes Pflaumen-Porter (seine neueste Kreation) auf der noch warmen Stufe des Hintereingangs trinken. Ich kann, ich darf, aber ich muss nicht. Und zum ersten Mal wird mir bewusst, was Freiheit bedeutet.

Als Malcolm später kommt und Ollie ablöst, habe ich einen Entschluss gefasst.

»Hast du einen Moment für mich?«, beginne ich vorsichtig.

»Immer. Was gibt's? Ist alles in Ordnung?« Malcolm klingt gleich besorgt.

»Ja, ja, alles gut. Sehr gut. Ich habe mich nur gefragt, nun ja, könnten wir ein paar Bücher ins Café stellen? Für die Gäste, die allein kommen.« Mein Herz schlägt schnell. Ich bin aus irgendeinem Grund nervös, als ich Malcolm meine Idee unterbreite.

»Hast du Bücher, die du loswerden willst?«, fragt er. »Ich kann dir kein Geld geben, um neue zu kaufen.«

»Oh, klar, das meinte ich nicht. Ich kann sicher welche auftreiben. Und ich könnte ein Regal bauen.«

»Du kannst Regale bauen?«, fragt Malcolm entgeistert. »Ich sag dir was, Junge, wenn es nichts kostet, kannst du hier alles reinstopfen, was dir einfällt, solange noch genug Platz für Gäste ist.« Er klopft mir kräftig auf den Rücken. Das ist mir immer noch unangenehm, aber ich habe mich so weit daran gewöhnt, dass ich nicht mehr zusammenzucke.

Am Nachmittag kommt Amy bei uns vorbei. Mit Malik über verschiedene Job-Optionen sprechen und ganz allgemein nach ihm sehen, sagt sie. Mein Verhältnis zu ihr ist nach wie vor gespalten. Ich weiß zwar, dass ich mich auf sie verlassen kann und sie nur ihren Job macht, aber ich fühle mich überwacht, sobald wir uns im selben Raum befinden. Ich bin so paranoid, dass ich meine Suchhistorie lösche, für den Fall, dass sie sich meinen Laptop ansieht. Dafür gibt es natürlich keinen Grund. Es ist nicht so, als wäre sie der Große Bruder aus *1984*, der alles über mich wissen will. Aber sicher ist sicher. Und ich weiß, dass sie alarmiert wäre, wenn sie wüsste, wie akribisch ich das Internet nach Spuren durchkämme, die *er* hinterlassen haben könnte. Nach wie vor ohne Erfolg. Aber ich gebe nicht auf. Ich bin mir sicher, dass ich irgendwann herausfinden werde, wo sie sich befinden. Dass ich aufgebe, ist genau das, was er will. Aber ich werde sie nicht ihrem Schicksal überlassen. Ich werde meine Schwester finden. Ich habe es mir geschworen. Ich bin es Jeannie schuldig.

Mein neues Projekt für das Café ist daher genau das

Richtige, um Amy zu zeigen, wie sehr ich mich bemühe, ein vollwertiges Mitglied dieser verlogenen Gesellschaft zu werden. Nach meinem Gespräch mit Malcolm habe ich sie direkt angerufen, um zu fragen, ob sie Holzreste oder Bücherspenden hat, die ich verwenden könnte. Sie hat versprochen, im Lager nachzusehen.

Als es jetzt an der Tür klingelt, springt Malik auf. Er wischt sich die Hände an seiner Stoffhose ab. Vermutlich ist er doch nicht so cool, wie ich zunächst angenommen habe. Der anstehende Besuch seiner Sozialarbeiterin macht ihn sichtlich nervös. Er hat sich sogar ein Hemd angezogen. Woher zum Teufel hat dieser Junge ein Hemd?

»Amy ist in Ordnung«, sagt er auf dem Weg zur Tür, wie um sich selbst Mut zuzusprechen. Dann murmelt er irgendwas.

»Hast du etwas gesagt?«, frage ich.

»Ist ein Trick von mir«, antwortet er. »Ich sage mir die Namen meiner Familie auf, um mich zu beruhigen.«

Kurz darauf höre ich aus dem Flur Amys Stimme, die mir inzwischen vertraut ist. Trotzdem verkrampft sich jedes Mal etwas in meinem Innern.

»Hast du dich schon etwas einleben können?«, fragt sie. Und ich weiß, dass sie einfach nur freundlichen Small Talk machen will. Von außen betrachtet ist alles ganz harmlos. Ich weiß aber auch, dass es für Malik deutlich mehr ist als eine nette Unterhaltung. »Hi, Rhys«, sagt sie und winkt.

Ich beschließe, meinem neuen Mitbewohner beizuspringen. »Um Malik musst du dir keine Sorgen machen«, sage ich und nicke ihm aufmunternd zu.

»Das hört man gern.« Amy lächelt und stellt ihre Tasche auf unseren Küchentisch. »Könnte ich ein Glas Wasser kriegen? Ich bin am Verdursten.«

Sofort springt Malik auf und füllt ihr ein Glas mit Leitungswasser. »Hier, bitte«, sagt er deutlich leiser, als ich es von ihm erwartet hätte.

Wir setzen uns zu dritt an den Küchentisch, und Amy blickt von mir zu Malik und wieder zurück. »Dann erzählt doch mal«, sagt sie, obwohl sie vermutlich ahnt, dass es ein aussichtsloses Unterfangen ist, zwei Ex-Knackis zu großen Erzählungen zu motivieren. »Versteht ihr euch? Kommt ihr klar?«

»Keine Sorge, Malik«, beruhige ich ihn. »Amy liebt Fragen.«

Malik schenkt mir ein dankbares Lächeln, nickt und sagt: »Es läuft alles gut, Ma'am. Ich bin sehr glücklich hier. Ich könnte mir keinen besseren Ort für meinen Neustart wünschen.« Es klingt wie auswendig gelernt.

»Das ist schön zu hören. Aber nenn mich bitte einfach Amy. Ich bin hier, um euch den Start zu erleichtern, da hilft meiner Erfahrung nach ein ungezwungener Umgang miteinander.« Sie lächelt ihn an. »Rhys, ich habe noch ein paar Sachen mit Malik zu klären – keine Sorge, nichts Schlimmes«, schiebt sie schnell an Malik gewandt hinterher, weil der sich bei ihren Worten nervös mit der Hand über die Stirn gefahren ist. »Es geht um verschiedene Möglichkeiten für deine Zukunft.« Ich stehe auf und will den Raum schon verlassen. Da sagt sie: »Ich habe unten im Auto ein paar Sachen, die dich interessieren könnten.« Sie wirft mir ihren Autoschlüssel zu. »Schau dir alles an. Du kannst dir nehmen, was du brauchst.«

»Danke«, sage ich, dann verlasse ich die Küche und den etwas blässlich aussehenden Malik.

In Amys Auto befinden sich einige Bretter, die aussehen wie alte Hängeschranktüren. Sie sind nicht perfekt, aber aus Echtholz, und wenn ich sie abschleife, kann daraus etwas werden. Ich klemme sie mir unter den Arm. Auf dem Rücksitz steht außerdem ein Schuhkarton mit einigen Büchern, die ich unbesehen ebenfalls mitnehme.

Zurück in der Wohnung höre ich leise Stimmen aus der Küche. Die Tür ist zu, sodass ich sie nicht verstehen kann. Ich bringe die Beute aus Amys Auto in mein Zimmer. In einer der Holztüren steckt ein Reißnagel, den ich mit den Fingern herausziehe. Gedankenverloren steche ich mir damit leicht in die Fingerkuppe. Ich bin beinahe überrascht, wie spitz er ist. Ich steche etwas fester und genieße den leichten Schmerz. Finger für Finger erhöhe ich den Druck, während ich nachdenke. Die Schranktüren müssen halbiert und abgeschliffen werden. Ich hoffe, dass ich mir Werkzeug vom Hausmeister leihen kann. Wenn ich dann zwei Hälften an der kürzeren Seite aneinandermontiere, sollte das ein schönes Regalbrett ergeben.

»Autsch!« Ich habe nicht aufgepasst und mir den verdammten Reißnagel zu fest in meinen Finger gestochen. Langsam bildet sich ein Blutstropfen, den ich schnell ablecke. Ich sehe mich nach einem sicheren Ort für den Übeltäter um, als mir eine Idee kommt. Auf dem kleinen Tisch, der am Fenster steht, liegt Tamsins Nachricht aus der Box. Ich schnappe sie mir und hefte sie mit dem Reißnagel an die Wand neben meinem Bett.

Als Amy weg ist – ich habe mich brav bei ihr für ihre Hilfe und das Material bedankt –, kommt Malik in mein Zimmer, stößt einen erleichterten Seufzer aus und lässt sich auf mein Bett fallen.

»Na, das ist ja schon mal gut gegangen«, sagt er.

»Was hattest du denn erwartet?«, frage ich.

»Keine Ahnung. Ich dachte, sie spioniert hier rum, sucht nach Gründen, warum sie mich nicht weiterbetreuen kann. So läuft es doch immer. Sie versprechen dir das Blaue vom Himmel und finden dann bei der ersten Gelegenheit einen Grund, um dich loszuwerden.«

»Amy ist anders«, sage ich und wundere mich im selben Moment darüber, dass ich Partei für sie ergreife.

»Ich hoffe, du hast recht, Mann. Denn ich mag es hier wirklich. Was hat sie dir mitgebracht?«

Ich nicke in Richtung der Schranktüren und Bücherkiste, als Malik beginnt, mit den Fingern gegen Tamsins Nachricht zu schnippen.

»Hey, lass das«, sage ich.

»Sorry, Alter.« Malik hebt entschuldigend die Hände. Dann setzt er sich auf und beginnt laut zu lesen. »›Ich hoffe, du verstehst das hier nicht falsch. Aber mehr hast du eigentlich nicht verpasst. Tamsin XXXX‹. Vier Küsschen? Wow. Wer ist sie?«

»Ein Mädchen, das ich kenne«, sage ich knapp. Ich weiß nicht, ob ich mit Malik darüber sprechen will.

»Ist sie deine Freundin?«

»Nein«, sage ich barsch und hoffe, dass er es darauf beruhen lässt.

»Ach so, sie *war* deine Freundin?«

»Nein, war sie nicht.« Langsam werde ich sauer. Er muss doch merken, dass das kein Thema ist, über das ich gerne spreche. »Wenn du es genau wissen willst, ich kenne sie kaum. Sie kommt ab und zu in das Café, in dem ich arbeite.«

»Und warum schreibt sie dir dann Briefchen? Die du

dir auch noch an dein Bett hängst? Komm schon, Alter, es ist ewig her, dass ich ein Mädchen hatte. Gib mir Hoffnung!« Theatralisch ringt er seine großen Hände, und ich muss grinsen. Wie kann man gleichzeitig so nerven und trotzdem so überzeugend sein?

»Da ist nichts. Ehrlich. Sie hat mir ein paar Sachen vorbeigebracht, dieser Zettel lag darauf. Sie ist einfach so. Denkt an andere, schenkt ihnen Bücher. Sie ist einfach – Tamsin.«

»Und weil sie ›einfach Tamsin‹ ist, leuchten deine Augen wie zwei Monde auf Drogen, oder was?« Malik gluckst. »Hast du sie schon gefragt, ob sie mit dir ausgehen will?«

»Wie bitte?« Ich muss mich wohl verhört haben.

»Na ja, offensichtlich findest du sie relativ spektakulär. Und die vier Küsschen unter ihrer Nachricht sehen so aus, als würde sie dich auch ganz nett finden. Außerdem, Alter, hast du mal in den Spiegel geschaut? Wer würde nicht mit dir ausgehen?«

»Jemand, der weiß, wo ich herkomme«, sage ich leise und widme mich etwas zu eifrig der Holzmaserung des zukünftigen Regalbretts.

»Du hast es ihr gesagt? So weit seid ihr schon?«, fragt Malik entgeistert. »Mann, du musst ihr echt vertrauen.«

»Es ist mir rausgerutscht. Sie hat so eine Art, sie sieht dich an, und im nächsten Moment hast du ihr alles erzählt, was du niemals irgendjemandem auf der Welt erzählen wolltest.«

»Lass das nicht Amy hören. Sonst schickt sie sie als Spionin!«, witzelt Malik. »Oder noch besser: Sorg dafür, dass sie in unserem Team spielt. Indem du sie um ein Date bittest beispielsweise.«

Ich schlucke. Wenn Malik das sagt, klingt es so einfach.

Als wäre es das Normalste auf der Welt, mit einem Mädchen auszugehen.

»Ich weiß nicht einmal, ob ich das möchte. Ich bin eher ein Einzelgänger«, sage ich, um ihn abzuwimmeln. Aber ganz tief in mir drinnen regt sich etwas. Ich kann Malik anlügen, ohne mit der Wimper zu zucken. Aber mich selbst zu belügen erfordert deutlich mehr Anstrengung. Könnte ich mit Tamsin ausgehen? Könnte ich sie um ein Date bitten? Und was wäre dann? Vorausgesetzt, sie hätte überhaupt Interesse, was ich ohnehin bezweifle, wo würde es hinführen? Meine Zeit hier ist begrenzt. Sie könnte nie mehr über mich erfahren. Und wie sollte etwas zwischen uns wachsen, ohne körperliche Nähe? Meine Gedanken rasen. Was, wenn diese Gedanken bedeuten, dass ich es eigentlich möchte? Dass ich ihr nah sein möchte? Dass ich mich ihr anvertrauen möchte? Sie berühren?

Maliks Stimme reißt mich aus meiner Trance. »Wie du meinst, Alter. Ich denke nur, wenn du sie magst, solltest du es vielleicht versuchen. Es sind schon seltsamere Dinge passiert, weißt du?«

Tamsin

15

Die nächsten Tage vergehen wie im Flug. Ich versinke in Büchern, die ich für meine Seminare lesen muss. Ich gehe mit Zelda in die Aufführung von *Der Sturm* in dem kleinen Theater, das mir auf dem Weg zu meiner ersten Verabredung mit Sam aufgefallen ist. Die Inszenierung ist mäßig, aber die Schauspieler machen es durch ihr Können wieder wett. Sam lädt mich zu einem Filmabend bei sich ein, wir kuscheln uns unter einer Wolldecke zusammen auf seine Couch und ich schlafe an seiner Schulter ein – wie in alten Zeiten.

Meine wundervolle neue Welt wird nur durch den ungelösten Konflikt mit meinen Eltern überschattet.

Eines Morgens fasse ich mir ein Herz und rufe sie erneut an. Ich rechne schon gar nicht mehr damit, dass sie ans Telefon gehen, doch siehe da, nach nur einem Läuten meldet sich mein Dad.

»Francine!«, ruft er. »Deine Tochter ist am Telefon.«

Er räuspert sich mehrfach umständlich und reicht den Hörer geräuschvoll an meine Mom.

»Ich stelle laut«, ist das Erste, was sie sagt.

»Ich dachte schon, ihr seid gar nicht mehr zu Hause.« Ich versuche mich an einem Witz, um die Stimmung aufzulockern.

»Wir waren nicht bereit, mit dir zu sprechen, Tamsin«, sagt meine Mom spitz.

»Und manche sind es immer noch nicht«, grunzt mein Dad aus dem Hintergrund.

»Bitte, Liebling«, sagt meine Mom. »Wir haben darüber gesprochen.« Ihre Stimme klingt ein bisschen dünn. »Tamsin? Bist du noch da?«

»Natürlich bin ich noch da. Ich muss mit euch reden. Ich will, dass ihr versteht, dass ich nicht nach Kalifornien gezogen bin, um euch zu verletzen. Es tut mir leid, dass ich es euch nicht schonender beibringen konnte, aber ihr habt mir keine Chance gelassen.« Die Worte sprudeln nur so aus mir heraus, vermutlich, weil ich Angst habe, dass sie mich gleich wieder abwürgen könnten.

»Willst du damit sagen, wir sind schuld an der Situation?«, keucht meine Mutter. »Wir haben immer alles für dich getan, Tamsin. Wir haben dir ein sorgenfreies Leben ermöglicht. Und jetzt haben wir dir keine Chance gelassen? Du bist undankbar.«

»Eine Schande ist das!«, ruft mein Vater aus dem Hintergrund. »Wir müssen uns das nicht bieten lassen.«

»Es tut mir leid«, sage ich kleinlaut. Eigentlich wäre ich lieber stark und entschlossen, aber meine Eltern besitzen eine seltene Gabe: Sie machen, dass ich mich klein und unbedeutend fühle.

»Nach allem, was wir für dich getan haben«, sagt meine Mom und fängt an zu schluchzen. Auch das noch.

»Ich wollte nicht, dass ihr euch meinetwegen schlecht fühlt. Aber *ich* wollte *mich* auch nicht länger schlecht fühlen. Können wir nicht einfach einen Strich drunter ziehen? Wieder normal miteinander umgehen?«

»Pff«, mein Vater schnaubt. »Unglaublich.«

»Ich weiß es nicht, Tamsin«, sagt meine Mom. »Gib uns Zeit, diesen Schock zu verarbeiten.«

»Okay.« Meine Stimme ist ganz hoch geworden. »Ihr solltet aber wissen, dass ich jetzt glücklich bin.«

»Das war alles dein Großvater. Ihm haben wir es zu verdanken, dass unsere eigene Tochter ihre gute Kinderstube vergisst und uns den Rücken kehrt«, sagt meine Mom.

Ich bin kurz versucht, aufzulegen, denn ich werde nicht zulassen, dass meine Eltern meinen Großvater beschuldigen, doch ich bleibe tapfer. Ich will meine Eltern nicht aus meinem Leben streichen. Sie müssen kein Teil davon sein, aber gar keine Beziehung zu ihnen zu haben, fällt mir auch schwer.

»Ich habe übrigens Dominic in der Stadt getroffen«, sagt meine Mom jetzt. Innerlich stöhne ich auf. »Es geht ihm nicht gut, Tamsin. Man sieht ihm an, wie ihn diese ganze Geschichte mitnimmt.«

Ich frage beinahe, warum mich das interessieren sollte, reiße mich aber zusammen. Wenn ich will, dass das hier funktioniert, muss ich freundlich bleiben.

»Sie soll sich wenigstens seine Version der Geschichte anhören«, grummelt mein Vater.

»Ha!«, entfährt es mir und ich schlage mir die Hand vor den Mund. Seine Version der Geschichte? Dass ich nicht lache! Ich war live dabei. Ich habe die einzige Version, die es gibt, mit eigenen Augen gesehen. Aber wirklich überrascht bin ich nicht von der Reaktion meiner Eltern. Sie waren immer große Fans von Dominic. Dominic, der Vernünftige, Dominic, der Organisierte, Dominic, der Vorausschauende. Wenn ich jetzt daran zurückdenke, kommt mir mein Leben mit ihm so klein vor, so unbedeutend und hohl. Beinahe bin ich ihm dankbar für das, was er mir angetan hat, denn ich weiß nicht, ob ein sanfterer Schubs gereicht hätte, um Rosedale und die Sicherheit, die dort jeder so dringend braucht, hinter mir zu lassen.

Ich atme einmal tief ein. Dann sage ich: »Mom, Dad, mir geht es ohne Dominic ganz hervorragend. Ich habe wirklich keinerlei Intention, wieder zu ihm zurückzukehren.« Und zu euch auch nicht, doch das sage ich nicht. Ich will nicht zu hart zu ihnen sein, weiß aber nicht, wie ich ihnen begreiflich machen kann, dass ich diesen Schritt tun musste. Ich *musste* wegziehen und ein Abenteuer beginnen. Ein Abenteuer, in dem es um mich geht. Und es ärgert mich, dass die beiden Menschen, die mir eigentlich mein Leben lang die nächsten hätten sein sollen, das nicht verstehen können.

Die Sache mit Dominic ist so was von abgeschlossen. Seine Spötteleien über meine Kopfkamera und über die Tatsache, dass ich anscheinend Sätze, die ich in Büchern besonders schön finde, lautlos nachspreche. Er fand es albern, aber ich konnte diese Angewohnheit nicht abstellen, weil ich nie wirklich mitbekam, dass ich es tat. Seine Rügen über die mangelnde Organisation meiner Finanzen.

Ich höre ein Flüstern am anderen Ende der Leitung. Dann sagt meine Mom: »Wir müssen jetzt los.«

»Okay, Mom. Bis bald?«

Das Letzte ist eine Frage, aber sie haben schon aufgelegt.

Nach dem Telefonat überkommt mich eine ungeheure Sehnsucht nach meinem Großvater, der angeblich an allem schuld ist. Ich habe hier zwar Sam, mit dem ich beinahe ebenso vertraut bin, und ich lerne Zelda immer besser kennen und finde sie großartig. Aber mir fehlt mein Seelenverwandter.

Ich würde ihm zum Beispiel zu gerne von Rhys erzählen. Ich brauche seine Meinung. Entweder ein »Halte dich fern von Leuten, die eine undurchsichtige und gefährliche Vergangenheit (und vielleicht Gegenwart) haben« oder ein »Was hast du schon zu verlieren? Genieße dein Leben, solange du kannst«. Sam kann ich in solchen Dingen nicht um Rat fragen. Und Zelda kenne ich noch nicht gut genug.

Ich rufe Sam trotzdem an in der Hoffnung, von ihm wenigstens zu hören, dass ich mit meinem Umzug nach Pearley alles richtig gemacht habe. Meine Eltern haben mich verunsichert. Bin ich undankbar? War es leichtsinnig, einfach zu gehen?

»Hör auf, an dir zu zweifeln«, sagt er. »Du kannst dir diese Fragen alle sehr gut selbst beantworten. Bist du in Pearley glücklicher als in Rosedale? Wenn ja, war es die richtige Entscheidung.«

»Ja, das bin ich«, gebe ich kleinlaut zurück. Sam hat völlig recht damit, streng zu sein. Natürlich kann ich mir diese Fragen selbst beantworten. Aber das war schon immer mein Problem: Ich traue mir selbst nicht. Erst wenn ich von außen bestätigt bekomme, dass ich keinen Fehler gemacht habe, kann ich mir sicher sein. Ich möchte gern daran arbeiten, aber in Momenten wie diesen ist es leichter, sich die Bestätigung zu holen. *Der Geist ist willig, aber …*

»Hör zu, Tams, wenn du Lust hast, komme ich nachher vorbei, sehe mir endlich mal deine Wohnung an und wir bereden alles, was du auf dem Herzen hast.«

»Das wäre fantastisch!«, gebe ich zurück. »Ich hole uns Kaffee und Muffins!«

Eine Stunde später bin ich im Café und warte auf meine Bestellung. Rhys hantiert mit zwei Bechern gleichzeitig. Seine Bewegungen sind gekonnt. Jeder Handgriff findet sofort sein Ziel. Seine Oberarme sind angespannt. Er sieht schon wirklich absurd gut aus in seinem weißen T-Shirt. Ich merke, wie ich ihn anstarre. Er blickt auf, und ich wende schnell meinen Blick von ihm ab und auf die Vitrine.

Rhys räuspert sich. »Du siehst heute übrigens sehr schön aus«, sagt er leise und klingt etwas verlegen.

Ich blicke auf und merke, wie mir Hitze ins Gesicht steigt.

»Oh, vielen Dank«, sage ich und zwinge mich, direkt in seine blauen Augen zu blicken. Mit Komplimenten umzugehen ist nicht gerade eine meiner Stärken. Mein Großvater nannte das immer Bescheidenheit. Ich nenne es einfach Dämlichkeit.

Rhys nickt mir zu und lächelt kaum merklich. »Entschuldige, ich wollte nicht, dass du dich unwohl fühlst. Es ist nur … immer, wenn du hier reinkommst, strahlst du so.«

»Vielleicht freue ich mich ja, dich zu sehen«, sage ich und stelle überrascht fest, dass ich flirte. Bevor ich mich in seinem Blick völlig verliere und jeden Anstand vergesse, entschärfe ich die Situation ein bisschen und sage mit Blick auf die Vitrine: »Ich glaube, ich nehme noch zwei Blaubeer-Muffins. Die sind übrigens nicht beide für mich«, schiebe ich noch hinterher, weil mir auf einmal wichtig ist, dass er mich nicht für einen Vielfraß hält. Blöde Gesellschaft, die jungen Frauen suggeriert, es sei unschicklich, zwei Muffins zu essen. Überhaupt, vielleicht lege ich ja Vorräte an!

»Ich hatte auch nicht angenommen, dass die beiden Becher Kaffee nur für dich sind. Für dich allein hättest du einen großen genommen«, sagt er und zieht einen Mundwinkel zu einem schelmischen Lächeln nach oben.

»Sam kommt mich besuchen«, erkläre ich. »Der von dem Foto. Erinnerst du dich?«

»Aha«, sagt Rhys, und ich könnte schwören, dass sich etwas am Ton seiner Stimme verändert hat. »Dann wünsche ich ein schönes Date.«

»Ach was, das ist doch kein Date!«, beeile ich mich zu sagen, doch ich weiß nicht, ob er mich hört, da er in diesem Moment beginnt, Milch zu schäumen.

Er stellt die zwei Kaffeebecher in eine Halterung aus Pappe und platziert die Tüte mit den Muffins daneben. Ich lege einen Zehn-Dollar-Schein auf die Theke und will eigentlich noch etwas sagen. Der kleine Flirt zwischen uns war so schön, beinahe kribbelig. Und ich habe es ruiniert. Aber mir fällt nichts ein, um die Stimmung wieder zu beleben. Mein Kopf ist absolut leer. Das passiert mir auch nicht alle Tage.

»Also dann«, sagt er und legt mir mein Restgeld neben die Bestellung.

Ich sammle alles ein und lächle ihn an. Etwas Besseres fällt mir gerade nicht ein. »Bis bald!«

Auf der Straße laufe ich beinahe Sam in die Arme.

»Hi!«, rufe ich überschwänglich, und er zieht mich zur Begrüßung in seine Arme. Ich blicke noch mal zurück durch die Tür des Cafés. In dem Moment, als mein Blick den von Rhys trifft, wendet er sich schnell ab und verschwindet nach hinten. Ich löse mich aus Sams Umarmung und hebe Kaffee und Muffins triumphierend in die Höhe, auch wenn mir gerade gar nicht nach Spaß zumute ist. Eigentlich will ich noch mal zurückgehen und Rhys sagen, dass das ein Missverständnis ist und dass Sam und ich einfach nur beste Freunde sind. Aber vermutlich würde ich mich nur zum Affen machen. Warum sollte es ihn überhaupt interessieren? Weil er mir ein Kompliment gemacht hat? Ich möchte mal wissen, wie viele Baristas ihren Stammkundinnen *keine* Komplimente machen. Und dennoch will ich eigentlich gern glauben, dass das, was zwischen mir und Rhys passiert ist, ein bisschen mehr Bedeutung hat.

In meiner Wohnung gebe ich Sam eine kleine Führung – vom Flur aus mit meinen Armen gestikulierend.

»Bad«, sage ich und weise nach links. »Flur«, ich zeige auf den Fußboden zwischen uns, »und Zimmer.« Bei diesen Worten zeige ich geradeaus. »Wohnung, das ist Sam.«

Er läuft in mein Zimmer und sieht sich um. Dann blickt er zu mir und hebt eine Braue.

»Sag nichts, was du später bereust«, rate ich ihm.

»Ich sage gar nichts.« In seiner Stimme höre ich ein Glucksen. »Sehr … äh … anders hast du es hier.«

Bei diesen Worten fange auch ich an zu lachen. »Ich mag es, also halt die Klappe!«, sage ich.

»Das ist die Hauptsache. Und wenn ich mir den Wasserschaden und die Küchenzeile und die blinden Fenster und den Sessel, der aussieht, als würdest du darin etwas züchten, wegdenke, dann ist es auch wirklich sehr gemütlich.«

Ich trete ihn spielerisch, und er tut so, als würde er ins Wanken geraten. Mit übertriebener Gestik lässt er sich auf den Sessel fallen, um im nächsten Moment aufzuspringen und zu sagen: »Jetzt würde ich gerne deine Dusche benutzen.«

»Haha, sehr witzig«, sage ich. »Muffin?«

»Ich bin am Verhungern«, erwidert Sam und grinst mich an.

Rhys

16 Ich liege im Bett und wälze mich seit Stunden herum. Egal, was ich versuche, ich kann nicht einschlafen. Ich habe gelesen, bis mir fast die Augen zugefallen sind. Aber sobald ich das Licht ausgeschaltet hatte, war mein Gehirn hellwach. Ich bin einmal um den Block gejoggt, weil ich dachte, körperliche Anstrengung würde mich müde machen. Ich habe mit Malik ein ekelhaftes Dosenbier getrunken und mir die Geschichten vom ersten Besuch bei seiner Familie angehört. Kurz versetzte mir seine heile Welt einen Stich. Natürlich läuft in seiner Familie auch nicht alles perfekt, aber es scheint so etwas wie Zusammenhalt zu geben.

Ich zwinge mich erneut, die Augen zu schließen und an gar nichts zu denken. Sofort schiebt sich jedoch wieder Tamsins Gesicht vor mein inneres Auge.

Tamsin im Café, Tamsin, die bei meinem Kompliment errötet, Tamsin in der Umarmung mit diesem Kerl.

Ich balle die Hände zu Fäusten. Das ist nicht gut. Es ist nicht klug, so empfindlich zu sein. Ich kann mir das in meiner Situation nicht leisten.

Tamsin, die sagt, sie freue sich, mich zu sehen.

Ich bin eifersüchtig. Die Erkenntnis trifft mich wie ein Schlag. Ich wusste nicht einmal, dass ich zu so einer Empfindung in der Lage bin! Dieser Nachmittag hat mir eines gezeigt: Ich habe nur zwei Möglichkeiten. Entweder ich verbanne sie aus meinen Gedanken, oder ... Ich habe keine Ahnung, wie das »Oder« aussehen soll.

Tamsin in ein Buch vertieft.

Gibt es einen Weg, all die Bedenken, die ich habe, all die Unwägbarkeiten zu ignorieren? Kann ich die Dinge einfach auf mich zukommen lassen?

Tamsin, die in einen Bagel beißt, sich über die Lippen leckt.

Einen Schritt nach dem anderen gehen. Könnte ich das?

Ihre Lippen, die sich beim Lesen bewegen, ohne dass sie es zu merken scheint.

Es wäre ein so enormes Wagnis, dass ich eine Gänsehaut kriege.

Ich beschließe, mir einen runterzuholen. Gegen die Bilder in meinem Kopf und gegen den Zustand der ewigen Wachheit. Doch als ich beginne, mich zu reiben, fühlt sich mein verdammter Schwanz so fremd in meiner Hand an, dass ich es wieder sein lasse. Ich presse mir das Kissen aufs Gesicht und schreie meinen Frust und meine Hilflosigkeit hinein, um Malik nicht zu wecken. Es ist zum Verzweifeln. Mein Körper ist mir fremd, meine Gefühle, die sich überschlagen, mein gesamtes Dasein. Nichts davon gehört zu mir, und gleichzeitig soll das alles ich sein.

Die Kreissäge gibt ein kreischendes Geräusch von sich, als sie die erste Schranktür der Länge nach durchteilt. Ich reiche Walt, dem Hausmeister, die zweite Tür und auch diese wird von der Säge zerteilt, als sei sie aus Papier.

»Das hätten wir«, sagt Walt und nimmt sich die Schutzbrille ab. »Ich bin in meiner Werkstatt, wenn du mich brauchst. Ansonsten kannst du dich an meinem Equipment bedienen.«

»Vielen Dank, Sir«, sage ich.

Ich kann es kaum erwarten, loszulegen. Walt hat eine beachtliche Werkzeugsammlung. Neben der normalen Standardausrüstung eines Hobbyhandwerkers besitzt er außerdem die Kreissäge, ein Schleifgerät und einen Schlagbohrer, mit dem man vermutlich in Stahl bohren kann wie in Butter.

Zunächst muss ich die vier Bretter von allen Seiten gründlich abschleifen. Es tut gut, etwas Sinnvolles mit meinen Händen zu tun. Die Seiten, an denen die Scharniere befestigt waren, werden die Oberseiten. So wird man später, wenn Bücher daraufstehen, die Löcher, die die Schrauben hinterlassen haben, nicht sehen. Das Holz wird unter der Schleifmaschine wundervoll glatt, und ich fahre mit den Fingern darüber.

Als ich aufblicke, sehe ich, dass ich beobachtet werde. Ich habe bislang nicht wirklich mit meinen Nachbarn interagiert. Man grüßt sich höchstens mal im Hausflur. Aber jetzt steht dort eine Frau und starrt mich an. Sie trägt einen extrem kurzen Rock und ein ebenso knappes Oberteil.

»Ist was?«, frage ich.

»Ich wusste nicht, dass Walt eine so heiße Aushilfe hat«, gibt sie mit rauchiger Stimme zurück und leckt sich über die Lippen.

»Ich arbeite nicht für Walt«, sage ich knapp. Ich weiß, dass sie mit mir flirtet, vermutlich auf ziemlich plumpe Art und Weise. Aber ich habe keine Ahnung, wie ich damit umgehen soll.

Sie kommt auf mich zu und fährt sich mit der Hand durch ihr langes, blondiertes Haar. Es fasziniert mich, dass sie auf so hohen Absätzen überhaupt laufen kann.

»Erzählst du mir, was du da machst, Dreamboy?«

Sie kommt noch näher und steht jetzt direkt vor der Arbeitsplatte. Sie streckt ihre Hand nach dem Holz aus. Schnell ziehe ich es weg und lege das nächste Brett auf die Werkbank.

»Ich schleife Bretter ab, um daraus ein Regal zu bauen«, sage ich, ehe ich die Schleifmaschine wieder anwerfe.

»Darf ich auch mal?«, fragt sie.

Ich zucke mit den Schultern. »Klar, okay.«

Ich gebe ihr die Schleifmaschine in die Hand, und sie lässt sie langsam über das Holz gleiten.

»Mache ich das richtig?«, fragt sie und sieht mich mit großen Augen an.

Das ist eine bescheuerte Frage, denn viel falsch machen kann man nicht. Ich weiß nur, dass sie wirklich langsam ist.

»Ja, sieht gut aus«, sage ich und beiße mir im nächsten Moment auf die Zunge. Kann man das als Flirt interpretieren? Ich will nicht flirten, ich will in Ruhe arbeiten. Allein.

»Gefällt dir meine Arbeit?«, fragt sie weiter, und ich weiß genau, dass ich höllisch aufpassen muss, um die Situation nicht noch mehr aufzuladen.

»Ich würde gern wieder übernehmen«, sage ich deswegen und ziehe die Schleifmaschine aus ihrer Hand.

»Alles klar, Dreamboy. Wenn ich mal was für dich tun kann, lass es mich wissen.« Sie wirft mir eine Kusshand zu und stöckelt im nächsten Augenblick davon.

Kopfschüttelnd sehe ich ihr nach. Was war das denn für ein Auftritt? Als ich mich wieder meinen Brettern widme, sehe ich, dass sie einen Zettel vergessen hat. Ich will ihr schon hinterherrufen, als ich begreife, dass eine Telefonnummer draufsteht. Darüber hat sie die Worte »Joy macht dir einen guten Preis, Dreamboy« geschrieben. Ich lache schnaubend auf und mache mich daran, zwei der abgeschliffenen Bretter aneinanderzudübeln. Wenn ich sie dann an beiden Enden mit einem Winkel an der Wand befestige, sollten sie auf jeden Fall halten.

So gut ich mich handwerklich anstelle, so katastrophal unerfahren bin ich in allem Zwischenmenschlichen. Wenn ich mich mit Joy vergleiche, mit ihrer selbstsicheren Art, in der sie ihren Körper anbietet – einen Körper, in dem sie sich sehr wohlzufühlen scheint –, finde ich den Unterschied beinahe grotesk. Sie stellt sich komplett zur Schau, bedeckt so wenig Haut wie irgend möglich. Gleichzeitig traue ich mich nicht, mein T-Shirt auszuziehen, wenn ich in der Sonne körperlicher Arbeit nachgehe. Ich kann mich nicht einmal selbst anfassen, während sie mit wildfremden Männern ins Bett geht. Nicht, dass ich in ihrer Haut stecken möchte, aber das gilt leider auch für meine eigene.

Es ist bereits Abend, und das Café hat sich endlich geleert. Je kühler es wird, desto mehr Gäste verirren sich ins *Mal's*. Heißgetränke stehen seit einigen Tagen wieder deutlich höher im Kurs, und wenn ich allein im Café arbeite, bin ich nach so einer Schicht verdammt müde. Aber heute habe ich noch etwas vor. Tage, an denen ich mich einigermaßen wohlfühle, will ich ausnutzen.

Aus dem Lager hole ich Walts Bohrmaschine und das fertige Regalbrett. Ich habe noch zwei Schichten weißen Lack aufgetragen, die nun trocken sind. Amys Bücherkiste habe ich ebenfalls mitgebracht. Es ist keine spektakuläre Auswahl – das Interessanteste ist eine ziemlich zerfledderte gekürzte Taschenbuchausgabe von *Die Abenteuer des Huckleberry Finn* –, aber die Sammlung lässt sich mit der Zeit erweitern.

Ich halte das Brett an die Wand zwischen zwei Tischen und schiebe es mithilfe einer Wasserwaage in die richtige Position. Mit einem Bleistift markiere ich die Stellen, an denen ich bohren muss, um die Winkel, die ich an der Unterseite angebracht habe, festschrauben zu können. Dann setze ich die Bohrmaschine an, die fein säuberlich jeweils drei kleine Löcher in die Wand an den vormarkierten Stellen bohrt, in die ich Dübel stecke. Ich halte das Brett wieder an die Wand und beginne, die Schrauben durch die Löcher der Winkel und in die Wand hineinzudrehen. Eine links, eine rechts. Ohne Belastung trägt sich das Regal nun von alleine, und ich trete einen Schritt zurück, um mein Werk zu begutachten. Es sieht perfekt aus.

»Hast du etwa …?!«, ertönt plötzlich eine Stimme hinter mir. *Ihre* Stimme.

Ich wirble herum, mein Herzschlag beschleunigt sich. Tamsin steht mitten im Raum und sieht mich entgeistert an.

»Du hast nicht wirklich ein Regal aufgehängt?« Ihre Augen leuchten. »Blöde Frage, ich sehe es ja.«

»Ich habe es sogar selbst gebaut«, sage ich mit Stolz in meiner Stimme.

»Du hast es selbst gebaut …« Sie sieht mich fassungslos an.

»Ja, gefällt es dir?«, frage ich.

»Ob es mir gefällt? Du fragst mich allen Ernstes, ob es mir gefällt? Ich finde es wunderschön!« Ihre Stimme überschlägt sich fast, und ich merke, wie sich in meinem Innern ein Glucksen lösen möchte, so sehr freue ich mich über ihre Reaktion. »Du bist ja verrückt«, sagt sie lächelnd und pikst mich mit ihrem Finger in die Schulter. »Absolut verrückt.«

Mir wird ganz warm und ich kann nicht anders, als ebenfalls breit zu lächeln. Mit Tamsin ist es ganz leicht. Als wäre es das Natürlichste auf der Welt. Verlegen fahre ich mir mit der Hand durch die Haare.

»Es fehlen noch ein paar Schrauben, dann kann man Bücher draufstellen.«

»Darf ich dir zuschauen?«, fragt sie, und noch ehe ich sagen kann, dass mich das sehr freuen würde, ist sie schon auf einen Tisch gehopst und baumelt mit den Beinen. »Na los, schraub!«

Ich wende mich noch immer lächelnd um und fische eine Schraube aus meiner Hosentasche, die mit ein paar Drehungen des Schraubenziehers in der Wand verschwindet.

»Du?« Tamsins Tonfall klingt fragend.

Ich drehe mich zu ihr um. »Hm?«

»Ach nein, vergiss es«, sagt sie.

Ich fische eine weitere Schraube aus der Tasche und drehe auch diese in die Wand.

»Oder nee, doch«, sagt sie weiter.

Wieder wende ich mich um. »Oder nee, doch?«, frage ich. »Was soll das denn bedeuten?«

Ich spüre, dass sie dringend etwas fragen will, sich aber nicht traut. Doch ich beschließe, mich dumm zu stellen.

»Ach, Mann, ich weiß nicht, wie ich dich fragen soll, ohne mich dabei blöd zu fühlen.«

»Was willst du denn fragen? Vielleicht habe ich eine Idee, wie du die Frage stellen kannst.« Ich zögere kurz und drehe noch eine Schraube in die Wand. »Vielleicht kannst du mir dann auch mit … ähm … mit einer Frage helfen«, füge ich etwas leiser hinzu.

Die letzte Schraube verschwindet unter dem Druck des

Schraubenziehers in der Wand. Mein Puls geht schnell. In meinem Bauch breitet sich eine nervöse Hitze aus. Ich habe Angst davor, eine Möglichkeit zu ergreifen, und bin gleichzeitig gespannt, ob ich mich trauen werde. Es ist, als würde ich neben mir stehen, mir selbst bei all dem hier zusehen. Ohne zu wissen, was ich als Nächstes tun werde.

Ich versuche, mir nichts anmerken zu lassen, richte mich auf und trete einen Schritt zurück, um mir das fertige Ergebnis noch mal anzusehen. Ich habe die Distanz unterschätzt und stehe jetzt beinahe neben Tamsin, die erst applaudiert und dann –

Sie hebt den Kopf und blickt mir direkt in die Augen. Ihr Lächeln verblasst kaum merklich auf ihren Lippen, und mir kommt es vor, als würden ihre braunen Augen von Sekunde zu Sekunde größer. Ohne wirklich zu wissen, was ich tue, trete ich mit unsicherem Schritt noch etwas näher an sie heran.

»Also.« Sie räuspert sich. »Ich würde dich gern fragen, ob du das Regal … nun ja … meinetwegen gebaut hast. Aber ich finde, das klingt eingebildet, deshalb traue ich mich nicht.«

»Ich finde nicht, dass es eingebildet klingt«, sage ich, und meine Stimme ist seltsam rau. »Das ist sogar eine sehr nachvollziehbare Frage, denn weswegen hätte ich es sonst bauen sollen?«

Ihre Augen werden noch größer, und in ihrem Blick liegt eine Mischung aus Sanftheit und Verblüffung. »Oh«, entfährt es ihr. »Wow.«

Ich gehe noch einen Schritt weiter auf sie zu, und zwischen uns liegt nicht mal mehr ein halber Meter.

»Und bei welcher Frage soll ich dir helfen?«, erkundigt sie sich leise, ohne den Blick von mir zu lösen.

Mein gesamter Körper ist jetzt von meinem dröhnenden Herzschlag erfüllt, es pocht dumpf in meinen Ohren. Ich höre meine Stimme, die sagt: »Ich möchte dich gerne fragen, ob du mit mir ausgehen würdest. Aber ich weiß nicht, ob ich mich traue, aus Angst, dass du Nein sagen könntest.«

Langsam breitet sich wieder ein Lächeln auf ihren Lippen aus. Ihre Augen strahlen.

»Ach, das ist ganz leicht«, sagt sie vorsichtig, wie, um mich nicht zu verschrecken. »Denn ich weiß zufällig, dass ich nicht Nein sagen werde.«

Das Pochen in meinen Ohren wird noch lauter, und die Hitze aus meinem Bauch verteilt sich in meinem gesamten Körper. Ich stehe nun direkt vor ihr, und von plötzlichem Wagemut gepackt, lege ich je eine Hand links und rechts von ihr auf den Tisch. Ich beuge mich leicht zu ihr runter. »Würdest du mit mir ausgehen?«, raune ich atemlos, und sie nickt, die Augen immer noch fest auf meine gerichtet.

Tamsin

17 »Wie aufregend«, sagt Zelda und rollt sich auf die Seite, den Kopf auf den linken Arm gestützt. »Du musst mir alles erzählen, damit ich das Gefühl habe, dabei gewesen zu sein. Näher bin ich einem Date in den letzten Monaten nicht gewesen.«

Ich habe ihr gerade eröffnet, dass Rhys mich gefragt hat, ob ich mit ihm ausgehen will. Ich konnte es einfach nicht mehr länger für mich behalten.

Es ist Halloween und wir liegen auf der Wiese vor der Uni, um uns verkleidete Studenten anzusehen. Halloween war nie mein Ding, und so bin ich froh, dass Zelda nicht versucht, mich dazu zu bewegen, auf eine der Partys zu gehen, die in Uninähe stattfinden. Unsere letzte Vorlesung für heute haben wir hinter uns und genießen zusammen mit ein paar Vampiren, unheimlichen Clowns, Hexen und Comicfiguren die letzten warmen Sonnenstrahlen des Tages. Sobald die Sonne untergeht, ist es zu frisch, um ohne Jacke draußen zu sein.

»Woher kennst du ihn? Was macht er? Wie sieht er aus?«, fragt Zelda und ihre Euphorie bringt mich zum Lachen. Vor allem, da sie sich ein Spinnennetz um ihr linkes Auge geschminkt hat.

»Aaalso. Ich kenne ihn aus dem Café bei mir in der Straße, wo er arbeitet. Und er …« Mir stockt der Atem, und ein wohliges Ziehen durchfährt meinen Körper, als ich an Rhys denke. An seine beeindruckende Statur, sein Gesicht, das verwegen und unnahbar ist, aber gleichzeitig so sanft sein kann. Anfangs kamen mir seine blauen Augen kalt vor, seine Gesichtszüge hart. Aber inzwischen ruft sein Anblick in mir den unbedingten Wunsch hervor, meine Hand auf seine Wange zu legen und ihm durch die Haare zu fahren. Wie ist das nur passiert?

»Himmel, Tamsin, nicht so viele Informationen auf einmal«, unterbricht Zelda meinen schmachtenden Tagtraum.

»... er sieht phänomenal gut aus«, sage ich, weil mir die Worte fehlen, zu beschreiben, was ich wirklich sehe, wenn ich ihm gegenüberstehe. Ich denke daran, wie nah wir uns waren. Er stand so dicht vor mir, dass ich mir sicher war, er müsste meinen Herzschlag hören, der sich von Sekunde zu Sekunde beschleunigte, je näher er mir kam. Seine Augen ruhten auf meinen und ich konnte den Blick nicht von ihm abwenden.

»Du stehst auf ihn!«, verkündet Zelda und boxt mich in die Seite.

»Was tue ich nur?«, frage ich. »Ich wollte das nicht. Das war so nicht vorgesehen. Der Plan war, keinem Kerl mehr nahezukommen, bis ich ungefähr hundert bin. Ich wollte meine Studentenzeit unbeschwert genießen und kein Herzrasen, Herzschmerz oder sonst irgendwas mit ›Herz‹ an mich heranlassen.«

»Tja, dafür ist es jetzt eindeutig zu spät.« Sie grinst.

»Denkst du, ich mache das Richtige?«, frage ich.

»Denkst du, es wäre das Richtige gewesen, abzulehnen?«

Ich spiele diese Version in meinem Kopf durch. Es wäre, ganz ehrlich, unmöglich gewesen!

»Aber was, wenn er sich als Arsch entpuppt?«

»Das Risiko muss man eingehen. Und nach allem, was du mir über deinen Ex erzählt hast, kann er so schlimm gar nicht sein.«

Ich schnaube. Zelda zieht einen grünen Nagellack aus ihrer Tasche und beginnt, über den abgeblätterten Lack auf ihren Fingernägeln drüberzulackieren.

»Und was wirst du anziehen?«, fragt sie. »Haare? Make-up? Spinnennetz im Gesicht?« Bei den letzten Worten zieht sie neckisch ihre Augenbrauen nach oben.

Ich erzähle ihr von meiner Regel. »Kein Make-up«, sage ich und sie blickt fragend auf.

»Kein Make-up? Gar keins?«

»Ich trage zum ersten Date nie Make-up. Stell dir vor, der Kerl verliebt sich unsterblich in mein Äußeres. Und dann verliebe ich mich auch in ihn. Und eines Morgens wachen wir nebeneinander auf, er sieht mich das erste Mal ungeschminkt bei Tageslicht und bekommt den Schreck seines Lebens. Diese Enttäuschung will ich ihm und mir ersparen. Wenn ich beim ersten Date kein Make-up trage und ihm trotzdem gefalle, nimmt er mich so, wie ich bin. Und wenn ihm das nicht gefällt, na ja, dann gefällt er mir eben auch nicht.«

»Kein Make-up an Halloween, okay. Aber kein Make-up beim ersten Date? Wow, du bist echt irre«, sagt Zelda, und vermutlich hat sie damit gar nicht so unrecht.

Als wir gerade unsere Sachen zusammenpacken, damit Zelda auf ihre Party und ich nach Hause zu meinen Büchern kann, kommt Sam aus dem Hauptgebäude. Zu meiner Erleichterung ist er ebenfalls nicht verkleidet. Also bin ich nicht die Einzige, die lieber sie selbst als irgendjemand anderes ist. Zelda hat ihn schon vor mir erspaht und winkt ihm. Er kommt zielstrebig auf uns zu.

»Stell dir vor, McPerfect«, sagt Zelda, und Sam verdreht die Augen. Seit der Party neulich nennt sie ihn nur noch so. »Unsere Tamsin hier hat eine Verabredung!«

Sam, der gerade einen Schluck aus seiner Wasserflasche genommen hat, fängt an zu husten.

»Was?«, fragt er zwischen seinen Erstickungsanfällen, und ich beginne, ihm auf den Rücken zu klopfen. Es nervt mich ein wenig, dass Zelda ihm mein Date gleich auf die Nase binden musste. Ich hätte es ihm lieber selbst erzählt. Aber andererseits ist es ja auch kein Geheimnis.

»Na, so überraschend ist es jetzt auch wieder nicht«, neckt Zelda ihn.

»Geht schon wieder«, sagt Sam an mich gewandt, da ich immer noch wie eine Verrückte auf seinen Rücken haue. »Du hast ein Date? Mit wem? Was ist aus deinem Vorsatz geworden, eine alte Jungfer zu werden?« Bilde ich mir das ein oder klingt er wirklich ein kleines bisschen vorwurfsvoll?

»Ich weiß auch nicht, das kam alles irgendwie so über mich«, versuche ich zu erklären. Warum rechtfertige ich mich plötzlich?

»Aha. Hm. Dann … na ja, dann eben viel Spaß«, sagt er, hebt die Hand zum Gruß und geht ohne ein weiteres Wort davon.

»Huch?«, macht Zelda. »Was ist denn mit dem los?«

»Keine Ahnung«, sage ich. Hatte er einen schlechten Tag? Will er Halloween entkommen?

»Wenn ich es nicht besser wüsste, weil du ungefähr tausendmal erwähnt hast, dass ihr beste Freunde seid, würde ich sagen, er wäre gern darüber informiert worden, dass du doch nicht für immer eine alte Jungfer sein willst.«

Hat sie recht? Kann das sein? Ich schüttle den Kopf.

Absolut ausgeschlossen. Das hätte ich doch merken müssen. Ich bin doch nicht blind!

Andererseits ist Sam auch einfach ein Gentleman, der sicherlich niemandem zu nahekommt, der vergeben ist. Oder darauf bedacht, sich von Männern fernzuhalten. Wäre es wirklich denkbar, dass Sam …? Nein, entscheide ich. Mir fallen seine ganzen Uni-Liebschaften ein, die in beinahe jedes unserer Skype-Gespräche geplatzt sind. Allesamt irre attraktiv.

»Du spinnst«, sage ich deshalb voller Überzeugung.

»Vielleicht«, erwidert Zelda.

Sie setzt sich einen winzigen Hut auf den Kopf, den sie mit einem Gummiband um ihr Kinn am Kopf befestigt. Ich schultere meine Tasche, und zusammen schlendern wir vom Unigelände. Allerdings begleitet mich auf dem Weg das seltsame Gefühl, dass mir etwas extrem Wichtiges entgangen sein könnte.

Rhys

18 Ich hätte nicht gedacht, dass es noch jemanden gibt, der sich so über meine Verabredung mit Tamsin freut wie Malik. Als ich ihm davon erzählt habe, hat er sich nicht mehr eingekriegt.

»Ja, Mann! Glückwunsch«, rief er überschwänglich und klopfte mir begeistert auf den Rücken. Mir war es fast etwas peinlich, denn so glücklich ich im ersten Moment war, so verunsichert bin ich seitdem. Schließlich weiß ich nichts über Dates und finde mich selbst unberechenbar.

Als ich aber nun in Amys Büro stehe und ihr von den jüngsten Entwicklungen auf meinem Weg zu einem relativ normalen Leben berichte, springt sie auf und klatscht in die Hände. Ich lasse ihre Überschwänglichkeit über mich ergehen, denn ich bin auf ihre Hilfe angewiesen. Als sie merkt, dass ich ihre Begeisterung nicht in dem Maße erwidere, wie sie es vielleicht erwartet hat, beruhigt sie sich etwas, tritt einen Schritt zurück und mustert mich von oben bis unten wie ein stolzer Vater seinen Sohn. Ich finde ihr Verhalten grandios irritierend, reiße mich aber zusammen.

»Ich glaube«, sage ich stockend, »ich glaube, ich brauche deine Hilfe.«

»Was kann ich tun?«, fragt sie für meinen Geschmack etwas zu schnell und zu begeistert.

»Ehrlich gesagt« – denn ich weiß, dass ich hier nur mit

Ehrlichkeit Erfolg haben werde – »habe ich keine Ahnung, in was ich mich da hineinmanövriert habe. Ich möchte, dass es schön wird. Für sie. Ich will nicht wie ein Psycho rüberkommen. Und ich brauche etwas zum Anziehen.«

»Alles klar. Ich bin sozusagen Expertin auf dem Gebiet misslungener Dates, sodass ich dir auf jeden Fall eine lange Liste von Dingen mitgeben kann, die du nicht tun solltest.« Sie grinst. »Es ist beispielsweise eine gute Idee, nicht vollkommen betrunken zu sein. Sprich nicht von deinen Exfreundinnen …«

Ich schnaube. Als hätte ich Exfreundinnen, von denen ich erzählen könnte. Verglichen mit den Themen, über die ich sprechen *kann*, sind Exfreundinnen vermutlich harmlos.

»… Bring keine Familienmitglieder mit.« Ihr Lächeln gefriert. »Oh, bitte entschuldige, das war taktlos von mir«, schiebt sie schnell hinterher. »Lass uns am besten erst mal rüber in den Fundus gehen. Vielleicht finden wir etwas dem Anlass Angemessenes zum Anziehen.«

Im Lager durchforsten wir gemeinsam die Kleiderstangen. Das meiste Zeug ist nach wie vor Schrott. Ab und zu hebt Amy ein Hemd oder eine Hose hoch, runzelt aber jedes Mal die Stirn, schüttelt dann den Kopf und hängt den Kleiderbügel wieder zurück an seinen Platz. Schließlich pfeift sie durch die Zähne.

»Was haben wir denn da?«, sagt sie und holt ein dunkelgraues Sakko hervor. »Komm, probier's mal an!«

Umständlich entledige ich mich meines Kapuzenpullis, immer darauf bedacht, dass mein T-Shirt nicht hochrutscht und so einen Blick auf meinen Oberkörper freigibt. Ich ziehe das Sakko über, und siehe da – es passt!

»Das sieht so schick aus, dass du dazu auch einfach ein T-Shirt und Jeans tragen kannst.«

»Was ist mit meinen Schuhen?«, frage ich mit einem Blick auf die ausgelatschten Sneakers. »Meinst du, wir finden was, das ein bisschen weniger … wie soll ich sagen … beschissen aussieht?«

Amy hebt einen Finger. »Warte mal! Ich habe da eine …« Sie fängt an, Tüten aus dem Weg zu räumen. »… Idee!« Im hinteren Teil des Lagers kommen unter Bergen von Mülltüten Kartons zum Vorschein. »Hier muss irgendwo – ah, ja!« Triumphierend hebt sie einen Umzugskarton hoch. »Ich wusste doch, dass ich die nie ausgeräumt habe!«

Sie stellt die Kiste zwischen uns, öffnet den Deckel, und ein Haufen Schuhe kommt zum Vorschein. Kurz entschlossen hebt sie den Karton hoch und kippt ihn aus.

»Ist einfacher so«, sagt sie.

Auf dem Boden vor uns liegen sicher vierzig Schuhe. Aber beim Durchsehen wird schnell klar, dass einige davon einzeln sind. Schließlich fällt mein Blick aber auf ein Paar, das ziemlich elegant aussieht. Schwarze Lederschuhe, die mir beim Anprobieren zwar etwas zu eng sind, aber ansonsten passen.

»Perfekt!«, ruft Amy aus. »So traurig es ist, wenn jemand stirbt, der keine Angehörigen hat, so schön ist es doch, wenn die Sachen nicht einfach weggeworfen werden.« Amy sieht wohl meinen erschrockenen Blick und schiebt deswegen hinterher: »Keine Sorge. Er hatte bestimmt ein schönes Leben. Zumindest hatte er Geld! So, und jetzt komm, jetzt bringe ich dir die Basics bei!«

Am Freitagabend schließe ich das Café. In nicht einmal einer halben Stunde wird Tamsin hier sein, und es gibt noch jede Menge zu tun. Liz ist gerade gegangen. Vorher hat sie mir noch gezeigt, wo ich eine Tischdecke finde. Nach meinem Gespräch mit Amy, die mir riet, Tamsin beim ersten Date weder zu mir nach Hause einzuladen noch sie in ihrer eigenen Wohnung zu überfallen, blieb mir nur noch *Mal's* als Ort für unsere Verabredung. Denn ein teures Restaurant kann ich mir nicht leisten. Malik hat mir gezeigt, wie ich eine einfache Tomatensoße zubereite, und Che hat meine Kochkünste heute Nachmittag überwacht.

Ich lege eine weiße Tischdecke auf einen Tisch in der Mitte des Raums. In Ermangelung einer Vase stelle ich die orangefarbene Blume, die ich einem Straßenverkäufer abgekauft habe, in eine leere Limonadenflasche. Die beiden Emailleteller gehören zwar eigentlich nicht zusammen, aber immerhin sehen sie ähnlich aus.

Immer wieder kontrolliere ich nervös die Uhr oder blicke prüfend auf die Straße, um mich zu vergewissern, dass Tamsin nicht viel zu früh hier auftaucht. Ich bin so aufgeregt, dass mir beinahe schlecht ist. Von diesem Abend hängt viel für mich ab. Ich möchte mir so gern selbst beweisen, dass das hier alles einen Sinn hat. Seitdem ich mich überwunden habe, Tamsin um das Date zu bitten, schwanke ich konstant zwischen überbordender Euphorie und Selbstzweifeln, die so schmerzhaft sind, dass sie mir den Atem rauben. Ich versuche, mir alles in Erinnerung zu rufen, was Amy mir gesagt hat, aber je weiter sich der Minutenzeiger auf dem Ziffernblatt der sechs nähert, desto weniger glaube ich zu wissen. Und als die Uhr schließlich halb acht anzeigt, ist mein Kopf absolut leer.

Ich sehe, wie sich auf der anderen Straßenseite die Tür öffnet und Tamsin hinaustritt. Es ist bereits dunkel, aber ich erkenne sie an ihrem leichten Gang. Sie schlängelt sich zwischen parkenden Autos hindurch und läuft über die Straße. Durch die Glasfassade des Cafés kann sie mich sehen und winkt mir zu. Erst jetzt wird mir bewusst, dass ich etwas verloren mitten im Raum herumstehe und sie angaffe.

Ich beeile mich, ihr die Tür zu öffnen.

»Hi«, sagt sie. Sie bleibt abrupt vor mir stehen und breitet ihre Arme aus. »Na komm, dann ist es weniger steif.«

Ich gehe einen Schritt auf sie zu und nehme sie in meine Arme. Der Duft ihrer Haare steigt mir in die Nase, und ich schließe für einen kurzen Moment die Augen. Wir lösen uns wieder voneinander, und ich bedeute ihr, hineinzugehen.

»Nach dir«, sage ich etwas heiser. »Darf ich dir die Jacke abnehmen?« Anscheinend habe ich doch nicht alles vergessen, was ich von Amy gelernt habe.

»Sehr gern«, sagt sie etwas überrascht und lässt mich ihr aus der Jacke helfen. Doch ich habe nicht damit gerechnet, dass mich das, was darunter zum Vorschein kommt, derart umhaut. Einen Augenblick lang stehe ich, die Jacke im Arm, mit offenem Mund vor ihr und sehe sie einfach nur an.

Sie trägt ein weißes Kleid mit kleinen roten Blumenstickereien, dazu eine dunkelrote Wollstrumpfhose und schwarze, halb offene Schuhe mit leichtem Absatz. Die Haare hat sie zu einem lockeren Dutt an der Seite zusammengebunden. Ihre gesamte Erscheinung ist auf einfachste Weise spektakulär, und ich vergesse beinahe zu atmen, als mein Blick ihr Gesicht erreicht. Sie sieht frisch und wach und natürlich aus. Die Wangen sind leicht gerötet, und sie blickt mich aus ihren wunderschönen Augen erwartungsvoll an. Ein schelmisches Grinsen macht sich auf ihren Lippen breit.

»Schönes Kleid, oder?«, fragt sie kichernd und dreht sich einmal um die eigene Achse, sodass der weiße Stoff im Kreis fliegt. Diese märchenhafte Bewegung, die an diesem Ort völlig unwirklich scheint, reißt mich aus meiner Trance.

Tamsin

19 Rhys steht vor mir und sieht absolut verboten gut aus in seinem Sakko und dem eng anliegenden dunkelblauen T-Shirt. Ich bin so nervös, dass ich gerade eine Pirouette mitten im Café aufgeführt habe. Als Übersprunghandlung sozusagen. In dieser Beziehung bin ich wie eine Katze, die sich nicht entscheiden kann, ob sie lieber der Fliege hinterherjagen oder etwas essen soll, und sich am Ende einfach den Bauch leckt. Nur dass ich mich glücklicherweise gerade so davon abhalten kann, mir in aller Öffentlichkeit den Bauch zu lecken. Das ist vermutlich das ganze Geheimnis meiner gesammelten Errungenschaften.

»Nicht nur das Kleid«, sagt Rhys. »Du bist … atemberaubend.«

»Danke, du auch«, erwidere ich und merke, wie mir die Röte ins Gesicht schießt.

Rhys hängt meine Jacke an die Garderobe und dimmt das Licht etwas. Dann kommt er auf mich zu und zieht einen der beiden Stühle, die an dem wunderschön gedeckten Tisch stehen, zurück.

»Danke«, murmle ich und setze mich, während er den Stuhl behutsam zurück an den Tisch schiebt. »Du bist ja der perfekte Gentleman.«

Ich blicke mich nach ihm um und sehe, dass er schmunzelt.

»Darf ich Ihnen etwas zu trinken anbieten, Mylady?«,

fragt er. »Du kannst alles haben, was auch sonst auf unserer Karte steht. Und ich habe eine Flasche Weißwein und Bier kaltgestellt.«

»Ich glaube, ich nehme ein Bier«, sage ich. Ich finde, Bier verleiht einem gleich eine gewisse Coolness.

»Kommt sofort.« Rhys geht nach hinten und ich kann hören, wie er in der Küche rumort. Ich nutze den Augenblick allein, um dieses wunderschöne Ambiente für mich festzuhalten. »Klick«, mache ich leise und lege das imaginäre Bild in meinem Erinnerungsalbum ab. Kurz darauf kommt Rhys mit zwei kalten Flaschen Bier wieder, die er im Gehen mit einem Feuerzeug öffnet. Eine Fähigkeit, die ich schon immer bewundert habe. Er setzt sich mir gegenüber und reicht mir eine Flasche.

»Also dann, Cheers«, sage ich und wir stoßen an.

Ich kann meinen Blick kaum von ihm abwenden, so sehr zieht mich seine ganze Erscheinung in den Bann. Für eine Weile sagt niemand ein Wort. Wir sehen uns abwechselnd an und senken verschämt den Blick, nur um uns dann wieder in die Augen zu schauen. Er lächelt, und ich lächle, und grundsätzlich sind wir wohl beide sehr damit beschäftigt, diesen intensiven Augenblick einerseits bloß nicht zu unterbrechen, und andererseits seine bittersüße Perfektheit zu ertragen.

»Hier sind wir also«, sage ich schließlich doch in die Stille hinein. Gleichzeitig schlage ich unter dem Tisch meine Beine übereinander und streife dabei aus Versehen sein Bein.

»Ja, hier sind wir«, sagt Rhys mit belegter Stimme und erwidert die Berührung an meinem Bein. Ein leichter Schauer jagt über meinen Rücken, und ich muss den enormen Drang, zu kichern, unterdrücken.

»Ich bin übrigens ein bisschen nervös«, gestehe ich, denn ich habe gelernt, dass Angriff oft die beste Verteidigung ist.

Unsere Blicke treffen sich erneut. »Du bist nervös? Dann solltest du mal an meiner Stelle sein!«, sagt er ungläubig.

»Okay, gut, lass uns den Platz tauschen«, sage ich und stehe auf.

»Was?« Rhys sieht mich erst ungläubig an, spielt dann aber mit. Seine Augen funkeln vergnügt, als auch er sich erhebt und um den Tisch herumgeht.

Wir setzen uns wieder und ich sage: »Du hast völlig recht, hier ist man noch nervöser! Aber weißt du was? Ich opfere mich und übernehme diese Seite für dich.«

»Das ist wirklich nett von dir. Allerdings muss ich gestehen, dass auch diese Seite des Tischs nicht ohne ist. Hatte ich unterschätzt.« Rhys nimmt einen Schluck aus seiner Bierflasche. »Ich sehe mal nach der Pasta«, fügt er dann hinzu und geht mit unseren Tellern in der Hand in die Küche.

Seine Abwesenheit verschafft mir einen Moment zum Durchatmen. Ich verstehe gar nicht, was mit mir los ist. Normalerweise fällt es mir nicht so schwer, ein Gespräch in Gang zu kriegen. Ich stehe kurz auf und hüpfe dreimal auf und ab, um mich ein bisschen lockerer zu machen. Dann schüttele ich meine Hände und Arme, weil ich mich so krampfig fühle.

Als Rhys mit zwei gefüllten Tellern aus der Küche kommt, sitze ich wieder ganz ladylike auf meinem nervösen Stuhl und sehe ihn erwartungsvoll an. Er stellt einen Teller vor mich und setzt sich dann wieder mir gegenüber.

»Das riecht köstlich«, sage ich. »Hast du das gekocht?«

»Ja, ich hatte allerdings eine gute Anleitung«, antwortet er. »Mein Mitbewohner ist ein talentierter Koch.«

»Du hast einen Mitbewohner?«, frage ich, froh über diese Vorlage, aus der tatsächlich so etwas wie ein Gespräch entstehen kann.

Die verkrampfte Stimmung wird mit der Pasta vor uns ein wenig lockerer, und wir unterhalten uns kurz über seinen Mitbewohner Malik. Danach essen wir eine Weile schweigend.

»Ich wollte übrigens noch sagen …«, beginnt er plötzlich, stockt dann aber.

»Hm?«

»Ich wollte mich bei dir für das Paket bedanken.«

»Hat's dir gefallen?«, frage ich erleichtert.

»›Gefallen‹ ist dafür gar kein Ausdruck.«

»Puh, da bin ich aber froh. Ich weiß, dass ich ab und zu natürliche persönliche Grenzen überschreite. Das merke ich dann immer erst hinterher. Bei dir ist mir das am Anfang ja auch passiert. Und die Box, na ja, das war schon riskant.«

»Ich finde nicht, dass du ›natürliche persönliche Grenzen‹ überschreitest. Meine Grenzen sind, wie soll ich sagen, in den letzten Jahren einfach ein bisschen – hm – verrutscht.« Seine Worte sind immer leiser geworden. Er blickt angestrengt auf seinen Teller, und ich höre, wie er schluckt. Dann fährt er fort: »Ich bin dabei, sie langsam wieder etwas auszuweiten.«

»Das klingt hervorragend«, sage ich überschwänglich, weil ich das Gefühl habe, dass unser Gespräch eine Richtung eingeschlagen hat, die ihm unangenehm ist. »Lass uns darauf trinken.« Ich erhebe meine Flasche und lächle ihn, wie ich hoffe, aufmunternd an. Er soll nicht das Gefühl haben, dass ich ihn zu etwas dränge.

Als wir aufgegessen haben, steht Rhys auf und räumt die Teller ab.

»Kann ich die Küche sehen?«, frage ich.

»Na klar, komm mit«, erwidert er.

Ich schnappe mir mein Bier und folge ihm. In der Küche glänzt kalter Edelstahl. Große Töpfe stehen frisch geputzt auf den Herdplatten und warten darauf, morgen wieder benutzt zu werden. Während Rhys schnell das Geschirr und Besteck abspült, lehne ich in der Tür und pule am Etikett meiner Flasche.

»Danke für das Essen«, sage ich.

Wir setzen uns mit zwei neuen Bierflaschen zurück an den Tisch. Die Stimmung ist nun deutlich gelöster. Ob es daran liegt, dass der Alkohol unsere Zungen etwas lockert, oder daran, dass wir langsam vertrauter miteinander werden, kann ich nicht sagen.

Rhys fragt mich, warum ich Literatur studiere, ob ich das schon immer machen wollte. Ich erzähle ihm viel über das Ausbleiben von Möglichkeiten unter der Rosedale-Glocke. Darüber, dass die Literatur für mich immer eine aufregende Welt jenseits der Langeweile bedeutet hat.

»Weißt du«, sage ich, froh über ein Thema, von dem ich stundenlang sprechen kann, »für mich lag die Magie der Bücher schon immer darin, dass ich mich von Rosedale in eine völlig fremde Welt versetzen konnte. Ich musste nur ein Buch aufschlagen, schon war ich ganz woanders. Wer mich besuchen kommt und einen Blick auf mein Bücherregal wirft, hält mich vermutlich für eine Kosmopolitin. Dabei habe ich die USA noch nie verlassen.« Ich lache. »Aber neben amerikanischen Klassikern von Twain, Poe oder Kerouac stehen in meinem Regal auch russische Autoren, französische, englische, irische. Ich liebe Jane Austen und die Brontë-Schwestern genauso wie Oscar Wilde, Flaubert oder Tolstoi.«

»Große Namen«, sagt Rhys und lächelt.

»Wichtig ist nur, dass es leidenschaftlich zugeht.« Ich halte kurz inne, weil ich das Gefühl habe, dass Leidenschaft ein komisches Thema für ein erstes Date ist. Meine Wangen werden spürbar heiß. Aber andererseits ist es auch egal. Er soll ruhig wissen, wofür ich brenne. »In sprachlicher und thematischer Hinsicht, meine ich. Im Glück und im Unglück der Protagonisten. Dann fesselt mich eine Geschichte und ich gehe vollkommen darin auf.« Ich blicke zu Rhys, um zu sehen, ob ich ihn schon langweile mit meiner Begeisterung. Aber er sieht mich gebannt aus seinen blauen Augen an. Also fahre ich fort: »Oft fühle ich mich regelrecht heimatlos, wenn ich ein Buch zu Ende gelesen habe. Denn während ich lese, bin ich tatsächlich im Moskau des neunzehnten Jahrhunderts oder in Thornfield Hall an der Seite von Jane Eyre zu Hause. Vielleicht bin ich also tatsächlich eine Kosmopolitin.« Ich zucke mit den Schultern. »Nur eben zwischen zwei Buchdeckeln. Dass ich jetzt die nächsten vier Jahre damit verbringen darf, über Literatur zu reden und zu schreiben, ist für mich der größte Luxus.«

Während meines Monologs hat Rhys sich zurückgelehnt. Er scheint sich sichtlich zu entspannen.

»Hast du ein Lieblingsbuch?«, fragt er.

»Singular? Unmöglich«, lache ich.

»Na dann, eine Top drei vielleicht?«

»Okay, das kriege ich hin. Warte. *Sturmhöhe*, weil es so atmosphärisch ist, und die Liebesgeschichte zu den tragischsten der Weltliteratur zählt. *Der Fänger im Roggen*, weil

Salinger die Ziellosigkeit der späten Pubertät perfekt einfängt. Und *Pu der Bär.*«

»*Pu der Bär?*« Rhys lacht.

»Natürlich! Wohin soll man denn gehen, wenn es einem schlecht geht, wenn nicht in den Hundert-Morgen-Wald?«

»Guter Punkt.«

Eine Weile nippen wir schweigend an unserem Bier.

Plötzlich beginnt Rhys wieder zu sprechen. »*Die Abenteuer des Huckleberry Finn,* weil jugendlicher Übermut und das Gefühl des großen Abenteuers nie schöner und authentischer erzählt wurden. *David Copperfield,* weil es in seiner Vollständigkeit der Beschreibung eines ganzen Lebens keine Sekunde langweilig ist. Und *Pu der Bär.*«

Ich bin sprachlos. Rhys hat Mark Twain und Charles Dickens gelesen?

Wie als Erklärung sagt er: »Ich hatte im Gefängnis viel Zeit. Ich kann gut nachvollziehen, was du mit der ›aufregenden Welt jenseits der Langeweile‹ meinst.«

Ich bin völlig baff, und es ist offensichtlich Zeit für eine neue Übersprunghandlung. »Darf ich deine Hand mal drücken?«, frage ich.

»Wie bitte?«

»Na ja, du warst schon vorhin ziemlich toll, aber jetzt liest du plötzlich auch noch? Die reife Art, mit meiner Begeisterung in diesem Moment umzugehen, wäre, deine Hand zu drücken. Ansonsten muss ich vielleicht kurz mal vor die Tür gehen, damit du die unreife Variante nicht siehst.«

»Es ist ja nicht so, als hätte ich endlos Erfahrung auf diesem Gebiet, aber kann es sein, dass du manchmal ein bisschen verrückt bist?«, fragt Rhys grinsend, legt aber seine Hand auf den Tisch.

»Wie meinst du das?«, frage ich bewusst ahnungslos.

»Na, vorhin zum Beispiel, als ich aus der Küche kam. Da standest du hier im Raum, bist auf und ab gehüpft und hast deine Arme geschüttelt.« Als er meinen Blick sieht, beginnt er zu lachen. »Ja, das habe ich gesehen.«

Ich merke, wie ich rot werde. »Dann ist es ja jetzt ohnehin schon egal«, sage ich und nehme seine Hand. Die Berührung ist nur kurz. Ich drücke einmal leicht zu und lasse ihn dann wieder los. Aber dort, wo sich unsere Hände berührt haben, bleibt ein prickelndes Gefühl auf meiner Haut zurück. Ich blicke Rhys an, um herauszufinden, ob es ihm auch so geht. Er sieht von seiner Hand zu mir. Der Blick, mit dem er mich anschaut, versetzt mir einen süßen Stich. Im nächsten Moment schlingt er seine Finger um meine Hand und drückt ebenfalls leicht zu. Aber statt mich sofort wieder loszulassen, hält er meine Hand fest und verwebt unsere Finger miteinander. Er lehnt sich vor und presst seine Lippen auf meinen Handrücken. Sie sind warm und weich, und das Kribbeln breitet sich von meiner Hand in meinen ganzen Körper aus.

»Und warum ist *Pu der Bär* auf deiner Liste?«, flüstere ich, weil ich, obwohl wir uns so nah sind, die Sehnsucht nach ihm kaum aushalte.

»Weil im Hundert-Morgen-Wald jeder sein kann, wie er will. Selbst I-Aah muss sich nicht verstellen. Sie mögen ihn einfach als das, was er ist«, sagt Rhys leise und drückt meine Hand erneut.

»Ich mag dich auch als das, was du bist«, flüstere ich, »mit verschobenen Grenzen und allem.«

»Und ich mag dich. Mit all deinen Verrücktheiten.«

Sein Blick ist ernst und aufrichtig. In mir wirbelt alles durcheinander.

Beinahe gedankenverloren sagt er: »›Manche Menschen sind nie verrückt. Was für ein schreckliches Leben.‹«

»Du zitierst Charles Bukowski?«, frage ich. »Das ist zu viel.« Ich lege theatralisch meinen Handrücken an meine Stirn und deute eine Ohnmacht an. Er lächelt.

Ohne meine Hand aus der seinen zu lösen, stehe ich langsam auf, die Augen fest auf seine gerichtet. Ich gehe einen Schritt auf ihn zu und ziehe ihn sanft hoch, sodass er vor mir steht. Er ist einen Kopf größer als ich und ich recke den Hals, um seinen Blick nicht zu verlieren. Ich hebe meine freie Hand und fahre mit den Fingerspitzen langsam die Konturen seiner Wangen nach. Meine Finger gleiten über heiße Haut und Bartstoppeln. Er erschaudert und beginnt, mit seiner Hand ebenfalls mein Gesicht zu erkunden. Seine Berührung ist so sanft, dass ich eine Gänsehaut kriege. Ich merke, wie meine Beine unter mir langsam nachzugeben drohen, und mache ganz vorsichtig ein paar langsame Schritte in Richtung Wand, sodass ich mich anlehnen kann. Rhys drückt meine linke Hand, die er immer noch fest umschlungen hält, über meinem Kopf an die Wand. Mit der anderen Hand umfasst er mein Gesicht und krallt sanft seine Finger in meine Haare. Sein Körper ist so dicht an meinem, dass ich seine festen Muskeln und die Hitze spüren kann, die von ihm ausgeht. Ich höre seine gepressten Atemzüge, die nur von dem dröhnenden Herzschlag in meinen Ohren übertönt werden, hebe den Kopf und sehe in seine Augen, die auf mich gerichtet sind. In seinem Blick flackert Verlangen und Sehnsucht, als er seinen Kopf langsam senkt. In Erwartung seiner Lippen auf meinen schließe ich die Augen.

20 Rhys

In dem Moment, als ich meine Lippen endlich auf ihre pressen will, passiert es. Die Lust, die bis zu diesem Augenblick jede andere Empfindung in meinem Körper überdeckt hat, wird von blanker Panik vertrieben. Ich kann es nicht! Die Erkenntnis trifft mich wie ein Schlag, und meine Beine geben fast unter mir nach. Ich stehe immer noch vor ihr, meinen Körper dicht an ihren gepresst, aber ich spüre, wie ich beginne, zu zittern. Ich lasse meine Stirn gegen die Wand sinken.

»Fuck«, flüstere ich. »Fuck, fuck, fuck.«

»Was ist?«, fragt Tamsin, aber ich höre sie kaum, als wäre sie ganz weit weg.

Ich schlage mit der Faust gegen die Wand, wieder und wieder. Ich merke, dass sie ihre Arme vorsichtig um meinen Körper legt, aber ich spüre sie nicht. Das Einzige, was ich fühle, ist ein schreckliches Brennen auf meiner Haut. Meine Kehle ist wie zugeschnürt.

»Fuck«, brülle ich nun verzweifelt und haue meine Faust erneut gegen die Wand. So fest diesmal, dass Tamsin an meinem Körper zusammenzuckt.

Ich trete einen Schritt zurück und fahre mir mit den Händen übers Gesicht. Ich wage es nicht, sie anzusehen, und drehe mich um.

»Du solltest gehen«, presse ich hervor.

Sie legt eine Hand auf meine Schulter.

»Im Ernst, geh bitte«, sage ich nun lauter. »Du musst gehen!«

»Okay, ich gehe«, gibt sie zurück und ihre Stimme klingt ganz fremd.

»Das hier, das war ein Fehler. Das funktioniert nicht.« Ich hoffe, sie kann meine Verzweiflung nicht hören. »Ich kann das nicht.«

»Ist schon in Ordnung«, höre ich die fremde Stimme noch, dann ertönt die Türglocke, die mir sagt, dass Tamsin weg ist.

Ich schleppe mich zu unserem Tisch zurück, lasse mich mutlos auf einen der Stühle plumpsen und verberge das Gesicht in meinen Händen. Ich will die Bilder in meinem Kopf nicht sehen, die Fratzen, die sich über mich beugen, will die Geräusche - das Wimmern und Stöhnen - nicht hören. Etwas Warmes rinnt über meine Wangen und ich merke, wie mir stumme Tränen der Wut und der Verzweiflung über das Gesicht laufen.

Ich gebe einen animalischen Laut von mir, vor dem ich selbst erschrecke. Es ist eine Mischung aus verschlucktem Schrei und Schluchzen. Ich verschränke meine Arme vor der Brust, wie um mich selbst zu halten, und kralle meine Finger in meine Oberarme. Meine Fingernägel drücke ich fest in meine Haut und versuche so, ein Ventil zu finden für die ganze Wut, die in mir steckt. Ich bin am Ende.

Ich weiß nicht, wie lange ich hier allein gesessen habe. Die Flasche mit der Blume ist umgefallen, und das Wasser hat sich über die Tischdecke ergossen. In regelmäßigen Abständen löst sich ein Tropfen und fällt zu Boden. Wie bin ich in dieser beschissenen Situation gelandet?

Tatsache ist, dass ich es versuchen wollte. Versuchen

musste. Und Tatsache ist auch, dass ich gescheitert bin. In dem Moment, da ich Tamsin küssen wollte – o Gott, ich wollte sie so sehr küssen –, ist etwas in mir explodiert. Die plötzlich panischen Signale, die mein Körper an mein Gehirn gesendet hat – oder mein Gehirn an meinen Körper, das kann ich nicht mehr sagen –, ließen Bilder der Vergangenheit vor meinem inneren Auge entstehen, und mir wurde auf einmal bewusst, dass ich keine Chance habe. Dass ich niemals in der Lage sein werde, mich Tamsin oder irgendjemandem zu öffnen. Dass ich keine körperliche Nähe zulassen kann. Sie haben mich kaputt gemacht. Sie haben mir mit ihren Taten das Vertrauen in mich und in andere Menschen genommen. Wie lächerlich von mir, anzunehmen, dass es ausgestanden wäre.

Ich schnaube verächtlich. Ein bitteres Lachen dringt an meine Ohren und ich begreife, dass es aus meinem eigenen Mund kommt. Ja, das geschieht mir recht. Ich sollte mich auslachen. Ich gehöre ausgelacht.

Vor mir steht Tamsins Bier. Ich hebe die Flasche hoch und stelle fest, dass sie halb voll ist. Ich setze sie an meine Lippen und kippe den Inhalt in einem Zug hinunter.

Wie schön sie war! Ihr weiches Haar zwischen meinen Fingern, ihr Duft, der mich vollständig erfüllte. Der leichte Druck ihrer Finger um meine Hand. Ich muss akzeptieren, dass es das war. Dass es vorbei ist, ehe es angefangen hat. Ich bin eine Zumutung. Unberechenbar, vermutlich gefährlich. Wie sie zusammengezuckt ist, als ich meine Faust in die Wand geschlagen habe. Ich bin nicht gut für sie. Nicht gut für irgendwen. Ich kann nicht mehr ganz werden.

Ich räume die Überreste meines ersten und einzigen Dates auf und lösche alle Spuren, die daran erinnern, dass dieser Abend jemals stattgefunden hat. Es ist bereits spät, sodass Malik hoffentlich schon schläft, wenn ich nach Hause komme.

Auf dem Heimweg hämmert es schmerzhaft in meinem Kopf. Ich erlaube mir keine Gedanken, sondern zwinge mich, einen Fuß vor den anderen zu setzen. Bis zum Ende der Straße, dann nach links. Richtung Zeitungsstand und über die Straße. An Mülltonnen vorbei. Vor mir läuft eine Katze den dunklen Gehweg entlang.

Als ich schließlich den Schlüssel ins Schloss meiner Wohnung stecke, fällt durch die Glasscheibe in der Tür zu meiner Erleichterung wirklich kein Licht. Ich schleiche mich lautlos hinein und setze mich an den Küchentisch. Aus einer Packung vor mir nehme ich eine Zigarette. Doch bei der Vorstellung, sie zu rauchen, wird mir noch schlechter, als mir ohnehin schon ist. Frustriert werfe ich sie auf den Tisch und verberge das Gesicht erneut in meinen Händen. Ich bin niedergeschmettert, aber mir fehlt jegliche Kraft, Emotionen zuzulassen.

Ich höre, wie Maliks Zimmertür aufgeht und er in den Flur geschlurft kommt. Ohne aufzublicken, weiß ich, dass er in der Tür steht.

»Scheiße, Alter«, sagt er. Mehr nicht.

Er kommt in die Küche. Aus dem Kühlschrank holt er zwei Dosen von seinem grausigen Bier, stellt eine vor mich hin und öffnet die andere. Er setzt sich neben mich. Schweigend trinken wir. Mein Blick ist starr geradeaus auf den Tisch gerichtet. Bis auf unsere Schluckgeräusche ist nichts zu hören.

Hier sitzen wir nebeneinander, zwei Außenseiter der

Gesellschaft, für die es keine Hoffnung gibt. Auch wenn Malik stark ist, weiß ich doch, wie schwierig es für ihn wird. Er mag jetzt noch guter Dinge sein, aber es ist nur eine Frage der Zeit, bis er einknickt. Das Gefängnis hinterlässt bei allen Narben.

Als das Bier ausgetrunken ist, klopft Malik mir auf die Schulter.

»Komm, Mann. Geh ins Bett«, sagt er leise.

Mechanisch stehe ich auf und befolge seine Anweisung. Ich schleppe mich in mein dunkles, kahles Zimmer und lasse mich auf mein Bett fallen. Ich schließe die Augen und bitte wen auch immer um einen tiefen, traumlosen Schlaf.

Tamsin

21 Die Zeit vergeht, und in der Erinnerung verblassen langsam die Erlebnisse des schönsten und schlimmsten Dates meines Lebens. Das Einzige, was bleibt, ist das imaginäre Bild, das ich geschossen habe, und die Sehnsucht nach seiner Berührung.

Ich habe Rhys seit dem Abend zweimal gesehen. Das erste Mal kam ich nach Hause, als er das Café gerade abschloss. Ich wollte zu ihm gehen, aber als er mich sah, wandte er sich sofort ab, sodass ich den Mut verlor. Beim zweiten Mal fasste ich mir ein Herz. Ich wollte wenigstens wieder ein bisschen Normalität zwischen uns schaffen, indem ich mir einen Kaffee bei ihm holte. Aber als ich die Hand auf die Türklinke des Cafés legte und gerade eintreten wollte, bemerkte ich, wie er mich von drinnen ansah und langsam den Kopf schüttelte. Sein Blick war derart flehend, dass mir nichts anderes übrig blieb, als wieder zu gehen.

Ich würde Rhys gerne sagen, dass er sich nicht schlecht fühlen braucht. Dass ich ihm Zeit lasse. Dass ich ihn nicht verurteile. Aber dieses Bedürfnis schlucke ich hinunter, wie auch den Kummer darüber, dass ein Mensch - noch dazu einer, der mir etwas bedeutet - so zerrüttet ist.

In den letzten Tagen mischt sich in meinen Gefühlscocktail auch noch verstärkt ein klein wenig Wut über mich selbst. Ich kam mit guten Vorsätzen nach Pearley, mit Regeln, die wichtig waren, die nicht aus einer Laune heraus, sondern zu meinem Schutz von mir aufgestellt worden waren. Hätte ich sie nicht ignoriert und stattdessen auf Sam gehört, wäre jetzt alles gut. Denn natürlich war Sam nicht eifersüchtig. Er war besorgt. Und das, wie man jetzt sieht, völlig zu Recht.

Die Anschaffung einer kleinen Filterkaffeemaschine hat mich immerhin autark gemacht, sodass ich jetzt um das Café einen Bogen machen und trotzdem ein funktionierendes Wesen sein kann. Sam hat mich mit seinem Wagen zur Pearley-Mall gefahren, die mit öffentlichen Verkehrsmitteln nur sehr schlecht zu erreichen ist. Neben der Kaffeemaschine habe ich mir außerdem noch einen Plattenspieler gekauft. Immerhin habe ich also wieder Musik in meinem Leben. Zwar hatte Sam recht damit, dass ich mich nicht einigeln solle, um traurige Musik zu hören – von den Smiths hat er mir aktiv abgeraten –, aber ich bin völlig machtlos dagegen. Ich kann nicht anders, als meine seelische Verfassung von der Musik, die ich höre, spiegeln zu lassen.

Sowieso ist Sam in den letzten Wochen einfach fantastisch gewesen. Ich habe niemandem erzählt, was an jenem Abend passiert ist, aber er hat natürlich gemerkt, dass das Date nicht von Anfangsverliebtheit und Honeymoon-Phase gekrönt war.

Ich bin mir sicher, zwischen mir und Sam ist alles in Ordnung. Natürlich hat mich sein seltsames Verhalten neulich vor der Uni etwas verunsichert, sodass ich weiterhin versuche, jeden Kontakt, der als mehr als Freundschaft interpretiert werden könnte, zu vermeiden. Bei unserem letzten Filmabend bei ihm habe ich Zelda mitgebracht, die ich zwischen uns platzierte. Sam schien kein Problem damit zu haben, was nur meine These unterstützt, dass da nichts zwischen uns ist.

Aus diesem Grund spricht auch nichts dagegen, heute wieder einen Film bei ihm zu schauen, obwohl Zelda keine Zeit hat. Sam, dessen zweite Leidenschaft neben der Literatur Filmklassiker (und, wie er sagt, solche, die es mal werden wollen) sind, hat *Außer Atem* von Jean-Luc Godard vorgeschlagen. Meines Wissens gilt der Film nicht unbedingt als Schmachtfetzen, sodass ich mich auf einen unverfänglichen Abend mit meinem besten Freund freuen kann.

»Durch die Handkamera wirken die Szenen viel intimer, oder?«, fragt Sam mit leuchtenden Augen und hält den Film kurz an. »Ich meine, wir befinden uns zwar ohnehin mit Michel und Patricia im Bett, aber stell dir vor, das Ganze wäre statisch. Das würde die Intimität deutlich mindern.«

Ich nicke. Er hat absolut recht. Der Film ist toll. Nicht unbedingt das Handlungsintensivste, was die Filmindustrie je hervorgebracht hat, aber Jean Seberg bräuchte vermutlich überhaupt keine Handlung, um umwerfend zu sein.

»Ich mag es, dass du dich so für Filme begeisterst, Sam«, sage ich. »Ich nehme viel mehr von der Arbeit der Regisseure wahr, seitdem ich Klassiker mit dir schaue.« Ich lächle ihn an.

»Und ich mag es, dass du endlich wieder lächelst.«

Der Moment ist so schön und ich fühle mich so wohl, dass ich mich aus alter Gewohnheit an ihn kuschle, meinen Kopf auf seiner Schulter. Er legt den Arm um mich und startet den Film wieder. Im nächsten Augenblick spüre ich, dass er mir einen Kuss auf den Kopf drückt. Ich schließe die Augen und genieße die Nähe zwischen uns und die Geborgenheit, die Sam mir vermittelt. Es tut gut zu wissen, dass er da ist.

Mit der Zeit überkommt mich eine bleischwere Müdigkeit und ich habe Mühe, meine Augen offen zu halten.

Als der Film vorbei ist, werde ich davon wach, dass Sam sich vorbeugt und den Abspann anhält.

»Guten Morgen, du Schlafmütze!«

»Ich habe gar nicht geschlafen«, beeile ich mich zu sagen, aber ohne Erfolg. Man sieht vermutlich sofort, wie verschlafen ich bin. Dennoch behaupte ich jedes Mal, ich sei wach geblieben.

»Hast du eigentlich jemals ein Filmende gesehen?«, fragt Sam.

»Haha, sehr witzig«, gebe ich zurück. »Und falls es dich interessiert, ja, tatsächlich habe ich den ein oder anderen Film fertig geschaut.« Ich reibe mir die Augen.

»Kurzfilme?«, fragt er und ich boxe ihn in die Seite. »Soll ich dich nach Hause fahren? Es regnet.«

»Das wäre toll! Danke«, sage ich. Ich bin ziemlich erleichtert, dass ich, schlaftrunken wie ich bin, nicht mit dem Bus fahren muss, der alles andere als regelmäßig kommt.

Sam fährt einen ziemlich hässlichen Volvo, den er aber über alles liebt, auch wenn man es dem Auto nicht unbedingt ansieht. Seine Anlage spielt ein Album der Smiths, und er klopft im Takt von *How soon is now* mit seinen Fingern aufs Lenkrad.

»Jetzt bist du aber derjenige, der für die traurige Untermalung sorgt«, sage ich.

»Es kommt immer darauf an, in welcher Stimmung man selbst ist. Traurige Musik ist dann in Ordnung, wenn man sie nicht dazu benutzt, die eigene Traurigkeit zu unterstreichen. Und ich weiß genau, dass du dazu neigst. Erinnerst du dich noch an deine traurige Pogues-Phase?«

Ich muss lachen. Eine irische Folk-Punk-Band ist nicht unbedingt typisch für Liebeskummerperioden. Ich war mit fünfzehn in einen Klassenkameraden verschossen, der aber natürlich nichts von mir wissen wollte. Zwischen *A Rainy Night in Soho* und *The Band Played Waltzing Matilda* blieb kein Auge trocken.

»Aber so ist es diesmal nicht. Erstens bin ich nicht mehr fünfzehn und zweitens kenne ich Rhys ja kaum.«

»Dann bin ich ja beruhigt«, sagt Sam und verwuschelt mit der Hand meine Haare.

Nach zwanzig Minuten biegt er in meine Straße ein und hält in zweiter Reihe vor meinem Haus.

»Also dann«, sagt er.

»Also dann, danke für den schönen Abend.«

»Jederzeit.«

Es entsteht eine kurze Pause, während ich meine übergroße Strickjacke zuknöpfen will. Im Auto ist es dunkel, sodass ich aufgebe, die Knopflöcher zu finden, und sie einfach eng um mich wickle. Ich steige aus und laufe im Regen zwischen den geparkten Autos hindurch zu meinem Haus. Ich bin froh über den geschützten Hauseingang. Als ich gerade die Haustür aufschließen will, höre ich Sam rufen.

»Warte mal kurz«, sagt er. »Ich würde dir gern noch was sagen.«

Ich drehe mich um. Er läuft auf mich zu und stellt sich neben mich in den Hauseingang, um nicht nass zu werden.

»Hör zu, Tams. Ich will, dass du weißt, dass du mit mir über alles reden kannst. Aber du sollst auch wissen, dass es in Ordnung ist, wenn du mir nicht alles sagst. Mir ist nur wichtig, dass zwischen uns alles gut ist.«

»Ich weiß«, bringe ich hervor und merke, dass mir Tränen der Rührung und Dankbarkeit in die Augen schießen. Ich habe einen dicken Kloß im Hals und versuche, sowohl Tränen als auch Kloß hinunterzuschlucken. Ich schlinge meine Arme um ihn und er erwidert meine Umarmung. »Danke, Sam.«

»Ist doch selbstverständlich«, sagt er.

Rhys

22

Aus der sicheren Dunkelheit des Cafés beobachte ich, wie Tamsin in fester Umarmung mit diesem Typen in ihrem Hauseingang steht. In letzter Zeit sitze ich oft nach Feierabend noch eine Weile hier in der Dunkelheit, um allein zu sein und nachzudenken.

Es ist unerträglich, Tamsin so zu sehen – mit einem anderen Mann. Meine Kehle ist wie zugeschnürt und es fühlt sich an, als würde sich in mir drin etwas verknoten und immer fester zusammenziehen. Wie lange wollen sie denn noch so dastehen?

Als sich dieser Sam schließlich nach einer halben Ewigkeit in sein Auto trollt und davonfährt, atme ich erleichtert aus. Ich glaube, ich hätte es nicht ertragen, wäre er mit ihr nach oben gegangen.

Was ist das für eine beschissene Situation, in der ich mich befinde? Ihre Nähe ertrage ich nicht, aber genauso wenig halte ich es aus, von ihr getrennt zu sein. Ich war beinahe froh, dass sie nicht mehr ins Café gekommen ist, denn noch einmal hätte ich nicht die Kraft aufgebracht, sie wegzuschicken. Die ersten beiden Male war es schwer genug und kostete mich alles, was ich an erbärmlicher Willenskraft aufzubringen imstande bin.

Sie steht immer noch im Hauseingang, und ich bin mir sicher, dass sie zu mir rüberschaut. Ich weiß, dass sie mich in der Dunkelheit nicht sehen kann, und trotzdem steht sie da, den Blick auf das Café gerichtet. Ich kann ihr Gesicht nicht erkennen. Dazu ist es zu dunkel. Aber ihre Silhouette sehe ich. Und den Rest übernimmt meine Fantasie. Ein schmerzhafter Stich durchzuckt mein kaputtes Herz. Ich atme geräuschvoll aus und lege die Hand auf meine linke Brust, ohne es wirklich zu merken, wie um das, was sich darunter befindet, zu schützen. Oder zum Schweigen zu bringen. Ich weiß es nicht. Schließlich wendet sie sich um und verschwindet im Haus.

Ich muss eine Lösung finden. Ich muss, muss, muss. Wenn ich nicht ohne sie sein kann, es aber ebenso wenig *mit* ihr aushalte, und es dazwischen *nichts gibt*, dann muss eine Lösung her. Wenn ich nur die verdammten Abgründe aus der Welt schaffen könnte … Ich muss es irgendwie hinkriegen, meinen Körper zu akzeptieren und mich nicht mehr für mich selbst zu schämen. Und ich muss ihr eine Erklärung für mein Verhalten liefern. Das bedeutet, ihr alles zu erzählen. Bei diesem Gedanken bricht mir der kalte Schweiß aus. Ich habe eine solche Angst davor, dass es mir den Atem raubt.

Aber, denke ich jetzt, ich war bereits stark. Drinnen war ich stark. Ich allein weiß, *wie* stark. Aber hier?

Ich mache mich auf den Heimweg. Meine düsteren Gedanken begleiten mich. Je näher ich meinem Zuhause komme, desto aussichtsloser erscheint mir meine Lage. Ich kann Jeannie nicht finden, kann ihr nicht helfen. Ich kann selbst kein normales Leben führen. Ich vertreibe den einzigen Menschen, der mir hier etwas bedeutet. Heiße Tränen des unbändigen Zorns rinnen mir über die Wange, und ich trete mit dem Fuß gegen die Mülltonne, die neben der Haustür steht. Wut und Verzweiflung haben mich fest im Griff, und ich lasse mich auf die unterste Stufe der kleinen

Treppe sinken, die ins Haus führt. Meinen Kopf stütze ich in die Hände. Ich habe keine Kraft, ihn aufrecht zu halten.

»Dreamboy«, sagt plötzlich eine rauchige Stimme neben mir. »Hast du dich ausgesperrt? Soll ich dich mit zu mir nehmen?«

Ich wische mir schnell mit dem Ärmel übers Gesicht und blicke auf. Ich habe keine Ahnung, wie lange ich hier schon sitze oder wie lange sie mich schon beobachtet. Joy steht über mir und macht Anstalten, sich neben mich zu setzen. Ich wünschte, sie würde mich in Ruhe lassen.

»Was ist los, mein Schatz?«, fragt sie, lässt sich ohne Einladung neben mir nieder und legt eine Hand auf mein Knie.

Ich antworte nicht. Habe den Blick abgewendet und versuche auszublenden, dass ich nicht mehr allein bin.

»Hör mal, Süßer«, sagt sie nach einer Weile. »Manchmal hilft es, wenn man über die Dinge redet. Ich habe eine Menge Kunden, die zu mir kommen, um mir ihr Herz auszuschütten. Ich bin eine gute Zuhörerin.«

Sie rutscht näher an mich. Ich fühle mich von Sekunde zu Sekunde unwohler.

»Was ist los?«, fragt sie erneut und rempelt mich sanft mit ihrer Schulter an. Ich zucke zusammen.

Ich möchte eigentlich nicht mit ihr reden. Reden hat noch niemandem etwas genutzt. Wo ich herkomme, reden die Menschen nicht. Sie lassen Taten sprechen.

»Ich … ich glaube, ich sollte besser gehen«, stammle ich.

»Du kannst gehen, natürlich. Aber es hat einen Grund, warum du hier in der Dunkelheit sitzt, stimmt's?«

Ich merke, wie mein Kopf nickt, ohne dass ich es will.

»Willst du Joy erzählen, was los ist?«

Ich schlucke schwer.

»Es geht um ein Mädchen, hab' ich recht?«

Wieder nickt mein Kopf.

»Na klar, es geht immer um ein Mädchen«, sagt Joy und lacht wieder ihr heiseres Lachen. »Sie ist klug und schön und etwas ganz Besonderes?«

Ich blicke überrascht auf. »Ja!«, sage ich erstaunt.

»Und warum sitzt du dann hier alleine, statt bei ihr zu sein?«

»Weil ich …« Ich breche ab und lasse den Kopf wieder sinken. »Ich hab's verkackt.«

»Na, na«, sagt Joy, zieht meinen Kopf an ihre Brust und tätschelt meine Wange.

Mein Körper versteift sich augenblicklich, da ihr Oberteil nicht einmal die Hälfte ihrer prallen Brüste bedeckt. Ihre warme, nackte Haut an meiner Schläfe und meiner Wange fühlt sich alles andere als angenehm an, und ich bin erleichtert, als sie mich wieder loslässt.

»Ich sag dir was, Junge. Ich hab' schon viele Männer gehabt, die es sich mit ihrer Frau verscherzt hatten. Und wenn die Ehe noch nicht kaputt war, als sie bei mir ankamen, dann war sie's mindestens, als sie wieder gegangen sind.« Sie lacht. »Also was auch immer du gemacht hast, kauf ihr 'nen Strauß Blumen und sag ihr, dass es dir leidtut, bevor du die Sache noch schlimmer machst. Wenn sie so klug ist, wie du sagst, merkt sie, dass du's ernst mit ihr meinst.«

»Ich kann ihr körperlich nicht nahe kommen. Ich traue mich nicht«, sage ich, von meiner eigenen Courage überrumpelt.

»Das hatte ich auch noch nicht«, sagt Joy. »Bist'n interessanter Fall, das muss man dir lassen. Vielleicht hilft's, wenn du ihr das sagst? Lass sie dir nahe kommen, ehe du ihr nahe kommst, wenn du verstehst. Der Spaß tut dann sein Übriges.«

Ich nicke. Ich habe keine Ahnung, ob sie recht hat. Aber ich weiß, dass ich mit Tamsin sprechen muss, wenn diese Geschichte irgendwohin führen soll. Denn offensichtlich will ich das, so albern es in meinen Ohren klingt. Ich kann die Sache nicht auf sich beruhen lassen. Der bislang schönste Moment meines Lebens, der in der absoluten Katastrophe endete, darf einfach nicht alles gewesen sein.

»Sprich mit ihr. Kommunikation ist das A und O, sagt Oprah.«

Tamsin

23 Ich habe gerade *Von Mäusen und Menschen* zugeklappt, als es an der Tür klingelt. Ich erstarre. Wer, um Himmels willen, sollte um elf Uhr nachts zu mir wollen? Ich wage nicht, mich zu rühren. Wenn ich mich totstelle, geht wer auch immer sicher wieder weg. Die Klingel ertönt ein weiteres Mal und zerreißt die gespannte Stille. Gleich danach noch einmal. Was zur Hölle?

Etwas ungelenk, weil ich zu lange in ein und derselben Position verharrt habe, stehe ich auf und gehe zum Fenster. Ich schiebe es nach oben und strecke meinen Kopf in die kühle Nachtluft. Es regnet immer noch, und ich kriege ein paar Tropfen ab. Da ich nur eine kurze Schlafanzughose und ein T-Shirt über meiner Unterwäsche trage, kriege ich augenblicklich eine Gänsehaut.

»Wer ist da?«, rufe ich nach unten.

Eine dunkle Gestalt mit Kapuzenpulli tritt vom Hauseingang auf den Gehweg. Ein Mann. Er streift die Kapuze ab und blickt zu mir auf. Es ist Rhys!

»Ich bin's. Ich muss mit dir reden«, ruft er mir zu.

»Bist du verrückt? Um diese Zeit?« Aber ich merke, dass sich ein Lächeln auf meine Lippen legt.

»Lass mich rein!«, ruft er drängend.

»Du hast Nerven«, erwidere ich, ziehe meinen Kopf nach drinnen und schließe das Fenster. Ich gehe in den Flur und betätige den Türsummer.

Ich öffne meine Wohnungstür und höre, wie Rhys nach oben kommt. Er klingt gehetzt, sprintet die Treppen hoch und nimmt dabei immer zwei Stufen auf einmal.

»Was ist los?«, frage ich ins Treppenhaus. Mein Herz pocht schnell.

Irgendwo weiter unten wird eine Tür geöffnet und ein unfreundliches »Schhhh« ertönt.

Einen Moment später taucht Rhys' Kopf oben an der Treppe auf, und mit zwei langen Sätzen ist er auf meinem Stockwerk. Er ist ganz nass, aber seine Augen glühen.

»Pass auf«, sagt er, als er an meiner Tür angekommen ist. »Es tut mir leid. Es tut mir alles so leid.«

»Stehst du deswegen mitten in der Nacht im strömenden Regen vor meiner Tür? Um mir zu sagen, dass es dir leidtut? Hätte das nicht bis morgen Zeit gehabt?«

»Nein, es hat keine Zeit. Ich habe keine Zeit. Es muss jetzt sein, sonst …«

»Sonst was?«, frage ich.

»Sonst denke ich darüber nach und dann traue ich mich nie.«

»Und ich bin die Verrückte von uns beiden. Schon klar«, murmle ich auf dem Weg zurück in die Wohnung. Ich höre, wie er hinter mir den Flur betritt und die Tür schließt.

Ich werfe ihm ein Handtuch zu. Er fängt es und beginnt, sich das Gesicht und die nassen Haare trocken zu rubbeln. Er sieht umwerfend gut aus mit den zerzausten Haaren, die er nun mit den Fingern zurückkämmt. Ich verbiete mir den Gedanken und gehe vor in mein Zimmer. Ich setze mich auf das Bett, während er unentschlossen in der Tür stehen bleibt. Erwartungsvoll sehe ich ihn an.

»Es tut mir leid«, sagt er und blickt zu Boden.

»Das hast du schon gesagt«, erwidere ich. »Und es ist schon okay, wirklich. Es kann ja nicht jede Bekanntschaft von einem ›Und wenn sie nicht gestorben sind‹ gekrönt werden. Na und? Dann reicht es eben nicht.«

»Das ist es nicht«, sagt er und kommt auf mich zu. Erst zögert er, aber dann setzt er sich neben mich. »Es reicht auf jeden Fall. Bei mir zumindest.« Er blickt mich aus seinen eisblauen Augen an, und ich schlucke. Die Nähe zwischen uns beiden ist mir nur allzu bewusst, und ich finde es beinahe unerträglich, ihn nicht zu berühren. »Ich will, dass du weißt, was mit mir los ist. Ich will dir erklären, was passiert ist. Aber wenn ich auch nur darüber nachdenke, schnürt es mir die Kehle zu.«

»Mir kannst du alles sagen.« Meine Stimme ist leise und belegt.

»Ich weiß«, sagt er eilig. »Das Problem ist, dass ich selbst nicht alles sagen kann. Oder zumindest dachte ich das. Aber jetzt will ich es versuchen. Ich will alles versuchen, um dir wieder nah sein zu können.« Er greift nach meiner Hand, und erst will ich sie wegziehen, weil er ruhig wissen soll, dass auch ich meinen Stolz habe. Aber im nächsten Moment weiß ich, dass ich mir nichts sehnlicher wünsche, als keine Spielchen zu spielen. Er beginnt, mit beiden Händen meine Finger, meinen Handrücken und meine Handfläche zu streicheln. Ich genieße seine Berührung und werde wieder von süßen Schauern durchzogen.

»Du musst eins wissen«, sagt er, den Blick starr auf unsere ineinandergeschlungenen Hände gerichtet. »Ich habe mich in meinem ganzen Leben noch nie so gefühlt. Ich hatte nie die Gelegenheit dazu. Und dann bist du ins Café gekommen und hast alles, was ich wusste, auf den Kopf gestellt. Ich wollte dich nie erschrecken. Ich wollte dir nah sein, so nah … so nah, wie noch nie ein Mensch einem anderen gewesen ist.« Er sieht kurz auf, und mich durchzuckt es wie ein Blitz, als sich unsere Blicke treffen. Er beginnt, meine Hände zu massieren und zu kneten. Vermutlich brauchen seine Finger eine Beschäftigung. Als er weiterspricht, senkt er wieder die Augen, als könne er es nicht ertragen, mich dabei anzusehen. »Aber mir sind Sachen passiert. Schlimme Sachen, die du wissen sollst. Ich werde dir alles erzählen, damit du verstehst, dass mein … hm … Zusammenbruch keine Reaktion auf dich war.« Er atmet tief ein, ehe er weiterspricht. »Ich habe dir doch gesagt, dass ich meine Grenzen langsam wieder dehne. Und anscheinend war es nicht langsam genug. Ich wünschte, es würde schneller gehen, glaub mir. Es gibt kaum etwas, das ich mir sehnlicher wünsche. Und deswegen hoffe ich, dass wir, wenn du das willst, noch mal von vorne anfangen können. Langsam. Bitte sag, dass du das willst!« Sein Ton ist bei den letzten Sätzen eindringlich und beinahe flehend geworden. Er lässt seinen Kopf gesenkt, als hätte er Angst vor dem, was jetzt kommt.

»Ich will es«, flüstere ich und drücke seine Hand.

»Gut«, sagt er und klingt wahnsinnig erleichtert. Er blickt auf und lächelt mich an. »Das ist gut.«

Ich erwidere sein Lächeln und streiche ihm mit meiner Hand einmal über die Wange.

»Also dann, schieß los«, sage ich mit mehr Überzeugung in meiner Stimme, als ich empfinde. Denn was auch immer er mir erzählen will, es werden sicher keine Einhörner und Regenbögen in der Geschichte vorkommen. Ich rutsche weiter aufs Bett und setze mich in den Schneidersitz.

»Ich habe dich vorhin mit Sam gesehen«, beginnt er.

»Ich war noch im Café, als er dich nach Hause gebracht hat. Und ich bin mir sicher, dass er bestimmt ein ganz netter Kerl ist, aber in dem Moment bin ich so wütend geworden, dass ich wusste, ich muss etwas tun. Ich habe es nicht ertragen, zu sehen, wie ihr euch umarmt. Und da hat die Prostituierte in meinem Haus mir neuen Mut gegeben.«

»Wie bitte?«, frage ich ungläubig. Meine Stimme wird lauter. »Du bist zu einer Prostituierten gegangen?« Ich schreie ihn beinahe an und nehme das Buch, das neben mir auf dem Bett liegt, um ihm damit eins überzuziehen. Er fängt den Schlag ab, hält das Buch fest und zieht es mir aus der Hand.

»*Von Mäusen und Menschen,* tolles Buch«, sagt er und lächelt. »Ich habe also mit Joy gesprochen.«

»Joy?«, keuche ich. Das wird ja immer toller! Gleich schmeiße ich ihn raus.

Er legt mir einen Finger auf die Lippen. »Lass mich kurz ausreden. Ich finde Joy abstoßend. Ich will nichts von ihr. Sie hat sich zu mir gesetzt und einfach angefangen zu reden. Ich wollte sie erst loswerden, aber dann hat sie schlaue Sachen gesagt. Sie hat mir die Augen geöffnet und gesagt, ich soll mit dir reden.«

»Oh, na wenn das so ist, dann bin ich natürlich sehr froh, dass du bei einer Prostituierten warst«, sage ich mit bitterem Sarkasmus in der Stimme.

»Du kannst sauer auf mich sein, aber bitte hör mir zu«, fleht Rhys, und ich verschränke beleidigt die Arme vor der Brust und sehe ihn herausfordernd an. »Ich war nicht *bei* einer Prostituierten. Wenn überhaupt, war *sie* bei *mir*. Aber das tut auch nichts zur Sache, denn es geht jetzt um etwas ganz anderes. Bei unserem Date, da wollte ich dich küssen. Und ich glaube, du wolltest mich auch küssen. Aber in diesem Moment, der eigentlich so perfekt war, ist in mir drin etwas passiert. Dinge, von denen ich dachte, dass ich sie so tief vergraben hätte, dass sie für immer weg seien, kamen auf einmal wieder zurück. Und deswegen bin ich plötzlich durchgedreht. Ich dachte, ich würde klar sehen. Ich war mir sicher, das mit uns könnte nie funktionieren. Ich habe Panik bekommen. Panik, dass ich dir das, was zwei Menschen, die sich … na ja … du weißt schon …, dass ich dir diese Nähe niemals würde geben können. Während du gelernt hast, dass es Spaß macht, anderen Menschen nah zu sein, dass Berührungen etwas Schönes sind …« Hier unterbricht er sich kurz. Er räuspert sich unsicher. »… haben meine Mithäftlinge, allen voran ein brutaler älterer Kerl namens Hannibal, im ersten Jahr ihre Zigarettenkippen auf meinem Oberkörper ausgedrückt …« Seine Stimme bricht und er muss sich erst sammeln, ehe er weiterspricht. Nach einem kurzen Augenblick des Schweigens seufzt er. »Ich war als Fünfzehnjähriger ziemlich schmächtig. Ich hatte keine Chance, mich gegen ihre Schläge und Tritte zu wehren.«

Ich merke, wie schwer es ihm fällt, mir all das zu erzählen. Ich würde gerne den Tränen, die in meinen Augen brennen, freien Lauf lassen. Aber ich wage nicht, mich zu rühren, aus Angst, er könne dann nicht alles aussprechen, was er loswerden will.

»Als ich von zu Hause abgeholt wurde, wusste ich nicht, was mit mir geschehen würde. Ich hatte nichts gemacht, aber das Stück Scheiße von Stiefvater, das meine bekloppte Mutter in unser Haus geholt hatte, ließ es so aussehen, als sei ich ein jugendlicher Drogendealer – und das im ganz großen Stil. Er brauchte einen Sündenbock, und die Polizei und die Anklage waren froh, irgendjemanden wegsperren zu können. Die ›Beweise‹ sprachen für sich, und so haben sie mich zu sechs Jahren Jugendknast ohne Aussicht auf Bewährung verurteilt.«

Es fällt mir schwer, nicht aufzuschluchzen. Das Mitleid, das ich für ihn empfinde, zerreißt mich beinahe. Die Vorstellung von einem fünfzehnjährigen Jungen, der, von allen verlassen, im Gefängnis misshandelt wird, bricht mir das Herz.

»Und da war ich dann. Ein dürrer Teenager, ohne jede Ahnung. Ich war das geborene Opfer. Erst nach einigen Monaten – nachdem ich mich langsam an den Horror gewöhnt hatte – sammelte ich Kraft genug, mich zur Wehr zu setzen. Ich habe angefangen, wie ein Wahnsinniger zu trainieren, um stärker zu werden. Bis ich eines Tages zurückgeschlagen habe. Meine Verzweiflung und Entschlossenheit haben mir beinahe übermenschliche Kräfte verliehen, sodass sie mich ab dem Moment in Ruhe gelassen haben. Hannibal ist dann verlegt worden. Aber manchmal, wenn ich meine Augen schließe, ist er wieder da.«

Rhys blickt auf und lächelt mich unsicher an. Dann streckt er seine Hand aus und wischt mir eine Träne aus dem Gesicht, die sich trotz meines inneren Kampfs gelöst haben muss.

»Es tut mir so leid«, flüstere ich. Das ist ein trauriger Klischee Satz, aber in diesem Moment fällt mir nichts Schlaueres ein.

»Es ist ja schon eine Weile her«, sagt er, als würde das irgendetwas besser machen. »Aber ich schätze, das ist der Grund, warum Nähe für mich ein schwieriges Thema ist.«

Rhys

24 Jetzt ist es raus. Ich habe ihr alles erzählt. Die Kurzform zwar, aber sie weiß nun, was geschehen ist. Sie atmet geräuschvoll aus.

»Und was machen wir jetzt damit?«, fragt sie. Sie wirkt bekümmert. Ich habe sie offensichtlich überfordert. Und wer kann es ihr verdenken?

»Ich weiß es nicht. Vielleicht kann ich mit dir lernen, dass Nähe Spaß macht«, sage ich zögerlich. »Ich will dir so gern nah sein«, schiebe ich noch hinterher, damit es nicht klingt, als müsste ich mich zwingen. »Aber es gibt da noch ein kleines Problem.«

»Karten auf den Tisch«, sagt sie. »Wo wir schon dabei sind …« Sie blickt auf und wirkt wieder deutlich gefasster.

»Ich schäme mich für meinen Oberkörper«, sage ich leise.

Sie sieht mich entgeistert an. Dann prustet sie. »Das ist nicht dein Ernst, oder?«

Überrascht sehe ich sie an. Mit einer solchen Reaktion habe ich nicht gerechnet.

»Ganz ehrlich, du kannst alle Komplexe dieser Welt auf dich laden. Bitte sehr. Aber das Gefühl der körperlichen Unzulänglichkeit hat die Gesellschaft leider für uns Frauen reserviert. Pech gehabt. Glaubst du, ich bin blind? Meinst du, man sieht deine Muskeln unter diesen T-Shirts nicht? Vermutlich träumt jede Frau davon, mit jemandem ins Bett zu gehen, der einen solchen Körper hat wie du. Hast du eigentlich auch nur den Hauch einer Ahnung, wie sehr das Leute mit normalem Körperfettanteil unter Druck setzt?«

Ich weiß gar nicht, was ich sagen soll. Hat sie gerade gesagt, dass sie mit mir schlafen will? Ich bin völlig perplex von ihrem Ausbruch. Sie sieht mich triumphierend an, und ich merke, wie ich rot werde.

»Also, pass auf«, sagt sie. Sie steht vom Bett auf und stellt sich in die Mitte des Zimmers. Sie lächelt mich an und … Sie zieht ihr T-Shirt über den Kopf und lässt es neben sich fallen. »So.«

Ich kann meinen Blick nicht von ihr abwenden. Wie sie da in kurzer Schlafanzughose und schwarzem BH vor mir steht und mich etwas schüchtern aus ihren großen dunklen Augen anblickt, ist das Schönste, was ich jemals gesehen habe.

»Wow«, flüstere ich. Ich schlucke schwer und merke, wie sich ein Kribbeln in meinem Körper ausbreitet und sich langsam in die Extremitäten ausweitet. In *alle* Extremitäten.

»Jetzt du«, sagt sie keck und nickt mir auffordernd zu.

Ihre Offenheit und ihr Mut nehmen mir etwas von meiner Befangenheit. Mit pochendem Herzen erhebe auch ich mich von ihrem Bett. Meine Finger zittern leicht, als ich langsam mein T-Shirt nach oben schiebe und es mir über den Kopf ziehe. Ebenso wie Tamsin zuvor lasse auch ich es neben mir auf den Boden fallen.

Sie kommt langsam auf mich zu und blickt mir ernst in die Augen. »Darf ich?«, fragt sie, als sie vor mir zum Stehen kommt. Ich nicke kaum merklich.

Mit ihren Fingern beginnt sie, sanft über meine Oberarme zu streichen. Ich schließe die Augen. Ihre Berührung fühlt sich wunderschön an, beinahe unerträglich schön. Mit den Fingerspitzen wandert sie über meine Schultern zu meiner Brust und hinunter zu meinem Bauch. Sie streicht vorsichtig über meine Hüften und mir entfährt ein leises Stöhnen.

»Gefällt dir das?«, flüstert sie.

Ich gebe ein ersticktes »Ja« von mir. Zu mehr bin ich nicht fähig. Die Gefühlsexplosion, die sie mit ihren Fingern auf meiner nackten Haut hervorruft, raubt mir den Verstand und ich muss mich zusammenreißen, um nicht zu zittern.

Nacheinander fährt sie mit den Fingern über jede der kleinen roten Narben. Dann gibt sie mir einen sanften Schubs, und ich lasse mich einfach nach hinten fallen. Ich lande weich auf ihrem Bett, und sie setzt sich rittlings auf mich. Kurz wage ich, meine Augen zu öffnen. Ihr Blick ist von einer ungeheuren Zärtlichkeit erfüllt.

»Sag mir, wenn es dir zu viel wird.«

Ich nicke und schließe meine Lider wieder, weil ihr Anblick in Kombination mit ihrer Berührung zu viel für mich ist.

Sie beginnt, ihre Lippen über meinen Körper gleiten zu lassen. Sie presst hauchzarte Küsse auf die Stelle über meiner rechten Brustwarze, auf meine linke Schulter, meine Rippen, über meinen Bauchnabel. Sie küsst jede versehrte Stelle meines Körpers, und erst jetzt merke ich, dass ich keuche. Es fühlt sich so wundervoll an, dass sich alles in mir zusammenzieht. Ein süßes Stechen durchfährt mich und ich kralle meine Finger in ihre Bettdecke. Ich versuche an nichts zu denken, möchte mich unter ihren Küssen und Liebkosungen auflösen, als plötzlich …

»Okay, warte«, sage ich gepresst, schiebe sie von mir herunter und setze mich auf. Sie kniet sich neben mich. »Wow«, keuche ich und fahre mir mit der Hand übers Gesicht. »Ich glaube, das ist zu viel.«

Ich will nach meinem T-Shirt greifen, doch Tamsin ist schneller. In null Komma nichts hat sie es vom Boden aufgehoben und sich übergezogen. Sie grinst mich verschmitzt an. »Du kannst mein T-Shirt nehmen«, sagt sie. »Aber ich glaube nicht, dass es dir passt. Und außerdem würde ich dich gerne noch ein bisschen ansehen, wenn ich darf. Ich muss diesen Moment in seiner Gänze abspeichern, damit ich noch meinen Enkelkindern von der Nacht erzählen kann, als plötzlich dieser grotesk heiße Kerl bei mir aufgetaucht ist und oben ohne auf meinem Bett saß.«

»Meinst du das ernst?«, frage ich ungläubig.

Als Antwort formt sie aus ihren Daumen und Zeigefingern ein Viereck, hält es sich vor die Augen und, mit einem »Klick« aus ihrem Mund tut sie so, als würde sie mit dem rechten Zeigefinger den Auslöser einer imaginären Kamera drücken. »So, für immer abgespeichert.«

Ich werde von einer Welle der Zärtlichkeit überrollt für dieses Mädchen, das neben mir auf ihrem Bett sitzt und mir das Gefühl gibt, völlig in Ordnung zu sein. Aber ich bin es nicht, das wird mir schmerzlich bewusst. Es will mir einfach nicht gelingen, meinen Herzschlag wieder in einen erträglichen Rhythmus zu bringen. Er wummert durch meinen Körper und lähmt mich. Ich habe ihre Berührungen genossen. Sehr sogar. Ich weiß nicht, ob ich je etwas Schöneres gespürt habe. Aber ich brauche Zeit, um mich daran zu gewöhnen, dass jemand zärtlich zu mir ist.

»Kann ich mal dein Badezimmer benutzen?«, frage ich

gepresst. Eigentlich wehrt sich alles in mir dagegen, denn ich will bei ihr bleiben. Ich will für immer in der Nähe dieses zauberhaften Mädchens sein. Aber die Furcht, die Sache zwischen uns kaputt zu machen, siegt.

»Habe ich etwas falsch gemacht?«, fragt Tamsin allen Ernstes.

»Du? Nein, du hast nichts falsch gemacht. Es war ... es war sehr schön. Ich ... ich brauche nur einen Moment für mich.« Meine Stimme ist rau und leise.

Als ich die Badezimmertür hinter mir zugezogen habe, lehne ich mich gegen die kühlen Kacheln. Meine Wangen glühen, und meine Beine fühlen sich ganz schwer an. Ich lasse mich auf den Boden sinken und schließe die Augen. Mein Atem geht schnell und ich brauche ein paar Minuten, bis ich meinen Puls so weit beruhigt habe, dass ich in der Lage bin, mich wieder aufzurichten. Ich benetze mein Gesicht mit kaltem Wasser.

»Ist alles in Ordnung?«, fragt Tamsin von draußen.

»Ja, alles gut. Gib mir noch einen Moment.«

Tamsin

25

Nach einer gefühlten Ewigkeit geht endlich die Badezimmertür wieder auf.

»Ich glaube, ich sollte jetzt besser gehen«, sagt Rhys leise. In seiner Stimme höre ich einen Anflug von Bitterkeit. »Du hast sicher genug von meinen seltsamen Ausbrüchen.«

»Du kannst auch bleiben«, schlage ich vor, denn ich will nicht, dass er geht. Nicht in diesem Zustand – und eigentlich auch sonst nicht. Die Art, wie er nervös durch seine Haare streicht, sagt mir, dass er besser nicht allein sein sollte. »Wenn es dir nicht zu viel ist, könntest du hier übernachten. Ich schlafe auch ganz weit am Rand.«

»Bist du sicher?«, fragt er.

»Absolut.«

Wir kuscheln uns beide unter die Decke. Ich liege ganz rechts am Rand und er links. Zwischen uns hätte eine ganze Kuhherde Platz.

»Und? Wie fühlst du dich?«, frage ich.

»Gut. Und müde«, antwortet er.

»Ich lese zum Einschlafen immer noch etwas. Dann sind die Träume schöner. Soll ich dir vorlesen?« Ich ziehe *Pu der Bär* unter der Decke hervor.

Seine Augen beginnen zu leuchten. »Ich habe noch nie etwas vorgelesen bekommen.«

»Hast du ein Lieblingskapitel oder soll ich eins aussuchen?«, frage ich.

»Such du eins aus«, antwortet er schläfrig.

»Also gut«, sage ich und blättere. Dann beginne ich zu lesen. *»Viertes Kapitel, in welchem I-Aah einen Schwanz verliert und Pu einen findet.«*

»Das ist mein Lieblingskapitel«, sagt Rhys und lächelt.

»Der alte graue Esel, I-Aah«, beginne ich, *»stand allein in einem distelbewachsenen Winkel des Waldes, die Vorderbeine gespreizt, den Kopf auf die Seite gelegt, und dachte über alles nach …«*

Nach nur einer Minute geht Rhys' Atem regelmäßig. Ich klappe das Buch zu und mache das Licht aus.

Ich versuche zu schlafen, aber mein Kopf ist hellwach. Rhys' T-Shirt, das ich immer noch trage, riecht nach ihm, nach seinem wunderbar herben Duft. Und nur einen Meter von mir entfernt schläft er – der attraktivste Kerl, der je neben mir gelegen hat. Natürlich, Dominic sah auch nicht gerade schlecht aus. Aber Rhys hat etwas Besonderes an sich, das mich in seinen Bann zieht. Sein markantes Gesicht, seine stechenden Augen, sein wunderschöner Körper … Ich will ihm alle Zeit der Welt geben, auch wenn es mir schwerfällt. Alles an ihm, sogar seine bloße Anwesenheit, erregt mich auf eine Weise, die ich bislang noch nicht kannte. Ich schließe die Augen und rufe mir seinen heißen Oberkörper in Erinnerung, das Gefühl meiner Finger auf seiner Haut. Mein ganzes Inneres prickelt und ich wälze mich im Bett herum, um die Schmetterlinge und Hummeln – ja, Hummeln, denn ein derartiges Kribbeln können Schmetterlinge allein nicht auslösen – unter meiner Haut zum Schweigen zu bringen.

Als ich am nächsten Morgen erwache, zieht Rhys sich gerade seinen Kapuzenpulli über.

»Gehst du schon?«, frage ich.

»Ich muss arbeiten«, sagt er.

»Warte kurz!« Ich stehe auf und reiße ein Blatt aus meinem Notizbuch. *Wenn du bereit bist,* schreibe ich darauf. Darunter meine Telefonnummer.

Die nächsten Tage vergehen, ohne dass ich etwas von Rhys höre. Ich hoffe, ich bin nicht zu weit gegangen. Ich habe seine Telefonnummer nicht, deswegen kann ich ihn nicht fragen. Wann immer ich im Café vorbeischaue, ist er nicht da. Und weil ich den ganzen Tag an der Uni verbringe, bleibt nicht mehr viel Zeit, um auf ihn zu warten.

Tatsächlich muss ich außerdem sagen, dass auch ich meinen Stolz habe. Ich gebe ihm Zeit, das steht außer Frage. Aber diese Zeit kann ich gleichzeitig mir nehmen. Für mich, für Zelda und Sam. Für mein Studium.

Also bleibe ich in der Bibliothek, bis sie schließt, und schreibe einen Essay über Bibelanspielungen in *Jenseits von Eden*. Sam hat angeboten, meine geistigen Ergüsse gegenzulesen, sodass ich gleich eine Mail an ihn aufsetze und den Essay anhänge. Er antwortet fast sofort, und wir verabreden uns für den nächsten Nachmittag auf einen Kaffee.

Sam sitzt bereits an einem Tisch, vor sich einen dampfenden Becher, als ich das *Pearls* betrete. Es ist das beliebteste Café auf dem Campus, weil die Preise einfach unschlagbar sind – und weil es hier eine kleine Bühne gibt, auf der Poetry Slams, Lesungen und Konzerte von Studenten stattfinden. Auf Plakaten werden die nächsten Veranstaltungen angekündigt. Auch wenn die Einrichtung nicht unbedingt stylish ist – Sperrmüllfundstücke und Plastikstühle –, ist es doch gelungen, diesen Ort durch Lebendigkeit und Freundlichkeit zu etwas Besonderem zu machen.

Ich hole mir ebenfalls einen Kaffee und setze mich zu Sam. Er hat einen Rotstift in der Hand und ist damit gerade auf der letzten Seite meines Essays zugange.

»Du schreibst echt gut«, sagt er und nickt mir anerkennend zu. »Hast du dir vorher eine Gliederung gemacht?«

»Nein«, gestehe ich. »Ich dachte, bei nur fünf Seiten kriege ich es auch so hin.«

»Das merkt man leider. Du springst oft zwischen deinen Gedanken hin und her. Du hast viel zu dem Thema zu sagen, das wird sofort klar. Aber wenn du ein bisschen mehr Struktur reinbringst, kannst du noch pointierter werden.« Er legt die Seiten zwischen uns. »Hier, siehst du? Das ist der Gedanke aus der Einleitung. Du bringst ihn aber an dieser Stelle nicht zu Ende, sondern …« – er blättert weiter – »… nimmst ihn erst hier wieder auf. Das machst du mit einer ganzen Reihe von Punkten.«

Ich nicke und folge seinem Finger, der von Abschnitt zu Abschnitt springt.

Schließlich sagt er: »Das ist ein sehr guter Aufsatz. Aber wenn du all das Schlaue, was du zu sagen hast, bündelst, wird es ein herausragender Aufsatz. Jeder, der das hier liest, weiß sofort, dass du in deinem Studium richtig bist.«

Ich strahle. »Wow, im Ernst?«

»Auf jeden Fall. Ich habe schon viele Aufsätze von Studienanfängern gelesen. Die meisten verstehen überhaupt nicht, was Literatur eigentlich bedeutet. Sie studieren einfach irgendwas. Aber bei dir ist das etwas ganz anderes.«

Ich platze fast vor Stolz. Was für eine gute Entscheidung, nicht zu Hause zu sitzen und auf ein Lebenszeichen von Rhys zu warten! Und wo ich gerade dabei bin, beschließe ich, auch heute Abend wieder in der Bibliothek zu arbeiten. Sams Anmerkungen sind wirklich gut, und ich will sie auf jeden Fall noch einfügen. Ich genieße mein Leben als ehrgeizige, talentierte Studentin und unabhängige Frau, die keine Trübsal bläst. Auch wenn ich mir wirklich, wirklich eine Nachricht von Rhys wünsche.

Rhys

26 Ich sehne mich mit jeder Faser meines Körpers danach, Tamsin wiederzusehen. Es ist jetzt vier Tage her, dass ich neben ihr aufgewacht bin. Zeit genug, mich einmal mehr meinen Ängsten zu stellen. Zeit genug, vor Verlangen zu vergehen. Zeit genug, um alles zu zerdenken und noch mal neu zusammenzufügen.

»Warum schickst du ihr nicht endlich eine Nachricht?«, fragt Malik, der sich gerade Sandwiches belegt und offenbar Gedanken lesen kann.

»Eine Nachricht?«, frage ich.

»Eine Nachricht, Alter. Was gibt es daran nicht zu verstehen? Gib mir dein Telefon.«

»Welches Telefon?«

»Sag mal …« Malik schüttelt den Kopf und leckt sich Mayonnaise von den Fingern. »Das ist nicht dein Ernst, oder? Du hast kein Telefon?«

Ich zucke mit den Schultern. Ich hatte noch nie ein Handy und bin damit immer sehr gut zurechtgekommen. Mir kam nie der Gedanke, dass ich vielleicht eins brauchen könnte.

»Warte«, sagt Malik und verschwindet in sein Zimmer.

Nach wenigen Augenblicken ist er wieder da.

»Das hier ist ein sehr altes Modell. Kann sein, dass ein paar Apps darauf nicht mehr funktionieren.«

Ich kann ihm nicht so ganz folgen. Wozu sollte ich Apps brauchen?

»Das ist das alte Handy von meinem Dad. Er hat es mir gegeben, aber mir war es zu langsam. Wenn du willst, ist es deins.«

Er reicht mir das kleine schwarze Gerät.

»Danke«, sage ich etwas perplex.

Als ich nicht so reagiere, wie Malik sich das anscheinend vorgestellt hat, nimmt er mir das Handy wieder ab. Er schaltet es ein.

»Hast du ihre Nummer?«, fragt er.

Das ist immerhin etwas, womit ich dienen kann. »Ja!«, sage ich und hole Tamsins Zettel aus meinem Zimmer.

Ich reiche ihn Malik, der sofort beginnt, auf dem Display herumzutippen.

»Willkommen im einundzwanzigsten Jahrhundert. Das ist WhatsApp. Tipp ihren Namen an, dann kannst du losschreiben. Hübsches Bild hat sie übrigens.«

Tatsächlich, neben ihrem Namen ist Tamsins Foto aufgetaucht. Mein Magen zieht sich zusammen, als Malik sich kurz über mich beugt und das Bild vergrößert. Es zeigt sie in einem Plattenladen. Sie hat einen schwarzen Schlapphut auf dem Kopf und hebt zwei Schallplatten in die Höhe. »Talking Heads« steht auf der einen, »The Velvet Underground« auf der anderen. Ich mache mir eine geistige Notiz, mir beides anzuhören. Ich will wissen, was für Musik sie mag.

»Ja, kann verstehen, dass du sie magst. Auch wenn sie anscheinend einen ziemlich weißen Musikgeschmack hat. Aber immerhin Musik*geschmack*.« Er grinst und wendet sich wieder seinem Mittagessen zu.

»Was soll ich ihr schreiben?« frage ich, denn meine

letzte Textnachricht vom Handy meiner Mom an Schulfreunde liegt Jahre zurück. Es fühlt sich an wie ein anderes Leben.

»Das musst du schon selbst wissen, Alter. Ich übernehme sicher nicht das Sexting für dich.«

»Sexting?«, frage ich, aber im selben Moment weiß ich, was es bedeutet. »Nein, nein, keine Sorge«, sage ich schnell, werde aber trotzdem rot.

»Du kriegst das schon hin«, sagt Malik, nimmt den Teller mit seinen Sandwiches und lässt mich allein.

Zehnmal beginne ich, etwas zu schreiben, und ebenso oft lösche ich die Worte wieder. Es fällt mir so leicht, mit ihr zu reden, wenn wir uns sehen, aber eine einfache Nachricht überfordert mich.

»Ich würde dich gerne wiedersehen«, tippe ich schließlich und sende die Nachricht mit zitternden Fingern.

Eine Antwort geht beinahe sofort ein:

Hallo Fremder, wenn du mir erzählst, wo und wann du mich das letzte Mal gesehen hast, könnte ich dir sagen, ob ich dich auch wiedersehen will. :-)

Ich gehe davon aus, dass der Smiley hinter ihrer Nachricht bedeutet, dass sie einen Witz gemacht hat. Ich hoffe es!

Hier ist Rhys. Es tut mir leid, dass ich mich erst jetzt melde.

Wieder muss ich nicht lange auf eine Antwort warten:

Rhys? Ich habe so lange nichts von dir gehört, dass ich gar nicht mehr weiß, wer du bist. Kannst du mir auf die Sprünge helfen?

O nein! Ich hoffe, sie ist nicht wirklich sauer auf mich. Habe ich zu lange gezögert? Habe ich alles kaputt gemacht mit meiner Grübelei?

Kann ich es wiedergutmachen?

Mein Telefon klingelt. Ich hebe ab. »Hallo? Tamsin?«

»Ich dachte schon, du wärst verloren gegangen«, sagt sie am anderen Ende der Leitung.

»Entschuldige«, sage ich. »Ich weiß, ich hätte mich früher melden sollen. Das klingt jetzt vielleicht wie eine echt lahme Ausrede, aber ich hatte bis heute kein eigenes Handy.«

»Wie bitte?«, fragt sie. »Das klingt tatsächlich wie eine Ausrede. Aber ich will mal nicht so sein und glaube dir das. Immerhin hast du dich ja jetzt gemeldet. Besser spät als nie.«

Ich bin zerknirscht. »Können wir uns wiedersehen?«, frage ich beinahe flehentlich. Ich muss ihr persönlich sagen, wie leid es mir tut, dass ich so unfähig bin.

»Ich hatte tatsächlich gehofft, dass du dich melden würdest, denn ich will dich auch wiedersehen. Ich dachte, heute Abend wäre vielleicht schön.«

»Ja!«, rufe ich sofort.

»Aber leider hast du dich nicht gemeldet, und weil ich nicht zu der Sorte Frau gehören will, die zu Hause herumhockt und auf einen Anruf wartet, habe ich mich heute Abend mit einer Freundin verabredet.«

»Oh«, sage ich enttäuscht.

»Ich würde dich ja fragen, ob du mitkommen willst, aber im ersten Teil der Unterhaltung werde ich mich über dich aufregen und erzählen, was du für ein Idiot bist, weil du dich nicht gemeldet hast. Das *willst* du nicht hören. Und im zweiten Teil werde ich darüber sprechen, wie schön es neulich mit dir war. Das *sollst* du nicht hören, denn ich will nicht, dass du dir zu viel darauf einbildest. Aber wenn du magst, kannst du mich um zehn Uhr vor der *Westside Bar* abholen.«

»Ja!«, sage ich begeistert und kann mein Glück kaum fassen.

Tamsin

27

»Was ist das denn für ein Typ?«, fragt Zelda, nachdem ich ihr von meiner Nacht mit Rhys und der anschließenden Funkstille erzählt habe.

»Aber jetzt halt dich fest«, sage ich. »Vorhin bekomme ich eine Nachricht auf mein Handy, unbekannte Nummer. ›Ich würde dich gerne wiedersehen‹. Mehr nicht. Ich habe so getan, als hätte ich keine Ahnung, wer mir da schreibt. Lange Rede, kurzer Sinn, er hat sich entschuldigt und wir sehen uns nachher.«

»Bist du nicht sauer? Ich meine, er hat sich vier Tage lang nicht gemeldet.«

»Du hast ja recht. Aber ich glaube, bei Rhys muss ich vielleicht am Anfang noch andere Maßstäbe anlegen. Er hat ... viel durchgemacht«, sage ich.

»Es ist ja ohnehin ein bisschen spät, um dir zu sagen, dass du dich nicht kopflos in eine heiße Romanze stürzen sollst«, sagt Zelda. »Und außerdem bin ich viel zu neidisch, um es dir glaubwürdig auszureden. Hach ...«

Ich grinse sie über meinen alkoholfreien Cocktail hinweg an.

»Was machst du an Thanksgiving?«, frage ich, um das Thema zu wechseln. Für den morgigen Feiertag sind in der Bar überall Truthahn-Girlanden aufgehängt, auch die Wochenkarte besteht nur aus Truthahn. Truthahn-Burger, Truthahn-Sandwich, Truthahn-Braten. Truthahn-Alles.

»Ich fahre morgen früh nach Hause«, sagt Zelda und verdreht die Augen. »Thanksgiving ist bei uns eine große Sache. Die ganze beknackte Familie kommt zusammen, und jeder erzählt, wofür er dankbar ist. Eine ziemliche Heuchelei, das Ganze. Letztes Jahr hat meine Mom gesagt, sie ist dankbar für ihre drei wunderbaren Söhne und mich. Dabei ist allen völlig klar, dass alle ruhiger schlafen würden, wenn ich das komplette Gegenteil von mir wäre. Und du?«

»Ich werde mich in der Bibliothek verschanzen. Ich hoffe, dort ist nichts los. Maine ist ein bisschen zu weit, um für ein Wochenende dorthin zu fliegen. Und ehrlich gesagt bin ich ganz froh, einfach meine Ruhe zu haben.«

»Gibt es irgendein Fest, das dir was bedeutet?«, fragt Zelda und lacht. »Erst Halloween, jetzt Thanksgiving ...«

»Ich verbinde all diese Feste nicht mit schönen Erinnerungen. An Halloween musste ich immer schreckliche Kostüme tragen, die meine Mom ausgesucht hat. Ich durfte immer nur süß aussehen. Und Thanksgiving endete immer im Streit. Meine Eltern gegen meinen Großvater. Nichts, an das ich mich gerne zurückerinnere.«

»Verstehe«, sagt Zelda. »Also bei Thanksgiving gebe ich dir recht. Aber Halloween ist der eine Tag, an dem es egal ist, wer du bist und wie du aussiehst. Jeder ist gleich und doch verschieden. Das mag ich so.«

Als es sich langsam auf zehn Uhr zubewegt, blicke ich mich immer wieder zur Fensterfront des Pubs um, in der Hoffnung, Rhys dort zu sehen.

»Warum bist du denn auf einmal so nervös?«, fragt Zelda. »Er kommt doch nicht etwa her?«

»Doch, er holt mich ab.«

»Oooh! Du musst ihn mir vorstellen!« Zeldas Stimme überschlägt sich fast. »Bitte, bitte! Nur ganz kurz! Ich will mir nur ein ganz schnelles Bild von ihm machen, dann lasse ich euch in Ruhe.«

Ich lache. »Ja, okay, du kannst ihn kennenlernen.«

»Danke, danke, danke«, quietscht Zelda vergnügt und prostet mir zu. »Auf das junge Glück.«

»Sehr witzig«, sage ich, stoße aber mit meinem Glas an ihres.

Um zwei Minuten vor zehn drehe ich mich erneut um, und tatsächlich! Er ist da. Er lehnt an einem Laternenmast und sucht etwas in seiner Hosentasche. Sein rechtes Bein hat er angewinkelt und gegen den Mast gestützt.

»Ist er das?«, fragt Zelda flüsternd.

»Er kann uns nicht hören, weißt du?«

»Ja, ich weiß«, flüstert sie weiter. »Keine Ahnung, warum ich nicht normal rede.«

Er zieht eine Schachtel Zigaretten aus der Hosentasche und will sich eine anzünden.

»Tu's nicht«, sage ich.

Er hält in der Bewegung inne. Das Feuerzeug brennt bereits. Dann nimmt er die Zigarette aus dem Mund, steckt sie zurück in die Packung und lässt Feuerzeug und Zigarettenschachtel wieder in der Hosentasche verschwinden.

»Das war …« Zelda sieht mich grinsend an. »… wirklich beeindruckend! Du kontrollierst ihn!«

Ich zeige ihr den Vogel, muss aber selbst lachen.

Wir ziehen unsere Jacken an und gehen nach draußen. Mein Herz pocht wie wild. Ich wünschte, Zelda wäre bei unserem Wiedersehen nicht dabei. Aber dafür ist es jetzt zu spät.

»Hi«, sage ich und hebe etwas unbeholfen meine Hand.

Er blickt auf. »Hi.« Er stößt sich am Laternenpfahl ab und kommt auf uns zu. Ein Lächeln umspielt seine Mundwinkel. Er sieht fast noch besser aus als in meiner Fantasie.

»Rhys, das ist meine Freundin Zelda. Zelda, das ist Rhys.«

»Das ist Rhys«, echot Zelda grinsend und mustert ihn langsam nickend von oben bis unten. Ich versuche, sie unauffällig in die Seite zu boxen.

»Freut mich«, sagt Rhys und streckt seine Hand aus, die Zelda sogleich nimmt und eifrig schüttelt.

»Mich auch«, erwidert Zelda. Und mit einem alles andere als unauffälligen Zwinkern in meine Richtung fügt sie hinzu: »Ich muss leider dringend nach Hause. Rohrbruch, Herd angelassen, Mitbewohner *in distress*. Sucht euch was aus.«

»Ich hasse dich«, murmle ich ihr zwischen meinen zusammengebissenen Zähnen zu.

»Nein, tust du nicht«, flötet sie, drückt mir einen Kuss auf die Wange, macht einen Knicks vor Rhys und läuft davon.

Etwas perplex sehen Rhys und ich ihr hinterher. Dann treffen sich unsere Blicke, und das sehnsüchtige Ziehen in meinem Bauch ist wieder da.

»Hi«, flüstere ich noch mal.

»Hi«, sagt Rhys leise. Er geht zögernd einen Schritt auf mich zu. »Es tut mir leid, dass ich mich nicht gemeldet habe. Ich war einfach dumm.«

»Ist schon okay«, sage ich und mache einen Schritt in seine Richtung.

Rhys streckt vorsichtig einen Arm nach mir aus, und ich lasse mich bereitwillig in eine Umarmung ziehen.

Als wir uns wieder voneinander lösen, sagt er: »Das ist alles so neu für mich. Manchmal weiß ich nicht, wie ich mich verhalten soll.«

»Das wird schon«, sage ich grinsend, weil er einfach wahnsinnig entzückend ist in seiner Unerfahrenheit.

»Ich will es wiedergutmachen. Ich will, dass du weißt, wie ernst es mir ist.«

»Da fällt mir sicher etwas ein«, sage ich grinsend. »Also, zu dir oder zu mir?«

»Zu dir?«, fragt Rhys schüchtern und drückt meine Hand.

Rhys

28 Wir gehen zu Fuß. Es ist unter der Woche, und die Straßen sind leer. Größtenteils laufen wir schweigend nebeneinanderher. Ich weiß nicht, woran sie denkt. Ich bin jedenfalls vor allem damit beschäftigt, ihre Gegenwart zu genießen.

Als wir vor ihrer Wohnungstür stehen, sieht sie mich herausfordernd an. Ich bin aufgeregt. Aber auf eine gute, erträgliche Weise. Ich habe eine leise Ahnung, dass wir heute weiter gehen werden als beim letzten Mal, und fühle mich bereit.

Sie sperrt die Tür auf, und ich folge ihr in die Wohnung.

»Was hältst du von Musik?«, fragt Tamsin und zieht eine Schallplatte hervor. Ich erkenne das Cover von ihrem WhatsApp-Bild.

»Gern«, sage ich.

Sie zieht vorsichtig die Vinylscheibe aus der Packung und pustet einmal darüber. Sie legt sie auf den Plattenteller und setzt langsam die Nadel darauf.

Als die ersten Töne erklingen, sagt Tamsin: »*Sunday Morning* von The Velvet Underground. Eins meiner Lieblingslieder. Das Instrument heißt Celesta. Das kommt aus dem Lateinischen und bedeutet so viel wie ›himmlisch‹. Klingt auch so, oder? Himmlisch, meine ich.«

Ich nicke. Der Song klingt wie ein Wattebausch, der

sich um einen hüllt. Eine etwas seltsame Männerstimme singt von verschwendeten Jahren und ruft mir schmerzlich in Erinnerung, wo ich herkomme. Verschwendete Jahre, ja, die habe ich weiß Gott hinter mir. Aber jetzt soll es anders werden. Ich will keine Zeit mehr verschwenden!

Wir setzen uns wieder nebeneinander auf Tamsins Bett. Die Stimmung ist etwas angespannt, als wären wir beide nicht sicher, wie wir uns einander nähern sollen.

Ich denke an ihre Berührungen auf meiner Haut, auf meinen Narben und an das Gefühl, das ihre Finger in mir ausgelöst haben. Ein Gefühl, als könnte ich wieder ganz werden.

»Ich möchte dich auch berühren«, flüstere ich. »Aber ich weiß nicht, was ich machen soll, damit es dir gefällt.«

»Wie wäre es, wenn du einfach anfängst? Ich sage dir dann schon, wenn ich etwas nicht gut finde«, erwidert sie.

Ich bin etwas unsicher, also tue ich das Erstbeste, was mir einfällt. Ich beginne, ihre Hände und Arme zu streicheln. Vorsichtig und sanft, wie sie es bei mir gemacht hat. Sie schließt die Augen. Nach kurzer Zeit werde ich selbstbewusster. Nicht unbedingt, weil ich mich mutig fühle, sondern weil ich kaum anders kann. Ich will mehr von ihr. Will ihren ganzen Körper spüren.

Ich ziehe sie unsicher auf meinen Schoß. Ihre Schienbeine liegen links und rechts von meinen Beinen. Sie kniet sich hin, sodass ihr Gesicht nun über meinem ist. Sie blickt auf mich herab und lächelt. Dann schlingt sie ihre Hände um meinen Hals und vergräbt ihre Finger in meinen Haaren.

»Ist das okay?«, fragt sie, ihren warmen Körper dicht an meinen gepresst.

»Mhm«, murmle ich und umfasse mit meinen Armen ihren Hintern. Meine Hände lasse ich über ihren Rücken gleiten. Es geht alles wie von selbst. Ihre dunklen Augen funkeln mich an, und ganz langsam nähert sich ihr Gesicht dem meinen. Als ihre Lippen beinahe auf meinen liegen, zögert sie, doch ich halte es nicht länger aus, ziehe sie ganz fest an mich heran und presse meine Lippen auf ihre. Ihr Griff in meinem Haar wird fester, und auch ich ziehe ihren Körper enger an mich. Meine Hände gleiten unter ihr Oberteil und berühren gierig ihre wunderbar warme Haut. Ich merke, wie sie ihre Lippen öffnet und ihre Zunge sich erst vorsichtig, dann immer mutiger den Weg in meinen Mund bahnt. Als unsere Zungen aufeinandertreffen, entfährt mir ein Keuchen, und im selben Moment kann auch sie nicht mehr an sich halten und stöhnt in meinen Mund. Wir bewegen unsere Lippen im Einklang mit unserem Zungenspiel, mal langsam und zärtlich, mal hungrig und fordernd. Alle Stimmen sind aus meinem Kopf verschwunden, während ich ihren Körper, ihre Lippen, ihre Zunge erkunde und beinahe nicht mehr weiß, wo ich aufhöre und wo sie beginnt. Dieser Kuss ist anders als die Küsse, die wir mit fünfzehn getauscht haben. Dieser Kuss ist Ausdruck von etwas. Von Sehnsucht, Leidenschaft und Begierde.

Ich sinke langsam nach hinten, ohne dass sich unsere Lippen voneinander lösen. Tamsin liegt auf mir, und ich lasse meine Hände über ihren Rücken nach oben wandern, bis sie ihren Hinterkopf erreichen. Ich fahre mit den Fingern in ihre Haare und kralle mich fest.

Plötzlich richtet Tamsin sich leicht auf. Nur widerwillig lasse ich zu, dass sie unseren heißen Kuss unterbricht. Sie blickt mich an. Ihre Wangen sind vor Erregung und

Hitze gerötet. Sie lächelt und kneift mich dann ohne Vorwarnung in den Arm.

»Au!«, sage ich. »Was soll das?«

»Damit du weißt, dass das kein Traum ist«, erwidert sie, als wäre das gerade völlig normal gewesen.

Als sie ihre Lippen wieder auf meine senkt und mich leicht in die Unterlippe beißt, entfährt mir ein Kichern. »Du bist verrückt«, möchte ich sagen, doch meine Worte werden von ihren Lippen auf meinen und ihrer fordernden Zunge verschluckt, die sich erneut aufmacht, mich zu erkunden. Mein Atem geht schnell, und mit jeder Sekunde, die dieser Kuss länger dauert, wird das Verlangen nach ihr größer. Obwohl sie mir so nah ist wie noch nie ein Mensch zuvor, bin ich von einer stechenden Sehnsucht nach mehr erfüllt.

»Ich möchte mit dir schlafen«, flüstert sie und küsst mich dann wieder.

O Gott, ich möchte auch mit ihr schlafen. Und wie! Aber …

»Dann musst du mir zeigen, wie«, sage ich. Ich weiß nicht, ob das Kribbeln in meinem Körper Lust oder Aufregung ist. Jedenfalls ist es keine Angst, da bin ich mir sicher. In einer Bewegung drehe ich mich mit ihr im Arm um, sodass sie nun unter mir liegt.

»Du hattest noch nie Sex!«, sagt sie leise, in ihrer Stimme schwingt Überraschung mit.

»Na ja, ich war fünfzehn, als ich das letzte Mal mit einem Mädchen allein war«, gebe ich zurück. »Und das war ehrlich gesagt ein bisschen züchtiger als das hier.«

Sie grinst, zieht mir langsam das T-Shirt über den Kopf und fährt mir mit der Hand durchs Haar. Dann beginnt sie langsam, meinen Gürtel zu lösen. Mir stockt der Atem, und ich merke, wie ich vor Erregung zittere, als sie den Gürtel aus den Laschen zieht und sich dann daranmacht, meine Hose zu öffnen. Ich stehe schnell auf, um mich meiner Jeans endgültig zu entledigen, und kehre sofort wieder zu ihr zurück, um ihr Gesicht in meine Hände zu nehmen und sie erneut leidenschaftlich zu küssen. Dann ziehe ich ihr das Oberteil über den Kopf. Ich bedecke ihren ganzen Körper mit Küssen, und ein erregter Schauer lässt die kleinen Härchen an ihren Armen aufstehen. Durch die Reaktion, die ihr Körper auf meine Berührung zeigt, werde ich kühner. Ich zupfe an ihrer Hose, die sie sogleich von ihren Beinen streift. Mit meinen Händen fahre ich langsam erst außen, dann innen an ihren Beinen entlang, und sie seufzt leise.

Ich richte mich einen Moment lang auf, horche in mich hinein, ob da eine Stimme ist, die mir sagt, ich solle aufhören. Aber das beengte Gefühl in der Brust bleibt aus.

Sie reckt sich mir entgegen und sucht erneut mit ihren heißen Lippen meinen Mund. Langsam zieht sie meine Hand von ihrem Bein und legt sie auf ihre Brust. Ich beginne, sie zu streicheln. Die Art, wie sie den Kuss intensiviert, sagt mir, dass ihr meine Berührungen genauso gefallen wie mir. Sie unter mir zu spüren, gibt mir das Gefühl, vor Lust zu vergehen.

Da fällt mir etwas ein, und ich versteife mich. »Tamsin, warte«, sage ich, und sie unterbricht unseren Kuss. »Ich bin nicht hergekommen, um mit dir zu schlafen. Ich habe nicht im Traum daran gedacht, dass das passieren könnte. Versteh mich nicht falsch, ich habe natürlich gehofft, dass es vielleicht irgendwann passieren würde …«

»Komm zum Punkt«, sagt sie atemlos.

»Ich habe kein Kondom dabei!«

»Man sollte nie unvorbereitet sein«, sagt sie.

»Ich weiß, es tut mir leid«, gebe ich zurück. »Aber ich konnte doch nicht wissen …«

»Nein, ich meine, auch als Frau sollte man nie unvorbereitet sein.« Sie grinst und fischt unter dem Bett nach etwas. Eine kleine Kiste kommt zum Vorschein. Daraus zieht sie ein Kondom hervor und hält es triumphierend hoch. Ich muss sie wieder küssen, so grandios finde ich dieses Mädchen.

Während wir uns eng umschlungen in einem leidenschaftlichen Kuss verlieren, nestle ich nervös an ihrem BH-Verschluss. Ich habe keine Ahnung, um was für ein Verschlussprinzip es sich handelt. In Filmen sieht man die Frau immer nur von vorne, während sich der Mann abmüht. Tamsin kichert leise.

»Warte, ich mach das«, sagt sie. Bei diesen Worten setzt sie sich auf und löst mit einem gekonnten Griff den BH. Bevor sie ihn auszieht, blickt sie mich herausfordernd an. »Sind das deine ersten Brüste?«, fragt sie.

Ich merke, wie ich erröte, und sage nichts. Sie grinst mich an und streift sich dann langsam die Träger von den Schultern. Der BH rutscht von ihren Brüsten, und ich kann kaum meinen Blick abwenden. Sie sehen absolut perfekt aus, rund und weich und zart. Ich strecke meine Hand nach ihr aus, und sie schließt die Augen, während ich ihre nackten Brüste berühre. Meine Hände kommen mir auf einmal groß und grobschlächtig vor, aber ich verdränge den Gedanken und konzentriere mich auf dieses Wahnsinnsgefühl ihrer heißen Haut unter meinen Fingern.

Ich lasse meine Hand von ihren Brüsten langsam hinunterwandern, bis ich an ihrem Slip angekommen bin. Etwas unsicher streiche ich mit dem Finger erst am Bund entlang und dann, etwas mutiger, mit der Hand über den Slip. Ich lasse meine Finger zwischen ihre Beine wandern und merke, wie warm und feucht es dort ist.

»Wow«, keuche ich.

Ihre Hände folgen den meinen, und sie zieht sich den Slip rasch über die Beine. Auch das ist ein erstes Mal für mich. Ich habe noch nie eine Vulva gesehen und berühre ihren weichen Flaum mit zitternden Fingern. Ich teile ihre Schamlippen und fahre die Linie dazwischen langsam nach. Sie bäumt sich mir entgegen und keucht leise. Dann nimmt sie meine Hand in ihre und führt sie an die Stelle, an der sie berührt werden will. Ihre Augen sind geschlossen, und auf ihren Lippen zeichnet sich kaum merklich ein genüssliches Lächeln ab. Ich lehne mich vor und küsse ihre Brustwarzen, dann ihren Hals, während ich unter ihrer Anleitung langsam einen Finger in sie hineingleiten lasse. In ihr ist es warm und weich und feucht, und ich möchte sie ganz spüren, möchte in ihr sein, mich in ihr verlieren.

Mit zitternden Händen streife ich mir meine Boxershorts von den Beinen. Tamsin öffnet die Augen, vermutlich, um zu begutachten, was sie zu erwarten hat.

Sie richtet sich auf und fährt mit den Fingern langsam über meinen steifen Penis. Ich bekomme am ganzen Körper eine Gänsehaut, weil es sich so unfassbar gut anfühlt, wenn sie mich berührt. Dann zieht sie ihre Hand zurück und blickt mich an.

»Ernsthaft?«, fragt sie mit großen Augen. »Und du hast körperliche Komplexe?«

Mit einem Finger auf ihren Lippen bedeute ich ihr zu schweigen und lächle. Sie öffnet das Kondom und gemeinsam streifen wir es über meinen steifen, zuckenden Penis.

Ich lege mich auf sie, und sie öffnet ihre Beine. Kurz bevor ich in sie eindringe, sehen wir einander tief in die Augen, wie um uns zu vergewissern, dass wir das hier *genau so* wollen. Sie zieht meinen Kopf zu sich herunter und küsst mich voller Lust. Ich kann nicht länger warten und dränge mein Glied in sie. Sie stöhnt auf, als ich komplett in ihr bin, und auch mir entfährt ein Keuchen der Lust. Das ist das Unglaublichste, was ich je gespürt habe. Ich bewege mich in ihr auf und ab, dringe in sie ein und ziehe mich wieder zurück. Sie krallt ihre Hände in meinen Rücken und kommt mir mit ihren Hüften entgegen. Einmal, zweimal, dreimal. Ich erschaudere. Ich kann mich nicht zurückhalten, kann das, was sich in mir anstaut, nicht unterdrücken und …

Mit einem lauten Seufzen explodiere ich in ihr.

Tamsin

29

»Wow«, keucht Rhys in mein Ohr, nachdem er auf mir zusammengebrochen ist. »Wow.«

Ich fahre mit meiner Hand durch sein Haar, streichle über seinen Rücken.

»Das war …« Er beendet den Satz nicht, sondern schlingt einfach nur die Arme um mich.

Es war wunderschön, ihm so nah zu sein, auch wenn ich natürlich noch meilenweit von einem eigenen Orgasmus entfernt war. Dafür war sein erstes Mal erwartungsgemäß einfach ein bisschen zu kurz. Ich muss schmunzeln.

Rhys rollt sich von mir herunter und legt sich neben mich, den Kopf auf seine rechte Hand gestützt. Aus dem Augenwinkel sehe ich, wie er sich des Kondoms entledigt und es zusammenknotet.

»Tamsin«, flüstert er und zieht mit dem Zeigefinger der linken Hand sanft eine Linie von meinem Hals über meine Brüste und meinen Bauchnabel bis zu meiner Scham.

»Hm?«, mache ich.

»Ich wollte nur deinen Namen sagen«, erwidert er, und ich presse einen Kuss auf seine Lippen. »Wir müssen es noch mal machen«, sagt er dann. »Damit es länger dauert!« Seine Augen leuchten.

»Wir machen es, sooft wir wollen«, sage ich.

»Willst du denn?« In seiner Stimme schwingt Unsicherheit mit.

»Sehe ich aus, als hätte ich genug gehabt?«, frage ich und setze mich rittlings auf ihn.

»Du siehst wunderschön aus. Das ist das Einzige, was ich weiß.« Mit den Händen umfasst er meine Brüste. »Einfach wunderschön!«

Ich küsse ihn und lasse ihn spüren, dass ich noch lange nicht genug hatte.

»Gib mir noch ein paar Minuten«, sagt er atemlos und unterbricht unseren Kuss.

Eine Weile liegen wir schweigend nebeneinander, genießen einfach die Gegenwart des anderen. Dann unterbricht Rhys die Stille.

»Hat es dir … gefallen?«, fragt er zögerlich.

Ich sehe ihm in die Augen mit einem Blick, der hoffentlich keinen Zweifel zulässt. »Es war wunderschön.«

Zufrieden lächelnd schließt er die Augen. Ich betrachte ihn. Sein Gesicht, das in diesem Moment gar nicht mehr hart und unnahbar, sondern absolut hinreißend aussieht. Seinen starken, muskulösen Körper, für den er sich so schämt. Dabei ist es schon beinahe albern, wie heiß er ist. Von seinem Bauchnabel führt ein Pfad aus dunkelblondem Flaum nach unten zu seinem Glied. Ich fahre ihn mit dem Finger entlang, und augenblicklich wird sein Penis wieder steif. Ich umfasse ihn mit der Hand und lasse meine Finger auf und ab gleiten – erst vorsichtig, dann fester. Rhys stöhnt.

»Ich glaube, du kannst wieder«, sage ich grinsend.

»Und ob!«, bestätigt er und rollt sich im gleichen Augenblick auf mich.

Er streichelt liebevoll meine Brüste, liebkost sie mit seinen Lippen und seiner Zunge.

»Gefällt dir das?«, fragt er atemlos.

»O ja!«, raune ich. »Du kannst aber ruhig ein bisschen fester zupacken, wenn du magst. Sie gehen nicht kaputt.«

Als hätte er nur auf meine Erlaubnis gewartet, beginnt er, meine Brüste fester zu kneten und an meinen Brustwarzen zu saugen. Ich liebe das Gefühl seiner Hände, seines Mundes auf meiner Haut und stöhne vor Verlangen.

»Mach schon!«, flehe ich.

Er beugt sich herunter, um ein weiteres Kondom aus meiner Schachtel zu holen. Er streift es sich über und sofort spüre ich seine Eichel an meinem Eingang. Er dringt kraftvoll in mich ein. Seine Stöße sind zunächst langsam und tief, doch schon bald erhöhen wir gemeinsam das Tempo. Unser Stöhnen erfüllt den Raum. Ich liebe das Gefühl, wenn er in mir ist, sich bewegt, vor und zurück. Meinen Rhythmus mit seinem nachahmt. Ich fühle mich komplett ausgefüllt und erschaudere vor Lust und Begierde. Unsere Bewegungen werden noch schneller und ich kralle mich im Bettlaken fest, als ich fühle, dass ich mich dem Höhepunkt nähere. Ich will den Moment noch ein bisschen herauszögern, merke aber, dass mir das nicht gelingen wird. In mir zieht sich alles zusammen und eine beinahe schmerzhafte Süße breitet sich in mir aus. Mein Keuchen wird lauter, bis ich in Ekstase erzittere und meinen Orgasmus mit einem lauten Stöhnen hinausschreie.

In diesem Moment kommt auch Rhys, der sich noch zweimal aufbäumt und dann erneut auf mir zusammenbricht.

»Und ich dachte, das erste Mal sei gut gewesen!«, keucht er atemlos. »So fühlt es sich also an, wenn du auch einen Orgasmus hast.«

Ich kichere. Mein Herz schlägt rasend schnell, und ich

fühle mich ganz leicht. Ich kann seinen Herzschlag an meiner Brust fühlen. Auch sein Puls rast, und er atmet schwer. Er vergräbt seinen Kopf an meinem Nacken, und so liegen wir ein paar Minuten da, jeder von uns vollkommen befriedigt.

»Erinnere mich dran, dass ich immer dafür sorge, dass du auch kommst«, sagt er.

»Das werde ich«, gebe ich lachend zurück.

»Ich würde dich gerne noch mal so zum Stöhnen bringen«, sagt er. »Aber ich glaube, heute kann ich nicht mehr.«

Ich lache. »Das ist schon in Ordnung.« Denn auch ich merke, dass ich langsam etwas wund bin. Ich bin es nicht mehr gewohnt, Sex zu haben – und dann gleich zweimal hintereinander.

»Darf ich wieder bei dir schlafen oder willst du, dass ich gehe?«, fragt Rhys.

»Was?«

»Willst du dein Bett lieber für dich haben heute Nacht?«

»Und wieder: was?«

»Ich will nur sichergehen.«

»Das ist wirklich sehr aufmerksam von dir. Aber nein danke«, sage ich und sehe, wie sich seine Mundwinkel zu einem Lächeln heben. »Es sei denn, du willst nicht bleiben.«

Er schlingt die Arme um meinen Körper und bedeckt mein ganzes Gesicht mit Küssen. »Ich will sehr gern bei dir bleiben. Am liebsten in dir, aber dafür haben wir ja vielleicht noch Zeit.« Er gähnt.

»Soll ich dir wieder etwas vorlesen?«, frage ich und streichle über sein Gesicht.

»Meinst du, es gibt eine Obergrenze von tollen Sachen,

die man in einer Nacht erleben kann?«, fragt er. »Glaubst du, man platzt vielleicht irgendwann vor Glück?«

»Selbst wenn, dann ist es wohl die beste Art zu platzen«, gebe ich zurück.

»Also, dann würde ich mich freuen, wenn du mir wieder etwas vorliest!«

Ich greife neben mich und angle das Buch vom Nachttisch.

»Hast du noch ein Lieblingskapitel oder soll ich wieder eins aussuchen?«

»Such du eins aus«, sagt er.

Ich blättere kurz und beginne dann zu lesen. *»Zweites Kapitel, in welchem Pu einen Besuch macht und an eine enge Stelle gerät.«*

»Das ist mein Lieblingskapitel«, sagt Rhys und grinst schläfrig.

»Eduard Bär, seinen Freunden auch als Winnie-der-Pu bekannt, oder einfach Pu«, lese ich, *»ging eines Tages durch den Wald und summte stolz vor sich hin …«*

Kurz darauf ist Rhys eingeschlafen. Ich lösche das Licht und kuschle mich ganz dicht an seinen nackten Körper. Im Halbschlaf legt Rhys einen Arm um mich. Und so schlafen wir eng umschlungen ein.

Rhys

30 Als ich am nächsten Morgen erwache, fühle ich mich – gut! Der Gedanke ist seltsam, aber es stimmt. Ich habe seit Jahren nicht mehr so tief geschlafen. Einen kurzen Moment brauche ich, um mich zu orientieren. Dann kehrt die Erinnerung an letzte Nacht zurück, und mein Herzschlag beschleunigt sich augenblicklich. Ich hatte Sex mit einer wunderbaren Frau! Ich habe bei ihr übernachtet. Und jetzt liegt sie nackt in meinem Arm und schläft. Es ist völlig unglaublich.

Plötzlich durchzuckt mich ein Gedanke: Was, wenn letzte Nacht eine einmalige Sache war? Was, wenn Tamsin aufwacht und feststellt, dass das zwischen uns ein Fehler war?

Ihre Atemzüge sind noch absolut regelmäßig. Ich darf sie nicht aufwecken. Obwohl jegliches Gefühl aus meinem Arm verschwunden ist, zwinge ich mich, in meiner jetzigen Position zu verharren. Denn je länger sie schläft, desto länger kann ich diesen wunderbaren Traum noch genießen.

Langsam regt sie sich. Sie winkelt die Beine an und streckt ihre Arme. Dann zieht sie meinen Arm noch enger um ihren Körper. Ist das ein gutes Zeichen? Bedeutet das, sie ist wach und bereut nichts?

»Guten Morgen«, murmelt sie verschlafen.

»Guten Morgen«, antworte ich.

Ich weiß nicht, was die Etikette in dieser Situation vorsieht. Warte ich, bis sie mich rausschmeißt? Hole ich Frühstück? Darf ich es wagen, sie noch mal zu küssen?

»Das war ja was«, sagt sie und lacht leise.

Was meint sie damit? Was hat das zu bedeuten? Ist das »was« positiv oder negativ?

Als hätte sie meine Gedanken gelesen, dreht sie sich langsam zu mir um, sodass sich unsere nackten Körper sanft aneinander reiben. Mein Penis wird augenblicklich steif und es ist mir peinlich, dass sie es merkt. Ich rutsche etwas von ihr weg. Sie stützt sich auf ihren Ellenbogen und grinst mich an. Dann fährt sie mit der Hand über mein Gesicht und meine Brust.

»Spann mal an«, sagt sie, und ich tue wie mir geheißen. »Krass! Einfach krass«, entfährt es ihr kichernd, als sie über meine Bauchmuskeln streichelt.

Ich muss ebenfalls lächeln, denn mich beschleicht langsam das Gefühl, dass das alles ganz gute Signale sind.

»Also, ähm, der Morgen danach ist ja normalerweise eine etwas peinliche Angelegenheit«, beginnt sie nach kurzem Zögern. »Denn beide stellen sich unabhängig voneinander die Frage, ob das, was zwischen ihnen war, etwas Einmaliges bleiben soll oder nicht. Und weil beide nicht wissen, wie der andere darüber denkt, will keiner derjenige sein, der mehr investiert. Gefühlsmäßig.«

Ich bin mir nicht sicher, ob ich alles richtig verstanden habe. »Und ist es zwischen uns auch eine peinliche Angelegenheit?«, frage ich unsicher. Meinetwegen kann ich derjenige sein, der mehr investiert, wenn das bedeutet, dass das zwischen uns keine einmalige Sache ist.

»Das kommt auf uns an«, sagt sie und hebt den Kopf. »Wir könnten versuchen, den Morgen danach zu ›entpeinlichen‹. Wenn es funktioniert, lassen wir uns die Methode patentieren. Stell dir vor, wir könnten damit jeden Morgen Millionen Menschen helfen.« Sie überlegt kurz. »Wie wäre es, wenn wir beide einfach ehrlich miteinander sind?«, fragt sie. »Jeder darf eine Frage stellen und der andere muss sie ehrlich beantworten, okay?«

»Okay«, sage ich.

»Ich fange an. Wenn dich jemand fragt, wo du die letzte Nacht verbracht hast, was sagst du dann?«

Ich wundere mich über ihre Frage. Das scheint mir seltsam unkonkret. »Dass ich bei dir war«, antworte ich deswegen. Sie sieht zufrieden aus.

»Jetzt du!«, sagt sie.

»Ähm.« Es gibt nur eine Frage, die ich stellen will. »Bereust du letzte Nacht?«, frage ich geradeheraus.

»Oh, wow, gleich in die Vollen«, sagt Tamsin. »Nein, ich bereue letzte Nacht nicht.«

»Puuh, das ist gut«, sage ich erleichtert. Und, etwas mutiger durch ihre Antwort, frage ich: »Darf ich dich noch mal küssen?« Mein Herz pocht schnell.

»Ja«, sagt Tamsin und rutscht näher an mich heran.

Ich schließe die Augen und drücke ihr einen zärtlichen Kuss auf die Lippen.

»Was hältst du davon«, fragt sie leise, »wenn du ab jetzt öfter bei mir schläfst?«

»Im Ernst?«, frage ich.

»Dann könntest du mich küssen, wann immer du magst.«

Bei diesen Worten ziehe ich sie noch näher an mich heran. Jetzt, wo ich eine ungefähre Ahnung habe, wie sie zu mir steht, soll sie ruhig merken, wie sehr mich ihre Anwesenheit erregt. Ich küsse sie wieder und wieder und kann mein Glück nicht fassen. Mein ganzer Körper glüht vor

Seligkeit, als auch sie beginnt, meinen Körper mit Küssen zu bedecken.

Sie ist mit Kondomen deutlich geschickter als ich. In null Komma nichts hat sie mir eins übergerollt und setzt sich rittlings auf mich, sodass mein steifer Penis sofort in sie hineingleitet. Langsam bewegt sie sich auf und ab. Ihre Augen sind geschlossen und sie sieht so schön aus, dass ich das Gefühl habe, von innen zu zerspringen. Wir kommen gemeinsam und halten uns danach lange in den Armen.

»Ich würde mich gerne duschen«, sagt sie nach einer Weile. »Denn ich habe nichts zu essen im Haus, und irgendwann muss man mal über ein Frühstück nachdenken. Aber ich kann dich wohl schlecht allein in meinem Zimmer lassen.«

Ich blicke sie erschrocken an.

»Nur ein Scherz«, sagt sie schnell. »Daran müssen wir noch arbeiten. Keine Sorge, du kannst jederzeit allein in meinem Zimmer sein. Es sollte eigentlich ein Wink mit dem Zaunpfahl sein.«

Ich sehe sie immer noch verwirrt an.

»Magst du mit mir duschen?«, fragt sie schließlich. Und in vorwurfsvollem Ton fügt sie hinzu: »Jetzt klingt es absolut plump.«

Ich schließe sie erneut fest in die Arme. Ihr Duft ist betörend. Sie riecht nach Schlaf und Wärme und Sex.

Unter der Dusche seifen wir uns gegenseitig ein. Sie schließt die Augen, während ich Duschgel auf ihren Brüsten, ihrem Bauch, ihrem Po und ihren Beinen verteile. Meine Hände gleiten über ihren gesamten Körper, und ich präge mir das Gefühl ihrer Haut ganz genau ein. Ich will mich für immer an jede Sekunde der letzten Nacht und dieses Morgens erinnern. An ihre Stimme, ihren Geruch, das Gefühl, ihr niemals nah genug sein zu können, egal, wie fest ich sie halte.

Als sie das Wasser abgestellt hat, greift sie nach einem Handtuch und legt es mir um. Sie trocknet mich ganz sanft ab, und ich tue das Gleiche bei ihr.

»Wenn du willst, hole ich uns Frühstück von *Mal's*«, schlage ich vor.

»Das wäre wundervoll!«, sagt sie. »Aber hast du keine Angst, dass sie Fragen stellen könnten?«

»Wie meinst du das?«

»Na ja, sie werden sich doch sicher wundern, was du am frühen Morgen in dieser Gegend machst, obwohl du nicht arbeiten musst.«

»Und dann?« Ich verstehe immer noch nicht, wo das Problem ist.

»Dann musst du ihnen entweder eine Lüge auftischen oder ihnen erzählen, dass du die Nacht mit mir verbracht hast.« Sie grinst verlegen.

»Willst du nicht, dass sie es wissen?«, frage ich, denn langsam verstehe ich, worauf dieses Gespräch hinausläuft. Ich bin ein bisschen enttäuscht, dass Tamsin ein Geheimnis aus unserer Nacht machen will, aber ich werde ihr ihren Wunsch natürlich erfüllen.

»Nein, nein, meinetwegen kannst du es erzählen. Ich dachte nur … also die meisten Männer, die ich kenne, fänden es eher unangenehm.«

»Das verstehe ich nicht. Ich will nicht, dass es ein Geheimnis ist. Ich will der ganzen Welt erzählen, dass ich mit dir geschlafen habe. Und das ganze drei Mal!«

»Okay, okay«, lacht Tamsin. »Aber vielleicht solltest du nicht ins Detail gehen.«

»Du meinst also, ich soll mir kein Megafon kaufen und damit aus dem Fenster schreien, wie unbeschreiblich es sich anfühlt, in dir zu sein?«, frage ich und küsse sie. Ich wühle meine Finger in ihre nassen Haare, und sie schlingt die Arme um meinen Hals.

»Ich glaube ...«, sage ich und kann kaum fassen, was ich im Begriff bin, zu sagen, »... ich glaube, ich bin glücklich!«

Es klingt absolut unglaublich und fremd. Aber es stimmt. Ich habe zwar nur eine sehr ungenaue Vorstellung davon, wie sich Glück anfühlt. Denn in meiner Erinnerung finde ich dieses Gefühl nirgends. Aber dieser Moment mit Tamsin, der so vollkommen ist, lässt mich nur dieses eine Wort denken: *Glück*.

»Ich glaube, ich auch«, sagt Tamsin.

Als ich die Tür von *Mal's* öffne, fällt mir auf, dass ich heute Morgen alles völlig anders wahrnehme. Die Welt kommt mir farbenfroher und intensiver vor. Als hätte sich der Nebel gelichtet, der mich bislang umgeben hat.

»Was willst du denn hier?«, fragt Ollie, die hinter der Theke Tassen aus der Spülmaschine ins Regal räumt. »Und was zum Teufel hast du im Gesicht?«

Ich sehe sie fragend an. Sie zeigt auf ihre Mundwinkel, und erst jetzt fällt mir auf, dass ich lächle.

»Kann ich zwei Becher Kaffee haben, schwarz, und zwei Donuts?«, frage ich.

»Warte mal!« Ollie blickt von mir zur Tür und wieder zurück. »Hast du etwa ...? Che!«, brüllt sie im nächsten Moment. »Che! Komm her, Mann, ich hab's ja gesagt!«

Che kommt aus der Küche gelaufen. »Was brüllst du denn so?«, fragt er.

»Rhys hat die Nacht bei seiner Lieblingskundin verbracht. Du schuldest mir eins von deinen abgefahrenen Bieren!«

Ich weiß nicht wirklich, was hier geschieht, merke nur, wie ich langsam rot werde, weil mein Liebesleben Gegenstand von Ollies Ausrufen ist. Außer uns sind noch ein paar Gäste im Café und starren uns an. So langsam verstehe ich, was Tamsin meinte.

»Stimmt das?«, fragt Che nun, und ich merke, wie ich immer noch grinsend nicke. »Glückwunsch, Alter! War's gut?«

»Äh …« Ich weiß nicht, wie ich auf diese Frage reagieren soll. *Keine Details*, rufe ich mir in Erinnerung. Ich will auch gar keine Details preisgeben. Das geht nur mich und Tamsin etwas an.

»Na, hau schon wieder ab und lass den armen Rhys in Ruhe«, sagt Ollie und scheucht Che zurück in die Küche. »Das Bier hole ich mir nachher ab.«

Ollie grinst und packt zwei Donuts in eine Tüte. Die Kaffeebecher verschließt sie mit zwei Plastikdeckeln.

»Im Ernst, Rhys, ich freu mich für dich. Deine Laune war ja nicht auszuhalten in letzter Zeit. Ich dachte mir schon, dass da was im Busch ist. Oder besser gesagt, Liz dachte sich das. Ich bin nicht so gut darin, Menschen zu lesen. Interessiert mich auch einfach nicht so. Aber Liz fand Ches Idee mit der Wette geschmacklos. Deswegen bin ich eingesprungen. Die Chance auf Ches selbst gebraute Pale Ales lasse ich mir nicht entgehen.« Sie zwinkert mir zu. »Solltest du mal probieren.«

Tamsin

31 Ich öffne Rhys die Tür in meinem flauschigen roten Bademantel. Bei seinem Anblick schlägt mein Herz Purzelbäume. Ich nehme ihm einen Kaffeebecher ab und inhaliere genüsslich den Duft.

Wir setzen uns nebeneinander auf mein Bett, essen Donuts, trinken Kaffee und können unser Glück kaum fassen. Zumindest geht es mir so. Und wenn ich Rhys' Schmunzeln richtig deute, sieht es bei ihm nicht anders aus.

Es ist verrückt, wie das alles passiert ist. Noch vor ein paar Monaten war ich mir sicher, dass ich nie wieder solche Gefühle für einen Mann zulassen würde. Und dann kam Rhys in mein Leben und ließ mich meinen Vorsatz über Bord werfen. Und nicht nur diesen. Auch meinen Grundsatz, nichts zu überstürzen und frühestens einen Monat nach dem ersten Date mit einem Mann zu schlafen, habe ich ignoriert. Ich habe meine Freunde immer erst auf Herz und Nieren geprüft. Nicht, dass es so viele gewesen wären. Und nur einer, mit dem ich geschlafen habe – die anderen sind durchgefallen. Aber ein Mädchen braucht eben Prinzipien.

Tatsächlich ist es nicht unbedingt typisch für mich, dass ich mich so von meiner eigenen Lust überrollen lasse. Dafür bin ich normalerweise viel zu schüchtern. Aber gestern Nacht mit Rhys ging es gar nicht anders. Ich hätte mich nicht einmal gegen mein Verlangen wehren können, wenn ich gewollt hätte. Und ich bereue es nicht. Kein bisschen. Es war die schönste Nacht meines Lebens, die nur von der nächsten mit ihm – und der übernächsten und überübernächsten und so weiter – getoppt werden kann.

Ich sehe ihn an und weiß, ich will für ihn da sein, ihm zur Seite stehen, wenn es schwierig wird. Ich will ihn komplett kennenlernen mit all seinen Stärken und Schwächen und schrecklichen Erlebnissen und schönen Erinnerungen. Und falls er keine haben sollte, möchte ich mit ihm Erinnerungen schaffen, die schön genug sind, um alles andere zu verdrängen.

»Erzählst du mir, wo du herkommst?«, frage ich.

»Aus Pearley«, sagt er. »Aber das weißt du doch schon.«

»Nein, ich meine, in was für Verhältnissen bist du aufgewachsen? Wie ist deine Familie?«

»Gleich in die Vollen, ja?«, sagt er und ahmt damit meine Reaktion auf seine Frage von vorhin nach. »Ich komme aus dem Süden der Stadt. Bin dort geboren und aufgewachsen. Keine schöne Gegend. Arm, viel Kriminalität. Mein Dad ist abgehauen, als ich noch ein Baby war, und meine Mom hat uns mit Putzjobs über Wasser gehalten.« Er stockt kurz und fährt dann etwas leiser fort: »Bis sie Don kennengelernt hat. Da war ich acht.« Rhys schluckt. »Nach nur einem halben Jahr haben sie geheiratet, und auf einmal hatten wir ein bisschen Kohle. Nicht viel, aber genug. Meine Mom hat aufgehört zu arbeiten. Eine Zeit lang war alles beinahe gut.« Hier macht er eine Pause und sieht mich mit traurigen Augen an. »Nach und nach haben wir aber gemerkt, dass mit Don etwas nicht stimmt. Manchmal lagen Waffen bei uns zu Hause rum. Komische Männer saßen am Küchentisch. Meine Mom wurde immer stiller. Ich war immer weniger zu Hause, weil ich mich unwohl fühlte. Niemand hat je gefragt, woher das Geld kam, ich nicht und meine Mom auch nicht.« Er nimmt einen Schluck aus seinem Kaffeebecher.

»Was ist passiert?«, frage ich.

»Eines Morgens klopfte es an der Tür. Ich lag noch im Bett und wollte nicht aufstehen. Draußen hörte ich meine Mom und Don im Flüsterton streiten. Dann krachte es – das war der Moment, in dem die Tür eingetreten wurde. Ich hörte laute Männerstimmen, und im nächsten Augenblick standen sie in meinem Zimmer. Spezialeinheiten der Polizei. Sie rissen mich aus dem Bett und pressten mich mit dem Gesicht gegen die Wand. Ich hörte meine Mutter, die laut ›Nein, nein, nein‹ schluchzte, und Don, der ihr befahl, die Fresse zu halten. Ich war mir sicher, dass das ein Irrtum war. Die mussten mich verwechselt haben.«

»Hatten sie auch, oder?«, frage ich atemlos.

»In meinem Zimmer fanden die Cops kiloweise Drogen. Koks, Heroin, Crack. Den ganzen harten Scheiß. Unter meinem Bett lag eine Knarre, die Don mich hatte halten lassen, sodass meine Fingerabdrücke darauf waren. Meine Verhaftung wurde als Durchbruch gefeiert. Den Cops war endlich mal wieder ein Ermittlungserfolg in der Drogenszene gelungen. Don war unantastbar, niemand hätte sich mit ihm angelegt. Und mir wurde in null Komma nichts der Prozess gemacht. Niemand wollte vor Gericht für mich aussagen. Niemand hat sich getraut, Don zu belasten. Nicht einmal meine Mom. Ich habe sie seither nicht mehr gesehen. Sie hat mir einen Brief geschrieben, in dem sie mich um Verzeihung bat. Sie hat mit Don und … Sie hat woanders ein neues Leben angefangen. Das ist die ganze Geschichte.«

»Hast du sonst niemanden?«

»Keiner meiner anderen Verwandten wohnt hier in Pearley, falls du das meinst. Und keiner hat je versucht, Kontakt mit mir aufzunehmen. Ich schätze, Don hat es so aussehen lassen, als hätte ich Schande über die Familie gebracht.«

Rhys zuckt mit den Schultern. Er erzählt das alles so nebenbei, als wäre es nicht eine der traurigsten Geschichten, die man sich vorstellen kann.

»Jetzt weißt du, wo ich herkomme. Aus der Mülltonne, um ehrlich zu sein. Und alle Menschen, die mit mir dort waren, sind der Müll gewesen.«

»Oh, Rhys«, entfährt es mir. Ich schlinge die Arme um ihn und er vergräbt seinen Kopf an meinem Hals.

»Aber weißt du«, fährt er fort, »das ist jetzt vorbei. Das liegt hinter mir. Ich habe es geschafft. Und ich habe dich.« Er stockt kurz und sieht mich fragend an. »Ich habe dich doch, oder?«

»Mit Haut und Haar«, sage ich und bin froh, als er lächelt. »Und ich habe dich.«

»Tamsin?«, fragt er.

»Ja?«

Er schlägt die Augen nieder und blickt auf die Matratze zwischen uns. »Ich möchte alles mit dir. Ich möchte das große Ganze. Ich weiß nicht, ob das zu früh ist oder zu viel. Aber du sollst wissen, wie ernst es mir ist.«

»Das trifft sich gut«, sage ich leise, »denn ich will mit dir auch das große Ganze.«

Er lächelt. »Darf ich dich …« Er räuspert sich. »Darf ich dich vielleicht noch mal ansehen?«, fragt er und zupft vorsichtig an meinem Bademantel.

Ich lasse mich nach hinten fallen und löse den Gürtel. Er schiebt sanft den Stoff auseinander, sodass der Blick auf meinen nackten Körper frei wird. Er saugt die Luft ein.

»Für diesen Anblick würde ich noch ganz andere Sachen auf mich nehmen als sechs Jahre Gefängnis«, sagt er lächelnd und lässt seinen Blick über mich gleiten. Es ist mir beinahe etwas peinlich, hier so entblößt bei hellem Tageslicht zu liegen. Gestern Abend im Schein der Nachttischlampe war das etwas ganz anderes. Ich schließe die Augen und stelle zu meiner Überraschung fest, dass es mich erregt, zu wissen, dass Rhys' Augen auf meiner Nacktheit ruhen. Beinahe kann ich spüren, wie sein Blick über mich gleitet.

»Du bist so schön!«, sagt er. »So verrückt schön!«

»Wenn du willst, kannst du ein Bild mit deiner Kopfkamera von mir machen«, sage ich mit geschlossenen Augen und kann gar nicht glauben, dass ich ihm das tatsächlich gerade vorgeschlagen habe. »Du musst mit deinen Daumen und Zeigefingern einen Rahmen machen, dich auf das Bild konzentrieren und dann, *klick*, hast du das Bild für immer abgespeichert.«

Einen Augenblick lang ist es still. Dann höre ich ein leises »Klick«.

Wir schlafen noch mal miteinander. Sanfter diesmal, langsamer. Als wäre uns bewusst geworden, dass wir jetzt alle Zeit der Welt haben.

Danach liegen wir nebeneinander unter der Bettdecke.

»Liest du mir noch etwas vor?«, fragt Rhys.

»Hast du noch ein anderes Lieblingskapitel oder soll ich wieder etwas aussuchen?«

»Such du etwas aus«, sagt er.

Ich nehme wieder das Buch zur Hand und blättere kurz.

»Also gut. *Siebtes Kapitel*«, lese ich, *»in welchem Känga und Klein Ruh in den Wald kommen und Ferkel ein Bad nimmt.«*

»Das ist mein Lieblingskapitel«, sagt Rhys mit einem Lächeln in der Stimme, legt seinen Kopf in meinen Arm und küsst mich auf die Brust.

32 Rhys

Am Abend sitze ich mit Malik bei uns in der Küche. Er hat Truthahn-Curry gekocht, um ein bisschen Thanksgiving zu feiern. Amy hat ihm inzwischen einen Nebenjob in einem Supermarkt organisiert, aber die paar Stunden, die er dort gebraucht wird, lasten ihn anscheinend nicht aus. Deswegen steht vor jedem von uns ein gefüllter Teller. Bis eben habe ich ihm die Geschichte von letzter Nacht und heute Morgen erzählt, und er hing gebannt an meinen Lippen, sodass das Curry inzwischen kalt geworden ist.

»Ich schätze mal, dann weiß ich jetzt, wofür du in diesem Jahr dankbar bist«, sagt er.

Ich lache. Es ist schon verrückt. Bis vor Kurzem hätte ich tatsächlich nicht gewusst, ob es irgendetwas gibt, wofür ich auf dieser Welt dankbar sein soll. Aber jetzt? Jetzt sieht es anders aus.

»Wann stellst du sie mir vor?«, fragt Malik und schiebt sich eine Gabel in den Mund.

»Ich hoffe, bald«, sage ich. »Du musst sie unbedingt kennenlernen. Und ich würde ihr gern zeigen, wie ich hier lebe. Sie soll alles über mich wissen.«

»Sehr geil, Mann«, sagt Malik. »Sag Bescheid, dann koche ich was Feines.«

Allein in meinem Zimmer frage ich mich, ob mein Leben jetzt völlig anders wird. Ich hoffe es so sehr. Und doch traue ich dem Frieden nicht. Ich habe gelernt, vorsichtig zu sein. Auch wenn es mir mit Tamsin zusammen leichtfällt, loszulassen, drängen sich in der Einsamkeit wieder dunkle Gedanken in mein Bewusstsein.

Ich klappe meinen Laptop auf und öffne das Dokument »Übersicht Finanzen«. Ich scrolle auf die fünfte Seite, auf der meine Recherche beginnt. Ich habe alles akribisch aufgeschrieben. Wen ich wann kontaktiert habe, wer sich zurückgemeldet hat. Wer mir welchen Kontakt genannt hat, aber bislang konnte mir niemand sagen, wo ich meine Schwester finden kann. Oder sie wollten es mir nicht sagen. Das ist natürlich auch möglich.

Eigentlich würde ich gern Tamsin von meiner Suche erzählen, aber ich will nicht, dass sie denkt, ich sei ein gestörter Psychopath. Deswegen behalte ich diesen Aspekt meines Lebens ausnahmsweise für mich.

Tamsin holt mich heute nach meiner Schicht bei *Mal's* ab. Gleichzeitig hat sich zu allem Überfluss auch Amy angekündigt. Sie hat sich entschuldigt, dass sie es in letzter Zeit kaum geschafft hat, mit mir zu sprechen. Ganz große Tragik. Mir hat sie jedenfalls nicht gefehlt. Aber sie hat sich natürlich nicht abwimmeln lassen, sodass vermutlich Amy und Tamsin heute Abend aufeinandertreffen werden. Es nervt mich ziemlich. Ich will vor Tamsin nicht wie ein verdammter Sozialfall dastehen. Gleichzeitig weiß ich natürlich, dass ich eigentlich einer bin. Aber es ist schlimm genug, dass Tamsin mich in meinen schwächsten Momenten gesehen hat. Da muss sie es nicht auch noch von Außenstehenden unter die Nase gerieben bekommen.

Amy ist natürlich überpünktlich und sitzt schon seit zehn Minuten an einem Tisch am Fenster. Sie hat mein Regal gelobt und rührt nun gedankenverloren in ihrem Tee.

»Na komm, mach schon Feierabend«, sagt Liz. »Ich mache hier sauber.«

»Aber …«

»Kein Aber. Lass Amy nicht warten. Ist okay, wirklich.«

Ich gehe stöhnend zu Amys Tisch und lasse mich lustlos auf den Stuhl ihr gegenüber plumpsen.

»Freut mich, dass du Zeit für mich hast, Rhys«, sagt sie und lächelt.

»Mir bleibt ja ohnehin nicht viel anderes übrig«, erwidere ich. Ich sollte mich zusammenreißen, aber in Amys Gegenwart fällt es mir wirklich schwer.

»Ich habe mit Malcolm gesprochen, und er ist sehr zufrieden mit dir. Er sagt, du bringst dich gut ein, verstehst dich mit allen. Deswegen wollte ich mal wissen, ob das auch dein Eindruck ist.«

»Ja, sehe ich auch so«, sage ich. »Hier sind alle echt nett. Mit Malik läuft es gut und …« Ich beiße mir auf die Zunge. Soll ich ihr von Tamsin erzählen? Vermutlich kommt sie ohnehin jeden Moment zur Tür rein, dann wird Amy spätestens davon erfahren.

Die Entscheidung wird mir abgenommen, als Amy fragt: »Wie lief denn dein Date?«

Ich verdrehe die Augen. Die Tatsache, dass sie von Fragen besessen ist, finde ich nach wie vor befremdlich. »Das Date an sich lief nicht so gut. Und das ist die Untertreibung des Jahrhunderts.«

»Was ist passiert?«

»Ist doch jetzt egal.« Ich will wirklich nicht ins Detail gehen. Am Ende schleift sie mich zu einem Therapeuten.

»Wir haben uns danach noch mal gesehen. Und, na ja, ich mag sie. Und sie mag mich anscheinend auch. So seltsam es klingt, dass ein Mädchen wie sie einen Kerl wie mich gut finden kann.«

»Aber was redest du da. Du bist doch ein guter Typ. Du hast jede Chance, die sich dir hier bietet, verdient.«

»Ja, das sagst du immer. Aber es fühlt sich nicht so an.«

»Das kommt noch. Keine Sorge.« Sie macht eine kurze Pause, ehe sie weiterspricht. »Dir wird das nicht gefallen, Rhys, aber ich würde gerne ein Gespräch mit euch beiden vereinbaren. Eure Situation ist sehr speziell, es würde euch sicher helfen.«

Ich bin sprachlos. Ist sie noch zu retten? Versteht sie nicht, dass sie durch ihr Verhalten jedes Fünkchen Normalität zerstört?

»Hi«, sagt plötzlich eine Stimme hinter mir. Ein warmes Glücksgefühl durchströmt mich, als ich mich umdrehe und Tamsin erblicke. »Da ist man einmal fünf Minuten zu spät dran und schon suchst du dir Ersatz?«, fragt sie. Es soll natürlich ein Witz sein, aber ich weiß nicht, ob Amy das versteht.

»Ich bin Amy«, sagt sie gleich und schüttelt Tamsin zur Begrüßung die Hand. »Setz dich doch zu uns. Ich habe gerade mit Rhys besprochen, dass ich gerne mit euch beiden reden würde.«

»Äh, okay?«, sagt Tamsin unsicher, zieht sich aber einen Stuhl heran und setzt sich neben mich. Unter dem Tisch nimmt sie meine Hand und drückt sie.

»Tut mir leid«, nuschle ich in ihre Richtung.

»Dieses Gespräch ist mir sicher genauso unangenehm wie euch«, sagt Amy.

»Leute sagen auch, dass die Spinnen genauso viel Angst

vor mir haben wie ich vor ihnen. Aber das kann nicht sein«, sagt Tamsin und lacht.

»Guter Punkt«, erwidert Amy. »Also gut, es ist vermutlich für euch unangenehmer. Aber es gibt ein paar Dinge, die ich gerne loswerden würde. Ich habe ein paar Jahre Erfahrung in meinem Beruf und ich weiß, was für Schwierigkeiten auf euch zukommen können. Ich kann euch helfen.«

Mir wird schlecht.

Tamsin

33 Rhys sieht alles andere als glücklich aus über Amys Worte. Und ich kann ihn verstehen. Ich finde es auch ein bisschen anmaßend von ihr, sich einzumischen. Schließlich haben wir noch nicht einmal für uns so richtig geklärt, worauf das alles hinauslaufen soll.

»Fakt ist, dass Rhys eine stabile Umgebung braucht.«

Er stöhnt. »Amy, bitte«, sagt er.

»Es tut mir leid!« Sie hebt entschuldigend die Hände. »Ihr seid zwei mündige, reife Menschen, die das sicher gut hinbekommen. Aber ich fühle mich nun mal verantwortlich. Wenn du gesehen hättest, was ich gesehen habe, würdest du auch in Kauf nehmen, kurz gehasst zu werden.«

»Was hast du denn gesehen?«, frage ich.

»Spiralen abwärts. Junge Leute, die das Leben vor sich hatten. Deren funktionierende Routinen zu früh erschüttert wurden. Und dann: Drogen, Rückfall in die Kriminalität, Knast.«

Bei Amys letztem Wort zuckt Rhys kaum merklich zusammen.

»Also, was können wir tun?«, frage ich weiter. Vielleicht hat Amy recht. Vielleicht können wir irgendwann ihre Hilfe brauchen.

»Lasst es langsam angehen. Redet miteinander. Seid offen und ehrlich. Du, Rhys, musst auf dich selbst achtgeben. In dich hineinhorchen, wie es dir geht. Und du, Tamsin, richtig?« – ich nicke – »du musst geduldig sein. Ihr könnt jederzeit mit mir sprechen. Auch wenn ihr das im Moment noch nicht wollt.«

»Okay, alles klar. Dann wissen wir Bescheid.« Mit einem schelmischen Lächeln im Gesicht frage ich: »Ist das erlaubt? Oder geht das zu schnell?« Mit diesen Worten nehme ich Rhys' Gesicht in beide Hände und küsse ihn. Offensichtlich ist es ihm ein bisschen unangenehm vor Amy, aber mir ist es egal. Sie soll ruhig sehen, wie verrückt ich nach ihm bin. »Und, Rhys, wie geht es dir damit?«, frage ich frech.

»Äh, gut. Sehr gut«, sage er und blickt Amy herausfordernd an.

»Ja, ja, macht euch nur lustig über mich.« Amy grinst. »Versprecht mir einfach, dass ihr zu mir kommt, wenn ihr Hilfe braucht.«

»Aye, aye«, sage ich. »Vielen Dank.«

Amy steht auf und verabschiedet sich. »Genug gequält für heute«, witzelt sie.

Als sie verschwunden ist, sagt Rhys: »O Gott, es tut mir so leid. Das ist vermutlich schlimmer als ein Kennenlernen mit der Familie.«

»Machst du Witze? Ich finde sie großartig. Ist doch toll, dass sie sich Sorgen macht. Auch wenn sie das nicht muss, oder? Dir geht's doch gut?«

»Sehr gut«, sagt er ernst und küsst mich erneut. Das Gefühl seiner Lippen auf meinen vertreibt die Peinlichkeit der Situation im Handumdrehen.

»Magst du mit zu mir kommen?«, fragt Rhys.

»Auf jeden Fall. Ich würde gerne wissen, wie du wohnst.«

Wir gehen zu Fuß. Hand in Hand laufen wir durch Pearleys nächtliche Straßen. Es ist nichts los. Ab und zu bleiben wir stehen, um uns zu küssen. Es scheint beinahe, als könnten wir es nur eine begrenzte Zeit nebeneinander aushalten, ohne dass einer den anderen in einen Hauseingang zieht. Wir berühren unsere Körper, lassen die Hände unter unsere Kleidung gleiten, als würden wir einander noch mal neu kennenlernen. Wenn es uns gelingt, uns voneinander loszureißen, laufen wir weiter, bis uns die Leidenschaft wieder überkommt. Eine Leidenschaft, der sich keiner von uns widersetzen kann, widersetzen will.

Endlich sind wir angekommen. Rhys wohnt in einem frei stehenden Wohnhaus. Frei stehend deshalb, weil die Häuser links und rechts davon offensichtlich abgerissen wurden. Die Farbe der Fassade blättert ab. Aber ich nehme die Umgebung ohnehin kaum wahr. Ich habe nur Augen für Rhys.

Er sperrt die Eingangstür auf, und sobald wir das Treppenhaus betreten haben, fallen wir wieder übereinander her. Er vergräbt seine Hände in meinen Haaren, während sich seine Zunge hungrig und fordernd den Weg in meinen Mund bahnt. Ich erwidere seine Leidenschaft und presse mich an ihn. Durch seine Hose kann ich seine Erektion spüren, die sich mir entgegendrängt.

»Lass uns … in die Wohnung gehen«, keucht Rhys atemlos. Er nimmt meine Hand und zieht mich – immer zwei Stufen auf einmal nehmend – in den ersten Stock. Vor seiner Wohnung angekommen presst er mich erneut gegen die Wand. Unsere Zungen und Lippen erkunden gierig unsere Münder.

»So wird das nichts«, flüstere ich kichernd und schiebe ihn sanft in Richtung Tür.

Er sperrt auf – und wir werden von einem herrlichen Duft begrüßt. Es riecht nach Wein, gebratenen Zwiebeln und Kräutern.

»Das hatte ich vergessen«, stöhnt Rhys. »Malik will dich kennenlernen.«

»Na dann auf! Ich bin am Verhungern«, sage ich, allerdings nicht, ohne schadenfroh mit der Hand über die deutlich sichtbare Beule in seiner Hose zu streichen. Rhys saugt scharf die Luft ein.

»Geh schon mal vor«, schlägt er vor. »Ich brauche noch einen Moment.«

Grinsend folge ich dem Duft. In der Küche steht ein pfeifender Hüne, der gleichzeitig mit zwei Pfannen und einem Topf hantiert.

»Du musst Malik sein«, sage ich und trete ein. »Hi, ich bin Tamsin.«

»Tamsin!«, sagt Malik überschwänglich. »Es freut mich sehr, dich kennenzulernen. Ich hoffe, du hast Hunger.«

»Immer!«, gebe ich zur Antwort.

»Setz dich.« Malik rückt mir einen Stuhl zurecht. »Wo hast du denn Rhys gelassen?«

Aus dem Flur ertönt ein Schnauben. »Ich bin gleich da«, sagt Rhys.

Malik ist wirklich ein ausgezeichneter Koch. Er hat Pasta mit einer herrlichen Weißweinsoße gemacht. Zu dritt sitzen wir am Küchentisch und vernichten genüsslich sowohl das fantastische Essen als auch den restlichen Wein. Wir verstehen uns richtig gut, und ich fühle mich unbeschreiblich wohl. Es ist allerdings nicht zu übersehen, dass Rhys lieber mit mir allein wäre, auch wenn er sich sichtlich bemüht, sich nichts anmerken zu lassen.

Schließlich gähnt Malik, wünscht uns eine gute Nacht und verabschiedet sich in sein Zimmer.

»Zeigst du mir jetzt dein Reich?«, frage ich.

»Erwarte nur nicht zu viel«, gibt Rhys zurück, bedeutet mir aber, ihm zu folgen.

In seinem Zimmer knipst er das Licht an. Tatsächlich ist der Raum ziemlich karg. So ganz anders als meine vollgestellte Bude. Auf einer Kommode liegt ein Bücherstapel. Auch die Bücher, die ich ihm geschenkt habe, sind darunter. Am Fenster steht ein Schreibtisch, an der Wand ein Einzelbett.

Ich setze mich auf den Tisch, schlage meine Beine übereinander und lasse meinen Blick durchs Zimmer schweifen. Die Wände sind kahl, bis auf …

»Du hast meinen Brief aufgehängt?«, frage ich gerührt.

Rhys blickt auf den Boden und errötet. Statt auf meine Frage einzugehen, räuspert er sich einfach nur geräuschvoll und knipst das Licht wieder aus.

In der Dunkelheit kommt er auf mich zu. Er stellt sich direkt vor mich. Ich öffne meine Beine und ziehe ihn eng an mich. Ein weiterer leidenschaftlicher Kuss lässt uns nahtlos an vorhin anknüpfen. Ich kralle meine Hände in seine Haare, und er hebt mich vom Tisch, trägt mich durch das Zimmer, ohne unseren Kuss zu unterbrechen, und legt mich behutsam aufs Bett.

Wir sind eins in unserer Sehnsucht und Lust. In Windeseile entledigen wir uns unserer Kleider und verlieren uns ineinander.

Rhys

34

In den nächsten Wochen erfahre ich, was es heißt, zu leben. Tamsin und ich verbringen jede freie Minute miteinander. Meistens zu zweit. Manchmal essen wir mit Malik oder treffen uns mit Zelda in der Stadt. Ab und zu sitzt Tamsin einfach im Café und liest für die Uni, während ich arbeite. Ich liebe es, sie zu beobachten, wie sie konzentriert über ihre Bücher gebeugt nachdenkt und sich Notizen macht. Am liebsten habe ich es, wenn sich ihre Lippen dazu bewegen.

Mein Selbstbewusstsein wächst von Tag zu Tag, und manchmal muss ich mich daran erinnern, wer ich bin und woher ich komme, weil mir all das, was um mich herum geschieht, so fantastisch vorkommt.

Weihnachten nähert sich mit großen Schritten, bis es plötzlich vor der Tür steht. Mein erstes Weihnachten in Freiheit. Ich habe mir nie viel daraus gemacht. Bis auf die Tatsache, dass es im PJP eine genießbare Mahlzeit gab, habe ich in den letzten Jahren nichts damit verbunden. Ich wünschte, ich könnte die Feiertage mit Tamsin verbringen, aber sie fährt nach Hause. Zwar hat sie gefragt, ob ich mitkommen will, aber ich war mir nicht sicher, ob sie mich nur aus Höflichkeit gefragt hat. Sie hat ihre Eltern seit Monaten nicht gesehen, ich finde, da sollten sie Zeit füreinander haben, dass sie prüfen müssen, ob ich der

Richtige für ihre Tochter bin. Die Fragen, die sie mir mit Sicherheit stellen würden, könnte ich ihnen ohnehin nicht beantworten. Was will ich mit meinem Leben anfangen? Wie will ich für ihre Tochter sorgen? All dieser Quatsch ist meilenweit entfernt von meinem jetzigen Leben. Ich muss die Sachen langsam auf mich zukommen lassen, sagt Amy. Dazu gehört sicher nicht, besorgten Eltern gegenüberzutreten – und dadurch ihre größten Sorgen zu bestätigen. Denn darauf würde es wohl hinauslaufen. Schließlich bin ich nicht gerade das, was man sich für seine Tochter wünscht, nehme ich an. Zumindest nicht, wenn man die Wahrheit kennt.

Die ganze Stadt ist schon weihnachtlich geschmückt. Die Bäume am Straßenrand sind mit Lichterketten behängt, die Schaufenster mit Kunstschnee und albern aussehenden Weihnachtsmännern verziert, und auch im Café haben wir unsere Karte um Kürbis- und Zimt-Lattes erweitert. Den ganzen Tag laufen Weihnachtslieder, und allen ist ganz besinnlich zumute.

Unweigerlich muss ich an meine Mom und Jeannie denken. Meine Mom, die mich verraten hat. Die kleine Jeannie, die bitterlich geweint hat, als ihr großer Bruder festgenommen wurde. Wie sie wohl Weihnachten feiern? Ob sie manchmal an mich denken?

Am 22. Dezember bin ich mit Tamsin auf der Weihnachtsfeier von Zeldas WG eingeladen. Am nächsten Morgen wird sie über die Ferien mit Sam nach Hause zu ihren Eltern fliegen. Sie hatte schon gar nicht mehr damit gerechnet, überhaupt mit ihrer Familie zu feiern. Aber anscheinend findet ihre Mom, dass man Weihnachten mit der Familie verbringen muss.

Ich habe Sam bereits kennengelernt. Wir haben uns in einer Bar getroffen, Tamsin und er unterhielten sich und weihten mich in ihre Insiderwitze ein. Mir war es recht, dass ich nicht wirklich Teil des Gesprächs war. Als Tamsin uns kurz allein ließ, beugte Sam sich vor und sagte: »Hör zu. Ich will mich nicht aufspielen oder so einen Schwachsinn sagen wie ›Wenn du ihr das Herz brichst, breche ich dir alle Knochen‹. Ich kämpfe nicht und ich drohe nicht. Und wenn wir ehrlich sind« – er musterte mich von oben bis unten – »hätte ich gegen dich ohnehin nie auch nur den Hauch einer Chance. Ich will nur, dass du weißt, was für ein wertvoller Mensch Tamsin ist. Sie soll glücklich sein. Und weil sie dich mag, hoffe ich einfach, dass du eine ungefähre Ahnung davon hast, was für ein unbeschreibliches Glück das ist.«

Zuerst wusste ich nicht, wie ich darauf reagieren sollte. Dann sagte ich: »Ich weiß, was ich für ein Glück habe.«

Der 22. kommt schneller als erwartet. Tamsin geht direkt von der Uni mit zu Zelda und hat mir ihren Schlüssel gegeben, damit ich mich in ihrer Wohnung umziehen kann. Ich will nicht in verschwitzten Arbeitsklamotten dort auftauchen und habe meine Wechselsachen bei Tamsin deponiert, damit sie nicht nach Küche riechen. Außerdem brauchte ich eine Ausrede, um in ihre Wohnung zu kommen.

Um Punkt sieben Uhr stehe ich herausgeputzt vor Zeldas Tür. Von drinnen höre ich laute Stimmen und Gelächter. Dieses soziale Event ist so etwas wie eine Premiere, und meine Hände sind vor Nervosität etwas feucht. Ich wische sie an meiner Hose ab und will gerade klingeln, als ich hinter mir jemanden kommen höre.

»Hi, Rhys«, sagt Sam. »Schön, dich zu sehen.«

»Hi«, erwidere ich.

»Worauf wartest du?«

Ich fühle mich ertappt, obwohl ich nichts gemacht habe. »Äh, auf nichts«, sage ich und klingle. Mein Unwohlsein wird durch Sams Anwesenheit in meinem Rücken noch gesteigert.

Zelda öffnet die Tür. Sie trägt einen schrecklichen Weihnachtspulli, von dem Rudolph uns mit großen Augen und leuchtender Nase entgegenblickt.

»Gruselig, oder?«, fragt sie, als sie unsere Blicke sieht. »Kommt rein, kommt rein.«

Drinnen läuft Tamsin strahlend auf mich zu. Sie gibt mir einen zärtlichen Kuss und umarmt dann Sam. Etwas länger, als es mir lieb ist, aber ich beiße die Zähne zusammen und zwinge mich, wegzusehen. Ich muss mich daran gewöhnen, dass Sam ein Teil von Tamsins Leben ist – und vor allem daran, dass sie sich wirklich, wirklich nahestehen.

Um mich abzulenken, krame ich in meinem Rucksack und hole zwei Plastikgefäße hervor. Als Tamsin mir eröffnete, dass wir Beilagen mitbringen sollen, habe ich sofort Malik um Rat gefragt. Er hat Pastinaken- und Karottenstreifen im Ofen gar gebacken. Um, wie er sagte, die perfekte Konsistenz zu erhalten. Außen leicht kross, innen ganz weich. Ich drücke Zelda beides in die Hand, und sie verschwindet mit einem triumphierenden »Mehr Essen, Leute« in der Küche.

Es duftet bereits köstlich, als wir uns alle an der großen Tafel niederlassen, die Zelda und ihre beiden Mitbewohner aus allen möglichen Tischen im Wohnzimmer zusammengestückelt haben. Die Bretter biegen sich beinahe unter der Last, so viele Schüsseln mit dampfenden Köstlichkeiten stehen darauf. Es gibt einen vegetarischen Weihnachtsbraten aus Nüssen mit Kartoffelbrei, Rosenkohl, Maliks Gemüse und jeder Menge Soße. Die Stimmung ist ausgelassen, und alle reden durcheinander. Mir fällt es schwer, aus den vielen Unterhaltungen eine rauszusuchen, bei der ich mich einklinken könnte, sodass ich mich zurücklehne und einfach genieße, Teil dieser bunten Gruppe zu sein. Niemanden hier kümmert es, wer ich bin und wo ich herkomme.

»Was haltet ihr davon«, fragt Zeldas Mitbewohner Leon in die Runde, »wenn jeder von uns die schönste Weihnachtserinnerung erzählt?«

Alle sind einverstanden. Alle außer mir, doch ich schweige. Tamsin wirft mir einen besorgten Blick zu. Was soll ich erzählen? Von dem Weihnachten, an dem meine Mom nicht nach Hause kam, weil wir das Extrageld der Weihnachtsschicht brauchten? Von dem Weihnachten, an dem Don uns aus der Wohnung haben wollte für irgendwelche schmutzigen Deals, und wir in einem schäbigen Diner Burger gegessen haben? Von dem Weihnachten, an dem mein Zellennachbar versuchte, sich das Leben zu nehmen, indem er sich an unserem Stockbett aufhängte?

»Du musst nichts sagen«, flüstert Tamsin und nimmt meine Hand.

Sam erzählt von einem Weihnachten, das Tamsins und seine Familie zusammen gefeiert haben. Tamsin war erst elf und schenkte ihm ihre Lieblingspuppe. Dann ist sie selbst an der Reihe.

»Mein schönstes Weihnachten ist jetzt vierzehn Jahre her. Ich war fünf und hatte gerade lesen gelernt. Ich habe von meinem Großvater *Pu der Bär* bekommen und den ganzen Tag gelesen. So versunken war ich seitdem wohl nie wieder.«

Alle lachen, und Zelda sagt: »Typisch.«

Jetzt richten sich die Augen auf mich. Ich will eigentlich schon sagen, dass ich passe, als mir plötzlich eine Idee kommt. »Bei uns war Weihnachten ehrlich gesagt nie eine so große Sache. Deswegen, schätze ich, ist das hier mein schönstes Weihnachten.«

»Hört, hört«, ruft Leon und hebt sein Glas. »Auf Weihnachten!«

»Auf Weihnachten«, sagen alle anderen – inklusive mir – im Chor und lassen die Gläser klirren.

Tamsin schlingt die Arme um mich und gibt mir einen Kuss. »Genau genommen ist das auch mein schönstes Weihnachten«, sagt sie. »Weil ich bei dir bin.«

Tamsin

35 Für meinen Geschmack brechen wir viel zu spät auf. Ich möchte unbedingt noch Zeit mit Rhys allein haben, ehe Sam und ich morgen zusammen nach Hause fliegen. Zwei elend lange Wochen in Rosedale, in denen ich so weit weg von Rhys bin. Ich weiß gar nicht, warum ich mich habe breitschlagen lassen, so lange nach Hause zu fahren. Aber am Ende siegte das schlechte Gewissen meinen Eltern gegenüber. Bei dem Gedanken daran schnürt sich mir die Kehle zu.

Als könnte Rhys meine Gedanken lesen, sagt er: »Es sind nur zwei Wochen. Du wirst erst merken, dass du weg warst, wenn du schon wieder hier bist.«

Ich bin mir nicht sicher, ob er das sagt, um sich selbst zu beruhigen, oder ob er wirklich so cool ist, wie er tut.

Als wir bei mir zu Hause ankommen, schließt Rhys die Tür auf, denn er hat noch meinen Schlüssel. Wir treten ein, und ich weiß sofort, dass irgendetwas anders ist. Es riecht anders. Irgendwie neu. Nach ... Farbe?

Rhys ist vor mir in mein Zimmer gegangen und steht neben meinem Sessel. Über ihm an der Wand hängt etwas, das von einem Tuch verdeckt wird.

»Bist du bereit für dein Geschenk?«, fragt er grinsend.

Er zieht das Tuch weg, und zum Vorschein kommt ein Regalbrett. Es sieht aus wie das, was er für das Café gebaut hat, nur, dass dieses hellblau angestrichen ist. Er hat sogar schon ein paar meiner Bücher daraufgestellt. Es passt perfekt in mein Zimmer.

»Ich war mir sicher, du hättest gerne eins in Farbe«, sagt er und kommt auf mich zu. »Was meinst du?«

»Ich finde es wundervoll!«, sage ich. »Vielen Dank.« Ich klettere auf den Sessel und fahre mit dem Finger über das lackierte Holz. »Es ist traumhaft schön!«

Ich springe vom Sessel und hole sein Geschenk unter dem Bett hervor.

»Ein Buch«, sagt er und seine Augen leuchten.

»Ja, aber es ist nicht einfach nur ein Buch. Mach schon auf«, dränge ich ihn.

Er packt es vorsichtig aus, als wolle er das hässliche rote Papier mit weißen, grünen und goldenen Sternen nicht kaputt machen. Ich bin schrecklich ungeduldig.

»Jetzt hör schon auf, hier so auf und ab zu hüpfen. Das ist mein erstes richtiges Weihnachtsgeschenk, da will ich das Auspacken auch genießen. Das gehört schließlich dazu!«

Er schiebt mich aufs Bett, und ich lasse mich fallen. »Aber du bist so langsam!«, jammere ich auf dem Rücken liegend.

»Ich hab's ja gleich.« Er öffnet das Papier behutsam. »Wow, vielen Dank«, sagt Rhys, als er das Buch in der Hand hält.

»Ach was, glaubst du wirklich, ich kaufe dir einfach eine gebrauchte Ausgabe von *Wer die Nachtigall stört?* Komm her! Ich will dir was zeigen.« Rhys setzt sich neben mich, und ich öffne das Buch. »Siehst du«, flüstere ich ehrfürchtig und lasse meinen Finger über das Impressum gleiten, »es ist eine Erstausgabe!«

Rhys fährt mit den Fingern darüber. »Aber das ist doch viel zu teuer!«, sagt er.

»Sollte man meinen, oder? Aber in dem Secondhand-Buchladen wussten sie offensichtlich nicht, dass es eine Erstausgabe ist. Sie haben einfach nicht nachgesehen«, sage ich triumphierend.

»Ich habe noch nie etwas so Wertvolles besessen«, sagt Rhys beinahe atemlos. Er lächelt. »Du bist wirklich das Tollste. Das Tollste auf der ganzen Welt.«

Er legt das Buch behutsam neben sich und nimmt mich in den Arm. Seine Bartstoppeln kratzen leicht auf meiner Haut. Er drückt mich fest an sich und streichelt mit der Hand meinen Nacken und meinen Hinterkopf.

»Das werden zwei richtig beschissene Wochen«, sagt er an meinem Ohr.

»Ich dachte, die vergehen so schnell, dass ich gar nicht merke, dass ich weg bin?«, frage ich.

»Ja, du«, gibt er zurück. »Für mich dauert jeder Tag ohne dich so lange wie ein Jahr Gefängnis.«

»Kann es sein, dass du ein klitzekleines bisschen übertreibst?«, frage ich und boxe ihn in die Seite.

»Aber nur ein klitzekleines bisschen.« Er grinst und küsst mich.

Der Abschied am nächsten Morgen ist nicht so schlimm wie erwartet, was vor allem daran liegt, dass wir verschlafen. Ich muss mich irre beeilen, um rechtzeitig fertig zu sein, wenn Sam mich mit dem Auto abholt.

Rhys ist noch gar nicht richtig wach, als ich aus der Dusche komme und mich in Windeseile anziehe.

»Komm zurück ins Bett«, brummt er verschlafen.

»Ich kann nicht, Sam ist jeden Moment hier. Du kannst bleiben, so lange du magst. Zieh einfach die Tür hinter dir zu, wenn du gehst.«

»Ist das nicht gefährlich?«, fragt Rhys.

»Schau dich um, was soll denn hier zu holen sein? Außerdem habe ich gelesen, dass Diebe meistens im Erdgeschoss einbrechen, weil die Wahrscheinlichkeit, gesehen zu werden, viel zu hoch ist, wenn man an mehreren Wohnungen vorbeimuss.«

Es klingelt.

»Das ist Sam.«

Ich drücke Rhys einen Kuss auf den Mund und streiche mit der Hand über seine Wange.

»Fröhliche Weihnachten, Rhys.«

»Fröhliche Weihnachten, Tamsin«, sagt er. Dann etwas leiser: »Ich liebe dich.«

Mein Herz setzt einen Schlag aus. In mir zieht sich alles zusammen. Ich will ihn nicht allein lassen. Ich will bei ihm bleiben und ihm sagen, wie sehr ich ihn auch liebe! Aber diese Eile wird meinen Gefühlen nicht gerecht.

»Bitte entschuldige, ich wollte dich damit nicht so überrumpeln. Du musst los, Sam wartet«, sagt er und will mich von sich schieben. Aber ich setze mich neben ihn. So kann ich sicher nicht gehen.

»Und ich liebe dich!«, sage ich und küsse ihn noch mal.

Dann stehe ich auf und hieve mir meinen Rucksack auf den Rücken. Ich winke ihm und gehe.

Das Wiedersehen mit meinen Eltern am Flughafen ist mehr als steif. Meine Mom umarmt mich, aber die Begrüßung meines Dads ist deutlich unterkühlt. Ich bin froh, dass Sam dabei ist, um die Stimmung etwas aufzulockern.

Auf der Autofahrt nach Rosedale unterhält sich meine Mom mit Sam. Mein Dad und ich verbringen die Stunde vor allem schweigend. Einmal flucht er, als ein anderer Wagen ihm die Vorfahrt nimmt. Ich schaue aus dem Fenster und genieße den Anblick des frisch gefallenen Schnees auf den Bäumen links und rechts der Landstraße. Ein seltsames Gefühl von Heimat überkommt mich, auch wenn mein Zuhause definitiv woanders liegt. Meine Gedanken schweifen zu Rhys. Was er wohl gerade tut? Ich kann immer noch nicht glauben, dass er mir heute Morgen tatsächlich gesagt hat, dass er mich liebt. Ich habe seine Worte noch im Ohr, und in meinem Innern wird es ganz warm, wenn ich daran denke. Mit diesem Gefühl werde ich die frostige Atmosphäre schon aushalten.

Als wir vor unserem Haus halten, verabschiede ich mich von Sam. Er holt sein Gepäck aus dem Wagen und geht zum Nachbarhaus. Jetzt bin ich wirklich auf mich allein gestellt. Mein Dad ächzt, als er meinen Rucksack aus dem Kofferraum hebt. Ihm ist deutlich anzumerken, dass er meinen Besuch für eine Zumutung hält.

»Ich habe dein Bett frisch bezogen und dein Zimmer gesaugt«, sagt meine Mom.

»Danke«, murmle ich.

»Es ist schön, dass du hier bist, Tamsin.« Ich hoffe, sie meint es ernst.

Im Haus riecht es vertraut, auch wenn der Geruch nicht unbedingt schöne Erinnerungen in mir hervorruft.

Als wir beim Abendessen sitzen, bittet mich meine Mom, ihr von meinem Studium zu erzählen. Ihre Stimme klingt spitz. Mein Dad blickt nicht von seinem Teller auf.

»Es läuft wirklich gut«, sage ich. »In den allgemeinen Kursen komme ich ohne Probleme mit. Und alles, was ich zusätzlich belege, macht mir großen Spaß. Die Diskussionen über Literatur, das ist genau das Richtige für mich.«

Mein Dad schnaubt. »Und wie bezahlt das deine Miete? Wie ich dich kenne, wirst du dich weigern, einen Mann zu heiraten, der dich ernähren kann. Vermutlich schaust du auf deine Mutter und mich herab, weil wir dir ein sicheres Zuhause geboten haben.«

»Nein, Dad, das stimmt doch nicht«, beeile ich mich zu sagen. Die Entscheidungen, die meine Eltern getroffen haben, sind allein ihre. Nicht im Traum käme ich darauf, sie dafür zu verachten, dass sie eine traditionelle Rollenverteilung gewählt haben. »Aber vielleicht könnt ihr auch einfach mal versuchen, mein Leben zu verstehen. Was für euch funktioniert hat, muss doch nicht jeden glücklich machen.«

»Glücklich machen«, äfft mein Dad mich nach. »Es geht nicht nur um Selbstverwirklichung und Spaß, mein Kind. Eines Tages muss man für sich und andere Verantwortung übernehmen. Wie Dominic es getan hätte.«

»Dominic«, rufe ich. »Was hat der denn damit zu tun? Falls du es vergessen hast, er hat mich betrogen. In unserer Wohnung. Es tut mir leid, aber euer geliebter Dominic war eben nicht das, was er vorgegeben hat zu sein.«

»Er hat einen Fehler gemacht, Tamsin, *einen.* Du hast doch sonst die Hippie-Einstellungen deines Großvaters verinnerlicht. Verzeihen gehört da nicht dazu?«, mischt sich nun auch meine Mom ein.

»Aber mir geht es jetzt so viel besser«, setze ich noch einmal an, doch mein Vater knallt seine Serviette neben seinen Teller und steht auf.

»Harold!«, ruft meine Mutter, um ihn dazu zu bewegen, sich wieder zu setzen.

»Ich höre mir das nicht länger an!«, brüllt er. »Sie hätte alles haben können. Dein Vater ist dafür verantwortlich.

Du warst immer zu weich mit ihr. Wir hätten sie vor ihm schützen müssen.«

»Jetzt reicht's mir!«, rufe ich dazwischen. »Alles, was ich bin, habe ich Granpa zu verdanken und darüber bin ich verdammt froh.«

»Deine Ausdrucksweise«, ermahnt meine Mom.

»*Verdammt* froh«, wiederhole ich noch lauter. »Ich bin endlich einmal glücklich, und ihr gebt euch überhaupt keine Mühe, mich zu verstehen. Ihr wollt, dass ich hierher zurückkehre, in ein Haus, in dem ich nie frei sein konnte« – meine Mom keucht – »Ja, Mom, für mich war es hier wie ein Gefängnis. Dominic und ich haben nie zusammengepasst, und ich habe nie zu dieser Familie gehört. Aber statt euch für mich zu freuen, weil ich das gefunden habe, was mich erfüllt, und nebenbei bemerkt auch noch die Liebe meines Lebens, macht ihr alles nieder und tut so, als wäre ich naiv und dumm.« Ich bin so wütend auf sie! Ich komme gerade richtig in Fahrt, als meine Mom beschwichtigend die Hand hebt.

»Das hat doch keinen Sinn. Es ist schließlich bald Weihnachten. Da sollten wir uns nicht streiten.«

Es ist unglaublich, dass sie nicht einmal in diesem Moment, dem vermutlich ersten ehrlichen Gespräch, das ich mit meinen Eltern seit Jahren geführt habe, ihre Fassade fallen lassen kann. An Weihnachten verträgt man sich. Punkt. Ich lache bitter.

»Harold, du setzt dich jetzt wieder hin. Tamsin, du erzählst uns von deinem neuen … Freund. Ich habe gekocht und ich werde dieses Essen mit meiner Familie genießen.«

Mein Dad setzt sich wieder, legt sich die Serviette auf seinen Schoß und beginnt, hektisch Bohnen in seinen Mund zu schaufeln. Meine Mutter nickt zufrieden und wendet sich wieder mir zu. »Nun? Dürfen wir wenigstens erfahren, mit wem du eine Beziehung führst?«

Ich schlucke. Ich wollte eigentlich gar nicht von Rhys sprechen. Mein Glück mit ihm hat hier nichts verloren. Aber es ist einfach aus mir herausgeplatzt. Vielleicht hat meine Mom recht und wir sollten wirklich den Schein wahren. Wenn wir die nächsten zwei Wochen zusammen durchstehen wollen, kann es zumindest nur von Nutzen sein.

»Er heißt Rhys. Ich habe ihn in einem Café kennengelernt.«

»Rhys. Ein interessanter Name«, sagt meine Mom, vermutlich, um einfach irgendetwas beizutragen. »Studiert er mit dir?«

»Nein. Er … arbeitet.«

»Das ist gut«, sagt mein Dad. »Verdient er gut?«

»Dad!«, sage ich, und er hebt entschuldigend die Hände. Meine Mutter blickt alarmiert von ihm zu mir. Als sie merkt, dass es nicht wieder eskaliert, entspannt sie sich. »Er interessiert sich auch für Literatur. Wir haben viel, worüber wir sprechen können. Ich weiß, dass er immer für mich da ist. Und ich für ihn.« Bei den letzten Sätzen bildet sich ein Kloß in meinem Hals, weil ich den Gedanken unerträglich finde, so weit von ihm weg zu sein.

»Das klingt doch sehr schön, Schatz«, sagt meine Mom. »Oder, Harold? Sag deiner Tochter, dass es schön klingt.«

»Klingt schön«, nuschelt mein Dad und meine Mom lächelt selbstzufrieden.

Während der nächsten Tage behandeln wir uns alle gegenseitig wie rohe Eier. Wir sind übertrieben höflich und unterhalten uns nur über unverfängliche Themen. Auch der Weihnachtsmorgen verläuft reibungslos. Das Wohnzimmer ist festlich geschmückt. Mein Dad hat wie jedes Jahr Anfang Dezember einen Baum geholt, den meine Mom mit weißen und roten Kugeln geschmückt hat. Eine Merry-X-Mas-Girlande hängt an der Wand über dem Fernseher, und an die Fenster habe ich Sterne gehängt, die ich in der Grundschule gebastelt habe und die eindeutig schon bessere Zeiten gesehen haben. Aber mit ein bisschen Restauration hier und da sehen sie heute doch schön aus. Meine Mom freut sich über ein Seidentuch, das ich ihr besorgt habe, und mein Dad nickt anerkennend beim Anblick des Buchs über den Amerikanischen Bürgerkrieg. Wir benehmen uns beinahe wie eine normale Familie und ich bin gerade dabei, mich für eine schwarze Handtasche zu bedanken, als es an der Tür klopft.

»Wer kann das nur sein?«, fragt mein Dad. »Der Weihnachtsmann?«

»Sei nicht albern, Harold«, sagt meine Mom, die keinerlei Sinn für Humor hat – was man ihr wohl nicht verübeln kann, so lange, wie sie schon mit meinem Dad verheiratet ist.

Sie geht zur Tür und ruft: »Nein, das ist ja eine Überraschung! Wir haben dich eine halbe Ewigkeit nicht gesehen. Komm rein, komm rein, du erfrierst ja da draußen.« Sie kommt strahlend ins Wohnzimmer zurück. »Seht mal, wer uns einen Weihnachtsbesuch abstattet.«

Hinter ihr betritt Dominic das Zimmer.

Ich bin wie vom Donner gerührt. Was will der denn hier?

Er sieht gut aus. Seine dunkelblonden, welligen Haare hat er nach hinten gekämmt. Er trägt einen engen Rollkragenpullover, eine perfekt sitzende dunkelblaue Jeans und braune Lederschuhe. Kurz muss ich daran denken, wie sehr ich anfangs in ihn verknallt war und wie sich seine Haare anfühlen. Aber dann habe ich sofort wieder die Bilder von ihm und Suzie im Kopf.

Er begrüßt meinen Dad mit Handschlag, und sie tauschen gleich die neuesten Erkenntnisse über ihr Lieblingsbaseballteam aus. Dann wendet er sich mir zu.

»Tamsin!« Er strahlt und kommt auf mich zu. Er öffnet seine Arme und zieht mich in eine Umarmung.

»Hi«, sage ich etwas gequält.

»Ich musste dich sehen«, flüstert er in meine Haare und ich schiebe ihn von mir.

»Harold, hilfst du mir mit dem Braten?«, flötet meine Mom. »Ihr habt euch sicher viel zu erzählen, da entschuldigt ihr uns doch für einen Moment?«

»Aber sicher, Francine«, sagt Dominic.

Mein Dad dackelt meiner Mom hinterher, und es ist wohl das erste Mal in meinem Leben, dass ich nicht froh darüber bin, dass er den Raum verlässt.

»Was soll das?«, frage ich Dominic, als wir allein sind.

»Frohe Weihnachten«, sagt er und überreicht mir ein längliches Päckchen mit roter Schleife.

»Wir sind nicht mehr zusammen«, sage ich. Ich mache keine Anstalten, das Geschenk entgegenzunehmen.

»Das weiß ich doch«, sagt Dominic. »Deswegen bin ich hier. Du hast nicht zugelassen, dass ich mich bei dir entschuldige. Du hast mir keine Chance gegeben. Es tut mir leid, mein Engel. Ich wollte dich nicht verletzen und ich weiß, ich habe einen Fehler gemacht. Aber so etwas wird nie wieder vorkommen. Ich war in einem kurzen Moment schwach. Suzie hat die Situation ausgenutzt.«

»Wie bitte?«, frage ich entgeistert. »Du schiebst es auf sie?«

»Natürlich gehören zu so etwas immer zwei. Aber Fakt ist, dass es mir leidtut.« Bei diesen Worten packt er selbst das Päckchen aus und öffnet eine schwarze Schachtel. Darin liegt eine Kette mit Anhänger aus einem blauen, in Silber gefassten Stein. »Bitte verzeih mir«, sagt er und macht Anstalten, mir die Kette umzulegen.

»Lass das!«, sage ich schroff. »Ich will dein Geschenk nicht. Heb es dir für deine nächste Freundin auf.«

Er wirkt perplex. »*Du* sollst meine nächste Freundin sein. Ich will wieder mit dir zusammen sein«, sagt er beinahe flehentlich.

»Ach, Dominic«, erwidere ich. »Das wird nicht passieren. In diesem Leben nicht und auch im nächsten nicht. Ich verzeihe dir, gut. Aber das bedeutet nicht, dass wir jemals wieder ein Paar werden.«

»Das kannst du nicht machen«, sagt Dominic. »Ich habe Bücher in die Wohnung gestellt. Ich habe alles so gemacht, wie du es wolltest!«

»Du solltest gehen«, sage ich, weil mir die Situation zu viel wird. »Es ist Weihnachten, geh zu deiner Familie.«

»Ich …« Er beendet den Satz nicht, sondern steht langsam auf. Er geht Richtung Garderobe, wo er seine Jacke vom Bügel nimmt. »Das ist nicht das letzte Wort, Tamsin, das sage ich dir«, bringt er durch zusammengebissene Zähne hervor, ehe er die Tür hinter sich zuzieht.

»Oh doch, das ist es«, sage ich, als er endlich weg ist.

Meine Eltern und ich sprechen den ganzen Tag kein Wort mehr miteinander, so empört sind sie über mein Verhalten. Ich hätte ihn wenigstens zum Essen einladen müssen, sagen sie. Ich würde nur an mich denken, dabei hätten sie sich auch gefreut, Dominic wiederzusehen. Ich kann es kaum erwarten, dass dieser Tag endlich zu Ende geht.

Rhys

36

»Noch mal, noch mal!«, rufen Maliks kleine Geschwister im Chor, als ich es endlich geschafft habe, mich wieder aufzusetzen. Ich bin vollkommen unter ihnen begraben. Sie sind zu viert. Die Zwillinge Ellie und Esther sind gerade einmal drei Jahre alt, Ebony ist fünf und Theo ist acht. Wir raufen und tollen herum. Alle gegen mich. Und wenn ich ehrlich bin, habe ich nicht den Hauch einer Chance. Also lasse ich mich kitzeln und kitzle so gut es geht zurück. Das Gejohle der Kinder ist ohrenbetäubend.

»Lasst unseren Gast in Ruhe, ihr Quälgeister«, ruft Jade aus der Küche. »Sonst hole ich euren Dad!«

Das scheint zu wirken, denn die Kleinen trollen sich augenblicklich in ihr Zimmer. Maliks Dad, der als Elektriker arbeitet, ist gerade bei den Nachbarn, um ihnen mit dem defekten Ofen zu helfen.

Mir gegenüber auf einem zweiten Sofa sitzt Jasmine, nach Malik die Älteste. Sie ist fünfzehn und starrt mich schon den ganzen Tag an. Seit ich heute Vormittag mit Malik durch die Eingangstür gekommen bin, mit einem Blumenstrauß für Jade und Süßkram für die Kinder. Maliks Geschwister sind es nicht gewohnt, Besuch von einem Weißen zu haben. Jade hat sich für das Benehmen (und die Unordnung) schon ungefähr hundertmal entschuldigt, aber mir macht es nichts aus. Ich genieße es, am Familienleben teilzuhaben. Auch wenn es mir die ganze Zeit auf schmerzhafte Weise vor Augen führt, was ich nie hatte. Das Herumtoben mit den Kleinen hat den Gedanken an Jeannie in mein Bewusstsein gedrängt, und ich hoffe sehr, dass ich diesen Tag trotz der Traurigkeit, die mich ab und zu überkommt, genießen kann. »Warum glotzt du so?«, fragt Malik nun Jasmine und lässt sich neben sie fallen.

»Lass mich«, sagt sie, erhebt sich und verlässt den Raum.

»Sie steht auf dich, Alter«, sagt er an mich gewandt.

Ich werde rot und wechsle schnell das Thema. »Vielen Dank, dass ich mit euch feiern darf.«

»Ist doch klar«, sagt Malik. »Du bist hier immer willkommen. Meine Mom ist ganz vernarrt in dich.«

Das Essen verläuft ebenso lautstark wie das Toben. Es ist mir unbegreiflich, wie Jade diesen Lärmpegel den ganzen Tag aushält. Aber sie wirkt sehr entspannt.

Alles schmeckt absolut köstlich. Es gibt äthiopische Spezialitäten, die fantastisch mit Ingwer, Knoblauch und jeder Menge Gewürzen verfeinert sind. Malik erklärt mir die verschiedenen Gerichte. Linseneintopf, Butternuss-Eintopf, Schälerbsen mit Chilis, Rindfleisch in einer Marinade, die zum Besten gehört, was ich je gegessen habe. Dazu gibt es Injera-Brot, das gleichzeitig als Besteckersatz fungiert.

Ab und zu haut Jade einem der Kinder auf die Finger, um es davon abzuhalten, direkt aus der Schüssel zu essen, oder droht damit, sie rauszuschmeißen, wenn nicht gleich Ruhe ist. Aber niemand nimmt ihre Drohungen richtig ernst. Terrance, Maliks Vater, hält sich zurück, und lächelt die meiste Zeit vergnügt in die Runde. Er strahlt eine natürliche Autorität aus, sodass ich mir sicher bin, er könnte für Ruhe sorgen, wenn er wollte.

Es wäre ein absolut perfekter Tag, könnte Tamsin hier sein und wäre ich sicher, dass es Jeannie gut geht.

Als die Kleinen im Bett sind, sitzen wir noch zusammen und trinken Wein. Jade, Terrance, Jasmine, Malik und ich. Das Wohnzimmer ist nicht groß, aber geschmackvoll und gemütlich eingerichtet. In einem alten Kamin, der, wie Terrance mir erklärt, noch nie funktioniert hat, steht eine große Kerze mit drei Dochten und verbreitet zusammen mit der Lichterkette am Weihnachtsbaum und einer kleinen Stehlampe hinter dem Sofa ein warmes Licht. Jasmine hat ihren Kopf auf Maliks Schulter gelegt und ihre Augen geschlossen. Die beiden haben offensichtlich eine sehr enge Bindung und ich muss daran denken, was Malik erzählt hat. Dass er wieder ins Gefängnis musste, weil er beim Stehlen eines Geschenks für seine Schwester erwischt wurde. Ich kann verstehen, dass man jemanden so sehr liebt, dass man alles in Kauf nehmen würde, um dieser Person eine Freude zu machen. Allerdings ist der Preis, den er dafür zahlen musste, natürlich zu hoch gewesen. Aber Malik weiß das und setzt alles daran, seine Fehler nicht zu wiederholen.

»Malik sagt, du hast keinen Kontakt zu deiner Familie?«, fragt Terrance.

»Nein, Sir, in den letzten Jahren nicht mehr«, erwidere ich. Normalerweise wäre mir eine solche Frage unangenehm, aber da ich weiß, dass Maliks Familie hinter ihm steht, egal, was er in der Vergangenheit angestellt hat, habe ich weniger Scheu als sonst.

»Das heißt, du bist auf dich allein gestellt gewesen, die ganze Zeit über?«

»Das heißt es wohl.«

»Wie alt bist du?«, fragt Jade.

»Einundzwanzig.«

»Einundzwanzig und ganz allein.« Jade seufzt.

»Hör zu, mein Sohn«, sagt Terrance, und ich zucke beim Wort »Sohn« kaum merklich zusammen. Es ist lange her, dass ich so genannt wurde. »Du kannst immer zu uns kommen. Wir haben nicht viel, aber was wir haben, teilen wir jederzeit mit Maliks Freunden.«

Ich schlucke. »Vielen Dank«, sage ich und bin froh, dass man in der Dunkelheit die Emotionen in meinem Gesicht wohl kaum erkennen kann.

Als wir uns kurz darauf auf den Heimweg machen, umarmt Jade mich fest und Terrance klopft mir auf die Schulter. Jasmine versteckt sich halb hinter der Garderobe und piepst ein schüchternes »Bis bald, Rhys!«.

Es war ein richtiges Fest und meine Schritte neben Malik sind leicht und federnd.

Obwohl Weihnachten wirklich schön war und ich viel arbeite, um mich abzulenken, sehne ich mich jede Sekunde nach Tamsin. Nach ihrer Stimme, ihrer Fröhlichkeit, ihrem Körper. Jetzt erst merke ich, wie sehr die Selbstverständlichkeit, mit der ich glaubte, das Leben zu meistern, von ihr abhängt. Es ist ein beängstigender Gedanke. Denn ich darf keine Bürde für sie werden.

Ich beschließe, die kommenden Tage bis zu Tamsins Rückkehr für mich zu nutzen. Ich werde mich ins Leben stürzen, um mir selbst zu beweisen, dass ich es kann.

An Silvester arbeite ich. Nach unserer Schicht fragt Ollie, ob ich mit ihr und Che in einer Bar in der Innenstadt ins neue Jahr feiern will. Obwohl mich schon den ganzen Tag ein seltsames Gefühl begleitet, nehme ich ihre Einladung an. In Bars zu gehen soll schließlich Normalität für mich werden. Und die Schatten meiner Vergangenheit, die heute auf eine sehr merkwürdige und reale Art präsenter sind als sonst, lassen sich mit einem Bier sicher besser vertreiben als mit Einsamkeit.

Wir gehen zu Fuß, und ich lausche Ollies und Ches Kabbeleien. Ich blicke mich ab und zu um, denn die seltsame Beklemmung, die ich seit heute Morgen empfinde, liegt schwer auf meiner Brust. Doch die zugegeben etwas gewöhnungsbedürftige Dynamik meiner Kollegen lenkt mich ab.

»Aber wenn du noch nie mit einem Mann geschlafen hast, woher willst du dann *wissen*, dass du Schwänze nicht magst?«, fragt Che.

Ollie stöhnt. »Und woher willst *du* wissen, dass du nicht auf Penisse stehst?«, gibt sie zurück.

»Ich habe meinen eigenen. Einer reicht«, sagt Che.

»Wenn du die Wahl hättest zwischen zwei Brüsten oder vier Brüsten«, fragt Ollie, »was würdest du wählen?«

»Vier!«, sagt Che sofort.

»Na, siehst du. Worüber reden wir dann?«, fragt Ollie.

Ich muss lachen, und auch Che schnalzt anerkennend mit der Zunge.

»Guter Punkt, Ollie, guter Punkt«, sagt er.

In einer Bar namens *Vertigo*, in der mit Girlanden und Luftschlangen alles bereit ist für eine Silvesterparty, setzen wir uns an einen Tisch. Ich wähle den Platz mit Blick aus dem Fenster. Che holt die erste Runde. Aus den Lautsprechern ertönt Rockmusik, die sich mit den lauten Gesprächen der anderen Gäste vermischt. Das Inventar ist aus dunklem Holz, ebenso wie die Bar, hinter der eine beeindruckende Sammlung Schnapsflaschen vor einer Spiegelwand aufgebaut ist. An den Wänden hängen Retro-Metallschilder und alte Autokennzeichen. Die Stimmung ist gut.

Wir knacken Erdnüsse, trinken Bier, unterhalten uns. Che erzählt davon, wie seine Eltern illegal über die mexikanische Grenze in die USA einwanderten. Ollie und ich hängen gebannt an seinen Lippen. Seine Mutter war damals mit ihm schwanger. Sie wollten ihrem Sohn ein besseres Leben ermöglichen und setzten deshalb ihr Leben aufs Spiel. Genau das werde ich für Jeannie tun. Und die Risikobereitschaft von Ches Eltern zahlte sich aus. Che erzählt stolz von seinem Highschool-Abschluss.

»Ich bin zwar nicht so schlau wie mein kleiner Bruder, der es bestimmt aufs College schaffen wird«, schließt er, »aber meine Eltern mussten sich nie Sorgen um mich machen.«

»Ich habe auch einen kleinen Bruder. Allerdings ist er von der Uni so weit entfernt wie ich von Penissen«, sagt Ollie. »Der kleine Pisser hat leider viel zu früh das Kiffen für sich entdeckt. Und jetzt liegt er den ganzen Tag auf der Couch. Ich hoffe, das verwächst sich noch.«

»Hast du Geschwister?«, will Che von mir wissen.

Ich habe einen fetten Kloß im Hals. Ich will den Gedanken nicht zulassen, kann nicht laut aussprechen, wen ich vor meinem inneren Auge sehe. Jeannies fröhliches Gesicht, ihr Kinderlachen. Ich schüttle langsam den Kopf.

»Ich hole die nächste Runde«, verkündet Ollie.

»Nein, lass mal, ich mach das«, sage ich. Ich brauche einen Moment, um mich zu sammeln. Ich war kurz davor, über etwas zu sprechen, das nur mich etwas angeht. Es wäre zu riskant, über das Thema mit irgendjemandem zu reden. Ich habe nicht einmal Tamsin davon erzählt, auch weil das Ganze zu schmerzhaft für mich ist. Weil da eine ungeheure Angst in mir ist, dass etwas passiert sein könnte, während ich weg war.

An der Bar ist viel los. Ich stehe mitten im Gedränge und arbeite mich langsam nach vorne. Das Gefühl, beobachtet zu werden, beschleicht mich wieder und ich blicke mich um. Doch die Bar ist voll, und ich schüttle den Kopf über meine unbegründete Paranoia. Vermutlich sind es die vielen Menschen und die Hitze.

Als ich an der Reihe bin, bestelle ich drei Bier. Die Zapfanlage spiegelt sich in der glatt lackierten Oberfläche des Tresens. Ich spüre mehr, als dass ich sehe, wie sich jemand neben mich drängt. Mit dem Finger klopft er leise auf die Theke. Ich blicke auf seine Hand – und mir wird augenblicklich speiübel. Ich kenne diese Tätowierung, die als Schwanzspitze eines Skorpions auf seiner rechten Hand beginnt und sich als Körper, Kopf und Scheren über seine Arme und Schulter auf seine Brust ausbreitet. Ich wage es nicht, meinen Kopf zu heben, und bete, dass das hier nichts weiter als ein böser Traum ist.

»Ich wusste, es war nur eine Frage der Zeit«, sagt auf einmal seine kalte, leicht blecherne Stimme an meinem Ohr.

Ich nehme kaum zur Kenntnis, dass der Barkeeper ein Glas vor mich stellt.

»Und jetzt laufen wir uns tatsächlich über den Weg.«

»Was willst du, Hannibal?«, bringe ich hervor. Ich gebe mir Mühe, gefasst zu klingen, aber es gelingt mir nicht. Ich blicke auf und sehe direkt in seine schwarzen, hasserfüllten Augen.

»Ich will gar nichts«, gibt er zurück. »Nur …« Er macht eine theatralische Pause. »… Hallo sagen. Darf man einem alten Bekannten kein frohes neues Jahr wünschen?« Er lacht leise.

»Seit wann … bist du … draußen?« Ich habe Schwierigkeiten, zu atmen, und das Gefühl der Übelkeit breitet sich von meinem Magen in alle Richtungen aus. Meine Beine beginnen zu zittern.

»Seit gestern. Gute Führung. Hat sich tatsächlich ausgezahlt, dass ich dich in Ruhe gelassen habe.« Er schlägt mir mit der flachen Hand auf die Schulter und meine Beine geben fast nach. »Wollte Danke sagen dafür.«

Der Barkeeper stellt ein zweites und drittes Glas vor mich. Mechanisch lege ich Geld auf die Bar. Er bedankt sich, und als ich mich wieder der Horrorgestalt neben mir zuwenden will, ist Hannibal verschwunden. Mein Herz schlägt schnell und ich muss mich kurz an der Bar abstützen, um nicht umzukippen.

Mit zitternden Beinen gehe ich an unseren Tisch zurück und stelle das Bier ab.

»Was ist los mit dir, Rhys?«, fragt Che. »Du siehst aus, als hättest du ein Gespenst gesehen.«

»So in der Art«, murmle ich und nehme einen großen Schluck aus meinem Glas. Und dann noch einen.

»Ist alles in Ordnung?«, fragt Ollie.

»Jaja, alles gut«, sage ich wenig überzeugend und trinke noch etwas von meinem Bier. Ich kann ihnen nicht sagen, dass ich gerade ein Monster wiedergesehen habe. Ein Monster, das mich gequält und gedemütigt hat, bis ich beinahe den Wunsch zu leben aufgegeben hatte. Wäre nicht ab und zu ein fröhliches Kindergesicht in meinen Träumen aufgetaucht, ich weiß nicht, ob ich jetzt hier säße. Nur für sie habe ich angefangen, mich zu wehren. Habe ich die Stärke erreicht, die ich heute besitze.

»Du hast einen ganz schönen Zug drauf, Kumpel«, bemerkt Che.

»Habe einfach Durst«, gebe ich entschuldigend zurück. Mir ist gar nicht aufgefallen, dass ich fast das ganze Glas in einem Zug ausgetrunken habe.

Ich werde von einem stechenden Kopfschmerz geweckt. Einen Moment brauche ich, um mich zu orientieren. Tatsächlich liege ich in meinem Bett, ohne jede Erinnerung daran, wie ich hierhergekommen bin. Was ist passiert?

Ich richte mich mühsam auf und stöhne vor Schmerz. Mein Handgelenk ist angeschwollen und kann mein Gewicht nicht halten. Das Pochen in meinem Kopf wird heftiger.

Es klopft an meiner Tür.

»Ja?«, krächze ich heiser.

»Gut, du bist wach«, sagt Malik. »Ich habe dir einen Kaffee gemacht.« Er reicht mir eine Tasse und ich nehme einen Schluck. Das warme Getränk lässt meine Umgebung etwas klarer werden. »Alter, was war denn los?«, fragt Malik. »Ich habe mir ernsthaft Sorgen um dich gemacht.«

Ich blinzle ihn verwirrt an.

»Che hat mich mitten in der Nacht angerufen und gefragt, ob ich dich von irgendeiner Bar abholen kann. Mann, du warst völlig von der Rolle, als ich ankam.«

»Was ist mit meiner Hand passiert?«, frage ich. Ich lasse mein Handgelenk kreisen, und ein stechender Schmerz durchzuckt mich.

»Du warst so betrunken, dass du hingefallen bist. Voll auf dein Handgelenk. Kann sein, dass es verstaucht ist.«

Ich stöhne erneut und lasse mich zurück ins Bett sinken. Langsam kehren Erinnerungsfetzen des letzten Abends zurück. Ollie, Che. Die Bar. Das Bier. Beim Gedanken daran wird mir fast schlecht.

»Danke, dass du mich abgeholt hast«, nuschle ich.

»Ist doch klar, Mann. Aber du musst auf dich aufpassen. Es ist nur eine Frage der Zeit, bis Amy davon Wind bekommt, wenn das öfter passiert.«

Eine Frage der Zeit. Es durchzuckt mich. Die Hand, das Klopfen auf der Theke, seine Stimme in meinem Ohr. Hannibal! Mir wird heiß und kalt zugleich. Alles ist wieder da. Jede noch so schmerzhafte Erinnerung, die ich von mir gestoßen hatte. Hände, die mich festhalten, als wäre ich in einem Schraubstock gefangen. Das zischende Geräusch der Zigaretten, als sie auf meiner Haut ausgedrückt werden. Der beißende Geruch von versengter Haut. Hannibals fratzenhaftes Grinsen, als er sich auf mich setzt und mir mit der Faust ins Gesicht schlägt.

Ich höre meine Schreie, mein erbärmliches Winseln. Ich sehe den Wärter in meiner Zellentür mit verschränkten Armen. Nach Minuten erst seine leiernde Stimme: »Also gut, Jungs, das reicht, macht euch vom Acker.« Hannibals Pfiff, auf den hin alle den Raum verlassen.

Ich erinnere mich an das Gefühl der quälenden Angst, nicht zu wissen, wann und wo es wieder passieren würde. Nur zu wissen, *dass* es wieder passieren würde. Mit der gleichen rohen Brutalität. Der Gnadenlosigkeit. Meine Augen sind geschlossen, zusammengekniffen beinahe, aber ich sehe immer noch das grelle Zellenlicht. Ich kann den Anblick von Hannibal und seinen Kumpels nicht abschütteln. Ich weiß nicht, wo sie mich als Nächstes erwischen werden. Einer tritt mich in die Seite, ein anderer steckt mir seine Schuhspitze in den Mund. Ich wage nicht, mich zu rühren. Das Brennen auf der Haut, der Geruch.

»Rhys, Alter, was hast du?«

Maliks Stimme dringt in mein Bewusstsein. Ich keuche. »Hast du eine Zigarette?«, bringe ich hervor.

Er reicht mir seine Schachtel, und mit zitternden Fingern versuche ich, eine Zigarette herauszuholen. Mir fällt die Schachtel aus den Fingern, und Malik hebt sie wieder auf. Er nimmt eine Zigarette, steckt sie sich in den Mund und zündet sie an. Dann gibt er sie mir.

»Soll ich Amy Bescheid geben?«, fragt er. Ich höre die Sorge in seiner Stimme.

»Nein«, sage ich laut.

»Willst du mir erzählen, was passiert ist?«, fragt er weiter.

»Es ist nichts. Es geht schon wieder«, sage ich und inhaliere tief. Meine Hände zittern. Natürlich geht es nicht. Aber Amy darf nichts erfahren. Niemand darf wissen, was geschehen ist. Damals nicht und gestern nicht. Wenn sie mich in eine Klinik bringen, ist Jeannie verloren.

»Soll ich Tamsin anrufen?«, fragt Malik.

Tamsin! Das Licht meines dunklen Lebens. Ich kann ihr das nicht antun. Kann ihr in diesem Zustand nicht entgegentreten. Wenn ich darüber nachdenke, sollte ich ihr vermutlich gar nicht mehr entgegentreten. Unberechenbar und kaputt, wie ich bin.

»Nein. Bitte, Malik. Ich brauche einfach nur Ruhe«, sage ich.

»Okay, du musst es wissen. Aber sag Bescheid, wenn ich etwas für dich tun kann, ja? Du aschst übrigens gerade deine Bettdecke voll.«

Ich fege die Asche vom Bett und nicke stumm. Malik holt mir einen Aschenbecher aus der Küche und stellt ihn neben mich. Er lässt seine Zigaretten liegen.

Obwohl meine Hände immer noch unkontrolliert zittern, gelingt es mir, eine weitere Zigarette anzuzünden. Sobald Malik das Zimmer verlassen hat, sind die Bilder wieder in meinem Kopf. Ich habe den Geschmack von Blut im Mund. Um die Fratzen zu vertreiben, presse ich meine Handballen auf die Augen, doch es gelingt mir nicht. Ich wiege meinen Oberkörper vor und zurück. Mein Atem geht schnell. Ich versuche, mich auf die Geräusche im Hier und Jetzt zu konzentrieren. Meine unregelmäßigen Atemzüge. Das seltsame Stöhnen, das aus meinem Mund zu kommen scheint. Mir ist schlecht und gleichzeitig habe ich eine solche Wut, dass ich gerne etwas kaputt schlagen möchte.

Ich rauche eine Zigarette nach der anderen. Für Tamsin wollte ich das Rauchen eigentlich sein lassen. Aber jetzt ist ohnehin alles egal. Als die Schachtel leer ist, raffe ich mich auf. Ich ziehe mir eine Hose und ein T-Shirt über und gehe zum Eckladen gegenüber. Dort kaufe ich mir zwei Schachteln Zigaretten und eine Flasche Wodka.

Tamsin

37 Ich bin so froh, als ich endlich meine Wohnungstür aufschließe und den vertrauten Geruch meiner eigenen vier Wände einatme. Ich lasse meinen Rucksack auf den Boden fallen und sinke seufzend auf mein Bett. Zuhause.

Ich sehe mich um. Die zwei Wochen bei meinen Eltern kamen mir vor wie eine Ewigkeit, und es macht mich froh, meine ganzen Sachen wieder um mich zu haben. Hallo, liebe Bücher, hallo, ihr wunderschönen Schallplatten. Da fällt mir ein, ich hatte noch gar keine Gelegenheit, in Sams Geschenk reinzuhören. Er hat mir eine Platte der britischen New-Wave-Band Modern English geschenkt. Ich hole die Hülle aus meinem Rucksack und lege die Platte auf. Schlagzeug und Gitarre, die leicht unterkühlte Stimmung der frühen Achtziger. Robbie Grey singt darüber, wie er die Welt anhält, um mit seiner Angebeteten zu verschmelzen. Es ist ein bezaubernder Text.

Ich schließe die Augen. Nach den zwei Wochen in Maine genieße ich es gerade ungeheuer, allein zu sein. Das Einzige, was ich noch mehr genießen würde, wäre Zweisamkeit mit Rhys. Sein Handy scheint kaputt zu sein, denn er hat seit zwei Tagen keine Nachricht mehr empfangen.

Ich hole mein Telefon heraus, um es noch mal zu versuchen. Tatsächlich ist eine neue Nachricht eingegangen. Doch als ich sie öffne, rutscht mir das Herz in die Hose. Sie ist von Dominic.

Es war schön, dich an Weihnachten zu sehen. Ich hoffe, es war nicht das letzte Mal!

Ich schüttle mich. Warum lässt er mich nicht in Ruhe? Ich schreibe eine Nachricht an Rhys.

Ich bin wieder da. Ich weiß nicht, was mit deinem Handy los ist. Irgendwie kommen meine Nachrichten nicht an.

Ich weiß selbst, dass das eine idiotische Botschaft ist, aber ich habe die Hoffnung, dass vielleicht dieses Mal die zwei Häkchen unter meiner Nachricht erscheinen. Fehlanzeige. Ich versuche wirklich, keine Sorgen zuzulassen. Aber dennoch habe ich mich mehr als einmal dafür verflucht, dass ich Maliks Nummer nicht habe.

Obwohl ich todmüde von der Reise bin, ziehe ich mir meine Schuhe wieder an. Ich muss zu ihm. Muss ihn endlich wiedersehen. Ihn spüren. Die Sehnsucht nach ihm bringt mich fast um den Verstand. Allein die Vorfreude auf ihn hat mich die letzten Tage bei meinen Eltern überstehen lassen.

Ich klingle, und im nächsten Moment summt der Türöffner. Ich drücke die Tür auf. Mein Herz pocht schnell, so sehr freue ich mich, Rhys wiederzusehen. Ich habe ein Lächeln auf den Lippen, als ich die letzten Stufen zu seinem Stockwerk hochspringe. Doch mein Lächeln erstirbt, als ich Maliks Gesicht in der Tür sehe. Er sieht besorgt aus.

»Tamsin! Gott sei Dank bist du da!«, sagt er und umarmt mich. »Es ist was passiert.«

»Was ist los?«, frage ich. In meiner Stimme ist ein Anflug von Panik.

»Rhys, er … Ich weiß es nicht. Sieh selbst.« Mit diesen Worten macht er eine einladende Geste und geht voraus zu Rhys' Zimmer. Er klopft.

»Rhys, Mann, Tamsin ist hier. Wir kommen rein.«

Er öffnet die Tür.

Der Geruch von Zigarettenrauch und Alkohol schlägt uns entgegen.

Rhys sitzt an seinem Schreibtisch, das Gesicht in die Hände gestützt. Mit drei großen Schritten bin ich bei ihm. Vor ihm steht ein überquellender Aschenbecher und eine halb volle Flasche Wodka. Auf dem Boden liegen weitere Flaschen. Allesamt leer.

Ich knie mich vor ihn und lege meine Hände auf sein Bein. »Rhys, was ist los?«, frage ich. »Was ist passiert?«

Ich nehme aus dem Augenwinkel wahr, wie Malik ein Fenster öffnet und dann den Raum verlässt.

»Rhys«, sage ich lauter. »Rede mit mir!«

Ihm entfährt ein lautes, schmerzerfülltes Stöhnen. Ich stehe auf und lege meine Arme um ihn, drücke ihn fest. Ich gebe ihm einen Kuss auf die Schläfe. Langsam lässt er die Arme sinken und ergibt sich in meine Umarmung. Er lehnt seinen Kopf an mich und ich streichle ihn. Seine Haare, seine Schläfe, seine unrasierte Wange.

»Willst du mir erzählen, was passiert ist?«, versuche ich es erneut.

Statt zu antworten, nimmt er einen Schluck aus der Flasche und zündet sich eine Zigarette an. Den Blick hat er nun wieder starr geradeaus gerichtet. Er sieht ganz blass aus. Seine Augen sind gerötet.

»Sieh mich an«, sage ich leise. »Ich bin's. Du kannst mir alles sagen.«

Stumm schüttelt er den Kopf. Mit der linken Hand

rauft er sich die Haare. Erst jetzt sehe ich, dass sein Handgelenk verbunden ist. Tränen steigen mir in die Augen. Es ist unerträglich, ihn so zu sehen. Zwei lange Wochen habe ich mich nach ihm gesehnt. Aber ich hätte ihn niemals allein lassen dürfen.

»Rhys, ich bin wieder da. Ich lasse dich nicht mehr allein. Aber du musst mit mir reden. Bitte«, flehe ich und eine Träne läuft mir über die Wange. »Es wird alles gut, das weiß ich. Lass mich dir helfen.« Meine Stimme wird ganz dünn, während ich von einem heftigen Weinkrampf geschüttelt werde.

»Ich bin nich' gut für dich«, flüstert er auf einmal und nimmt wieder einen Schluck Wodka.

»Was redest du denn da?«, frage ich mit Panik in der Stimme. »Du bist das Beste, was mir je passiert ist!«

»Du solltes' gehn«, sagt er. Seine Aussprache ist durch den Alkohol undeutlich.

»Wie bitte?« Ich muss mich verhört haben. »Das kannst du nicht machen! Du kannst mich nicht wegschicken, ohne mir zu sagen, was passiert ist!« Meine Tränen tropfen auf seinen Oberschenkel und hinterlassen dunkle Punkte auf seinen Jeans.

»Ich hab was verstanden«, sagt er heiser, ohne mich anzusehen. »Ich hab begriffen, dass du ohne mich besser dran bis'.«

»Das stimmt nicht«, sage ich. Ich klinge ganz schrill. »Du kannst das nicht einfach so entscheiden. Vor zwei Wochen hast du noch gesagt, dass du mich liebst! Und bei mir hat sich daran übrigens nichts geändert.«

»Vertraus' du mir?«, fragt Rhys nach einer kurzen Pause.

»Ich bin mir ehrlich gesagt im Moment nicht sicher«, gebe ich zurück. »Aber ja, eigentlich vertraue ich dir.«

»Dann geh nach Hause. Geh zu Sam. Sam is' gut für dich.«

»Du bist ja vollkommen durchgedreht«, entfährt es mir. »Ich will nicht zu Sam. Ich will bei dir sein, du Idiot.« Bei diesen Worten schlage ich meine Faust so fest auf seinen Tisch, dass er zusammenzuckt. Meine Hand schmerzt, aber ich lasse mir nichts anmerken.

Rhys dreht sich zu mir um und nimmt meine Handgelenke in seine Hände. Er blickt mir tief in die Augen, so gut es ihm in seinem Zustand möglich ist. Denn seine Augen sind vom Alkohol ganz trübe und flackern merkwürdig. »Hör mir zu, Tamsin. Das hier mit uns, das war etwas. Aber das is' vorbei. Es hat kein' Sinn. Du bis' du und ich bin ich. Und dazwischen is' nichts.«

»Nein!« Ich keuche auf, will seine Hand umfassen, doch er entzieht sie mir und wendet sich wieder ab.

»Geh.«

»Das meinst du nicht wirklich.«

»GEH!«

Seine Aufforderung trifft mich mitten ins Herz. Ich verlasse das Zimmer und knalle die Tür hinter mir zu.

Malik kommt aus der Küche. »Setz dich kurz«, sagt er.

Ich stehe so unter Schock, dass ich ihm in die Küche folge. Aber eigentlich will ich mich nach diesem Wiedersehen nur verkriechen und allein sein.

»Hast du was herausgefunden?«, fragt er.

Ich schüttle den Kopf. Er reicht mir ein Küchentuch, und ich wische mir die Tränen aus dem Gesicht.

»Das kann doch nicht wahr sein!«, sagt er. »Ich dachte, wenn du wiederkommst, wird alles wieder gut.«

»Kannst du mir erzählen, was du weißt?«, frage ich.

»Er war an Silvester mit Ollie und Che was trinken. Er wollte mal rauskommen, Spaß haben, statt sich immer alleine vor seinem Laptop zu verkriechen. Ich hatte mit meiner Familie gefeiert und war gerade auf dem Weg ins Bett, da hat mein Handy geklingelt. Che war dran. Er hat mich gebeten, Rhys abzuholen. Er war so betrunken, dass er kaum noch stehen konnte. Also bin ich hin. Und seither ist er so.«

»Da muss irgendwas vorgefallen sein«, sage ich leise.

»Ich war im Café, weil ich dachte, vielleicht wüssten Che und Ollie mehr. Aber die waren genauso ratlos. Sie haben beide gesagt, dass seine Stimmung plötzlich umgeschlagen ist. Von einem Moment auf den anderen war er wie ausgewechselt.«

»Weiß Amy Bescheid?«, frage ich. Denn obwohl ich zutiefst verletzt bin und es sich anfühlt, als habe man mir das Herz bei lebendigem Leib herausgerissen und durch einen Fleischwolf gedreht, überwiegt die Sorge um Rhys.

»Nein. Ich habe mich nicht getraut, etwas zu sagen.«

Ich will mich konzentrieren, der Sache auf den Grund gehen, doch meine Gedanken rasen. Sie sind zu schnell, als dass ich sie koordinieren könnte. Vor allem, weil ich auch so schrecklich müde bin. Müde und kaputt. Seelisch wie körperlich.

»Wir müssen irgendwie an ihn rankommen«, sagt Malik. »Wir müssen herausfinden, wie wir ihm helfen können. Was auch immer gerade zwischen euch vorgefallen ist, er meint es nicht so. Das weiß ich.«

»Da wäre ich mir nicht so sicher. Er klang ziemlich überzeugend.« Wieder werde ich von Traurigkeit übermannt und kann die Tränen nicht zurückhalten.

»Sag das nicht. Du weißt genau, dass das nicht stimmt.«

Weiß ich das? Ich fühle mich so beschissen, dass mich jeder Gedanke überfordert.

»Na komm, ich bringe dich nach Hause«, bietet Malik an, und ich bin ihm unendlich dankbar.

»Kann ich noch was für dich tun?«, fragt er, als wir vor meiner Wohnungstür stehen bleiben. Ich bin wirklich gerührt von seiner Fürsorglichkeit, schüttle aber den Kopf. Ich muss allein sein. Muss meine Gedanken sortieren. Ich gebe ihm noch meine Nummer, damit er mich anrufen kann, wenn sich etwas verändert. Er lässt einmal bei mir anklingeln, damit auch ich ihn erreichen kann. Zur Sicherheit.

Als Malik gegangen ist, stelle ich mich unter die Dusche. Ich lasse das heiße Wasser auf meinen Kopf prasseln und wünsche mir nichts sehnlicher, als dass dieser innere Schmerz endlich aufhören möge. Der Wasserstrahl vermischt sich mit meinen Tränen, und nach ein paar Minuten kann ich mich nicht mehr auf den Beinen halten. Ich lasse mich an der Wand hinuntergleiten und sinke auf den Boden. Mit den Armen umklammere ich meine angewinkelten Beine und lasse der Traurigkeit und Verzweiflung freien Lauf. Ich würde Rhys so gerne helfen. Ich kann nicht glauben, dass er mich wirklich nicht mehr sehen will. Nicht nach allem, was wir zusammen erlebt haben. Ohne jeden Grund. Andererseits war er so entschlossen und vehement in der Art, wie er mich weggeschickt hat, dass ich Angst habe, mir nur etwas vorzumachen. Hätte er wenigstens mit mir geredet. Mir einen Grund genannt!

Meine Schultern beben und ich versuche nicht einmal mehr, mein Schluchzen zu ersticken. Zu meiner Sorge um Rhys und der Furcht, ihn verloren zu haben, mischen sich andere, egoistischere Gedanken. Während der letzten zwei Wochen war der Gedanke an meine große Liebe, an mein Leben mit Rhys, der einzige Lichtblick in der Enge meines Elternhauses. Und jetzt zurückzukommen, voller Sehnsucht und Liebe, um dann so enttäuscht zu werden, ist nicht einfach nur schmerzhaft. Es ist das größte »Fick dich!«, das die Welt mir entgegenschleudern kann.

Meine Zähne klappern und erst jetzt realisiere ich, dass das warme Wasser wohl schon seit einigen Minuten aufgebraucht ist. Ich drehe den Hahn ab und wickle mich in ein frisches Handtuch. Mit letzter Kraft schleppe ich mich in mein Bett. Ich bilde mir ein, dass das Kopfkissen nach Rhys riecht. Mit seinem Duft in der Nase weine ich mich langsam in den Schlaf.

Am nächsten Morgen fühle ich mich stärker. Die Übermüdung und die Tatsache, dass ich völlig unvorbereitet war auf das, was mich hier erwartete, haben mich umgehauen. Mein Gesicht ist zwar aufgequollen und meine Augen sind rot und brennen vom vielen Weinen, aber ich gebe nicht auf. Wenn ich Rhys nur begreiflich machen kann, was er mir bedeutet, wird er sich öffnen. Gemeinsam finden wir für alles eine Lösung.

Auf meinem Handy finde ich eine neue Nachricht von Dominic:

Ich schreibe dir, bis du mir verzeihst, Tamsin. Ich will dich in meinem Leben haben. Du fehlst mir.

Ich frage mich, ob es vielleicht besser wäre, seine Nummer zu blockieren.

Malik lässt mich in die Wohnung. Er umarmt mich fest und bedankt sich bei mir dafür, dass ich wiedergekommen bin. Er macht sich ebensolche Sorgen wie ich, das sehe ich.

Ich klopfe an Rhys' Zimmertür und als er nicht antwortet, öffne ich sie vorsichtig.

Die Vorhänge sind zugezogen und es riecht durchdringend nach Alkohol. Die Flasche, die gestern noch halb voll war, ist ausgetrunken. Dafür steht neben seinem Bett eine Bierdose. Rhys liegt in den Klamotten von gestern im Bett. Die Beine hat er an seinen Körper gezogen. In dieser Position wirkt es, als wolle er sich ganz klein machen. Er seufzt, als ich ins Zimmer trete.

»Was machst du hier?«, nuschelt er.

»Ich gebe dich nicht auf«, sage ich leise, aber bestimmt.

Ohne auf eine Reaktion zu warten, lege ich mich neben ihn in sein Bett und kuschle mich eng an ihn. Ich schlinge einen Arm um seinen Körper. Obwohl er nach Alkohol riecht, ist da auch noch sein eigener Duft, den ich so liebe. Ich vergrabe meine Nase an seinem Nacken, spüre seine Haare an meiner Stirn und sauge seinen Duft ein.

Ich weiß nicht, ob ich es mir einbilde, aber ich habe das Gefühl, er entspannt sich. Etwas mutiger drücke ich ihn noch fester an mich und streichle mit der anderen Hand über seine Haare. Ich richte mich leicht auf und sehe, dass seine Augen geschlossen sind. Ich presse einen Kuss auf sein Gesicht. Dann noch einen und noch einen.

»Tamsin«, sagt er mit heiserer Stimme.

»Schhhh«, mache ich. »Ich bin da.« Ich streiche mit meinen Fingern sanft um sein Ohr herum.

»Du solltest nicht hier sein«, flüstert er und versetzt mir damit einen Stich. Ich *will* bei ihm sein. Ich will seine Nähe spüren.

»Ich gehe aber nicht, bis du mir nicht wenigstens gesagt hast, was los ist«, sage ich und versuche, entschlossen zu klingen. Er soll nicht merken, dass mein Mut langsam wieder schwindet.

»Was soll das bringen?«, fragt er. Der kalte Ton in seiner Stimme lässt mich zusammenzucken.

»Ich kann dir helfen! Zusammen schaffen wir alles.«

Er schnaubt. »Es gibt Dinge, Tamsin, bei denen kannst nicht einmal du mehr helfen.« Die letzten Worte spuckt er beinahe aus.

»Was meinst du damit?«, frage ich.

»Du mit deinen bunten Kleidern, deinen Schallplatten, deinen Büchern. Du glaubst, du marschierst in ein Café und löst mit deiner Fröhlichkeit jedes Problem. Du denkst, wenn man nur oft genug *Frozen* schaut, kommt der Weltfrieden von ganz alleine. Aber so ist es nicht, Tamsin. Sieh den Dingen ins Auge.«

Ich bin erschrocken. Wie kann er so etwas sagen! »Das ist wirklich unfair«, erwidere ich und merke, dass mir schon wieder Tränen in die Augen steigen. »Das habe ich nicht verdient, und das weißt du!«

»Nein, das hast du nicht. Was du verdienst, ist etwas ganz anderes. Und von mir so weit entfernt wie die Welt vom Weltfrieden.«

»Lass das! Ich kann selbst entscheiden, was ich verdiene und was nicht.«

Er dreht sich zu mir und sieht mich an. »Und ich kann selbst entscheiden, ob ich ein Teil davon sein will oder nicht. Und ich entscheide mich dagegen.«

Ich will ihn schütteln, will ihn zur Vernunft bringen. In einem letzten verzweifelten Anlauf umfasse ich sein Gesicht mit meinen Händen. Ich presse meine Lippen auf seinen Mund, damit er merkt, was er mir bedeutet. Er soll die Sicherheit, die wir miteinander hatten, bevor ich zu meinen Eltern geflogen bin, in diesem Kuss spüren. Soll sich erinnern, was wir füreinander bedeuten. Ich öffne meine Lippen und er scheint den Kuss zu erwidern. Er lässt es zu, dass meine Zunge vorsichtig in seinen Mund gleitet, und kurz wandert seine Zunge über meine. Doch dann bricht er den Kuss ab.

»Hör auf damit«, sagt er mit zitternder Stimme und dreht sich wieder zur Wand. Und nach einer gefühlten Ewigkeit fügt er hinzu: »Es tut mir leid.«

»Es tut dir leid?«, schreie ich fast. »Du sagst mir nicht, was los ist, stößt mich nur von dir weg. Du gibst mir nicht einmal den Hauch einer Chance, zu verstehen, was hier abgeht. Das ist ekelhaft und egoistisch. Da reicht es nicht, dass es dir leidtut.«

»Tut mir leid«, flüstert er wieder, und ich kann mir nicht helfen und schubse ihn mit beiden Händen in den Rücken. Nicht fest, nur so, dass es ihn hoffentlich aufweckt. Aber alles, was er sagt, ist: »Was muss ich tun, damit du gehst?«

»Nichts«, sage ich in einer Mischung aus Wut und Kummer. »Ich habe es verstanden.«

Ich erhebe mich und lasse ihn zurück. In der gleichen Position, in der ich ihn vorhin gefunden habe.

Rhys

38

Sie schließt die Tür hinter sich, und ich wünsche mir, ich könnte mich auflösen. Einfach aufhören, zu existieren. Ich weiß nicht, was schlimmer zu ertragen ist, der Schmerz, den ich ihr zufüge, oder die seelischen Abgründe, die sich durch das Zusammentreffen mit Hannibal wieder aufgetan haben und drohen, mich zu verschlucken. Und genau davor muss ich Tamsin schützen. Beinahe bin ich froh darüber, dass ich bei meiner Suche nach Jeannie bislang auf ganzer Linie versagt habe. Denn auch sie ist in ihrer Hölle besser aufgehoben als in meiner.

Ich hätte mir diesen kurzen Moment der Geborgenheit in Tamsins Armen nicht gestatten dürfen. Ihre Berührungen waren so wohltuend, aber sie kann mich nicht heilen. Und ich darf nicht zulassen, dass sie die schönste und aufregendste Zeit ihres Lebens an mich verschwendet. Es zerreißt mich beinahe innerlich, mir vorzustellen, dass es nur eine Frage der Zeit ist, bis sie bei Sam landet, aber dann wird sie glücklich sein. Und ich bin nicht mehr der Grund für ihr Unglück.

Ich taste neben dem Bett nach der Bierdose, die ich gestern nicht mehr ausgetrunken habe, und nehme einen kräftigen Schluck. Es ist lauwarm und schal und schmeckt absolut widerlich, aber besser als nichts.

Die Tage vergehen in einem Nebel aus Alkohol und Albträumen. Albträume, in denen sich Skorpione auf alles Schöne in meinem Leben stürzen – auf und unter meiner Haut. Albträume, die körperliche Schmerzen hervorrufen und die seelischen überlagern.

An diesem Morgen – wobei, ich bin mir nicht einmal sicher, ob es Morgen ist – sind meine Kopfschmerzen besonders schlimm. Ich nehme eine Schmerztablette und kippe sie mit dem letzten Schluck Wodka herunter.

Als es an der Tür klingelt, zucke ich zusammen. Ich stelle mich tot, für den Fall, dass es Tamsin ist. Ich ertrage es nicht, sie wieder und wieder wegzuschicken, ihr wieder und wieder das Herz zu brechen. Irgendwann wird es heilen, das weiß ich. Sie ist stark.

Meine Tür wird mit einem mächtigen *Rumms* aufgestoßen.

»Was ist hier los?«, donnert Amys Stimme durch mein Zimmer. War ja klar, dass Malik sie irgendwann holen würde. Dieser Verräter.

Ich ziehe mir die Decke über meinen Kopf. Die Lautstärke ist unerträglich. Hat sie noch nie etwas von Privatsphäre gehört?

»Weißt du eigentlich, wie es hier riecht?«, fragt sie.

»Keiner hat dich gebeten, herzukommen«, sage ich unter der Bettdecke, die mir in diesem Augenblick vom Körper gerissen wird.

»Unter die Dusche. Aber plötzlich! Ich lasse nicht zu, dass das schon wieder passiert. Ich lasse nicht zu, dass du diese Chance wegwirfst.«

Ich blinzle. Sie hat die Vorhänge aufgezogen und die Fenster geöffnet. Die Helligkeit macht mich fertig.

»Also, wird's bald?«, fragt Amy.

»Ich bin krank«, sage ich matt.

»Ja, das sehe ich. Hat Tamsin mit dir Schluss gemacht? Ich wusste, dass so etwas passieren würde. Genau davor habe ich dich gewarnt.«

Ihr Name versetzt mir einen Stich. »Nein, Tamsin hat nichts damit zu tun. Ich habe sie weggeschickt, wenn du es genau wissen willst.«

»Wie auch immer. Du gehst ab morgen wieder zur Arbeit. Was denkst du dir eigentlich? Menschen verlassen sich auf dich. Malcolm. Malik. Ich. Wenn du dich aufgeben willst, dann gefälligst woanders.«

Ihre Tirade geht mir zu schnell. Ich kann nicht folgen. Neben dem Bett finde ich eine halb gerauchte Zigarette und zünde sie mir an. Mit der Hand fahre ich mir durch die Haare. Dann wage ich es, Amy anzusehen. Sie steht mit verschränkten Armen an meinem Schreibtisch und funkelt mich wütend an.

»Hat Malik dich geholt?«

»Wie bitte? Spielt das eine Rolle?«, fragt sie.

»Malik?«, rufe ich. »Malik, du Verräter!«

»Er ist gerade gegangen«, sagt Amy. »Und nein, er hat mir nicht Bescheid gegeben. Malcolm hat gesagt, du seist seit Silvester nicht mehr bei der Arbeit erschienen.«

Puuh. Ich bin erleichtert, dass Malik mir nicht in den Rücken gefallen ist.

»Bist du inzwischen wach genug, um deine Hygienestandards langsam wieder an ein normales Niveau anzupassen?«

Ich ergebe mich. Ich werde Amy sowieso nicht mehr los. Also quäle ich mich aus dem Bett und schlurfe ins Bad. Ein Blick in den Spiegel verrät mir, dass ich absolut beschissen aussehe. Ich bin blass, meine Augen sind dunkel umrandet und mein Bartwuchs hat sich verselbstständigt. Ich sehe aus wie ein obdachloser Junkie. Und vermutlich rieche ich auch so.

Ich will gerade die Tür hinter mir schließen, als Amy einen Fuß dazwischenstellt. »Die Tür bleibt offen«, sagt sie.

»Wie bitte? Was ist mit Privatsphäre?«, frage ich entgeistert.

»Die kannst du wiederhaben, wenn die Situation geklärt ist«, sagt Amy.

Mir doch egal. Ich entledige mich meiner Kleider und werfe Amy einen provozierenden Blick zu. Sie dreht sich etwas zu spät um und räuspert sich geräuschvoll.

Unter der Dusche wird mir schwarz vor Augen und ich muss mich an der Wand abstützen, um nicht umzukippen. Das Wasser wirkt dennoch belebend, und ich merke, dass die Stimmen in meinem Kopf leiser werden und die Skorpione unter meiner Haut kaum noch spürbar sind.

»Und?«, fragt Amy von draußen. »Fühlst du dich besser?«

Ich ignoriere ihre Frage. Als könnte eine Dusche alles ungeschehen machen. Den ganzen Dreck der letzten Jahre einfach abwaschen. Aber ich muss zugeben, dass es mir tatsächlich etwas besser geht. Auch wenn mir schwindelig ist und ich schon seit Amys Auftauchen das Für und Wider mit mir diskutiere, mich zu übergeben.

Ich trockne mich ab und wickle mir das Handtuch um die Hüfte. Meine Schritte sind etwas wackelig.

Als ich mir etwas übergezogen habe, gehe ich zu Amy in die Küche. Sie hat zwei Dosen Bier auf den Küchentisch gestellt, und ich ziehe eine Augenbraue nach oben.

»Ist es nicht etwas früh für ein Bier?«, frage ich.

»Und das aus deinem Mund!« Amy sieht mich spöttisch an. »Hör zu. Wir trinken jetzt dieses Bier und stellen Regeln auf. Ich will dich hier nicht rausschmeißen, aber so geht es ja wohl offensichtlich nicht weiter. Wenn du keine Hilfe willst, soll es mir recht sein, aber dann kriegt jemand anderes deinen Platz.«

Ich nicke stumm. Plötzlich fällt mir das Schlucken schwer.

»Ich reibe mich für Menschen auf, Rhys«, sagt Amy. »Ich gebe mich selbst auf, wenn es nötig ist. Aber ich musste auf schmerzhafte Art lernen, dass nicht jeder es wert ist, sich für ihn aufzugeben. Es gibt hoffnungslose Fälle.«

Sie öffnet ihre Bierdose und nimmt einen Schluck. Ich tue es ihr nach.

»Ich will von dir eines wissen, Rhys. Denkst du, du bist ein hoffnungsloser Fall?«

Ich denke kurz darüber nach. Erst will ich nicken, aber dann sage ich: »Ich weiß es nicht.«

»Du musst etwas in deinem Leben finden, wofür es sich lohnt, zu kämpfen. Ich weiß, das ist leichter gesagt als getan. Aber dir stehen Türen offen, Rhys. Nicht alle Türen, das ist klar. Aber viele. Du kannst eine Familie haben, einen Job, der dich erfüllt. Aber du wirst es nicht alleine schaffen. Dafür sind deine Voraussetzungen zu schwierig. Und deswegen bekommst du Hilfe.«

Ich denke an Jeannie. Ich hatte etwas, wofür ich kämpfen wollte. Aber ich habe versagt. Meine Suche nach meiner Schwester war erfolglos. Ich will schon ansetzen, Amy von ihr zu erzählen, schlucke die Worte aber dann doch hinunter. Es tut zu sehr weh.

»Ich weiß, dass du schlimme Dinge erlebt hast. Ich kenne deine Akte«, fährt Amy fort. »Und ich weiß auch, wie schwierig es ist, sich von solchen Erlebnissen zu erholen. Manche schaffen es nie. Ich kann dir keine Therapie vorschreiben, das weiß ich. Und um ehrlich zu sein, du hättest vermutlich ohnehin schlechte Chancen, innerhalb der nächsten zehn Jahre einen Therapieplatz zu bekommen. Das passiert, wenn ein Gesundheitssystem nicht für diejenigen gemacht ist, die es brauchen, sondern für die, die es sich leisten können. Aber – ja, es gibt ein Aber – solange du in meinem Programm bist, musst du funktionieren. Das geht sicher auch eine Zeit lang auf Sparflamme. Aber du musst zur Arbeit gehen. Du kannst nicht ewig in diesem Programm sein. Du weißt, dass es nach zwölf Monaten ausläuft. Dann musst du in der Lage sein, dich selbst zu versorgen. Wie soll das gehen ohne Job?«

Ich zucke mit den Schultern.

»Also, hör zu. Jeder hat das Recht auf schwierige Phasen. Es kann passieren, dass man mal die Kontrolle verliert. Aber du kannst dich nicht aufgeben. Und ich habe das Gefühl, du bist kurz davor. Hier muss ich einschreiten. Du wirst ab morgen wieder arbeiten gehen. Alles andere ist erst einmal egal. Du musst zurück in deine Routine finden. Und dann sehen wir weiter. In Ordnung?«

Ich nicke. Ich bin hin und her gerissen zwischen der Frage, womit ich das verdient habe, und der Frage, ob ich es schaffen kann.

»Alles klar. Dann verstehen wir uns. Sprich mit mir, wenn das hilft. Nimm dir den restlichen Nachmittag …«

»Wir haben schon Nachmittag?«, frage ich verwirrt.

»O ja, es ist halb drei. Bring heute dein Leben in Ordnung, soweit du kannst. Ich schaue morgen im Café vorbei.« Mit diesen Worten erhebt sie sich und lässt mich allein.

Tamsin

39 Die Uni hat vor einiger Zeit wieder angefangen. Ich funktioniere, aber nehme nicht wirklich teil am Leben. Zelda, die in den Weihnachtsferien plötzlich erblondet ist, hat einen Spieleabend, Kinobesuche, einen Kochkurs und Shoppingtouren vorgeschlagen, um mich abzulenken. Aber mir ist nicht nach Ablenkung zumute. Ich will mich gerne in meinem Elend suhlen, auch wenn ich weiß, dass das natürlich die völlig falsche Herangehensweise ist.

Ich habe Malik gebeten, mir Bescheid zu geben, wenn etwas passiert, aber bislang hat er sich nicht gemeldet. Dafür erhalte ich weiterhin regelmäßig flehende Nachrichten von Dominic. Der Mann, vor dem ich geflohen bin, lässt mich nicht in Ruhe, während der, für den ich bereit bin, alles zu geben, mich nicht mehr in seinem Leben haben will. Es ist zum Verzweifeln. Ich kann nicht akzeptieren, dass es das gewesen sein soll. Aber je mehr Zeit vergeht, desto sicherer bin ich mir, dass es zwischen mir und Rhys endgültig vorbei ist.

Heute habe ich mich breitschlagen lassen, nach meiner letzten Vorlesung mit zu Sam nach Hause zu gehen. Er hat einen Wes-Anderson-Marathon vorgeschlagen. Laut Sam machen seine Filme durch Pastellfarben und absurde Charaktere alles besser. Dummerweise stand Zelda neben mir, als er gefragt hat, und antwortete stellvertretend für mich: »Ja, sie kommt. Siehst du, Tamsin, dann ist es gar nicht so schlimm, dass ich heute keine Zeit habe für den Spieleabend, den du dir gewünscht hast.«

Ich war zu erschöpft, um zu erklären, dass ich mir keinesfalls einen Spieleabend gewünscht habe und lieber allein gewesen wäre.

Und so stehe ich seit geschlagenen zehn Minuten mit Zelda bei Sams Auto. Zelda hat darauf bestanden, mit mir zu warten. Vermutlich, um sicherzugehen, dass ich nicht noch abhaue.

»Hältst du mal?«, fragt sie und drückt mir im gleichen Moment ein Fläschchen mit schwarzem Nagellack in die Hand. Im Stehen lackiert sie über ihren abgeblätterten orangefarbenen Lack drüber. »Das wird sicher super heute Abend. Wirst schon sehen. Irgendwann muss die Trübsal mal ein Ende haben.«

»Du hast gut reden«, sage ich.

Zelda verdreht die Augen. »Ich glaube, ich habe jetzt lange genug auf dich Rücksicht genommen«, sagt sie. »Ich habe gut reden? Dass ich nicht lache. Willst du mal wissen, was wirklich tragisch ist? Zwangsverheiratet zu werden.«

»Wie meinst du das?«, frage ich verwirrt.

»Ich wollte es dir eigentlich längst erzählen, aber du warst ja die ganze Zeit so traurig! Da sollte dich nicht auch noch mein Drama runterziehen. Stell dir vor, ich habe über Weihnachten meinen zukünftigen Ehemann kennengelernt. Yay!«, sagt sie sarkastisch.

»Wie bitte?« Ich kann nicht glauben, was sie da sagt.

»Ja, meine Eltern finden, es wird Zeit, dass wir uns aktiv und gemeinsam nach einem ›geeigneten Kandidaten‹ umsehen. Die Männer in unserer Familie machen die Geschäfte, weißt du? Und die Frauen heiraten Männer, die Geschäfte machen.«

»Du verarschst mich, oder?«, frage ich.

»Ich wünschte, es wäre so. Was glaubst du, warum meine Haare auf einmal so langweilig blond sind? Meine Eltern haben mich zum Friseur geschleppt, um die Farbe zu überfärben. Sie haben mich in ein hautenges schwarzes Kleid gesteckt, um mich zu präsentieren. Und zwar einem gewissen Matthew James Molyneux III. Er ist erfolgreicher Anwalt aus gutem Hause und anscheinend ›hingerissen‹ von mir. Er findet mich ›erfrischend‹. Wer sagt denn so was? Jedenfalls fehlt nur noch, dass meine Mom schon ein Brautkleid für mich ausgesucht hat. Ich wette, die Gästeliste steht schon.«

»Oh, Zelda!«, keuche ich. »Das können die doch nicht wirklich machen, oder?« Ich kann mir Zelda in einem schwarzen, engen Kleid nicht vorstellen. Mit ihren lackierten Fingernägeln, den Doc Martens und ihren Gothic-Röckchen und den anderen ausgefallenen Klamotten passt sie einfach nicht in die Welt, die sie mir beschreibt. Sie hat mir schon ein paarmal von ihrer Familie erzählt, von der riesigen Villa, den Autos, dem Pool, ihren Brüdern, aus denen etwas werden soll. Aber bis jetzt konnte ich mir einfach nicht vorstellen, dass irgendjemand Zelda erzählen kann, was sie tun soll.

»Keine Sorge, ich habe schon einen Plan. Ich nehme einfach deine Identität an. Du hockst ja eh nur noch zu Hause. Niemand würde den Schwindel bemerken.«

»Im Ernst, Zelda, das passiert doch nicht, oder?«

Sie zuckt mit den Schultern. »Ich kann schneller rennen als meine Eltern. Und wenn ich einen Haken schlage, sind sie völlig verwirrt. Ich denke also, ich werde entkommen.«

Das klingt wenig beruhigend, aber in diesem Moment

kommt Sam und Zelda legt einen Finger auf ihre Lippen, um mir zu bedeuten, dass ich nichts sagen soll.

»Sollen wir bald mal zusammen zum Friseur gehen?«, frage ich sie zum Abschied aus dem heruntergekurbelten Fenster. »Du könntest dir die Haare in Regenbogenfarben färben. Und mir tut eine Veränderung vielleicht auch ganz gut.«

»Das ist eine ganz hervorragende Idee«, sagt Zelda strahlend.

Sie winkt uns nach, als wir vom Campus fahren.

Bei Sam zu Hause bestellen wir Pizza. Nicht, dass ich großen Appetit habe, aber er besteht darauf. Während wir aufs Essen warten, starten wir schon mal mit *Die Royal Tenenbaums*. Gerade bei Sams und meiner Lieblingsszene klingelt es an der Tür. Wir stöhnen beide genervt auf.

»Na gut, dann schauen wir uns eben noch mal an, wie Margot auf Ritchie trifft.«

Sam nimmt die Pizza in Empfang. Mit den Kartons und einer Flasche Wein bewaffnet kommt er zurück. Er schenkt jedem von uns ein Glas ein und klappt den Pizzakarton so um, dass wir uns bedienen können. Dann spult er den Film zurück und drückt auf Play.

Wir sehen uns ein zweites Mal an, wie Margot Tenenbaum, bekleidet mit einem langen Pelzmantel, in Zeitlupe aus einem Reisebus steigt. Auf der Straße bleibt sie stehen und die sanften Gitarrenklänge von Nicos *These Days* ertönen, während ihre Haare leicht im Wind wehen. Dann schwenkt die Kamera zu ihrem Bruder Ritchie, der ein Schweißband um die Stirn und eine getönte Brille auf der Nase trägt. Während Nico singt, wechselt die Kamera zwischen Margot, die auf ihren Bruder zukommt, und Ritchie, der mit übereinandergeschlagenen Beinen dort sitzt und sie ansieht.

»Es gibt nicht viele Filmszenen, in denen Musik und Bild so perfekt zueinanderpassen«, sagt Sam. »Das ist einfach beglückend. Findest du nicht?«

Ich nicke. Es ist wirklich beglückend. Der liebevolle Ausdruck in Margots Augen, die Unbeholfenheit ihres Bruders. »Ich bin froh, dass ich hier bin«, sage ich. »Danke.«

»Nichts zu danken«, erwidert Sam und legt seinen Arm um mich. Die körperliche Nähe ist zuerst befremdlich, aber ich stelle erstaunt fest, dass mir genau das gefehlt hat. Jemandem nah zu sein. Die Wichtigkeit von Berührungen wird mir in diesem Moment das erste Mal wirklich bewusst. Menschen brauchen Körperlichkeit. Und so lasse ich mich in Sams Umarmung sinken und kuschle mich eng an ihn. Warum soll ich es nicht genießen, bei ihm zu sein? Die Fronten zwischen uns sind geklärt. Und auch alle anderen Fronten zwischen mir und dem anderen Geschlecht.

Sam gibt mir einen sanften, freundschaftlichen Kuss auf den Kopf und drückt mich fest an sich. Das Bild von Rhys taucht vor meinem inneren Auge auf, aber ich vertreibe es. Dies ist mein Abend. Und Sams. Rhys hat hier nichts verloren. Er will meine Hilfe nicht. Er will mich nicht. Das muss ich endlich akzeptieren.

Sam legt seine Lippen auf meine Schläfe und verharrt dort für einen Augenblick. Ich schließe die Augen und genieße es, mich gemocht zu fühlen. Dann wende ich mich um und umarme ihn. Ich bin ihm so dankbar für diesen Abend, die Idee des Wes-Anderson-Marathons, die Nähe zwischen uns beiden. Ich lege meine Arme um seinen Hals und gebe ihm einen Kuss auf die Wange. »Danke«, sage ich noch mal. Wir blicken uns in die Augen und wissen, dass wir immer füreinander da sein werden. Sam beugt sich vor und küsst mich auf den Mund. Ich bin etwas perplex, denn das ist ja eigentlich keine Stelle für einen freundschaftlichen Kuss. Doch er lächelt, und ich muss auch lächeln. Wieder beugt er sich vor und wieder drückt er seine Lippen auf meine. Sie fühlen sich angenehm warm und weich an. Ich sträube mich nicht. Es gefällt mir, ihm nah zu sein. Es ist ein vertrautes Gefühl, und doch neu. Diesmal lässt er seine Lippen, wo sie sind, und beginnt, mich richtig zu küssen. Mir entfährt ein überraschtes Keuchen. Das Gefühl von Sams Lippen auf meinen ruft die Erinnerung an Rhys' Küsse in mir hervor. Die Leidenschaft, die zwischen uns war. Die Liebe.

»Warte«, sage ich atemlos und schiebe Sam von mir. »Ich kann das nicht.« Beinahe springe ich von der Couch.

Sam räuspert sich. »Äh, okay«, sagt er. »Fuck. Tut mir leid.«

»Nein, nein, alles in Ordnung«, sage ich und stehe etwas unbeholfen zwei Meter entfernt von ihm in der Mitte des Zimmers.

»Ich dachte«, beginnt er zögerlich, »ich dachte, du wolltest es auch.«

»Ja, nein, keine Ahnung. Es ist sicher nicht deine Schuld«, sage ich.

»Ich wollte dich nicht überfallen. Also, doch, eigentlich schon, aber ich wollte nicht, dass du dich unwohl fühlst.«

»Tut mir leid«, sage ich. »Ich wollte dir sicher keine falschen Hoffnungen machen. Ich glaube …« Ich breche ab.

»Es ist Rhys, stimmt's?«

»Ja.« Ich schlucke.

»Hätte ich wissen müssen. Du musst mir glauben, dass

ich das nicht geplant hatte. Ich habe dich nicht unter falschem Vorwand hergelockt, um deine Verletzlichkeit auszunutzen.«

»Ach was, das glaube ich doch nicht«, sage ich schnell. »Und ich hatte sicher nicht vor, meine Sehnsucht nach einem anderen auf dich zu übertragen.«

»Ist es das, was passiert ist?«, fragt er und ich kann die Enttäuschung in seiner Stimme hören.

»Das ist die erste Erklärung, die mir einfällt.«

Er nickt. »Okay. Hm. Na gut. Also. Das muss man auch erst mal verarbeiten.« Er reibt sich mit der Hand über das Gesicht.

»Heißt das denn …« Ich traue mich kaum, weiterzusprechen.

»Dass ich auf dich stehe?«, fragt er geradeheraus und ich sehe ihn an. »Ja, so kann man das wohl nennen.«

»O nein«, sage ich.

»Das kannst du laut sagen.«

Ich setze mich wieder neben ihn auf die Couch und lege meine Hand auf seinen Oberschenkel. Ich will die Situation für uns beide erträglicher machen, weiß aber nicht, wie.

»Vielleicht ist es besser, wenn du mich erst mal nicht berührst«, sagt Sam.

»O ja, natürlich, entschuldige bitte.« Ich ziehe meine Hand weg. »Was machen wir denn jetzt?«

»Ich glaube, du solltest vielleicht gehen«, sagt Sam. »Ich fahre dich, wenn du magst.«

»Nein, nein, das ist schon in Ordnung. Ich nehme den Bus.«

Ich ziehe mir meine Schuhe und die Jacke an, während er weiterspricht. »Und dann sehe ich mir wohl noch ein paar Wes-Anderson-Filme an. Wie gesagt, die machen alles besser. Mal sehen, ob das auch gilt, wenn man unglücklich in die beste Freundin verliebt ist.« Er klingt bitter.

»Wir sehen uns bald, ja?«, frage ich, die Hand schon auf die Türklinke gelegt.

»Na klar«, sagt Sam und blickt mich ernst an. »Bald.«

Als ich an der Bushaltestelle ankomme, bin ich mehr als verwirrt. Ich gehe die letzte halbe Stunde immer wieder in Gedanken durch. Ich weiß nicht, wie wir an diesem Punkt gelandet sind. Margot, Pizza, Weißwein. Dann Nähe – die ich für platonisch gehalten habe. Und dann plötzlich ein Kuss! Ein schöner Kuss, ja, aber gleichzeitig ein Kuss, der mir die Augen geöffnet hat. Denn ich will nur von Rhys geküsst werden. Seine Lippen sollen die sein, die die meinen berühren.

Ich verstehe nicht, wann mein Leben in eine solche Schieflage geraten ist. Wie habe ich es geschafft, meinem Ex und meinem besten Freund Hoffnungen zu machen, und gleichzeitig meine große Liebe zu verlieren?

Ich hole mein Handy aus meiner Tasche, um nachzusehen, wann der nächste Bus kommt. Es ist frisch und ich hoffe, dass ich nicht zu lange in der Dunkelheit warten muss. Die Gegend, in der Sam wohnt, ist zwar sicher nicht gefährlich, aber spätabends allein fühle ich mich immer etwas unwohl. Auf dem Display sehe ich, dass ich immerhin keine neue Nachricht von Dominic bekommen habe. Dafür habe ich vier Anrufe von Malik verpasst! Sofort beschleunigt sich mein Herzschlag. Ist mit Rhys alles in Ordnung? O Gott, ich hoffe, es ist nichts passiert! Mit zitternden Fingern tippe ich die Rückrufoption an. Nach dem zweiten Freizeichen hebt Malik ab.

»Tamsin, endlich!«, sagt er am anderen Ende der Leitung.

»Was ist los? Ist alles okay?«

»Jaja, alles gut. Oder zumindest so ähnlich. Aber hör zu, ich glaube, ich habe etwas herausgefunden.«

Mein Herzschlag normalisiert sich etwas. »Schieß los!«

»Rhys hat heute seinen Laptop in der Küche gelassen, und der Bildschirm war noch an. Ich weiß, ich hätte das vermutlich nicht tun sollen, und Rhys wird mir den Kopf abreißen, wenn er es erfährt, aber ich habe seinen Browser geöffnet und mir die Suchhistorie angesehen. Ich dachte, vielleicht finde ich heraus, was mit ihm los ist.«

»Und?«, frage ich atemlos. »Hast du?«

»Er sucht seine Familie!«

»Ist das dein Ernst? Ich dachte, er wollte von seiner Familie nichts mehr wissen.«

»Das dachte ich auch, aber er googelt regelmäßig nach einer gewissen ›Jean Bolton‹.«

Jean? Ich denke nach, aber ich kann mich nicht erinnern, dass Rhys jemals eine Jean erwähnt hat.

»Ich wollte herausfinden, wer diese Jean ist, also habe ich sein E-Mail-Programm gestartet und eine Mail gefunden, die er an eine Schule in Pearley geschickt hat. Darin schreibt er, dass er auf der Suche nach seiner Schwester Jeannie ist.«

Ich bin sprachlos. Wie bitte? Jeannie? Seine Schwester? »Er hat eine Schwester?«, flüstere ich. Wie konnte ich das nicht wissen? Ich beantworte mir die Frage selbst. Rhys hat mir nie von ihr erzählt.

»Sieht ganz so aus. Und anscheinend will er sie finden, kommt aber nicht weiter.«

»Und du denkst, das ist der Grund für seinen Zusammenbruch?« Mein Herzschlag wummert in meinen Ohren. Was für einen Grund könnte Rhys gehabt haben, mir seine Schwester zu verschweigen?

»Könnte doch sein, oder?«

»Absolut.« Mich überkommt Erleichterung. Denn wenn ich darüber nachdenke, ist eine geheime Schwester eine Tatsache, mit der ich umgehen kann. Mit der er umgehen kann.

»Meinst du, wir können ihm helfen, sie zu finden?«

»Genau das habe ich mir auch gerade gedacht.«

In diesem Moment habe ich einen Entschluss gefasst. Ich werde Amy um Hilfe bitten.

Rhys

40

In der Dunkelheit meines Zimmers sitze ich am Schreibtisch. Die einzige Lichtquelle ist mein Laptop. Ich nehme einen Schluck aus meinem Bier und ziehe an der Zigarette, die im Aschenbecher langsam vor sich hin glüht. Mit dem Wodka habe ich nach Amys Besuch aufgehört, aber ein paar Bier am Abend helfen mir beim Runterkommen.

Nach einem weiteren Schluck von meinem Bier lösche ich ein letztes Mal die Suchhistorie. Dieses Kapitel meines Lebens muss ich abschließen. Es hat keinen Sinn, ich habe versagt. Ich finde Jeannie nicht, ich kann ihr nicht helfen. Es ist für mich an der Zeit, das endlich einzusehen und aufzuhören, Hirngespinsten hinterherzujagen. Jeannie war so ein Hirngespinst. Tamsin ein weiteres. Ich selbst habe keine Aussicht auf Glück und habe endlich verstanden, dass ich andere damit nicht belasten kann. Ich weiß noch nicht, was mit mir werden soll, aber ich hoffe, dass die nächsten Tage Klarheit bringen. Vielleicht muss ich woanders neu anfangen. Allein. Und dann dort, wo auch immer das sein wird, allein bleiben.

Ich vernichte alle E-Mails, die ich ins Leere geschickt und auf die ich nie eine Antwort erhalten habe. Dann öffne ich das Dokument mit dem Namen »Übersicht Finanzen«. Es steht absolut nichts Brauchbares darin. Stattdessen verlaufen sich über mehrere Seiten die Spuren immer wieder im Nichts. Ich markiere alles, abgesehen von der Alibi-Übersicht meiner Finanzen, lösche es und klicke dann auf »Speichern«. Es fühlt sich beinahe befreiend an, meinen Plan zu begraben. Als würde ich mit ihm auch meine Vergangenheit von meinem Computer und aus meinen Gedanken löschen.

»Es tut mir leid, Jeannie«, flüstere ich in die Dunkelheit und muss den Kloß in meinem Hals mit Bier hinunterspülen. »Ich habe es versucht.«

Den ganzen nächsten Tag arbeite ich. Die Ablenkung tut mir gut, denn obwohl es mir gestern scheinbar leichtfiel, mit meiner Suche nach Jeannie abzuschließen, habe ich heute doch das Gefühl, als würde ein Teil von mir fehlen. Und das trifft es auch recht gut. Schließlich war der Gedanke an meine kleine Schwester das, was mich in den letzten Jahren bei Verstand gehalten hat. Sie war mein seelischer Anker und mein Antrieb, die Hölle des PJP zu überstehen. Mein Versagen, sie zu finden, bringt mich nicht nur um den Schlaf, den ich nur noch alkoholisiert finde, sondern hinterlässt auch eine innere Wunde, die nicht über Nacht heilen kann.

Die Tür des Cafés geht auf. Jedes Mal, wenn die Glocke über der Tür einen neuen Gast ankündigt, erwarte ich, Tamsin zu sehen. Einerseits hoffe ich, dass sie es ist, andererseits weiß ich sowohl, dass es nichts an meiner Situation und an der Entscheidung, ohne sie zu sein, ändern würde, als auch, dass sie nicht mehr kommt. Ich habe sie vertrieben und wenigstens das ist mir gelungen, denke ich jetzt, als ich in das grimmige Gesicht eines jungen Mannes blicke.

»Ich dachte, in Kalifornien regnet es nie«, sagt er und reibt sich mit der Hand über seine regennassen Haare.

In den letzten Tagen hat es immer wieder geregnet, und auch heute sieht es nicht nach Sonne aus.

»Machst du mir einen Cappuccino …«, er kneift die Augen zusammen, um mein Namensschild zu lesen, »… Rhys? Und dazu nehme ich einen Bagel mit Frischkäse und Lachs.«

Mir entgeht nicht, dass er weder »Bitte« noch »Danke« sagt.

»Zum Hieressen oder Mitnehmen?«, leiere ich herunter.

»Ich bleibe erst einmal hier.«

»Das macht sieben Dollar fünfundneunzig«, sage ich.

Er legt acht Dollar auf die Theke und sagt: »Stimmt so.«

»Wow, sehr großzügig«, murmle ich und verdrehe die Augen.

»Wie war das?«, fragt der junge Mann.

»Nichts. Ich bringe dir gleich alles an den Tisch«, sage ich betont freundlich. Was für ein Affe in seinem beigen Burberry-Mantel und seinen braunen Hochglanz-Lederschuhen.

Als ich ihm seine Bestellung an den Tisch bringe, blickt er vom *Wall Street Journal* auf, das er aus seinem Rollkoffer gezogen hat.

»Kennst du dich in der Gegend aus?«, fragt er mich.

»Geht so«, gebe ich zurück. Ich habe keine Lust, mit ihm zu reden.

»Ist das Viertel hier sicher?«, fragt er weiter.

»Mhm«, sage ich. »Ist sicher hier.«

»Sieht aber nicht gerade nach dem Vorzeigeviertel der Stadt aus.« Sein arroganter Tonfall nervt mich.

»Wenn es dir nicht gefällt, warum bist du dann hier? Bist du scharf auf die billigen Immobilien?«, frage ich, denn ich habe gehört, dass es einige Investoren gibt, die in dieser Gegend günstigen Wohnraum kaufen, um ihn dann gewinnbringend zu vermieten.

»Hier? Nein, sicher nicht«, sagt er und lacht verächtlich. »Eher im Gegenteil.«

Er sieht so aus, als würde er gern mehr darüber erzählen, aber ich gehe zum Tresen zurück. Mich interessiert es herzlich wenig, was er hier will. Glücklicherweise klingelt in diesem Augenblick sein Handy, sodass er gezwungen ist, seine Aufmerksamkeit darauf zu lenken.

»Hallo ... ja, ich bin angekommen ... Nein, noch nicht ... Keine sehr gute Gegend, aber die Bedienung in dem Café, in dem ich sitze, während ich warte, sagt, es sei immerhin sicher ... Ja, da hast du recht ... Genau, was immer das heißen mag ... Mach dir keine Sorgen, du kannst dich auf mich verlassen ... Nein, das ist sicherlich kein Zustand ... Sehr richtig ... Absolut ... Du weißt, ich hätte den Flug auch selbst bezahlt ... Es ist ja offensichtlich, dass es so nicht weitergehen kann ... Danke, dir auch ... Ja, danke ... Ich melde mich, bye!«

Der Schnösel legt sein Smartphone der neuesten Generation neben sich und nimmt die Zeitung wieder auf. Er schüttelt sie, um Falten zu glätten, und verschwindet dahinter.

Ich gehe in die Küche, um nachzusehen, ob Che mit mir eine rauchen kommt. Ich gebe mir Mühe, aber so ganz kann ich die Selbstzerstörung nicht sein lassen. Wozu auch?

Tamsin

41 Maliks Anruf gestern Abend und die Information, dass Rhys nach seiner Schwester sucht, haben in mir wieder Hoffnung aufkeimen lassen. Und nachdem mir der verkorkste Abend mit Sam endgültig Klarheit darüber verschafft hat, dass ich auch nach über einem Monat nicht ansatzweise über Rhys hinweg bin, ist dies meine Chance, wieder Kontakt zu ihm aufzunehmen. Und außerdem, sage ich mir, tue ich schließlich ein gutes Werk, wenn ich ihm bei der Suche nach Jean helfe. Deswegen bin ich heute schon in aller Herrgottsfrühe aufgestanden, um noch vor der ersten Vorlesung mit Amy zu sprechen. Sie weiß mehr über Rhys' Vergangenheit als Malik und ich zusammen. Ich hoffe sehr, dass sie mir helfen kann.

Ich war noch nie in Amys Büro und kenne lediglich die Adresse. Als ich nun vor dem heruntergekommenen Haus stehe, bin ich auf einmal nervös. Schließlich war unser letztes Zusammentreffen alles andere als harmonisch. Ich hätte mir früher Gedanken machen sollen, wie ich ihr verkaufen soll, dass es das Beste für Rhys ist, wenn wir ihm helfen. Wenn ich ihm helfe. Ich hoffe, sie gibt nicht mir die Schuld daran, dass es ihm gerade so schlecht geht.

Ich nehme all meinen Mut zusammen und schiebe die Eingangstür auf. Die Klingelanlage sieht mit ihren heraussteheden Drähten nicht aus, als würde sie noch funktionieren, sodass ich meinen Besuch nicht einmal ankündigen kann. Meine Schritte auf den Steinstufen hallen durchs ansonsten stille Treppenhaus. An einer Tür im ersten Stock hängt ein Plastikschild, von dem drei der vier Ecken abgebrochen wurden. Darauf steht »Pearley Resozialisierungsprojekt – wir für euch«. Ich klopfe. Als niemand antwortet, drücke ich die Türklinke herunter. Die Tür lässt sich öffnen. Ich stecke meinen Kopf in den Flur und rufe: »Amy? Amy, bist du da?«

»Herein, herein, wer immer es ist«, ertönt Amys Stimme. Sie klingt erstickt. »Setz dich schon mal, ich bin gleich da, ich muss nur noch … Verdammt!« In diesem Moment höre ich ein lautes Poltern, gefolgt von weiteren Flüchen.

»Kann ich dir helfen?«, frage ich und laufe den Geräuschen nach. Ich öffne eine der Türen, hinter der ich Amy vermute. Und tatsächlich, dort in der Abstellkammer, die kaum mehr als ein eingebauter Schrank ist, steht sie auf einer Leiter und balanciert mehrere übervolle Ordner auf dem Arm. Offensichtlich hat das Brett nachgegeben, denn weitere Ordner sind auf den Boden gefallen.

»Oh, hi, du bist es«, sagt sie mit einem Blick auf mich. »Kannst du vielleicht kurz …« Bei diesen Worten reicht sie mir die Ordner, die sie im Arm hält, und ich nehme sie entgegen. »Das blöde Brett. Ich hätte es nicht überladen dürfen, aber ich habe einfach keinen Platz für all die Unterlagen. Danke jedenfalls für deine Hilfe«, schiebt sie noch hinterher, als sie von der Leiter herabsteigt. Sie wischt sich die staubigen Hände an ihrer schwarzen Stoffhose ab. Mit einem Blick auf die hellgrauen Streifen, die die Berührung hinterlässt, stöhnt sie. »Na toll. Auch das noch. Wo doch heute einer meiner wichtigsten Sponsoren vorbeischauen wollte.«

Sie versucht, die Staubspuren mit den Händen abzuklopfen, macht es aber nur schlimmer und verteilt die grauen Flecken großflächig auf der Hose. »So eine Scheiße«, flucht sie. Sie drückt sich mit ihrem Gewicht von außen gegen die Tür der Abstellkammer, die sich aufgrund der herabgestürzten Ordner nur mit Mühe schließen lässt. Ich stehe etwas hilflos mit den schweren Ordnern in der Hand herum und hoffe, dass ich sie bald irgendwo ablegen kann. Als hätte Amy meine Gedanken gelesen, sagt sie: »Die kannst du schon mal auf meinen Schreibtisch legen. Ich bin gleich bei dir.«

Sie deutet in den angrenzenden Raum. Der Schreibtisch ist über und über mit Dokumenten beladen, sodass ich Schwierigkeiten habe, die Ordner abzulegen. Ich stelle sie erst einmal auf den Stuhl. An der Wand hängen Poster von gemeinnützigen Organisationen. Dazwischen Kinderbilder, auf denen in krakeliger Kinderschrift »Für Amy« oder »Danke, liebe Amy« steht. Es muss schön sein, Menschen helfen zu können, denke ich mir.

»Du fragst dich sicher nie, warum du morgens aufstehst«, sage ich, als Amy den Raum betritt.

Sie lacht. »Nein, das weiß ich. Manchmal frage ich mich aber, wie lange ich das wohl noch machen kann.«

»Wie meinst du das?«

»Ach, man braucht schon eine enorme Kraft, um sich tagtäglich mit wirklich existenziellen Problemen zu beschäftigen. Es strengt an, wenn man vor nichts die Augen verschließen kann. Zu keiner Zeit. Und dann sind da noch die Sponsoren, die man bezirzen muss. Das liegt mir so gar nicht.« Amy verdreht die Augen.

»Wolltest du immer Sozialarbeiterin werden?«, frage ich ehrlich interessiert.

Amys Augen beginnen zu leuchten. »Das fragen nicht

viele Leute«, sagt sie. »Es ist sicher nichts, was man sich als kleines Mädchen erträumt. Früher wollte ich Tierärztin werden. Aber dann habe ich herausgefunden, dass man nicht allen Tieren helfen kann. Das hat mich so traurig gemacht, dass ich diesen Wunsch aufgeben musste, ehe ich überhaupt in die Schule kam. Die Sache mit der Sozialarbeit hat sich irgendwie ergeben. Ich will dich damit nicht langweilen.« Sie bricht ab.

»Das tust du nicht«, versichere ich ihr. »Es ist wirklich interessant.«

»Also, es gab eine Zeit in meinem Leben, da hätte ich mir gewünscht, dass jemand für mich da gewesen wäre. Deswegen will ich für andere da sein. Daraus ergab sich dann für mich irgendwie der Beruf der Sozialarbeiterin.« Sie lächelt.

Ich frage nicht weiter nach. Wenn ich etwas gelernt habe, seit ich nach Pearley gekommen bin, dann, dass es manchmal besser ist, sich nicht in Privatangelegenheiten einzumischen.

»Also, du bist wegen Rhys hier?«, fragt Amy nun und ich nicke.

»Du hast gesagt, du würdest uns helfen«, sage ich.

»Ja, das meinte ich auch so. Rhys hat gesagt, sein Absturz habe mit dir nichts zu tun.«

Sie hat also mit Rhys über mich gesprochen. Und ihr hat er mehr erzählt als mir. Eine ungeheure Erleichterung überkommt mich. »Hat er noch mehr gesagt? Weißt du, was los ist?«

»Nein, ich hatte ehrlich gesagt gehofft, dass du etwas Licht in die Sache bringen könntest. Ich habe keine Lust, den nächsten Fall aufgeben zu müssen. Sorry, das klingt vermutlich härter und egoistischer, als es gemeint ist. Das

Problem ist, dass ich Erfolgsgeschichten erzählen muss, wenn ich weiter Gelder für das Projekt mobilisieren will. Und davon hatte ich in letzter Zeit nicht allzu viele.«

»Dann müssen wir Rhys helfen«, sage ich, von ihren Worten ermutigt.

»Ja, das versuche ich. Es ist mir immerhin gelungen, ihn dazu zu bewegen, wieder arbeiten zu gehen. Aber ich habe das Gefühl, dass sein Zustand nicht sonderlich stabil ist.«

»Es könnte sein, dass Malik herausgefunden hat, was mit ihm los ist«, sage ich atemlos. Ich bin nervös, weil ich Angst habe, von Amy abgewiesen zu werden. Mir wird immer stärker bewusst, wie riskant das hier ist.

»Erzähl«, sagt Amy.

»Rhys ist anscheinend auf der Suche nach seiner Schwester. Und ich dachte, wenn wir …« Amy hebt die Hand.

»Stopp. Er ist auf der Suche nach Jeannie?«, fragt sie.

»Sieht ganz so aus.«

»Oh, oh.«

»Warum alarmiert dich das?«, frage ich.

»Weil es ihn offensichtlich aufwühlt.«

»Ja, aber nur, weil er sie nicht findet!«

»Wissen wir denn, was passiert, wenn er sie findet? Und wenn er dann seiner Familie gegenübersteht? Das kann alles, was er sich aufgebaut hat, in sich zusammenstürzen lassen.«

»Aber es stürzt doch gerade ohnehin schon alles zusammen«, gebe ich zu bedenken. Mein Herz rast. Ich muss sie überzeugen, mir zu helfen.

»Da hast du auch wieder recht. Warum spricht er denn nicht mit mir? Hätte ich gewusst, dass er sich Kontakt zu seiner Familie wünscht, hätte ich ganz anders reagieren können. Ich habe ihn einmal nach seiner Mom gefragt. Bei einem meiner ersten Besuche im Gefängnis. Aber da hat er nur geschnaubt und gesagt, er sei fertig mit ihr und ich solle sie nicht mehr erwähnen.«

»Vielleicht hat er es sich anders überlegt«, schlage ich vor. »Kannst du herausfinden, wo seine Familie ist?«

»So einfach ist das leider nicht. Ich nehme an, Rhys hat das Internet schon nach Spuren durchkämmt?«

»Ich weiß es nicht. Aber ich schätze schon. Zumindest hat Malik das gesagt. Hast du keinen Zugang zu irgendwelchen Datenbanken oder Registern?«

»Ich fürchte, da überschätzt du meine Kompetenzen und Befugnisse kolossal. Aber eine Sache kann ich nachschauen.«

Amy rollt auf ihrem Schreibtischstuhl, den sie inzwischen von den Ordnern befreit hat, nach hinten und zieht eine Schublade aus ihrem Aktenschrank. Sie rollt zurück an ihren Schreibtisch und beginnt zu blättern. Ich will mich erheben, aber sie bedeutet mir, sitzen zu bleiben. »Das ist alles streng vertraulich.«

Nach ein paar Minuten tippt sie mit dem Finger auf eine Seite.

»Ha, da haben wir es«, sagt sie. »Das ist die letzte Adresse, die ich von Rhys' Familie habe. Das ist sogar hier in Pearley.«

»Dann wohnen sie dort nicht mehr«, sage ich. »Rhys hat mir erzählt, dass sie weggezogen sind.«

»Aber es ist ein Anfang«, sagt Amy. »Vielleicht wissen die jetzigen Besitzer etwas über den Verbleib ihrer Vorgänger.«

»Wann wollen wir ihnen einen Besuch abstatten?«, frage ich euphorisiert von Amys Idee.

»Wir?«, fragt Amy und lacht. »Du willst mitkommen? Na schön, aber zieh dir dafür etwas weniger Hübsches an. Das ist keine Gegend, in der man auffallen möchte.«

Ich blicke an mir hinunter. Ich trage ein schlichtes Wollkleid und braune Lederstiefel. Sonderlich schick fühle ich mich eigentlich nicht.

»Glaub mir«, sagt Amy, die meinen fragenden Blick bemerkt hat. »Ich habe allerdings erst am späten Nachmittag Zeit. Vorher muss ich dem Sponsor schöne Augen machen.«

»Das trifft sich gut, ich muss ohnehin in die Uni«, sage ich.

»Also gut. Sagen wir um fünf hier?«, fragt Amy.

»Ich werde da sein«, gebe ich zur Antwort.

Meine Schritte aus dem Büro sind deutlich leichter und beschwingter als noch heute Morgen auf dem Weg hierher.

Nach meiner allgemeinen Vorlesung über die Grundlagen der Betriebswirtschaft, bei der ich mich heute noch schlechter konzentrieren kann als sonst, habe ich zwei Freistunden, die ich mit Zelda zusammen in der Bibliothek nutzen will, ehe Sams Übung beginnt. Mir ist etwas mulmig vor dem Wiedersehen und ich hatte überlegt, gar nicht erst hinzugehen, aber ich möchte ihm nicht das Gefühl geben, dass es mir unangenehm ist, in seiner Nähe zu sein.

Als ich den Hörsaal verlasse, vibriert mein Handy. Es ist Zelda.

»Hi«, sage ich, als ich abhebe.

»Ist McPerfect krank?«, fragt Zelda am anderen Ende der Leitung.

»Wie kommst du darauf?«, frage ich.

»Die Übung fällt aus. Hast du die Mail nicht bekommen?«

»Ich habe meine Mails heute noch gar nicht gecheckt«, gestehe ich.

»Hast du Lust, mir stattdessen die Haare zu färben?«, fragt Zelda. »Ich habe pinke Farbe gekauft. Hatte doch keine Lust auf einen Friseurbesuch.«

Ich wäge kurz ab. Bis ich bei Amy sein muss, habe ich noch vier Stunden. »Sehr gern. Treffen wir uns vor dem Hauptgebäude?«

»Ich warte auf dich!«

Ehe ich mich auf den Weg mache, tippe ich eine kurze Nachricht an Sam:

Bist du wirklich krank oder ist es wegen gestern Abend?
Ich hoffe, weder noch und du hast einfach keine Lust.

Ich will schon »Kuss, Tamsin« schreiben, aber im letzten Moment fällt mir auf, dass das vielleicht nicht angebracht ist. Deswegen beende ich die Nachricht mit einem »Bis bald, Tamsin«.

Als wir bei Zeldas Wohnung ankommen, habe ich ihr die Geschichte mit Sam erzählt. Ihre Reaktion steigerte sich von einem überraschten »O nein«, über ein verständnisvolles »O nein« und ein bestürztes »O nein« zu einem mitfühlend-entsetzten »O nein«.

»Und jetzt habe ich Angst, dass er meinetwegen die Übung abgesagt hat.«

»Da könntest du recht haben«, sagt Zelda. »Das ist ja auch eine richtig beschissene Situation, in die ihr euch da gebracht habt.«

»Ihr?«, frage ich. »Ich habe gar nichts gemacht.«

»Ich weiß. Aber du hast auch nicht *nichts* gemacht, wenn du verstehst, was ich meine.«

»Nein, verstehe ich nicht. Klär mich auf.«

»Diese Vertrautheit zwischen euch. Meinst du nicht, er hat da vielleicht etwas hineininterpretiert?«

»O Gott, ich hoffe nicht! Ich dachte, wir wären einfach sehr, sehr enge Freunde. Früher war es zwischen uns auch körperlich. Da hat er das nie falsch verstanden.« Meine Kehle wird eng. Erst Dominic, jetzt Sam. Was ist nur los mit mir?

»Früher waren deine Brüste vielleicht auch kleiner.« Zelda lacht, und ich boxe sie in die Seite.

»Sehr witzig«, sage ich, denn mir ist so gar nicht nach Lachen zumute.

»Na komm, das wird schon wieder. Er findet eine andere, und dann könnt ihr wieder Freunde sein. Aber jetzt bist du erst mal meine Freundin und färbst diese Langeweile, die manche Menschen Haare nennen.«

Wir setzen uns auf den Badewannenrand, und Zelda studiert die Packungsbeilage. »Du musst die Farbe gut einmassieren, aber meine Haut, so gut es geht, freihalten. Denn sonst färbst du mich mit. Eine halbe Stunde einwirken lassen, bla, bla, bla, nicht in die Augen bringen und als Säuglingsnahrung ist es auch nicht geeignet. Okay, ich glaube, das kriegen wir hin, oder?«

Ich nicke und ziehe mir die Gummihandschuhe an, die Zelda mir reicht. Sie hängt ihren Kopf unter den Wasserhahn, um ihre Haare zu befeuchten. Dann legt sie sich ein Handtuch um die Schultern, damit ihr Oberteil keine Farbe abbekommt.

»Du musst die Flasche gut schütteln«, sagt sie, und ich

tue wie mir geheißen. Dann drücke ich auf den Knopf und sprühe mir eine ordentliche Portion knallpinken Schaum auf die Hand, der mit einem zischenden Geräusch noch weiter aufgeht, sobald er an der Luft ist. Ich beginne, den Schaum in Zeldas nasse Haare einzumassieren.

»Matthew James Molyneux III hat sich übrigens bei mir gemeldet«, sagt Zelda, während ich versuche, die pinke Farbe nicht auf ihrem Ohr zu verteilen. »Meine Mom hat ihm meine Nummer gegeben.« Sie klingt gequält.

»Und?«, frage ich.

»Er muss dauernd an mich denken«, sagt Zelda und stöhnt theatralisch.

»Hör mal, du musst das deinen Eltern ausreden. Die können dich nicht zwingen, jemanden zu heiraten. Du bist außerdem noch viel zu jung!«

»Wenn ich Teil der Familie bleiben will, muss ich ihren Ansprüchen genügen. Sagt mein Dad.«

»Dann sei nicht mehr Teil der Familie!«

»Das ist leichter gesagt als getan. Hast du schon mal mit einer Familie gebrochen?«, fragt Zelda.

»Guter Punkt«, sage ich und sprühe mir erneut eine Ladung pinke Farbe in die Hand. »Aber das ist doch keine Lösung. Hast du ihm zurückgeschrieben?«

»Ich bin doch nicht irre! Und glaub mir, ich denke jeden Tag darüber nach, einfach auf alles zu pfeifen und mein eigenes Ding durchzuziehen. Aber ich weiß ja nicht einmal, was das ist. Dein Ding ist Literatur. Mein Ding ist von allem ein bisschen. Ich habe noch nicht so richtig meine Berufung gefunden, glaube ich. Und ganz allein ohne Familie und ohne Ziel im Leben … Ich weiß nicht, ob ich das kann.«

»Also erstens: Du kannst alles, was du willst. Glaub mir.

Ich hätte auch nicht gedacht, dass ich aus Rosedale w hen kann. Aber dann war es ganz leicht. Ich hätte ni dacht, dass ich so schnell wieder einen Kerl in mein Leben lassen kann, und habe es dann doch geschafft …«

»Ja, und schau, wie viel Kummer es dir gebracht hat«, sagt Zelda.

»Ja, okay, aber auch wenn es das gewesen sein sollte, würde ich doch sagen, dass das Schöne den Kummer wert war.« Bei diesen Worten steigen mir Tränen in die Augen, aber ich blinzle sie schnell weg.

»Und was ist mit zweitens?«, fragt Zelda.

»Und zweitens bist du alles andere als allein. Deine Mitbewohner lieben dich. Du hast mich. Ich bin für dich da, wenn du mich brauchst. Jederzeit. Ich weiß, dass ich in letzter Zeit ein bisschen … na ja … abwesend war, aber das ist nicht der Normalzustand. Sam mag dich, auf ihn kannst du auch zählen. Und wer weiß, vielleicht dämmert deinen Eltern und Brüdern ja auch, dass man so nicht mit dir umspringen kann, wenn du ihnen erst einmal zeigst, dass es dir mit deinem Nein ernst ist.«

»Das glaube ich nicht«, sagt Zelda und ihre Stimme klingt bitter. »Aber jetzt geht es erst einmal darum, dass ich mich wieder wohlfühle. Hast du die Farbe überall verteilt?«

»Gleich«, sage ich und massiere den letzten Rest Schaum in ihre Spitzen. »Tadaaa«, mache ich, als ich fertig bin. Sie schlingt sich ein Handtuch um den Kopf, das – nach der interessanten Färbung zu urteilen – schon öfter Zeldas frisch gefärbten Kopf beherbergt hat.

»Und jetzt warten wir«, sagt sie zufrieden. »Kann ich mich bei dir revanchieren? Dir die Nägel lackieren oder so?« Zelda öffnet einen Hängeschrank, und zum Vorschein kommen sicher fünfzig Fläschchen mit Nagellack. »Such dir eine Farbe aus.«

»Ich habe noch nie eine so große Auswahl Nagellack in privatem Besitz gesehen«, sage ich anerkennend.

»Ja, ja, es ist eine beachtliche Sammlung, ich weiß. Leider ist das Sammeln von Nagellack nicht so anerkannt wie das Sammeln von moderner Kunst. Sonst hätte ich meine Berufung schon gefunden.«

Ich gehe die Farben durch. Ich will nichts zu Schrilles, sodass alle Neonfarben auf Anhieb ausscheiden. Zu dunkel sollte es auch nicht sein. Meine Wahl fällt am Ende auf ein klassisches Rot, nicht zu knallig und nicht zu dunkel.

»Ich wusste, dass du dich dafür entscheiden würdest.« Zelda lacht.

Ich strecke meine rechte Hand aus und sie lackiert mit einer Präzision, zu der ich nie fähig wäre, Nagel für Nagel. Danach folgt meine linke Hand.

»Na?«, fragt sie, als sie fertig ist. »Was meinst du?«

Ich betrachte meine Nägel. Sie sehen gut aus. »Ganz schön sexy«, sage ich etwas perplex.

»Das kannst du laut sagen. Lass das Sam lieber nicht sehen.« Sie grinst frech, und auch ich muss lachen. Es tut gut, die Dinge für den Moment nicht zu ernst zu nehmen. Auch wenn das nicht bedeutet, dass ich Sams Gefühle nicht ernst nehme. Aber gegen eine Pause von der Ernsthaftigkeit ist eben ab und zu nichts zu sagen.

Als die dreißig Minuten um sind, nimmt Zelda das Handtuch vom Kopf. Sie hält die Haare wieder unter den Wasserhahn, bis alle überschüssige Farbe rausgespült ist. Dann rubbelt sie die Haare ab. Sie sehen schon sehr pink aus, und ich mache große Augen.

»Warte, bis du es geföhnt siehst«, sagt Zelda und beginnt, die Haare zu trocknen.

Als sie fertig ist, blickt sie in den Spiegel und jauchzt. Ich stelle mich neben sie, und gemeinsam sehen wir unsere Spiegelbilder an. Ich forme aus meinen Fingern meine Kopfkamera, präge mir das Bild von uns beiden genau ein und mit einem »Klick« speichere ich das Bild in meiner Erinnerung. Zelda lacht.

»Du siehst aus wie du«, stelle ich fest.

»Und du siehst aus wie du«, sagt sie. »Danke für deine Hilfe.« Sie dreht sich zu mir und umarmt mich fest. »Mit allem, meine ich. Ich weiß es wirklich zu schätzen, dass dir meine Freiheit wichtig ist.«

Einen Augenblick verharren wir in der Umarmung. Ich drücke ihre kleine, dünne Gestalt eng an mich und bin unendlich froh, dass ich sie habe.

Als ich mit Amy vor der Tür von Rhys' Elternhaus stehe, bin ich ziemlich nervös. Ich hoffe so sehr, dass wir eine Antwort auf die Frage kriegen, die ihn umtreibt.

Amy hat mir nicht zu viel versprochen. Die meisten Häuser in dieser Gegend sehen aus, als würden sie bald einstürzen. Viele sind mit Brettern vernagelt, und die Vorgärten sind zugemüllt. In einiger Entfernung ragen höhere Wohnblocks in den Himmel. Dort werde es wirklich gefährlich, sagt Amy. Die Armut des Viertels ist nicht zu übersehen. Ich bin erleichtert, dass ich mir eine einfache Jeans und Turnschuhe angezogen habe.

»Überlass das Reden mir«, sagt sie jetzt und ich nicke. Ehrlich gesagt bin ich ganz froh, dass ich mich im Hintergrund halten kann.

Amy geht die morschen Holzstufen zur Eingangstür hinauf. Das Geländer ist aus der Fassung gebrochen. Es sieht aus, als würde es nur noch von Rost zusammengehalten. Amy klopft, eine Klingel gibt es nicht.

Im Innern des Hauses beginnt ein Hund zu kläffen. Im nächsten Augenblick schreit ein Baby.

»Verdammt noch mal, halt die Fresse, Spike«, keift eine Frau. Daraufhin wird die Tür aufgerissen. Die Frau, die gerade noch den Hund beschimpft hat – zumindest hoffe ich, dass sie den Hund und nicht das Baby gemeint hat –, steht vor uns. Sie ist groß und fleischig. Sie hat eine Zigarette in der einen Hand und einen Kochlöffel in der anderen. Mit dem Fuß versucht sie, Spike daran zu hindern, uns anzuspringen. Zu meiner Erleichterung handelt es sich um einen kleinen Hund, der nicht gefährlich aussieht.

»Guten Abend, Ma'am«, sagt Amy. »Haben Sie vielleicht eine Minute? Wir hätten eine kurze Frage an Sie.«

»Sie sehn doch, was hier los is'«, sagt die Frau. »Wir kaufen nix, und von Ihrem Gott müssen Sie mich auch nich' überzeugen. Ist'n bisschen spät dafür.«

»Wir verkaufen nichts. Es geht um unseren Freund«, sagt Amy.

»Solange dein Freund nich' faul auf meiner Couch rumliegt und die Füße hochlegt, während ich mir hier den Arsch aufreiße« – Letzteres ruft sie ins Haus und erntet ein Grunzen – »weiß ich nich', was ich damit zu tun haben soll.«

»Sie kennen ihn vermutlich gar nicht. Er hat mal in diesem Haus gewohnt.«

»Armes Schwein«, sagt die Frau. »Na dann hoff ich für ihn, dasser's jetzt besser hat.«

Ich habe nicht das Gefühl, dass Amy mit ihrer Höflichkeit hier weiterkommen wird. Es geht mir zu langsam.

Deswegen frage ich: »Wissen Sie zufällig, wo die Familie hingezogen ist, die vorher hier gewohnt hat?« Amy wirft mir einen wütenden Blick zu.

»Ihr seid aber nich' von der Polizei, oder?«, fragt die Frau.

»Nein, nein«, beeilt Amy sich zu sagen.

»Na, kann mir auch egal sein. Niemand hat gesagt, dass es ein Geheimnis is'. Ich weiß nich', wo die jetzt wohnen. Aber ich hab die Nummer vonner Frau, die hier ab und zu Post geholt hat am Anfang. Weiß allerdings nich', ob die noch stimmt.« Sie schnippt ihre Zigarette in den Garten und zieht ein altes Klapphandy aus ihrer Schürze. »Das war die Schwester von der armen Maus, die hier gewohnt hat«, sagt sie und reicht Amy das Handy. Die zückt ihr eigenes und tippt die Nummer ein.

»Vielen Dank«, sagt sie dann. »Sie haben uns sehr geholfen.«

»Bitte, bitte«, erwidert die Frau. »Und was hab ich jetzt davon?« Ich zücke meinen Geldbeutel und stecke ihr einen Zwanzig-Dollar-Schein zu. Sie lacht. »Na wenn das so is', ich hab noch mehr Telefonnummern da drin.«

»Danke, eine reicht«, sagt Amy. »Vielen Dank für Ihre Hilfe. Auf Wiedersehen.«

»Wiedersehen«, sagt die Frau und Amy zieht mich die Treppe hinunter und zurück auf die Straße.

»Ich habe dir gesagt, dass ich rede. Und was sollte das mit dem Geld?«, fragt sie, während wir uns auf den Weg zurück Richtung Innenstadt machen.

»Ist doch wunderbar gelaufen«, gebe ich zurück.

»Du hast keine Ahnung, Tamsin. Bei solchen Besuchen muss man höllisch aufpassen. Was, wenn sie ihrem Kerl, der faul auf dem Sofa liegt, den Schein zeigt, und er denkt, bei uns gibt es noch mehr zu holen? In dieser Gegend gibt es kaum einen Haushalt ohne Schusswaffe. Das kann echt ins Auge gehen.«

»Entschuldige«, sage ich. »Ich war nur so froh über ihre Hilfe und ich dachte, mit einem Baby im Haus kann sie die zwanzig Dollar sicher gebrauchen.«

»Kann sie auch«, sagt Amy jetzt schon viel freundlicher. »Und jetzt probieren wir die Nummer aus.«

Amy stellt ihr Telefon auf »anonym« und wählt die Nummer, die die Frau uns gegeben hat. Sie hält sich das Telefon ans Ohr. Nach zehn Sekunden legt sie wieder auf.

»Tatsächlich, der Name ist Angela Bolton«, sagt sie.

»Ja!«, rufe ich und springe jubelnd in die Luft.

»Ich gehe jetzt nach Hause. Ich brauche dringend eine Mütze Schlaf nach diesem Tag. Geh zu Rhys, erzähl ihm von unserem Fund. Und sag ihm, dass du ohne mich nie an die Nummer gekommen wärst und er bei mir die Regalbretter reparieren soll. Mein Archiv ist endgültig in sich zusammengestürzt.«

»Danke, Amy«, sage ich und will sie umarmen. Doch sie hält mich zurück.

»Bin keine große Umarmerin. Körperkontakt ist nicht wirklich mein Ding«, sagt sie entschuldigend.

Ich sehe sie fragend an, doch Amy geht schon weiter.

An einer Kreuzung in der Nähe meiner Wohnung verabschiedet sie sich.

Rhys

42 Ich bin heilfroh, als Liz mich nach Hause schickt. Es ist sechs Uhr abends, und ich habe eine Neun-Stunden-Schicht hinter mir.

Als ich gehe, sitzt der Schnösel immer noch an seinem Tisch. Ich habe keine Ahnung, auf was er wartet, jedenfalls geht er mir und Liz schon den ganzen Tag auf die Nerven mit seinen Telefonaten und dem lauten Tippen auf seinem Laptop.

Mein Schädel brummt, und ich freue mich auf ein kühles Bier in der Einsamkeit meines Zimmers.

Aus der Wohnung dringen Stimmen und mir fällt ein, dass Maliks Schwester Jasmine heute zu Besuch ist. Sie hat sich mit ihrer Mutter gestritten und übernachtet heute bei ihrem großen Bruder. Er hat es mir gestern gesagt, aber mein Gedächtnis ist in letzter Zeit nicht das beste.

Ich sperre die Tür auf und will mich eigentlich in mein Zimmer schleichen, als Maliks Gesicht im Türrahmen auftaucht.

»Na endlich, Alter. Wir sterben vor Hunger.«

»Habt ihr etwa auf mich gewartet?«, frage ich. Ich habe keinen Hunger, und nach Konversation ist mir auch nicht. Trotzdem trotte ich in die Küche. Jasmine sitzt am Tisch und trinkt Orangensaft. Als ich eintrete, schlägt sie die Augen nieder.

»Hi, Rhys«, haucht sie.

»Hi, Jasmine, schön dich zu sehen«, sage ich.

Sie lächelt unsicher.

Malik verdreht die Augen. »Bis gerade eben hattest du noch eine ganz schön große Klappe von wegen ausziehen und arbeiten. Und jetzt bringst du nicht mal eine anständige Begrüßung raus? Wie soll das denn werden in deinem Nagelstudio, wenn du nicht mal mit den Leuten reden kannst?«

»Nagelstudio, was?«, frage ich.

Jasmine nickt. »Die Mom von meiner besten Freundin hat einen eigenen Laden. Da könnte ich anfangen zu arbeiten.«

»Und die Schule hinschmeißen und dein Leben wegwerfen«, fügt Malik hinzu.

»Gar nicht mein Leben wegwerfen«, sagt Jasmine stur.

»Rhys, was meinst du? Schule oder Nagelstudio?« Langsam dämmert mir, dass Malik mich als Verstärkung dabeihaben will.

Ich seufze. »Wenn ich die Wahl hätte, würde ich in die Schule gehen. Schule ist so viel leichter als Arbeiten.«

»Siehst du!«, sagt Malik triumphierend. »Außerdem verdienst du später mal mehr Geld, wenn du die Schule fertig machst.«

»Ich kann auch einen Mann heiraten, der viel Geld verdient«, gibt Jasmine trotzig zurück.

»Das kannst du sicher, so hübsch, wie du bist«, sagt Malik. »Aber ich sag dir eins, nur weil ein Mann viel verdient, heißt es nicht, dass er dich auch gut behandelt. Und wenn du die Schule nicht fertig machst, bist du von ihm abhängig. Das ist eine sehr dumme Idee.«

Mir fällt der Schnösel aus dem Café wieder ein. »Ich

habe noch nie einen netten reichen Mann getroffen«, sage ich. »Am besten ist es sowieso, allein zu bleiben und sich von niemandem abhängig zu machen, finanziell oder emotional.« Meine Stimme klingt bei den letzten Worten kalt. Das hatte ich eigentlich nicht beabsichtigt, aber es kann nicht schaden, wenn Jasmine die wichtigen Wahrheiten des Lebens lernt. Ich hole mir ein Bier aus dem Kühlschrank.

»Nicht so positiv, Sonnenschein«, sagt Malik.

»Warum willst du allein sein?«, fragt Jasmine.

»Wenn man allein ist, kann man niemanden enttäuschen«, sage ich und nehme einen Schluck Bier. Das Bild meiner eigenen Schwester taucht vor meinem inneren Auge auf. Meiner geliebten kleinen Jeannie. Aber sogleich schiebt sich das lachende Gesicht einer jungen Frau davor. Ich nehme einen Schluck aus meinem Bier, um beide Erinnerungen zu vertreiben.

»Wen hast du enttäuscht?«, fragt sie weiter. Ihre jugendliche Neugier lässt mich wieder an Jeannie denken.

»Eigentlich alle«, gebe ich zurück.

»So, das reicht jetzt mit der Fragestunde«, weist Malik seine Schwester an. »Fragen kannst du in der Schule stellen. Und wenn du Rhys weiterhin so löcherst, bringt er uns mit seiner Laune noch alle zum Weinen.«

Bei diesen Worten stellt er einen dampfenden Teller mit Lasagne vor seine Schwester. Er befüllt noch zwei weitere Teller und setzt sich dann auch an den Tisch.

Lustlos stochere ich in meinem Essen. Obwohl Maliks Lasagne eigentlich fantastisch schmeckt, wird mir beim Gedanken an Essen übel. Ich blicke kurz auf und sehe, dass auch Jasmine kaum etwas gegessen hat. Nur Malik scheint Appetit zu haben.

»Ich habe wirklich genug von euch beiden«, sagt er, nachdem wir eine Weile geschwiegen haben. »Die eine jammert nur – darüber, dass ihr Leben zu schön ist, sie zu viel zu essen hat, zu viel lernen darf und dann immer noch genug Zeit übrig ist, um sich mit Freundinnen zu treffen. Und der andere bekommt eine Chance nach der anderen und betrinkt sich jeden Abend alleine. Da kann irgendwann selbst der fröhlichste Mensch nicht mehr gegen an. Wenn sich jeder hier einfach mal ein bisschen Mühe geben würde, zu sehen, was er hat, statt nur dem nachzuheulen, was er nicht hat, wäre uns schon sehr geholfen. Und vor allem wäre *mir* dann sehr geholfen, denn ich brauche ab nächstem Monat all meine Kräfte für mich und meine Ausbildung.«

Ich blicke auf und hebe eine Augenbraue. »Ausbildung?«

»Ja, Alter, stell dir vor. Während du dich in deinem Zimmer vergräbst, kommt es tatsächlich vor, dass dem ein oder anderen etwas Schönes passiert, das er gern mit seiner Schwester und seinem besten Freund feiern würde.«

»Was für eine Ausbildung?«, fragt Jasmine.

»Ich werde Koch«, sagt Malik und strahlt. »Ich fange am Montag im *Fairmont Hotel* in Paloma Bay an.«

»Wow, das ist ja sagenhaft, Malik. Ich freu mich für dich«, sage ich und klopfe ihm auf die Schulter. Ich fühle mich plötzlich richtig schlecht, weil ich nicht einmal wusste, dass er sich dort beworben hatte. Wie zum Beweis meiner Freude zwinge ich mich, mir eine Gabel voll Lasagne in den Mund zu schieben.

»Hat Amy für mich eingefädelt. Sie hat mir auch ein Auto besorgt für die Pendelei. Eine ziemliche Schrottkarre, aber sie fährt.« Malik grinst.

Jasmine springt auf und schlingt die Arme um den Hals ihres Bruders. »Herzlichen Glückwunsch«, ruft sie.

»Und wenn ihr beide jetzt wenigstens heute Abend mal eure schlechte Laune für euch behalten könntet, kriegt ihr auch noch Nachtisch.«

»Nachtisch«, sagt Jasmine und ihre Augen beginnen zu leuchten.

Auch wenn mir der Sinn eigentlich ganz und gar nicht nach Nachtisch steht, beiße auch ich die Zähne zusammen und tue so, als würde ich mich freuen.

Tamsin

43 Obwohl ich am liebsten direkt zu Rhys gehen würde, mache ich einen kleinen Umweg über meine Wohnung, um mir etwas anderes anzuziehen. Wenn ich ihn wiedersehe, will ich mich wohlfühlen. Ich muss die überzeugendste Version meiner selbst sein, damit er mich diesmal nicht wieder von sich stößt.

Als ich die letzten Stufen der Treppe hinaufsteige, sehe ich, dass vor meiner Wohnung jemand auf einem Rollkoffer sitzt. Ich erkenne die teuren Lederschuhe, die dunklen Jeans, den Mantel. Rieche sein süßes Parfüm. Ich erstarre. Es ist Dominic.

»Was tust du hier?«, frage ich entgeistert. »Warum bist du hier?« Ich fasse es nicht, dass er hier sitzt.

»Und warum bist du den ganzen Tag *nicht* hier?«, entgegnet er auf seine entwaffnend charmante Art, die früher bei mir funktioniert hat.

Er lächelt mich an, und ich weiß, dass er sich für absolut umwerfend und unwiderstehlich hält. Suzie hat ihm definitiv nicht gutgetan.

»Im Ernst, Dominic, was soll das?«

»Ich hatte das Gefühl, dass bei unserem letzten Zusammentreffen nicht alles gesagt wurde, was zu sagen ist.« Er wischt sich imaginäre Fussel von seinem Mantel.

»Oh, doch, das wurde es«, sage ich fest und bestimmt. Ich stehe vor ihm und wage es nicht, an ihm vorbeizugehen und meine Wohnungstür aufzuschließen. Ich möchte ihn nicht hineinbitten.

»Von deiner Seite aus vielleicht. Aber ich habe dir noch jede Menge zu sagen. Und da du auf meine Nachrichten nicht reagiert hast, habe ich ehrlich gesagt keine andere Möglichkeit mehr gesehen, als dich zu besuchen.«

»Muss man nicht eingeladen sein, um es ›Besuch‹ zu nennen?« Ich verliere langsam die Geduld. Ich habe heute noch etwas Wichtiges vor und jede Sekunde, die ich hier draußen mit meinem Exfreund vergeude, ist eine Sekunde, die ich länger warten muss.

Dominic grinst und streckt die Arme nach mir aus. Er will mich in eine Umarmung ziehen, doch ich gehe keinen Schritt auf ihn zu.

»Gehen wir rein?«, fragt er.

Ich finde es ziemlich frech, aber langsam schwant mir, dass ich ihn so schnell nicht loswerde. Ich stöhne. »Wie kommst du darauf, dass es in Ordnung ist, einfach so in mein Leben zu platzen?«

»Du bist einfach so *aus unserem* Leben geplatzt.«

»Weil du einfach so *in unsere Maklerin hinein*geplatzt bist.«

Er lacht und zuckt entschuldigend mit den Schultern. »Und das war der schlimmste Fehler meines Lebens. Also, darf ich reinkommen?«

»Na schön«, sage ich. Je schneller er drin ist, desto schneller kann er auch wieder gehen.

Ich sperre die Tür auf. Er betritt die Wohnung hinter mir.

»Ernsthaft, Tamsin? So lebst du? Das ist doch nicht dein Niveau.« Er blickt sich in meinem Zimmer um und rümpft die Nase.

»So? Und was ist mein Niveau? Du etwa? Ein betrügerisches Arschloch?«, frage ich betont naiv.

»Okay, ja, das habe ich verdient. Aber hör zu, ich will es wiedergutmachen. Ich will unser ganzes Leben nutzen, um diesen Fehler wiedergutzumachen. Ich lege dir die Welt zu Füßen. Ich kaufe dir jedes Buch, das du willst. Gib mir noch eine Chance. Ich verspreche dir, du wirst es nicht bereuen.« Er öffnet den Koffer und zieht etwas heraus. Es ist die Schachtel, die ich schon an Weihnachten nicht wollte. »Bitte, Tamsin, lass mich dir ein Geschenk machen. Lass mich auf diese Weise anfangen, dir zu zeigen, was du mir bedeutest.«

»Dominic«, sage ich streng und hebe abwehrend die Hände. »Hör auf damit.«

»Nicht, bevor du nicht zulässt, dass ich dich küsse«, sagt er und ist in zwei großen Schritten bei mir.

»Bist du wahnsinnig?« Ich kreische beinahe, denn jetzt kriege ich es mit der Angst zu tun. Ich habe Dominic zwar nie als gefährlichen Menschen erlebt, aber hier, in der Enge meines Zimmers, fühle ich mich wirklich unwohl in seiner Nähe. »Rühr mich nicht an.«

»Okay, okay, ist ja gut. Kein Grund, gleich durchzudrehen. Denkst du, so einer bin ich? Habe ich je etwas von dir gefordert, was du nicht zu geben bereit warst?«

»Außer in diesem Moment, meinst du?«, frage ich. »Kannst du mir bitte mal erklären, was an meinem Verhalten dich dazu bewogen hat, zu denken, das zwischen uns wäre nicht vollkommen und für immer vorbei?« Ich muss an Sam denken und daran, dass ich ihm offenbar Signale gesendet habe, die bei ihm völlig anders angekommen sind, als ich sie gemeint hatte. Aber ich kann mir beim besten Willen nicht vorstellen, dass Dominic irgendetwas an meinem Verhalten zu seinen Gunsten hätte interpretieren können.

»Das ist wirklich das Letzte«, sagt er plötzlich, und der Ton in seiner Stimme schlägt auf einmal um. War er bis gerade eben noch charmant und freundlich, klingt er jetzt beinahe wütend. Ich weiß nicht, wie mir geschieht. Wie bin ich nur in diese bescheuerte Situation gerutscht?

»Ja, das finde ich auch. Das hier ist wirklich das Letzte. Du dringst in mein Zuhause ein, obwohl es ja wohl offensichtlich ist, dass ich das nicht will. Ich habe noch etwas vor heute Abend und du hältst mich davon ab.«

»Weißt du, dass ich durchs ganze Land geflogen bin, um dich zu sehen?« Er wird lauter.

»Ja, das ist mir nicht verborgen geblieben. Und ich weiß es auch vor allem deshalb, weil ich durchs ganze Land geflogen bin, um dich und Rosedale nicht mehr zu sehen.« Es fällt mir wirklich schwer, höflich zu bleiben.

»Ich kann nicht glauben, dass ich mich zu dieser Farce habe überreden lassen«, murmelt er und fährt sich mit der Hand durch die Haare. Er dreht sich um und lacht ungläubig. »Um dann in dieser Bruchbude zu stehen und mich demütigen zu lassen.«

»Was meinst du damit?«

»Was ich damit meine?« Er lacht wie ein Wahnsinniger. »Ich meine damit, meine liebe Tamsin, dass ich durch die ganze Welt fliege, um dich nach Hause zu holen, in dem Glauben, dass du mir noch eine Chance gibst. Aber offensichtlich ist das nicht der Fall.«

»Aber wie kannst du das denn glauben?«

»Deine Eltern. Deine Eltern haben mir in Aussicht gestellt, du würdest nur auf eine anständige Entschuldigung warten.«

»Wie bitte?« Ich bin völlig perplex. Ich lasse mich auf mein Bett sinken, weil ich mir nicht sicher bin, wie lange meine Beine mich noch tragen. »Meine Eltern haben behauptet, ich würde nach Hause kommen, wenn du dich entschuldigst?«

»Ehrlich gesagt haben sie noch ganz andere Sachen in Aussicht gestellt.«

Mir ist ganz flau im Magen. »Was denn noch?« Doch Dominic schüttelt den Kopf. »WAS NOCH??«, brülle ich, und er zuckt zusammen.

»Sie haben mir das Startkapital für meine eigene Firma in Aussicht gestellt, wenn wir wieder zusammenkommen.«

Ich keuche auf. Meine Eltern bieten meinem Exfreund Geld, damit er mich nach Hause holt? Es ist unglaublich. Eine Mischung aus Entführung und Zwangsehe.

»Geh, Dominic«, sage ich leise, aber bestimmt. »Geh und lass dich hier nicht mehr blicken. Nie wieder, hörst du? Ich will dich nicht mehr sehen.«

Meine Stimme ist kalt, und ich bin selbst erschrocken über ihren Klang. Erst rührt er sich nicht von der Stelle, dann nimmt er langsam seinen Koffer und geht Richtung Tür. Ehe er sich aus meiner Wohnung trollt, sagt er noch: »Aber komm nicht angekrochen, wenn du merkst, dass dir dein Leben hier zu armselig ist.«

Nachdem er die Tür hinter sich zugezogen hat und seine Schritte im Treppenhaus verhallt sind, sitze ich noch lange unbeweglich auf meinem Bett. Ich atme ein und aus, ein und aus. An dieser Situation ist so vieles so falsch. Die Tatsache, dass Dominic hierherkommt, um Geld von meinen Eltern zu bekommen. Dass meine Eltern ihn dafür bezahlen, mit mir zusammen zu sein. Dass meine Wünsche ihnen mal wieder völlig egal sind. Ich habe das Gefühl, als hätte sich nichts geändert. Als wäre ich immer noch das Mädchen, das sich herumschubsen lässt.

Mit zitternden Händen wähle ich die Festnetznummer meiner Eltern.

»Dies ist der Anschluss der Familie Williams«, sagt der Anrufbeantworter. »Wir sind im Moment nicht zu Hause. Bitte hinterlassen Sie uns eine Nachricht nach dem Piep.«

»Mom, Dad, ich rufe nur an, um zu sagen, dass wir fertig sind miteinander. Bis ihr nicht begreift, dass ich jetzt mein eigenes Leben habe, will ich von euch nichts mehr hören.« Ich schlucke, und meine Stimme bricht beinahe. Ich muss mich zusammenreißen. »Dominic hat mir alles erzählt. Und wie ihr euch denken könnt, finde ich euer Verhalten mehr als nur widerlich. So lange ihr euch so verhaltet, möchte ich nicht, dass ihr mich anruft. Lasst mich in Ruhe. Ich habe euch alles gesagt.«

Ich lege auf, und mein Herz pocht schnell. Ich bin so wütend, dass ich gerne etwas kaputt machen würde. Jetzt verstehe ich, warum wütende Männer in Filmen immer einen Punchingball haben, auf den sie eindreschen können. Dieses Gefühl der Ohnmacht, der absoluten Handlungsunfähigkeit, muss ich irgendwie kanalisieren.

Ich klettere von meinem Bett und lege mit zitternden Händen eine Platte von den Sex Pistols auf. Beinahe gelingt es mir nicht, die Nadel auf die Platte zu setzen, doch dann ertönen harte Gitarren und Johnny Rottens grölend-kreischende Stimme. Ich klettere auf mein Bett zurück und lasse die Wut der englischen Siebzigerjahre meine eigene Wut davonschreien.

Früh am nächsten Morgen schrecke ich plötzlich aus einem unruhigen Schlaf auf. Langsam kehren die Erinnerungen an den letzten Abend zurück. Ich fische nach meinem Handy und bin erleichtert zu sehen, dass Dominic sich nicht mehr gemeldet hat. Allerdings habe ich eine neue Sprachnachricht auf meiner Mailbox. Erst will ich sie ignorieren, aber dann entscheide ich mich für die Variante »kurz und schmerzlos«. Wenn ich wirklich einen Strich unter mein Leben in Rosedale ziehen will, muss ich der Sache ins Auge sehen. Ich denke an meinen Großvater und frage mich, ob er meine Entscheidung verstehen würde. Ob er sie vielleicht sogar unterstützen würde. Ich weiß es nicht.

Ich habe den Lautsprecher meines Handys eingeschaltet, als die Stimme meiner Mom ertönt. »Tamsin, Liebes«, säuselt sie, »ich kann nachvollziehen, dass du dich überrumpelt fühlst, aber du musst unsere Seite verstehen. Wir machen uns Sorgen um dich. Du warst auf so einem guten Weg mit Dominic und wir denken, dass du das wegwirfst wegen eines kleinen Fehlers, der nichts bedeutet. Wie auch immer, mach keinen Unsinn. Nimm dir die Zeit, die du brauchst, lass ihn ruhig zappeln. Aber triff die richtige Entscheidung.«

Sofort lösche ich die Nachricht. Ich fühle mich regelrecht schmutzig, viel zu viele Leute haben sich in mein Privatleben eingemischt und es vergiftet. Ich muss mich dringend lange unter die Dusche stellen. Mindestens bis meine Finger so schrumpelig sind wie Rosinen. Die Zeit gebe ich mir. Doch dann habe ich Wichtigeres zu tun, als mir mein neues Leben von meinem alten kaputt machen zu lassen.

Ich klatsche in die Hände. »Also gut, Tamsin«, sage ich zu mir selbst. »Zehn Minuten darfst du dich noch im Unglück suhlen. Und dann wird gekämpft.«

Als ich mich emotional wieder einigermaßen gereinigt fühle, rufe ich Rhys' Tante Angela Bolton an. Nach nur einem Freizeichen geht sie ran.

»Bolton?«

»Hallo, Mrs Bolton. Mein Name ist Tamsin Williams. Ich brauche Ihre Hilfe.«

»Meine Hilfe?« Sie klingt ungläubig.

»Besser gesagt, mein Freund braucht Ihre Hilfe. Rhys Bolton, Ihr Neffe.«

»Ach, Kindchen«, sagt die Frau am anderen Ende der Leitung, »Dem ist nicht zu helfen.«

»Entschuldigung?«, frage ich entgeistert. »Woher wollen Sie das wissen?«

Am anderen Ende der Leitung herrscht Schweigen.

»Hören Sie«, sage ich. »Ich weiß nicht, was Sie wissen, oder was Sie glauben, zu wissen. Aber Rhys ist ein wertvoller Mensch. Er bedeutet mir alles. Und er braucht Ihre Hilfe. Er muss wissen, wie es seiner Familie geht.«

»Hmmm«, brummt Angela. »Ich weiß nicht.«

»Was gibt es da zu überlegen? Wovor haben Sie Angst?«

Wieder schweigt sie einen Moment. Dann sagt sie: »Was soll ich tun?«

44 Rhys

Tamsin steht in meinem Zimmer. Ihre Wangen sind gerötet, sie ist außer Atem. Als hätte sie sich beeilt, herzukommen. Ich sitze auf meinem Bett. Bis gerade eben habe ich einfach nur die Wand angestarrt, jetzt gilt mein Blick ihr. Ich bin unendlich froh, sie zu sehen. Ihr Anblick bringt Licht in meine Dunkelheit. Aber gleichzeitig weiß ich auch, dass ich dieses Gefühl nicht zulassen darf. Dass ich selbst den kleinsten Funken Hoffnung im Keim ersticken muss. Ich ärgere mich über mich selbst. Ich hätte einfach abhauen sollen. Solange wir in einer Stadt wohnen, kommen wir nicht voneinander los. Ich halte sie zurück.

»Ich muss mit dir reden«, sagt sie atemlos. Ich ziehe eine Augenbraue hoch und sehe sie fragend an. »Ich habe …«, sie atmet schnell ein und aus, »… etwas herausgefunden.«

Meine Neugier ist geweckt, aber je länger ich ihr gestatte, in meiner Nähe zu sein, desto schwächer werde ich in meiner ablehnenden Haltung. Und das ist falsch. Was ich zu Jasmine gesagt habe, dass man Menschen nur enttäuscht, wenn man sie an sich heranlässt, ist leider nur allzu wahr. Jeannies Schicksal zeigt mir das überdeutlich.

»Ich weiß, dass du deine Familie suchst«, sagt Tamsin.

Ich bin wie vom Donner gerührt. »Wie kommst du denn auf so etwas?«

»Jean Bolton?«, fragt sie.

Mir rutscht das Herz in die Hose. Woher zum Teufel

weiß sie von Jeannie? Ich habe ihr nie von meiner Schwester erzählt. Ich wollte sie nicht in mein Chaos involvieren. Sie sollte sich nicht mehr für mich interessieren.

»Scheiße«, sage ich deswegen nur.

»Eben nicht ›Scheiße‹«, gibt sie zurück. »Du Vollidiot, du hättest mir etwas sagen können! Ich hätte dir doch geholfen!« Sie klingt sowohl verständnisvoll als auch enttäuscht.

»Vielleicht wollte ich ja genau das nicht«, gebe ich zu bedenken und wende den Blick ab.

»Ja, weil du ein Vollidiot bist. Offensichtlich. Denn zusammen hätten wir sie sicher längst gefunden. Ich habe hier nämlich die Telefonnummer einer gewissen Angela Bolton, die mit Sicherheit weiß, wo sich deine Familie aufhält.«

Ich sehe sie an. Sehe sie einfach nur an. Sie steht vor mir und lächelt. Etwas matt zwar, aber es ist ein Lächeln.

»Wie hast du …?«, fange ich an, kann den Satz aber nicht zu Ende bringen. »Warum …? Was …?« Mehr als peinliches Gestammel kommt nicht aus meinem Mund, und ich merke, wie es hinter meinen Augen anfängt zu brennen. Ich wische mit dem Handballen über meine Lider. »Das hättest du nicht …« Aber wieder versagt meine Stimme.

»Habe ich aber«, sagt Tamsin.

Ich merke, wie sie sich neben mich auf das Bett sinken lässt. Sie nimmt meine Hand, und ich entziehe sie ihr nicht. Sie hat meine Tante gefunden!

»Danke«, bringe ich erstickt hervor.

»Gern geschehen«, sagt sie leise. »Können wir jetzt reden?«

Ich bin so überwältigt von all dem, ihrer Anwesenheit,

der Tatsache, dass sie meine Tante gefunden hat, dass sie mich nicht aufgeben will. Ich nicke, und eine Träne kullert meine Wange hinunter. Tamsin lässt meine Hand einen Moment los und wischt sie mir vorsichtig mit dem Daumen aus dem Gesicht, ehe ich es selbst tun kann. Kurz ist es mir peinlich, dass sie sieht, wie emotional ich reagiere, aber dann beschließe ich, dass es mir egal ist. Ich kann ohnehin nichts tun, sosehr ich auch versuche, die Tränen zurückzuhalten.

Ich blicke Tamsin an und sehe, dass auch ihr Tränen die Wangen hinunterkullern. »Es tut mir so leid«, sage ich, und sie schluchzt auf.

»Das sollte es auch. Hast du eine Ahnung, wie viel Angst ich um dich hatte?«

Ich senke den Blick wieder. »Ich hatte Angst um *dich*.«

»Um mich? Warum das denn?«

»Während du zu Hause warst, ist etwas passiert. Ich habe jemanden getroffen.«

»Doch nicht etwa wieder eine Prostituierte?«, sagt Tamsin erschrocken.

»Um Himmels willen, nein. Das würde ich dir nie antun.«

»Aber stattdessen stößt du mich ohne Erklärung von dir, nachdem du mir sagst, dass du mich liebst. Das tust du mir also sehr wohl an?«

»Es tut mir leid.« Ich klinge wie eine kaputte Schallplatte, die immer wieder das Gleiche herunterleiert. »Ich habe dir doch erzählt, was im Gefängnis passiert ist. Der, der mir das angetan hat. Er … ich habe ihn wiedergesehen.« Ich schlucke schwer. Tamsin drückt meine Hand. »Das hat mir völlig den Boden unter den Füßen weggezogen. Ich wusste nicht, was ich tun sollte, ich hatte Angst davor, dass er mein Leben ruinieren würde. Dass meine Angst mein Leben ruinieren würde …«

»Und da hast du gedacht, du ruinierst es lieber selbst?«

»Wenn du es so sagst, klingt es dämlich. Ich hatte das Gefühl, als wäre ich unberechenbar. Als wäre ich ein Risiko in deinem Leben. Ich dachte, mit Sam wärst du besser dran.«

Sie schnaubt. »Sam«, sagt sie und klingt bitter. »Sam und ich haben uns geküsst. Erleichtert dich das?«

Eine unangenehme Hitze breitet sich in mir aus. Es ist, als würden meine Eingeweide glühen. Mir wird schon wieder übel.

»Du hast Sam geküsst?«, frage ich mit heiserer Stimme. Ich weiß, dass ich kein Recht habe, böse oder eifersüchtig zu sein. Aber der innere Schmerz ist kaum auszuhalten.

»Nein, nicht ich habe ihn geküsst. Wir haben uns geküsst. Ganz kurz. Das war es doch, was du wolltest.«

Ich nicke mechanisch.

»Es hat allerdings nicht so funktioniert, wie du dir das vorgestellt hast. Denn ich will eindeutig nichts von Sam. Ich will nur etwas von dir.«

Ich bin immer noch wie gelähmt. Verdammt! Habe ich nicht die letzten Wochen damit zugebracht, Tamsin aus meinem Gedächtnis zu verbannen? Wie kann mir da jetzt die Vorstellung von ihr und Sam so wehtun? Es war doch genau das, was ich mir für Tamsin gewünscht habe.

»Wie geht's dir damit?«, fragt sie.

»Nicht so«, gebe ich gequält zur Antwort.

»Aha«, sagt sie beinahe triumphierend. »Mir ging es auch ›nicht so‹. Aber vielleicht siehst du jetzt ein, dass wir gut füreinander sind. Oder zumindest, dass ich ein Wörtchen mitzureden habe, wenn es darum geht, was gut für mich ist.«

Ich nicke wieder.

»Ich weiß nicht, womit ich das alles verdient habe«, sage ich, als ich einigermaßen die Fassung wiedergefunden habe. »Deine Offenheit. Deine Hilfe. Dass du mich nicht aufgibst.«

»Ich weiß es ehrlich gesagt auch nicht«, sagt sie, und mir wird heiß und kalt. Dann stößt sie mich in die Seite. »Nur ein Scherz.«

Ich ziehe sie in eine sehnsüchtige, verzweifelte Umarmung, vergrabe mein Gesicht in ihren Haaren, die so wunderbar vertraut duften. Ich kralle meine Finger in ihr Oberteil und drücke sie so fest an mich, dass ich beinahe Angst habe, sie zu zerbrechen. Um ihr nicht wehzutun, lockere ich meinen Griff etwas.

»Ich will mit dir zusammen sein«, sagt Tamsin. »Es ist für mich in Ordnung, dass es mit dir manchmal kompliziert ist. Das ist es mir wert. Du bist es mir wert, Rhys.« Sie löst sich sanft aus meiner Umarmung und sieht mir ernst in die Augen. »Du darfst mich nur nicht wegschicken.«

»Erst recht nicht zu jemand anderem«, sage ich und wische ihr die Tränen von den Wangen. Sie erwidert die Geste, da anscheinend auch mein Gesicht tränenfeucht ist. Ein zaghaftes Lächeln breitet sich auf ihren Lippen aus und sie beugt sich vor, um mir einen Kuss auf meinen Mundwinkel zu hauchen. Auch ich verziehe meinen Mund zu einem Lächeln. Wie macht sie das nur? Im einen Moment ist die Welt nichts anderes als Schwärze und ich stehe vor einem Abgrund, der mich zu verschlingen droht, im nächsten ist sie bei mir und alles scheint machbar, ja, beinahe einfach. Die Geborgenheit, die ich bei ihr spüre, macht die Welt nicht nur erträglich, sie macht sie schön. Obwohl ich nach wie vor Angst habe, dass Tamsin ohne mich besser dran ist, kann ich nicht anders, als die Nähe zuzulassen, einzufordern. Sie sagt, sie entscheidet, was gut für sie ist. Kann ich ihr in diesem Punkt vertrauen?

»Du versteifst dich schon wieder. Ist es wegen des Kusses?«, fragt sie.

Ich schüttle vehement den Kopf. »Nein, der Kuss ist nicht wichtig«, sage ich und meine es so. Vergeben und vergessen. Wobei es ja nicht einmal etwas zu vergeben gab. Deswegen also nur vergessen. »Bist du dir sicher, Tamsin? Ich muss wissen, dass du dir absolut sicher bist.«

»Ich bin mir absolut sicher«, sagt sie und schiebt ihre Finger unter mein T-Shirt, um meine Haut zu berühren. Ihre Hände fühlen sich so gut und so richtig auf meiner nackten Brust an, dass ich seufzen muss. »Vertrau mir.«

Und in diesem Moment lasse ich mich fallen. Lasse mich endgültig von meinen Gefühlen für sie einnehmen. Ich lege mich auf den Rücken und ziehe Tamsin auf mich. Kurz sehe ich sie an, doch dann überkommt mich ein solches Verlangen, dass ich sie küsse. Ich ziehe ihren Kopf leicht nach unten.

Ich will mich in diesem Kuss verlieren. Es gibt für mich kein schöneres Gefühl, als Tamsins Lippen, als die zaghafte Berührung ihrer Zunge zu spüren. Ich öffne meinen Mund und habe das Gefühl, ihr niemals nah genug sein zu können. Es ist, als sei es unmöglich, jemals die Sehnsucht nach ihr zu stillen.

Doch obwohl dieser Kuss eine wahrhaftige Offenbarung ist, und ich vollkommen ausgehungert bin, kommt es mir unwürdig vor, nach allem, was war, knutschend auf meinem Bett in meinem armseligen Zimmer zu liegen.

»Warte«, keuche ich atemlos und löse widerstrebend die Lippen von ihren.

»Was ist denn nun schon wieder?«, fragt sie und will ihren Mund gleich wieder auf meinen senken.

So gern ich es zulassen würde, hat sie doch etwas anderes verdient. »Ich will dich auf Händen tragen. Ich will dir die Welt zu Füßen legen und dir alles geben, was du dir erträumst. Ich will einen Neuanfang für uns. So sehr. Aber nicht so. Nicht in meinem muffigen Zimmer.«

»Für mich ist es in Ordnung«, sagt sie und lächelt.

»Ich will dir zeigen, wie viel du mir bedeutest.«

»Ich dachte, da waren wir gerade dabei?«

»Ja, schon, natürlich, aber es soll etwas Besonderes sein. Unser Neuanfang soll dir für immer in Erinnerung bleiben.« In meinem Kopf formen sich erste Ideen, und ich bin ganz aufgeregt. Es gibt da einen Ort, den ich ihr zeigen will. Vielleicht kann ich Tamsins Leben ebenso schöner machen wie sie das meine. »Darf ich dich ausführen?«, frage ich.

Sie lacht. »Du willst mich ausführen?«

»Ja, nein, also nicht in ein Restaurant oder so. Das ist nicht besonders genug. Gib mir bis heute Abend. Ich hole dich ab.«

Sie murrt etwas, richtet sich dann aber doch auf. »Du sagst das jetzt nicht, um mich loszuwerden, oder?«, fragt sie etwas unsicher.

»Auf keinen Fall«, erwidere ich und presse meine Lippen noch einmal fest auf ihre, wie um ihr zu beweisen, dass sie sich keine Sorgen mehr zu machen braucht. Denn das ist das Letzte, was ich will.

»Also gut, dann gehe ich jetzt.«

Sie steht auf und streift mit den Händen ihren bunt bestickten Rock zurecht. Der Drang, sie zu küssen, ist beinahe unerträglich, und es erfordert jeden Funken Selbstdisziplin, den ich mobilisieren kann, um sie nicht wieder in eine Umarmung zu ziehen. Aber das wird es wert sein, sage ich mir.

Sie wirft mir eine Kusshand zu und verlässt das Zimmer.

»Warte!«, rufe ich, als ich höre, wie sie die Wohnungstür öffnet. Ich laufe ihr nach, um sie doch noch einmal zu küssen. Ich kann einfach nicht anders. Es ist, als wären wir zwei Magnete, die sich gegenseitig anziehen. Als läge es in der Logik der Dinge, dass wir uns berühren müssen. Ich ziehe sie an mich und drücke ihr einen sanften Kuss auf die Stirn, dann auf die rechte Schläfe.

»Bis heute Abend«, flüstere ich und streiche ihr eine ihrer braunen Haarsträhnen hinter das Ohr.

Tamsin

45 Auf dem Heimweg schwebe ich beinahe. Ich habe Rhys zurückgewonnen und meinen alten Ballast abgestoßen! Fast fühle ich mich unbesiegbar. Dies ist der Neuanfang des Neuanfangs, nur dass ich diesmal nicht aus Trauer handle, sondern aus Überzeugung. Eine kleine Unsicherheit bleibt. Rhys' Zusammenbruch ist nicht spurlos an mir vorübergegangen, das ist klar. Aber im Moment habe ich keine Lust, mich damit auseinanderzusetzen.

Das Wetter ist traumhaft schön. Nach dem Regen der letzten Tage strahlt heute die Sonne mit mir um die Wette. Die Temperaturen sind angenehm, und wenn ich an das eisige Maine denke, überkommt mich eine ungeheure Zufriedenheit, genau jetzt genau hier zu sein.

Ich schreibe Amy eine Nachricht, dass sie sich keine Sorgen machen braucht, alles gut ist und Rhys sich sehr über unsere Hilfe gefreut hat. Als Antwort erhalte ich einen grinsenden Smiley und einen nach oben gereckten Daumen.

Den Tag verbringe ich damit, Anrufe meiner Eltern wegzudrücken und meine Wohnung auf Vordermann zu bringen. Denn seit meiner Rückkehr aus Maine habe ich nur noch das Nötigste gemacht. Mein Zuhause kann eine Tiefenreinigung gut vertragen. Das zumindest ist der Grund, den ich mir eingestehe. Dass ich vielleicht darüber nachdenken sollte, was der Bruch mit meinen Eltern für mich bedeutet, schiebe ich weit von mir. Genauso muss ich mich irgendwann mit der Frage auseinandersetzen, ob mein Vertrauen in Rhys nachhaltig erschüttert ist. Aber nicht jetzt.

Ich reiße die Fenster auf und lasse die Sonne in mein Zimmer scheinen. Dann lege ich eine Schallplatte von den Talking Heads auf und beginne, tanzend meine Wäschestücke einzusammeln. Als der Boden vom Gröbsten befreit ist, mache ich mich daran, die Oberflächen aufzuräumen und abzuwischen. Mein Blick fällt auf das Foto von mir und Sam. Das ist die einzige Baustelle, die es jetzt noch zu beseitigen gilt. Aber eins nach dem anderen. Er wird sich melden, wenn er bereit ist. Das hoffe ich zumindest.

Es ist irrsinnig befriedigend, Ordnung in mein Chaos zu bringen. Ich organisiere meine Uni-Unterlagen, hefte Mitschriften und Essays ab. Meine Bücher, die kreuz und quer in der gesamten Wohnung verstreut liegen, räume ich sorgfältig in ihre Regale zurück. Eigentlich brauche ich eine neue Obstkiste, denn sowohl Rhys' Wandregal als auch das Obstkisten-Provisorium, das ich inzwischen gar nicht mehr als solches wahrnehme, platzen aus allen Nähten. Ich beschließe, im Café nachzufragen, ob sie welche übrig haben.

Und tatsächlich! Che, der sich wahnsinnig freut, mich wiederzusehen, findet zwei leere Kisten in der Küche. Ich nehme mir noch einen Kaffee mit, auf den Liz mir extraviel Kakaopulver streut.

Zurück in meiner Wohnung baue ich meine neuen Errungenschaften in meine Obstkisten-Landschaft ein. Mal hochkant, mal quer stelle und lege ich die Kisten so, dass sie zusammen ein wirklich schönes Regal ergeben. Aus der Notlösung ist mein eigenes Design geworden. Ich sortiere die Bücher um, sodass nun jede Kiste einen eigenen Sprachraum beherbergt. Nur für die englischsprachigen Bücher brauche ich mehr Platz. Es erfüllt mich mit ungeheurer Freude, jedes meiner Bücher noch mal einzeln zu betrachten, mir in Erinnerung zu rufen, wann ich es gelesen habe, wie ich mich dabei gefühlt habe. *Anna Karenina* beispielsweise habe ich im Winter vor drei Jahren in der Wohnung meines Großvaters gelesen. Jeden Tag nach der Schule ging ich ihn besuchen, um erst seinen Geschichten zu lauschen und dann Tolstois Geschichte zu lesen. Sylvia Plaths *Die Glasglocke*, ein Geschenk von Sam, habe ich in einer Nacht verschlungen. Nach einem Streit mit meiner Mom verbarrikadierte ich mich in meinem Zimmer und fühlte mich mit der Protagonistin umso verbundener, da auch ich das Gefühl hatte, unter einer Glocke zu sitzen, die mir die Luft zum Atmen nahm. *Pu der Bär* fällt mir ins Auge, und ich muss unwillkürlich schmunzeln. So viele Erinnerungen verbinde ich mit diesem Buch. Es war das erste Buch, das mein Großvater mir vorlas. Das erste Buch, das ich selbst gelesen habe. In vielen Stunden, in denen ich Trost brauchte, hat es mir Mut gemacht. Aber die lebhaftesten Erinnerungen sind die von Rhys in meinem Bett, während ich ihm vorlese. Ich werde von einer ungeheuren Vorfreude auf heute Abend erfüllt. Was er wohl geplant hat?

Da ich nicht weiß, was passieren wird, bin ich mir bezüglich meines Outfits unsicher. Am Ende entscheide ich mich für ein praktisches Wohlfühl-Outfit, in dem ich ich sein kann. Ein beigefarbener Latzrock aus Cord über meiner dunkelblauen Bluse mit Ravenclaw-Emblem, die ich in Rosedale bei einem Garagenverkauf gefunden habe. Die ehemaligen Besitzer hätten wohl nicht erwartet, dass es jemanden gibt, der sich so über ein altes Kleidungsstück freut. Vermutlich wussten sie nicht einmal, wofür das Emblem steht, nachdem ihre Tochter ausgezogen war.

Um halb sechs klingelt Rhys an meiner Tür. Ich rufe aus dem Fenster, dass ich runterkomme, und schlüpfe schnell in meine Chucks. Ich greife mir meine übergroße Strickjacke und eile nach unten. Mein Herz pocht schnell. Ich freue mich so unmäßig, ihn wiederzusehen, Zeit mit ihm zu verbringen. Der ganze Kummer der letzten Wochen scheint vergessen, wenn ich an unsere Küsse von heute Morgen denke.

Als ich die Haustür öffne, blickt Rhys auf. Sein kantiges, schönes Gesicht bekommt augenblicklich einen sanften Ausdruck, als er mich sieht. Er schaut beinahe beschämt zu Boden, und ein Lächeln legt sich auf seine Lippen.

»Hi«, sagt er etwas unsicher.

»Hi«, erwidere ich.

Langsam nähern wir uns, bis wir dicht voreinanderstehen und Rhys nach meinen Händen greift. Er zieht mich an sich und schlingt die Arme um meinen Körper. Er lässt seine Finger meinen Rücken hinauf bis zu meinem Nacken wandern. Mit der einen Hand greift er in meine Haare. Seine Berührungen sind intensiv, kraftvoll, ohne dabei an Sanftheit zu verlieren. Er drückt einen Kuss unter mein Ohr, und ich erschaudere. Ich atme geräuschvoll aus und genieße das Gefühl unserer Körper so eng aneinander. Er riecht unglaublich gut. Herb, männlich, nach Parfüm und ihm selbst.

»Du siehst so schön aus«, flüstert er mit einem Blick in mein Gesicht.

»Bevor ich anfange, irgendwelche Komplimente zu erwidern, musst du mir sagen, wo wir hingehen«, erwidere ich frech. Ich weiß nicht, ob ich es ihm wirklich so leicht machen kann. Ich will gerne glauben, dass alles wieder in Ordnung ist, aber so ganz gelingt es mir nicht, die letzten Wochen zu vergessen. Ich versuche, ihm nichts von all dem übel zu nehmen. Denn ich weiß, dass das unfair wäre. Es ist nicht so, als hätte er mir etwas vorgegaukelt. Ich wusste, auf was ich mich einlasse. Und doch ist da die Furcht, dass ich ihn wieder verlieren könnte.

»O Gott, du hast mir so gefehlt«, sagt Rhys und zieht mich erneut an sich. »Ich war so dumm.«

»Ja, das warst du«, sage ich leise. Beim Gedanken an die zurückliegenden Wochen wird meine Kehle eng, aber ich schlucke schnell, denn wir sind hier. Zusammen. Arm in Arm. Ich hoffe, das Gefühl, dass wir einander sicher sind, verdrängt bald jede Skepsis, die ich auch jetzt schon in die hinterste Ecke meines Verstandes schiebe.

»Ich werde es wiedergutmachen. Und jetzt fange ich damit an. Komm!«

Er zieht mich an der Hand hinter sich her, kommt aber sogleich wieder zum Stehen – vor dem leer stehenden Bürokomplex neben meinem Wohnhaus. Ich runzle die Stirn und ziehe fragend eine Augenbraue in die Höhe.

»Ich hoffe, du hast nichts gegen Treppen«, sagt Rhys. »Der Fahrstuhl funktioniert nämlich leider nicht.«

»Dürfen wir das denn?«, frage ich, aber Rhys zieht mich bereits weiter.

Wir gehen um das Gebäude herum. Die Hintertür ist anscheinend nicht verschlossen, denn Rhys zieht sie mühelos auf. Durch die ruckartige Bewegung fällt das Schild, auf dem in großen Lettern das Wort »Notausgang« prangt, hinunter.

»Hoppla«, sagt Rhys und grinst.

Ich hebe es auf. »Als Erinnerung«, erkläre ich.

Im Gebäude ist es relativ dunkel. Das Licht funktioniert nicht, und draußen dämmert es bereits. Rhys schaltet die Taschenlampe seines Handys an und leuchtet uns den Weg. Wir laufen Stockwerk um Stockwerk die Treppen hinauf. Da es sich um einen Fluchtweg handelt, hat man sich bei der Ästhetik des Treppenhauses keine Mühe gegeben. Die Stufen sind aus grauem Beton, das Geländer ist ein einfaches Metallgestänge. Außer unseren hallenden Schritten und dem mit jeder Stufe lauter werdenden Atmen ist nichts zu hören.

»Als du davon gesprochen hast, dass du etwas wiedergutzumachen hast«, sage ich außer Atem, »hätte ich nicht gedacht, dass du mich an einen so bezaubernden Ort bringst.« Ich blicke mich zu ihm um.

»Wart's ab«, sagt er.

Das Gebäude ist das höchste in meiner Straße. Es hat acht Stockwerke, wenn ich von außen richtig gezählt habe. Als wir im sechsten Stock ankommen, bin ich schon ziemlich aus der Puste, aber Rhys sagt: »Nur noch ein bisschen. Gleich haben wir es geschafft.«

Also quäle ich mich weiter. Was auch immer er geplant hat, ich hoffe, dieser Aufstieg ist es wert.

Im achten Stock bleibe ich vor einer schweren Eisentür stehen. Rhys drängt sich an mir vorbei. »Bist du bereit?«, fragt er.

»Da ich nicht weiß, was mich erwartet, kann ich das kaum beurteilen«, sage ich grinsend. Inzwischen bin ich genauso neugierig wie fix und fertig vom Aufstieg.

Rhys drückt die Tür auf und ich trete nach draußen aufs Dach des Gebäudes. Er führt mich um eine Ecke. Beim Anblick der sich mir bietenden Kulisse verschlägt es mir beinahe die Sprache.

»Wow«, keuche ich. Denn das hier gehört zum Schönsten, was ich je gesehen habe. Ich hebe meine Daumen und Zeigefinger vor mein Gesicht. Diesen Anblick möchte ich in meinem Leben nicht mehr vergessen. Aus Paletten hat Rhys mithilfe von Kissen und Decken Liegen gebaut. Daneben ist auf einem Tisch – ebenfalls aus Paletten, aber mit einem weißen Tischtuch bedeckt – ein Büfett angerichtet. Ich erkenne Baguette, Käse, eine Salami, die wirklich italienisch aussieht, und eine Flasche Wein. Mit bunten, batteriebetriebenen Lampions und Lichterketten, die zwischen Schornsteinen hängen und einen leuchtenden Rahmen um das Ensemble bilden, wird alles in ein warmes, beinahe magisches Licht getaucht.

»Klick«, mache ich, als ich den Anblick in seiner Gänze aufgesogen habe.

»Gefällt's dir?«, fragt Rhys.

»Und wie!« Ich strahle ihn an. »Es ist traumhaft schön.«

»Es fehlt noch ein bisschen Bepflanzung, aber wir haben ja Zeit. Das hier soll unser Ort sein, Tamsin.« Er schlingt von hinten seine Arme um meine Mitte und zieht mich an sich. Seine muskulösen Arme spannen sich leicht an.

»Woher hast du das alles? Wie hast du in der kurzen Zeit …?« Ich bin völlig überwältigt.

»Ich habe Amys Lager geplündert«, sagt er, die Lippen an meinem Kopf. »Man glaubt kaum, was die Leute alles wegschmeißen. Und ja, es war definitiv eine Herausforderung, das an einem Tag zu machen.« Er grinst.

»Wie hast du diesen Ort gefunden?«, frage ich.

»Eigentlich durch Zufall. Ich bin in letzter Zeit oft ein bisschen herumgestreunt. Wenn ich es zu Hause nicht ausgehalten habe, weil mir dort die Decke auf den Kopf gefallen ist, und ich mich selbst nicht ertragen konnte. Eines

Abends bin ich hierhergelaufen, ohne wirklich zu wissen, wohin ich unterwegs war. Als ich beinahe vor deinem Haus stand, habe ich gesehen, dass du die Straße hinunterkamst. Zuerst dachte ich, das müsse Schicksal sein. Ich wollte einfach zu dir gehen, wollte, dass alles wieder gut ist. Aber dann habe ich Angst bekommen. Dass du mich nicht mehr willst nach der ganzen Geschichte. Also habe ich mich versteckt. Und dabei die Hintertür gefunden.«

»Ich hätte dich gewollt. In jedem Moment.«

Rhys löst seine Umarmung, zieht mich an der Hand zu den Liegen und hebt mich hoch, sodass ich auf einer zu sitzen komme. Es ist sagenhaft gemütlich zwischen all den Kissen, Polstern und Decken.

»Wein?«, fragt er, und ich nicke.

Er geht zum Tisch, doch bevor er sich den Getränken widmet, beugt er sich hinunter und schaltet einen Gettoblaster ein. Im nächsten Moment erklingt David Bowies *Changes*. Er schenkt zwei Gläser ein und kommt auf mich zu. Er reicht mir eins der Gläser und hebt das andere in dem Moment, da Bowie beginnt zu singen.

»Auf dich«, sagt Rhys. »Danke für alles.«

»Jederzeit.«

Wir stoßen an. Es ist völlig unwirklich, hier oben zu sein. Man hat einen phänomenalen Ausblick. Die Sonne geht langsam unter und taucht die Stadt in einen weichen lilafarbenen Glanz.

Rhys befüllt uns einen Teller mit Essen und setzt sich zu mir. Wir wickeln uns in eine Decke und sehen uns den Sonnenuntergang an. Der blaue Himmel färbt sich langsam rosa, dann lila. Es ist wunderschön, hier so friedlich neben ihm zu sitzen. Ich schmiege mich an ihn, und er lässt seinen Kopf gegen meinen sinken. Ich spüre seinen warmen Körper an meinem, seine Muskeln unter dem T-Shirt, seinen starken Arm um meine Schultern.

»Ich habe Angela angerufen«, sagt er in die Stille hinein.

»Und?« Ich sehe ihn neugierig an, und er schiebt mir ein Stück Käse in den Mund.

»Wir haben uns verabredet. Sie sagt, sie will sich meine Geschichte anhören.«

»Das ist toll!« Ich drücke seine Hand.

»Ja, das ist es. Und das habe ich dir zu verdanken! Tamsin, das vergesse ich dir nie.«

Wieder sitzen wir eine Weile schweigend nebeneinander. Und wieder ist es Rhys, der das Schweigen durchbricht.

»Erzähl mir, was ich seit Weihnachten verpasst habe.«

»Ich weiß nicht, ob da ein Abend reicht«, sage ich neckend. »Es waren immerhin beinahe sechs Wochen.«

»Ich weiß«, erwidert er leise. »Aber ich will alles wissen.«

»Also«, beginne ich, »ich hatte Liebeskummer. Dann habe ich meinen besten Freund verloren. Zelda ist halbwegs verlobt mit einem Kerl, den sie nicht kennt und nicht kennenlernen will. Mein Ex stand plötzlich vor meiner Tür, und ich habe mit meinen Eltern gebrochen.«

Rhys sieht mich mit großen Augen an. »Ich habe das Gefühl, mir fehlen ein paar Details, um zu verstehen, was du genau gesagt hast. Kannst du eins nach dem anderen erzählen?«

Er stellt den Teller auf den Boden neben uns und kuschelt sich tiefer in die Polster und Decken. Ich tue es ihm nach und erzähle ihm alles.

»Weißt du was? Ich glaube, ich habe Dominic kennengelernt«, sagt Rhys schließlich. »Gestern war das, sagst du? Da saß den ganzen Tag so ein schnöseliger Typ im Café, der auf jemanden gewartet hat. Er hat mich über die Gegend ausgefragt, wollte wissen, ob es hier sicher sei.« Ich beschreibe Dominic, und Rhys nickt. »Ja, das muss er gewesen sein. Was für ein absurder Zufall!«

»Den sind wir jedenfalls los«, sage ich. »Es dürfte kein Zweifel mehr bestehen, dass ich ihn aus meinem Leben gestrichen habe.«

»Du bist eine sagenhafte Frau, Tamsin. Du bist so stark« – er küsst mich auf die rechte Wange –, »entschieden« – er drückt einen Kuss auf meine Nase –, »klug« – seine Lippen zwischen meinen Augen – »besonnen« –, über meiner linken Augenbraue –, »mutig.«

Er lässt seine Lippen über mein Gesicht wandern, bis sie meinen Mund finden. Mir entfährt ein leises Keuchen, als er mit der Zunge sanft meine Lippen teilt und sich einen Weg in meinen Mund bahnt. Unsere Zungen tanzen langsam umeinander, ziehen sich zurück, erkunden, streicheln über unsere Lippen. Aus begehrender Zärtlichkeit wird langsam drängende Leidenschaft. Rhys' Hände wandern über meine Haare, mit den Fingern fährt er meine Konturen nach. Er streicht sanft über meinen Hals, mein Schlüsselbein. Ich vergrabe meine Hände in seinen Haaren und genieße das Gefühl von ihm auf mir, seinen Geschmack, seinen bebenden Atem auf meiner Haut.

Seine Hände wandern tiefer, die Bewegungen werden fordernder. Kurz frage ich mich, ob ich schon bereit bin, ihm das zu geben, wonach wir uns beide so offensichtlich verzehren, aber im nächsten Moment werfe ich alle Vorbehalte über Bord. Ich will keine Zeit mehr verlieren.

Aus den Boxen neben dem Tisch erklingt Bowies Stimme und ich glaube ihm sofort, wenn er singt, dass wir einen Tag lang Helden sein können. Einen Tag lang wir sein können. Und ich weiß, selbst wenn es nur für einen Tag wäre, ich würde diesen Moment trotzdem mit Wonne erleben wollen.

Rhys ist so voller Lust, dass er auch in mir eine ungeheure Leidenschaft entfacht. Zwischen meinen Beinen pocht es, während er seine Hände unter meine Bluse wandern lässt, und obwohl es mir nicht schnell genug gehen kann, befehle ich mir, jede Sekunde unseres Vorspiels zur Gänze auszukosten. Ich schiebe die Träger meines Latzrocks von meinen Schultern, um ihm den Zugang zu meinen Brüsten zu erleichtern. Dankbar nimmt er die Einladung an, und ohne unseren Kuss auch nur für eine Sekunde zu unterbrechen oder die Intensität zu verringern, beginnt er, meine Brüste zu massieren. Ich stöhne leise an seinen Lippen, als seine Daumen über meine Brustwarzen fahren. Diese Berührungen haben mir so gefehlt!

Obwohl es schon recht kühl ist, jetzt, da die Sonne untergegangen ist, sind unsere Körper zwischen den Decken vor Lust aufgeheizt. Ich ziehe Rhys' T-Shirt über seinen Kopf und lasse meine Hände über seinen muskulösen Oberkörper gleiten. Seine heiße Haut fühlt sich unglaublich gut an unter meinen zitternden Fingern. Ich öffne seinen Gürtel und fahre mit meinen Fingern in seine Hose. Sein steifer Penis pulsiert bereits und reagiert mit Zuckungen auf meine Berührung. Rhys entfährt ein Stöhnen, und er macht sich daran, sich seiner restlichen Kleidung zu entledigen. Dafür lösen wir uns voneinander, und einen kurzen Moment lang kann ich ihn ansehen. Im Schein der Lampions wirkt er ganz weich. Wunderschön, sanft. Seine Wangen sind gerötet und seine Haare sind zerzaust. Er kehrt zu mir zurück und nimmt unseren Kuss wieder auf. Sein nackter Körper strahlt eine ungeheure Hitze aus. Ich will seine Haut auf meiner spüren. Ihm geht es genau so, denn er knöpft langsam meine Bluse auf. Mit jedem Knopf, den er öffnet, wandern seine Lippen tiefer. Von meinem Hals über meine Brust und meinen Bauch zu meinem Bauchnabel und dem Bund meiner Strumpfhose. Ich halte es kaum noch aus und schiebe mir meinen Rock und die Strumpfhose von den Beinen. Seine Finger suchen sich den Weg in meinen Slip und beginnen, meine Klitoris in kreisenden Bewegungen zu massieren. Ich kann ein lautes Stöhnen nicht unterdrücken.

»Ich will dich in mir spüren«, keuche ich an seinen Lippen.

Als hätte er nur auf diese Einladung gewartet, angelt er nach seiner Hose und zieht ein Kondom aus der Tasche, das er sich überzieht. Dann schiebt er meinen Slip nach unten und legt sich in einer fließenden Bewegung auf mich. Ich spüre seinen steifen, zuckenden Penis zwischen meinen Beinen und öffne sie bereitwillig. Ohne noch länger zu warten, dringt er mit einem Stoß tief in mich ein. Ich keuche. Das süße Gefühl, von Rhys ausgefüllt zu sein, übermannt mich. Ich werde hinweggespült von unserer Lust. Wir wogen gemeinsam auf und ab und lassen die Leidenschaft die Kontrolle übernehmen. Rhys beschleunigt das Tempo, und ich gehe bereitwillig mit, merke, wie ich mich nach dem erlösenden Höhepunkt sehne. Doch in dem Moment, da ich glaube, zu kommen, verlangsamt Rhys seine Stöße wieder. Er richtet sich leicht auf und blickt mich an. Ich bin etwas irritiert, doch er sagt: »Darf ich dich dabei ansehen?«

»Okay«, flüstere ich.

Seine Stöße sind jetzt langsam und tief. Sein Rhythmus fühlt sich absolut richtig an, absolut fantastisch. Ich merke, wie mein Orgasmus langsam, aber sicher über mich kommt, mich in sich aufnimmt und gefangen hält in seinem heißen Ziehen und Zerren, das sich von meinem Innersten einen Weg nach draußen bahnt.

»Ich liebe dich, Tamsin«, keucht Rhys.

Ich stöhne laut auf und öffne langsam meine Augen. Er betrachtet mich. Ein Schweißtropfen löst sich aus seinen Haaren und rinnt seine Wange hinab. Sein Gesichtsausdruck ist wunderschön. In seinem Blick liegt eine ungeheure Liebe, eine Glückseligkeit. Er stößt noch einmal, zweimal, dreimal zu. Ich stöhne weiter und merke, wie sich alles in mir zusammenzieht und ich unaufhaltsam auf einen Orgasmus zusteuere. Und auch er erlebt jetzt seinen Höhepunkt. Gemeinsam kosten wir den Moment voll aus. Rhys schließt die Augen und lässt sich von seinen Gefühlen wegtragen, ehe er stöhnend auf mir zusammenbricht.

»Ich liebe dich auch«, sage ich atemlos.

Danach halten wir uns lange einfach nur in den Armen und streichen mit unseren Händen über unsere nackten, aneinandergeschmiegten Körper. Es ist so schön, sich der Gegenwart des anderen bewusst und der Liebe zwischen uns gewiss zu sein.

»Weißt du, was verrückt ist?«, fragt Rhys nach einer Weile. »Es ist absolut unerträglich, von dir getrennt zu sein. Aber es ist auch beinahe unerträglich, bei dir zu sein. Und auch in dir zu sein. Es ist, als wäre es nie genug. Als könnte ich dem, was ich empfinde, durch nichts auf der Welt Ausdruck verleihen. Nicht durch Worte oder durch Taten oder durch Nähe. Mein Verlangen nach dir kann nie gestillt werden.«

»Ich weiß, was du meinst«, sage ich, denn mir geht es genauso.

»Mach die Augen zu«, sagt Rhys. Ich spüre, wie er nach etwas greift. Dann sagt er: »Hast du ein Lieblingskapitel oder soll ich eins aussuchen?« In seiner Stimme klingt ein Lächeln mit.

Ich öffne meine Augen und sehe ihn an. Er drückt mir einen Kuss auf den Mund. In den Händen hält er eine Ausgabe von *Pu der Bär.*

Ich gluckse. »Such du eins aus.«

»Also schön. *Fünftes Kapitel, in welchem Ferkel einen Heffalump trifft.*«

»Das ist mein Lieblingskapitel«, sage ich lächelnd und schließe wieder die Augen.

Als es langsam zu kühl wird, ziehen wir uns wieder an. Rhys hält die Decke, die ich um meine Schultern geschlungen habe, fest, sodass ich nicht friere.

Er packt die Polster, Decken und alles andere, was vor der Witterung geschützt werden muss, in eine Kiste und die Reste unseres Picknicks in seinen Rucksack. Die Kiste stellt er nach drinnen.

Gemeinsam machen wir uns auf den Weg nach unten. Wir halten uns an der Hand und laufen langsam nebeneinander im Schein von Rhys' Handytaschenlampe. Es braucht keine Worte, um zu wissen, dass er die Nacht bei mir verbringen wird. Und viele weitere danach. Keiner will den anderen gehen lassen. Ich will mein Leben mit ihm teilen und weiß, dass es ihm genauso geht. Wir werden auch auf Schwierigkeiten stoßen. Ich bin nicht naiv. Aber kein Problem wird so groß sein, dass wir es nicht zusammen lösen können. Diese Gewissheit ist es, die uns Hand in Hand und Arm in Arm den Rest des Abends bis in den Schlaf hinein begleitet.

Rhys

46 »Erzähl mir von deiner Schwester«, sagt Tamsin am nächsten Morgen.

Ich bin gerade dabei, mit meinen Fingern ihre Brustwarzen zu umkreisen.

»Bist du dir sicher, dass das der richtige Moment ist?«, frage ich amüsiert.

Sie dreht sich auf die Seite und blickt mich an. »Bitte. Ich weiß noch nichts über sie.«

Ich ziehe ihren Körper an mich und drücke ihr einen Kuss auf die Lippen. Tamsin ist so bezaubernd, nie könnte ich ihr einen Wunsch abschlagen. Und wenn das bedeutet, das Pochen zwischen meinen Lenden zu unterdrücken, dann soll es eben so sein.

»Als ich sie das letzte Mal gesehen habe, war sie vier.« Tamsin lässt ihre Hand über meine Hüfte wandern und streicht sanft über meinen Hintern. »Okay, wenn ich über Jeannie reden soll, musst du damit aufhören«, sage ich grinsend, und sie zieht sofort die Hand zurück.

»Entschuldige, erzähl weiter.«

»Sie war das tollste Kind von allen. Sie war fröhlich und lustig und fantasievoll. Aber auch schlau. Wenn sie beispielsweise einen Albtraum hatte, ist sie immer zu mir gekommen. Sie ist unter die Decke gekrochen und hat gesagt, dass sie nicht will, dass ich auch einen Albtraum habe. Sobald sie das Gefühl hatte, mich zu beschützen, konnte sie ihren Albträumen ins Gesicht sehen. Und sie hatte jede Menge Albträume. Von bösen Männern mit Waffen.« Tamsin hört mir interessiert zu und ich bin erstaunt, dass ich einfach so über Jeannie reden kann. Die Aussicht, sie vielleicht bald wiederzusehen und eventuell sogar eine Beziehung zu ihr aufzubauen, erstickt den Schmerz über all die verpassten Jahre. »Sie hatte viele Freunde. Auf dem Spielplatz war sie immer das Zentrum der Aufmerksamkeit. Sie hat Streiche gespielt, allerdings nur mir. Bei ihren Eltern hat sie es sich nicht getraut.« Mir fällt auf, dass ich über »ihre Eltern« spreche, als hätte ich mit ihnen nichts zu tun. Wenn Tamsin es wahrgenommen hat, lässt sie sich aber zumindest nichts anmerken. »Sie hat ständig meine Schnürsenkel zusammengeknotet. Für eine Vierjährige waren das wirklich feste Knoten. Sie hat mich damit zur Weißglut getrieben. Aber ich konnte ihr nie lange böse sein. Ihr Lächeln war so ansteckend. Damit hat sie jeden sofort in die Tasche gesteckt.«

»Ich muss dich etwas fragen«, sagt Tamsin und zwischen ihren Augenbrauen bildet sich eine Sorgenfalte.

»Was ist?«

»Glaubst du, du kannst deiner Mom normal begegnen? Glaubst du, du darfst Jeannie sehen?«

Ich räuspere mich. Darüber habe ich mir auch schon Gedanken gemacht. »Für Jeannie bin ich auf jeden Fall bereit, es zu versuchen.«

»Ich mache mir Sorgen, dass du wieder …« Sie beendet den Satz nicht.

Ich weiß aber auch so, was sie sagen will. Sie hat Angst, dass ich wieder durchdrehe. Ich sage ihr nicht, dass mein ursprünglicher Plan beinhaltete, Jeannie zu mir zu holen. Nach wie vor ist das mein größter Wunsch. Aber ich weiß, dass ich geduldig sein muss. Ich muss Angelas Vertrauen gewinnen. Dann das von Jeannie. Und das meiner Mom. Wenn ich mit Tamsin zusammen sein will – und das will ich von ganzem Herzen und mit jeder Faser meines Körpers –, muss ich Jeannie auf legale Weise zu mir holen. Wenn es so weit ist, werde ich Tamsin einweihen, aber bis dahin soll sie sich keine Sorgen machen.

»Das brauchst du nicht«, sage ich deswegen. »Wenn es zu viel wird, spreche ich mit dir.« Und ich meine es genau so.

Auf dem Weg zu *Rosa's Diner*, das ein paar Meilen vom Stadtzentrum entfernt liegt, fühle ich mich auf einmal gar nicht mehr so selbstsicher wie noch eine Woche zuvor im Gespräch mit Tamsin. Meine Hände umklammern das Lenkrad von Maliks altem, rostigem Ford, den er mir für diesen Ausflug geliehen hat. Es ist eine Weile her, seit ich selbst gefahren bin. Im PJP habe ich zwar eine Fahrprüfung abgelegt, aber im Straßenverkehr bin ich das letzte Mal mit meiner Mom zu Übungszwecken gefahren. Nach ein paar Ampeln fühle ich mich jedoch wieder vollkommen sicher hinter dem Steuer. Die Straßen sind breit, und es herrscht nicht viel Verkehr.

Trotzdem sind meine Handflächen nass geschwitzt, und ich wische sie immer wieder an meiner Jeans ab. Meine Gedanken drehen sich um das, was vor mir liegt. Was, wenn Angela kein Interesse an der Wahrheit hat? Soll ich sie überhaupt damit konfrontieren? Was, wenn sie gar nicht kommt?

Ich nähere mich langsam der Stadtgrenze. Das Diner liegt am Ostrand der Stadt und ist damit für Angela besser zu erreichen als ein Restaurant in der Innenstadt. Ohne Auto kommt man gar nicht zu diesem abgelegenen Ort.

Ich fahre vorbei an Autowerkstätten und Import-Export-Geschäften in großen Lagerhallen. Es ist keine belebte Gegend. Zwei Meilen weiter beginnt bereits der Highway.

Mit klopfendem Herzen biege ich auf den Parkplatz von *Rosa's Diner* ein.

Es ist früher Mittag, und als ich mich im Restaurant umsehe, kann ich Angela nirgends entdecken. Ich bin zehn Minuten zu früh und trotzdem hatte ich gehofft, sie zu sehen. Ich wähle einen Tisch am Fenster mit Blick auf den Parkplatz und lasse mich auf eine mit grünem Kunstleder bezogene Sitzbank fallen. Auf dem Resopaltisch sind Kaffeeflecken und die angetrockneten Umrisse einer Sirupflasche. Die Karten, die zwischen Ketchup und Mayonnaise stecken, sind laminiert und die Speisen darauf mit Bildern illustriert, für den Fall, dass die Gäste entweder nicht lesen können oder keinerlei Fantasie besitzen.

Ich rutsche unruhig hin und her, als eine dicke Kellnerin mit rot-weiß gestreifter Bluse, die aussieht, als wäre sie mindestens eine Nummer zu klein, an den Tisch tritt und mich fragt, was sie mir bringen kann.

»Erst einmal nur einen schwarzen Kaffee, bitte«, sage ich. »Ich warte noch auf jemanden.«

»Kommt sofort.« Mit diesen Worten marschiert sie hinter ihren Tresen zurück. Was gäbe ich nur für einen Tresen, hinter dem ich mich verstecken könnte!

Eine Minute später stellt sie einen weißen Becher mit brauner Flüssigkeit vor mich, die vom Geruch immerhin entfernt an Kaffee erinnert. Allerdings bin ich so nervös, dass es mir ohnehin egal ist, was ich trinke, solange ich mich nur an etwas festhalten kann.

Die Tür öffnet sich, und ich hebe den Blick. Eine schlanke Frau Mitte vierzig in einer schwarzen Leggins und einem weiten weißen Strickpullover betritt das Diner. Sie ist stark geschminkt, trotzdem erkenne ich sie sofort. Mein Magen verkrampft sich. Angela sieht meiner Mom so ähnlich!

Ich stehe auf und winke verlegen. Sie kommt auf mich zu. Ein bisschen wackelig wirkt sie auf ihren hohen Schuhen. Aber vielleicht ist sie auch einfach nur nervös.

»Rhys, mein Junge«, sagt Angela, als sie vor mir steht, und drückt meinen Arm. Ich bin unschlüssig, ob ich sie umarmen soll, also bleibe ich einfach stehen. »Wie erwachsen du bist!« Angelas Stimme bricht.

Wir setzen uns, und sie greift sofort nach meiner Hand.

»Danke, dass du gekommen bist«, sage ich und blicke in die braune Plörre in meiner Tasse.

»Es ist schön, dich zu sehen«, sagt sie. »Erzähl, wie geht's dir?«

»Es geht mir gut«, sage ich.

»Wann bist du rausgekommen?«

»Im September.«

»Das ist gut. Hast du einen Job? Eine Wohnung? Hältst du dich über Wasser?«

»Ja, das tue ich«, sage ich stolz. »Ich arbeite in einem Café und teile mir eine Wohnung mit einem Freund.«

»Und eine Freundin hast du«, sagt Angela und lächelt mich an. Es ist eine Feststellung. Sie drückt meine Hand.

»Ja, Tamsin. Sie ist großartig. Sie studiert in Pearley.«

»Eine Studentin! Kein Wunder, dass sie am Telefon so überzeugend war.« Angelas Mund bleibt offen stehen.

Die dicke Kellnerin kommt und nimmt Angelas Bestellung auf.

»Hast du Hunger, Rhys?«, fragt sie. »Ich lade dich ein. Auf was hast du Lust?«

»Das musst du nicht«, sage ich, aber sie schiebt mir eine Karte hin, sodass ich mich schnell für einen Burger entscheide.

»Wie habt ihr euch kennengelernt? Du und deine Freundin?«, fragt Angela.

»Tamsin«, helfe ich ihr und erzähle dann die ganze Geschichte. Während ich spreche, ist es, als würde die unsichtbare Barriere zwischen uns kleiner. Angela hört mir zu. Sie wirkt, als hätte sie wirklich Interesse an meiner Geschichte.

Das Essen kommt und ich merke, dass ich tatsächlich großen Hunger habe. Ich beiße von meinem Burger ab und schiebe zwei Pommes hinterher.

»Und bei euch?«, frage ich. »Wie geht es dir? Was gibt es Neues? Wie geht es Jeannie und Mom?« Die Fragen sprudeln einfach so aus mir heraus. Obwohl ich Angst habe, dass es Jeannie nicht gut geht, kann ich doch nicht anders.

»Mir geht es gut. Ich habe wieder geheiratet. Ein toller Mann. Elliott. Er ist Automechaniker, behandelt mich gut.«

»Das ist schön, Angela. Das freut mich sehr für dich«, sage ich, obwohl ich eigentlich nur auf Informationen über Jeannie warte.

»Deine Familie habe ich leider seit zwei Jahren nicht mehr gesehen«, fährt sie fort und schlägt die Augen nieder. »Ich war nicht mehr in Arden, seit …«

Mein Herz pocht wie wild. Arden. Sie wohnen in Arden. Aber seit wann war sie nicht mehr da? Was ist passiert? »Angela?«, frage ich und halte die Luft an.

Sie blickt auf, und ich sehe, dass sich Tränen in ihren Augen sammeln. »Seit deine Mom … seit Ava …« Ihre Stimme versagt, und mir wird heiß und kalt. Mein Puls dröhnt durch meinen Schädel. »Rhys, mein Junge, deine Mom ist tot.«

Ich bin wie vom Donner gerührt. Das kann nicht sein. Meine Mom ist nicht tot. »Was?«, krächze ich.

»Sie ist vor zwei Jahren gestorben. Sie war krank, haben die Ärzte gesagt. Krebs. Aber ich glaube, es war der Kummer.«

Ich höre kaum noch, was Angela sagt. Meine Mom ist tot. Meine Mom, die mich auf die Welt gebracht hat, die für mich gesorgt hat, die mich geliebt hat. Die tatenlos zugesehen hat, wie man mich einsperrte. Meine Mom, die ich geliebt habe. Das wird mir auf einmal klar. Egal, was war, ich habe meine Mom geliebt. Sie ist tot! Der Kummer, sagt Angela. Kummer meinetwegen? Oder Kummer wegen Donald? Ich kann nicht fragen, meine Kehle ist wie zugeschnürt.

»Es tut mir leid, mein Junge.« Angelas Worte dringen kaum in mein Bewusstsein.

Jeannie! Der Gedanke durchzuckt mich wie ein Blitz. Wenn meine Mom tot ist, dann bedeutet das, dass sie seit zwei Jahren allein bei einem Verbrecher wohnt. Meine kleine Schwester ist allein bei diesem Tier! Diesem Unmensch!

»Wo ist Jeannie?«, frage ich durch zusammengebissene Zähne. Ich muss herausfinden, wo ich sie finden kann.

»Rhys, Junge, was hast du vor? Du kannst nicht einfach …«

»Was?«, sage ich etwas zu laut, denn Angela zuckt zusammen. »Ich kann nicht einfach zu ihr? Ich kann meine Schwester nicht sehen?«

»Ich will doch nur das Beste für dich«, sagt Angela und schluckt.

»Und Jeannie? Willst du auch das Beste für Jeannie? Denn *er* ist es sicher nicht. Also sag mir verdammt noch mal, wo ich sie finden kann!«

Sie schlägt die Augen nieder und schüttelt den Kopf.

»Du willst es mir nicht sagen? Na schön. Ich finde sie auch alleine.« Meine Stimme klingt fremd, als käme sie von weit weg.

Ich kann nicht mehr klar denken. Das Einzige, was ich weiß, ist, dass ich Jeannie da herausholen muss.

»Aber Rhys! Was hast du vor?«, höre ich Angela in meinem Rücken. Ich bin bereits auf halbem Weg zur Tür. Ich drehe mich nicht um. Ich kann nicht reagieren. Es ist, als wäre ich nicht mehr Herr über meinen Körper. Ich bewege mich wie mechanisch, als ich die Tür aufziehe und nach draußen trete.

Ich höre Schritte hinter mir und beschleunige meinen Gang. Beinahe renne ich jetzt. Als ich bei Maliks Auto ankomme, öffne ich die Tür. Ich lasse mich auf den Fahrersitz fallen und ziehe die Tür zu. In hastigen Bewegungen starte ich den Wagen. Ich lege den ersten Gang ein und lasse die Kupplung kommen. Die Erinnerungen an die Fahrstunden mit meiner Mom kehren zurück, und beißende Tränen brennen in meinen Augen. Aus dem Augenwinkel sehe ich Angelas winkende Gestalt, doch nichts kann mich von meinem Vorhaben abhalten. Ich werde Jeannie da rausholen. Und wenn es das Letzte ist, was ich tue.

Vom Parkplatz des Diners fahre ich auf die Straße. Ich habe eine ungefähre Vorstellung davon, wo Arden ist. Weit ist es nicht von Pearley. Wenn ich durch das Gewerbegebiet fahre, gelange ich auf den Highway. Dort müssten mir, so hoffe ich, Schilder den Weg weisen.

Ich drücke das Gaspedal beinahe durch. Mein Puls rast,

und in meinen Schläfen hämmert es. Angela, meine Mom, Jeannie. Meine Gedanken rasen und ich schaffe es nicht, Ordnung in das Durcheinander in meinem Kopf zu bringen. Vor Kummer. Sie ist vor Kummer gestorben. Und hat Jeannie allein gelassen. Ich schlage mit der Hand auf das Lenkrad. Wieso, wieso nur habe ich sie nicht früher gefunden? Die Lagerhallen und Werkstätten fliegen an mir vorbei. Ich nehme nichts wahr, außer der schnurgeraden Straße, die ich entlangjage. Ich sehe ein Schild, das nach Arden weist. Aber sollte ich nicht dem Highway folgen?

Je länger ich fahre, desto ruhiger werde ich. Was ich jetzt brauche, ist ein Plan. Soweit ich weiß, ist Arden nicht groß. Trotzdem habe ich keine Ahnung, wo ich suchen soll. Und wenn ich sie gefunden habe, kann ich nicht einfach so bei *ihm* auftauchen. Wer weiß, was er mit mir machen würde. Und dann wäre Jeannie für immer verloren. Ich verlangsame mein Tempo. Ein Plan. Aber ich kann meine Gedanken einfach nicht fokussieren. Ein Plan, ein Plan. Nach einer weiteren Meile bremse ich ab und lenke den Wagen an den Rand.

Tamsin

47

Ich bin schon den ganzen Vormittag nervös. Ich mache mir Sorgen, dass das Treffen zwischen Rhys und seiner Tante nicht so läuft wie geplant. Als mein Handy klingelt, springe ich deswegen sofort auf.

»Ja?«, melde ich mich.

»Hallo? Ist das Tamsin?«, fragt eine Frauenstimme. Angelas Stimme.

»Ja, hier ist Tamsin. Angela? Sind Sie das?«

»Tamsin, es ist etwas passiert.« Sie klingt zittrig.

»Was ist los?« In meiner Stimme schwingt Panik mit.

»Ich habe ihm wohl zu viel zugemutet. Es ist alles meine Schuld«, schluchzt Angela jetzt.

»Atmen Sie tief durch, Angela«, beschwöre ich sie. »Sagen Sie mir, was passiert ist.«

»Wir haben uns unterhalten. Und dann wollte er wissen, wie es seiner Mom geht. Da konnte ich doch nicht lügen. Ich habe ihm gesagt, dass sie gestorben ist …« Angelas Stimme bricht.

»Rhys' Mom ist tot?«, frage ich ungläubig.

»Er ist abgehauen. Ich wusste doch nicht, dass er so reagieren würde.«

»Wo ist er jetzt?« Wieso kann sie mir nicht mehr Informationen geben? Ich muss wissen, ob es ihm gut geht.

»Ich glaube, er ist auf dem Weg zu Donald. Ich glaube, er wird ihm etwas antun! Sein Blick …«

Ich keuche. »Das lasse ich nicht zu«, sage ich bestimmt, auch wenn mir gerade speiübel ist. Rhys würde doch nicht … Oder? Würde er?

Angela beschreibt mir den Weg, den Rhys genommen haben muss. Der Ort, zu dem er unterwegs ist, heißt Arden. Ich verspreche, dass ich mich melde, sobald ich etwas weiß.

Ich brauche dringend ein Auto. Doch ich kenne außer Zelda, die dieses Wochenende bei ihren Eltern ist, nur einen Menschen in Pearley, dessen Wagen ich mir leihen kann. Sam. Ich zögere. Nach allem, was zwischen uns war, fällt es mir nicht leicht, ihn um Hilfe zu bitten. Andererseits sind wir Freunde. Wir sind doch noch Freunde? Am Ende siegt die absolute Notwendigkeit über meine Sorge. Ich rufe ihn an.

»Und du bist dir sicher, dass du in diesem Zustand fahren kannst?«, fragt Sam, als er aus seinem Wagen steigt. Er hat sich nach meinem Anruf sofort in sein Auto gesetzt, um mir damit entgegenzufahren. An einer Kreuzung, nicht weit von meiner Straße entfernt, treffen wir uns.

»Ich muss ihm alleine gegenübertreten«, erwidere ich mit mehr Selbstvertrauen, als ich gerade besitze.

Sam steigt aus und reicht mir den Schlüssel. »Versprich mir, dass du vorsichtig bist«, sagt er.

Ich habe ihm zwar nicht alles erzählt, besonders nicht Angelas Vermutung, aber Sam merkt, dass etwas nicht stimmt.

»Ich verspreche es«, sage ich, während ich einsteige. Ich starte den Motor und fahre los.

Ganz egal, was zwischen Sam und mir passiert ist, es steht für ihn außer Frage, dass er mir in Notlagen hilft. Umgekehrt gilt das natürlich genauso. Es ist der Beweis, dass unsere Freundschaft nicht irreparabel beschädigt ist. Die Freude darüber bleibt jedoch aus. Erst muss ich Rhys finden.

Ich folge der Straße stadtauswärts, wie Angela es mir beschrieben hat. Es herrscht wenig Verkehr, sodass ich gut durchkomme. In meinem Kopf gehe ich immer wieder die letzten Tage durch. Rhys schien so aufgeräumt, ja, glücklich. Ich erinnere mich an unser Gespräch in meinem Bett. Er hat mir versichert, dass ich mir keine Sorgen machen müsste. Dass er mit mir reden würde. Aber natürlich konnte da keiner ahnen, dass seine Mom … Meine Kehle wird eng. Denn auch wenn Rhys seine Mutter seit Jahren nicht gesehen hat, ist sie doch, auch nach allem, was war, immer noch seine Mom.

Ich wage es nicht, die Geschwindigkeitsbegrenzung zu sehr zu übertreten. Im Auto bin ich schon immer ein Angsthase gewesen und habe das Gefühl, dass die zwei Meilen pro Stunde, die ich zu schnell fahre, bereits zu viel sind. Aber ich muss ihn finden.

Ich biege auf den Highway ab. Mein Handy zeigt mir zwei mögliche Wege nach Arden an. Entweder umfahre ich Pearley und bleibe auf dem Highway oder ich nehme kleinere Straßen. Das ist der direktere Weg, bringt mich allerdings fünf Minuten langsamer ans Ziel. Noch muss ich mich nicht entscheiden, welche der Routen ich nehme. Ich rase weiter die breite Straße entlang, vorbei an riesigen Werbeschildern für Traktoren und Tabledance-Bars.

Ich nähere mich der Kreuzung, an der ich eine Entscheidung treffen muss. Ich versuche, mich in Rhys hineinzuversetzen. Er ist aufgewühlt, will schnell ans Ziel gelangen. Er ist kopflos aufgebrochen. Vermutlich nimmt er den Highway, oder?

Ich verlangsame mein Tempo. Ein kleines Schild zeigt an, dass ich nach Arden abbiegen soll. Das wäre allerdings der langsamere Weg. Ich bin schon fast vorbeigefahren, als ich auf die Bremse trete. Auf einmal bin ich mir sicher, dass Rhys hier abgebogen ist. In seinem Zustand folgt er vermutlich einem Impuls. Und dieses Schild, das in mir den Impuls ausgelöst hat, zu bremsen, muss er auch gesehen haben.

Von hinten hupt mich ein Auto an. Meine Kurzschlussreaktion hat nicht nur mich überrascht. Mir dämmert, wie irrsinnig gefährlich meine Kamikaze-Bremsung war, und mir wird heiß und kalt. Gott sei Dank habe ich keine Zeit, darüber nachzudenken.

Ich biege auf die kleinere Straße ein und verlangsame mein Tempo etwas, denn die Fahrbahn ist nicht mehr so breit. Meine Furcht vor dem Autofahren meldet sich, aber ich vertreibe sie mit einem entschlossenen Kopfschütteln.

In der Ferne erkenne ich ein Auto am Straßenrand. Ich drossle mein Tempo. Ist er das? Ist ihm etwas passiert? Hatte er einen Unfall? Die Sekunden kommen mir vor wie zähe Minuten. Je näher ich komme, desto sicherer bin ich mir, dass es Rhys sein muss, der dort an Maliks rotem Auto lehnt. Und tatsächlich, er ist es. Seine Jeans ist staubig, der Wind zerrt an seinen Haaren, an seinem Hemd.

Ich parke vor Maliks Wagen und steige aus. Mein Herz pocht schnell. Ich bin so erleichtert, ihn zu sehen, auch wenn auf den ersten Blick offensichtlich ist, dass es ihm ganz und gar nicht gut geht. Er hat das Gesicht in seinen Händen verborgen. Sein Kopf hängt herab, seine ganze Körperhaltung zeigt Verzweiflung an.

»Rhys«, rufe ich, doch er rührt sich nicht. Ich laufe zu

ihm. Es ist gut, dass er hier steht, sage ich mir. Es ist gut, dass ich ihn gefunden habe. Noch ist nichts passiert.

Ich stelle mich dicht vor ihn. Langsam hebe ich meine Arme und umfasse mit meinen Händen sein Gesicht. Ich streichle seine Wangen, seine Schläfen, seine Haare. Ruhig nehme ich seine Hände und ziehe sie behutsam von seinem Gesicht. Sein Blick ist ausdruckslos und leer.

»Oh, Rhys! Es tut mir so leid«, sage ich, während ich unsere Hände sinken lasse. Er hebt den Blick nicht. »Wo willst du hin?«, frage ich, doch er antwortet nicht. Er steht nur stumm vor mir, ist wie gelähmt vor Traurigkeit. »Ich bin da. Ich bin immer da. Hörst du?«, sage ich. »Ich gehe nicht weg. Wir sind zusammen. Zusammen schaffen wir alles.« Meine Stimme wird immer dünner.

Ich schlinge meine Arme um seinen Hals und presse mich ganz dicht an ihn. Ganz langsam hebt er seine Arme und legt sie etwas steif um mich. So stehen wir einige Minuten schweigend da. Ab und zu wird die Stille von einem vorbeirasenden Auto unterbrochen.

Mit meinen Händen umfasse ich wieder Rhys' Gesicht. Ich muss ihn dazu bringen, mich anzusehen. Ich muss wissen, dass er mir glaubt, mir vertraut. Er ist nicht allein.

Vorsichtig hebe ich sein Gesicht ein paar Zentimeter und suche mit den Augen die seinen. Und tatsächlich, er erwidert meinen Blick, wenn auch nur kurz. Ein Stöhnen, als hätte er Schmerzen, entweicht ihm, und er schließt die Augen. Er will sich schon abwenden, doch ich halte ihn fest. Ich hauche einen sanften Kuss auf seine rechte Wange. Dann noch einen daneben. Noch einen und noch einen. Ich bedecke sein ganzes Gesicht mit Küssen, während er leise, schmerzerstickte Laute von sich gibt. Tränen laufen ihm die Wangen hinunter, doch unermüdlich küsse ich sie weg.

Seine Traurigkeit, seine Verzweiflung und Machtlosigkeit stecken mich an, und auch mir laufen inzwischen Tränen über das Gesicht. Doch ich höre nicht auf, ihn mit Küssen zu bedecken. Bald weiß ich nicht mehr, was meine Tränen und was seine sind. Meine Lippen schmecken salzig. Ich küsse seine geschlossenen Lider und wage nicht, meine Hände von seinem Gesicht zu lösen.

Schließlich öffnet er seine Augen wieder und sieht mich an.

»Lass uns nach Hause fahren«, sage ich.

Rhys schüttelt den Kopf. »Ich muss allein sein.« Er schluckt und dreht den Kopf zur Seite.

»Ich kann dich nicht allein lassen.« Nicht in diesem Zustand.

»Doch, das kannst du. Du musst«, sagt er beinahe flehend.

»Ich habe Angst«, gestehe ich und hoffe, dass er sich davon überzeugen lässt.

»Du musst keine Angst haben. Ich werde niemandem wehtun. Ich will ein bisschen herumfahren, meinen Kopf sortieren.« Er lächelt mich an, aber es sieht gequält aus.

Ich weiß nicht, ob ich ihm glauben kann. Er ist nicht er selbst, das ist offensichtlich.

»Kann ich mitkommen?«, frage ich.

Rhys sieht mich ernst an. »Ich weiß, du hast keinen Grund, mir zu vertrauen. Ich habe zu viel Mist gebaut. Aber dieses eine Mal kannst du unbesorgt sein.« Seine Stimme klingt jetzt stärker, nachdrücklicher.

»Versprichst du mir das?«, frage ich unsicher. Ich will ihn wirklich, wirklich nicht allein lassen. Andererseits merke ich, dass ich ihn nicht überzeugen werde.

»Ich verspreche es.« Er drückt meine Hand, wie um mir

zu versichern, dass alles in Ordnung ist. Ich zweifle immer noch daran, dass das hier eine gute Idee ist, aber er ist jetzt deutlich gefasster. Und er hat gerade erst erfahren, dass seine Mom gestorben ist. Der Wunsch, Zeit für sich zu haben, ist also mehr als verständlich.

»Dann sehen wir uns später?«, frage ich und seufze innerlich. Ich bete, dass ich mich nicht in ihm täusche.

Er nickt.

Mit einem letzten Kuss auf seine Lippen verabschiede ich mich. Ich bin ganz und gar nicht glücklich darüber, dass er nicht mit mir kommen will, aber ich schätze, nach so einer Nachricht ist es nur verständlich, wenn man Zeit für sich braucht.

Rhys macht sich von mir los und schiebt mich sanft in Richtung Sams Wagen. Es ist eine eindeutige Geste. Widerwillig lasse ich zu, dass meine Beine sich von ihm wegbewegen. Die Dringlichkeit in seiner Stimme, seine Entschlossenheit jagen mir einen eiskalten Schauer über den Rücken. Ich sollte nicht gehen. Ich sollte bei ihm bleiben. Als ich mich umsehe, lehnt er immer noch an Maliks Auto. Er fährt sich mit der Hand durch die Haare.

Er sieht auf. Unsere Blicke treffen sich und der Drang, zu ihm zurückzukehren, ist schier unerträglich. Doch er schüttelt unmerklich den Kopf, als könne er meine Gedanken lesen. Er versucht sich an einem Lächeln, um mir zu zeigen, dass ich mir keine Sorgen zu machen brauche. Doch es sieht nicht echt aus.

Rhys

48

»Verzeih mir«, flüstere ich noch, doch Tamsin ist bereits außer Hörweite. Sie steigt ins Auto. Es dauert eine Weile, doch schließlich lässt sie den Motor an und wendet.

Es zerreißt mir das Herz, sie anzulügen. Ich will sie nicht enttäuschen und ihr Vertrauen missbrauchen. Aber das hier ist ein Notfall. Meine Schwester braucht mich, wenn es nicht schon zu spät ist. Tamsin wird es verstehen. Ich weiß, sie würde mich davon abhalten wollen, wenn sie wüsste, was ich vorhabe. Doch früher oder später wird sie es verstehen. Ich hoffe nur, dass es früher geschehen wird. Aber ohne meine Mom hat Jeannie niemanden auf der Welt, dem sie vertrauen kann. Sie ist bei ihm nicht sicher. Außer mir weiß niemand, wie es ist, ihm ausgeliefert zu sein. Ich kann nicht zulassen, dass Jeannie etwas passiert.

Ich steige wieder ins Auto. Mit meinem Smartphone google ich »Arden Elementary School«. Ich kann nur hoffen, dass Jeannie nicht auf eine Schule geht, die weiter entfernt ist.

Ich weiß noch nicht, wie ich es genau anstellen soll, schließlich bin ich für sie vermutlich ein komplett Fremder. Aber zu wissen, auf welche Schule sie geht, wäre ein Anfang.

Arden ist ein kleiner Ort ohne nennenswerten Stadtkern. Im Gegensatz zu Pearley, dessen Zentrum voller Studenten ist, die die Cafés und Bars bevölkern, gibt es hier am Ortseingang einen riesigen Walmart als Hauptattraktion. Gegenüber ist ein seelenloses Diner, das ziemlich verlassen aussieht.

Um zur Grundschule zu gelangen, fahre ich durch Wohngegenden, die wie ausgestorben wirken. Die meisten der billig gebauten Fertighäuser sind in einem ordentlichen Zustand, aber es ist offensichtlich, dass Arden kein wohlhabender Ort ist.

Die Arden Elementary School ist ein einstöckiges, lang gestrecktes Gebäude, das mehr nach Container als nach Haus aussieht. Der Schulhof ist durch einen hohen Maschendrahtzaun vor der Außenwelt geschützt. Ich parke das Auto auf der gegenüberliegenden Straßenseite. Jetzt heißt es warten. Wann endet so ein Grundschultag normalerweise? Ich kann mich nicht erinnern. Es ist, als hätten die Jahre im Gefängnis die Erinnerung an einen normalen Familienalltag ausgelöscht. Oder ich habe sie verdrängt.

Ich schreibe eine Nachricht an Malik, in der ich mich bei ihm entschuldige. Ich werde sein Auto noch ein bisschen länger brauchen. Ich sage ihm, dass alles in Ordnung ist. Danach schreibe ich Tamsin, dass es mir gut geht, und ich mich bald bei ihr melden werde. Ich fühle mich wie ein Arsch, weil ich ihr nicht sagen kann, was ich vorhabe. Andererseits ist es das einzig Richtige. Ich kann sie in diese Geschichte nicht mit hineinziehen.

Ich warte ungefähr seit zwei Stunden, als nach und nach Schulbusse auf den vorgesehenen Parkplätzen halten. Und es scheint, als würden auch immer mehr Eltern ihre Autos vor der Schule parken. Das kann nur bedeuten, dass der Schultag bald vorbei ist. Ich steige aus dem Auto, weil die Sicht auf den Schulhof aufgrund der vielen Autos immer schlechter wird. Ich versuche, so auszusehen, als wäre es für mich völlig normal, meine kleine Schwester von der Schule abzuholen. Ich will unter allen Umständen vermeiden, aufzufallen. Kurz habe ich Sorge, dass *er* hier irgendwo sein könnte. Aber dann fällt mir ein, dass er sich nie um seine Familie geschert hat. Vorsichtig mustere ich die Wartenden und kann ihn tatsächlich nirgendwo sehen.

Ich stelle mich etwas abseits von den anderen an den Zaun, halte den Blick gesenkt und versuche, mit niemandem Augenkontakt herzustellen.

Als die Tür der Schule schließlich aufgeht, strömen Massen von Kindern nach draußen. Es wird laut, weil sie durcheinanderschreien. Die Jüngsten sind höchstens fünf.

Die Klassen mischen sich auf dem Weg nach draußen, sodass es schwierig ist, den Überblick zu behalten. Ich gebe mir Mühe, keins der Kinder, die ungefähr in Jeannies Alter sind, zu verpassen. Aber in der Gruppe sehen sie alle irgendwie gleich aus. Das Spektakel dauert gerade mal fünfzehn Minuten. Dann fahren die Schulbusse einer nach dem anderen weg, und alle Eltern haben ihre Kinder eingesammelt. Eine Schwere befällt mich, denn Jeannie war nicht dabei. Ich schließe die Augen und seufze. Also geht sie auf eine andere Schule. Ich entscheide gerade, dass es das Beste ist, Angela noch mal zu kontaktieren und sie um die Adresse zu bitten, als die Schultür noch einmal aufgeht.

Ein kleines Mädchen mit zwei dunkelblonden Zöpfen und einer Brille kommt heraus, und mein Herz bleibt beinahe stehen. Sie ist es. Meine kleine Schwester. Es besteht kein Zweifel. Sie trug zwar früher keine Brille und sieht auch ansonsten unglaublich erwachsen aus, aber sie ist es.

Sie läuft langsam den asphaltierten Weg von der Schultür zur Straße hinunter. Auf einmal bleibt sie stehen und bückt sich nach etwas. Es sieht aus, als würde sie eine Blume pflücken. Dann steckt sie sie hinter ihr Ohr.

Mir fällt auf, dass ihre Schnürsenkel am linken Schuh offen sind, aber es scheint sie nicht zu stören. Sie wirkt verträumt. In Eile ist sie jedenfalls nicht.

Mein Herz macht einen Sprung. Ich möchte auf sie zulaufen, sie in meine Arme schließen. Ich bin so froh, zu sehen, dass es ihr gut geht. Dass sie wohlauf ist. Dass *er* sie noch nicht kleingekriegt hat, auch wenn sie irre dünn aussieht. Aber ich weiß gleichzeitig, dass es leichtsinnig wäre. Vermutlich würde ich ihr Angst machen, und das will ich um jeden Preis vermeiden.

Sie kommt näher, und ich kralle mich mit meinen Händen im Maschendrahtzaun fest. Er schneidet schmerzhaft in meine Finger ein, doch es ist die einzige Möglichkeit, sie anzusehen und mich davon abzuhalten, nach ihr zu rufen.

Als sie nur noch wenige Meter von mir entfernt ist, hebt sie den Kopf und sieht mich an. Ich versuche zu lächeln, bin mir jedoch nicht sicher, ob es mir gelingt.

»Auf wen wartest du?«, fragt sie und läuft auf der Innenseite des Zauns auf mich zu.

Ich muss mich räuspern, weil meine Kehle so trocken ist.

»Ich bin die Letzte«, sagt sie, als sie vor mir zum Stehen kommt. »Ich bin eigentlich immer die Letzte.«

Mein Herz geht auf, als ich ihre klare Mädchenstimme höre. Sie klingt anders als früher, doch nach wie vor vertraut. Ich gehe vor ihr in die Hocke.

Plötzlich schlägt sie sich die Hände vor den Mund, und

ihre Augen werden groß. Ich erschrecke, drehe mich um, weil ich erwarte, *ihn* dort zu sehen, doch da ist niemand. Wir sind ganz allein. Ich drehe mich wieder zu Jeannie um, und jetzt besteht kein Zweifel mehr. Sie sieht mich an. Ihre Augen werden – sofern das überhaupt noch möglich ist – noch größer, und beinahe mache ich mir Sorgen, dass sie ihr aus dem Gesicht fallen könnten. Ihre Lippe beginnt zu beben und Tränen schimmern in ihren Augen. Ich bin völlig überfordert. Hat sie Angst vor mir? Habe ich irgendetwas gemacht, das sie erschreckt hat?

Ihre kleine Kinderhand berührt meine groben Finger. Mit dem Ärmel wischt sie sich über die Augen und schüttelt dann den Kopf, sodass ihre Zöpfe hin und her fliegen.

»Du bist Rhys«, sagt sie und verzieht den Mund zu einem Lächeln. »Du bist mein großer Bruder. Du bist gekommen.«

»Was?«, frage ich völlig perplex.

»Mom hat gesagt, dass du kommen würdest. Bevor sie gestorben ist. Sie hat gesagt, wenn ich zehn bin, kommst du.« Jetzt strahlt sie mich an.

Sie lässt meine Hand los und läuft um den Zaun herum. Ich merke, wie meine Beine wegsacken, und lasse mich auf die Knie sinken. Jeannie kommt auf mich zu, ich öffne die Arme und sie springt direkt in meine Umarmung. Ich halte sie ganz fest. Fühle, wie knochig sie ist, spüre ihr kleines Herz, wie es an meiner Brust pocht, während mein erwachsenes, geschundenes Herz droht, aus mir herauszuspringen oder zu explodieren. Auf diesen Moment habe ich so lange gewartet. Meine Jeannie wieder in den Armen zu halten.

»Bringst du mich nach Hause?«, fragt sie.

Meine Stimme ist erstickt, als ich sage: »Willst du das?«

Sie zuckt mit den Schultern. »Hast du auch ein Zuhause?«, fragt sie.

»Ja«, sage ich. »Aber das ist nicht in Arden.«

Ich wittere meine Chance. Sie wirkt nicht, als würde sie nach Hause wollen. Im Gegenteil, sie wirkt, als würde sie sich bei mir wohlfühlen.

»Wollen wir rumfahren?«, frage ich deswegen.

»Hast du ein Auto?« Sie macht wieder große Augen.

»Gleich da drüben«, sage ich. Ich nehme sie an der Hand. Plötzlich erschrecke ich. »Du weißt aber, dass man nicht einfach so mit fremden Männern mitgehen darf, oder?«

Jeannie lacht. »Na klar weiß ich das. Aber du bist doch nicht fremd.«

Erleichterung überkommt mich. Aber auch Verwunderung. Wie kann sie sagen, ich sei nicht fremd, wo wir uns doch jahrelang nicht gesehen haben? Sie kann sich doch kaum an ein Leben mit mir erinnern.

»Wie hast du mich erkannt?«, frage ich deswegen.

»Von den Fotos in Moms Schublade«, sagt sie, und mein Herz zieht sich zusammen. »Wir haben sie manchmal heimlich angeschaut. Du hast jetzt einen Bart.« Letzteres ist einfach nur eine Feststellung.

»Ja, ich hätte mich vielleicht rasieren sollen«, sage ich und fahre mit der Hand über meine Bartstoppeln.

»Mom hat gesagt, dass du wegmusstest, und wir warten müssen, bis ich zehn bin. Aber dann ist sie gestorben. Das war traurig. Aber ich wusste ja, dass du kommen würdest.«

Was sie sagt, erfüllt mich mit einer solchen Traurigkeit, dass es mir alles abverlangt, mir nichts anmerken zu lassen. Meine Mom wollte, dass ich zurückkomme. Dieser Gedanke zerreißt mich beinahe und ist gleichzeitig so heilsam, dass ich das Gefühl habe, etwas in mir würde wieder ganz werden.

Ich öffne Jeannie die Autotür.

»Ohne Kindersitz darf ich eigentlich noch nicht vorne sitzen«, sagt sie. »Ich bin noch nicht groß genug. Alle anderen in meiner Klasse sind größer.«

»Ich habe leider keinen Kindersitz. Heute ist das mal in Ordnung.«

»Cool«, sagt Jeannie und klettert umständlich auf den Beifahrersitz.

Ich steige auf der anderen Seite ein. Mein Herz pocht schnell, als ich darüber nachdenke, wie ich die Frage, die ich meiner Schwester stellen will, am besten formuliere. Doch ihr Lächeln nimmt mir jede Befangenheit.

»Jeannie?«, frage ich. »Wollen wir zusammen wegfahren?«

Ihr Mund verzieht sich zu einem breiten Grinsen. Sie nickt eifrig. »Wo fahren wir hin?«

»Wo möchtest du denn hin?«

»Ans Meer!«

»Also gut, dann fahren wir ans Meer.«

Wir haben einen traumhaften Nachmittag am Strand. Das Wasser ist zu kalt zum Baden, aber es glitzert wunderschön in der Sonne. Wir sitzen im Sand und lassen uns den Wind ins Gesicht blasen. Jeannie redet von der Schule. Sie mag Mathe und Musik am liebsten. Sie erzählt mir von den anderen Kindern, die manchmal gemein zu ihr sind, weil sie eine Brille trägt. »Aber das macht mir nichts«, sagt sie.

Je später es wird, desto unruhiger fühle ich mich. Das ungeheure Glück, meine Schwester gefunden zu haben, wird überschattet von der Sorge, was jetzt werden soll. Wird Donald nach ihr suchen? Müssen wir uns verstecken? Wie lange reichen meine Ersparnisse?

»Jeannie«, sage ich unsicher, »wird dein Dad sich Sorgen machen?«

»Du willst mich doch nicht nach Hause bringen?«, fragt sie und ihre Stimme klingt alarmiert.

»Nein, ich will, dass du bei mir bleibst«, sage ich.

»Ich glaube nicht, dass er sich Sorgen macht. Er ist sowieso nur selten da.«

»Lässt er dich allein zu Hause?«, frage ich.

»Ja, aber das macht nichts. Ich kann mir selbst Essen machen. Und ins Bett gehen kann ich auch alleine.«

In mir zieht sich alles zusammen. Einerseits bin ich erleichtert, dass Donald seine Geschäfte anscheinend von Jeannie fernhält, andererseits kann ich nicht glauben, dass er ein zehnjähriges Mädchen ständig allein lässt.

»Ist dir kalt?«, frage ich, denn jetzt, wo die Sonne untergeht, wird es merklich kühler.

»Ein bisschen.«

»Sollen wir in einem Motel übernachten?«, frage ich.

Jeannie nickt begeistert. »Ich habe noch nie in einem Motel übernachtet!«

»Ich auch nicht«, gestehe ich, und zusammen machen wir uns auf den Weg zum Auto.

Tamsin

49

»Ich muss mir irgendetwas Zerrissenes kaufen«, sagt Zelda nach Sams Übung. »Kommst du mit in einen der Secondhandläden?«

Ich schaue auf mein Handy. Immer noch keine Nachricht von Rhys. Ich habe gestern das letzte Mal von ihm gehört und sitze seitdem wie auf glühenden Kohlen. Die ganze Situation macht mich schrecklich nervös.

»Na klar, ich kann die Ablenkung gut gebrauchen«, sage ich. Ich habe Zelda nicht erzählt, dass ich mir Sorgen mache. Nur, dass Rhys Zeit für sich braucht, weil er erfahren hat, dass seine Mom gestorben ist, und ich mir nicht sicher bin, wo er ist.

»Er meldet sich sicher bald, Süße«, sagt Zelda. »Und bis dahin kümmere ich mich um dich.« An Sam gewandt ruft sie: »Kommst du auch mit, McPerfect?«

»Wohin?«, fragt Sam.

Seit ich mir sein Auto geliehen habe, ist die unsichtbare Barriere, die davor zwischen uns geherrscht hat, etwas durchlässiger geworden. Ich bin erleichtert, dass wir wieder in einem Seminarraum sein können, ohne dass sich einer von uns unwohl fühlen muss.

»Wir gehen shoppen«, erklärt Zelda, und Sam schüttelt grinsend den Kopf.

»Ich glaube nicht, dass ihr viel Spaß hättet, wenn ich mitkäme. Außerdem habe ich schon etwas vor.«

Eine gazellenhafte Brünette mit elend langen Beinen, die in der letzten Reihe saß, bahnt sich ihren Weg nach vorne. Sams Fanclub wird einfach nicht kleiner. Ich verdrehe die Augen und will Sam ein mitfühlendes Lächeln zuwerfen, da hakt sie sich bei ihm ein und zusammen verlassen sie den Raum.

»Was war das denn?«, fragt Zelda.

»Äh, ich schätze, der Grund, warum er nicht mitkommt.«

»Er versteht also etwas von Literatur *und* von Ablenkung. Interessant«, sagt Zelda und lacht. »Hoffen wir, dass er ihr nicht das Herz bricht.«

Mir ist gar nicht nach Lachen zumute. Ich finde es alles andere als gut, dass Sam sich mit seinen Studentinnen verabredet. Aber natürlich steht es mir nicht zu, über sein Privatleben zu urteilen. Einen bitteren Nachgeschmack hinterlässt es trotzdem.

»Eifersüchtig?«, fragt Zelda.

Obwohl ich weiß, dass ich vielleicht tatsächlich ein kleines bisschen eifersüchtig bin, schüttle ich den Kopf. »Nein, ich finde nur, es passt nicht zu ihm«, sage ich und zucke mit den Schultern. »Na komm, lass uns gehen.«

Nachdem in den ersten beiden Läden die Ausbeute eher mau war und wir ziemlich lustlos an den Kleiderstangen entlanggeschlendert sind, verspricht der dritte Laden gleich von Anfang an, ein Erfolg zu werden. Die Klamotten sind hier nicht nach Farben oder Anlässen sortiert, sondern hängen einfach wild durcheinander. Das Licht ist schummrig, und es riecht ein bisschen muffig.

Zelda setzt sich beim Eintreten einen Schlapphut auf die pinken Haare und grinst mich keck an.

»Steht dir«, sage ich, als sie eine Schiebermütze nimmt

und sie mir auf den Kopf setzt. Sie zückt ihr Handy und schießt ein Foto von uns, auf dem sie die Augen verdreht und ich meine Zunge herausstrecke. Es tut gut, mit Zelda herumzualbern.

»Weißt du noch, als du mich gefragt hast, ob ich schon mal mit meiner Familie gebrochen habe?«, frage ich, als ich eine grasgrüne Schlaghose mit Bügelfalten hochhalte.

Zelda reckt den Daumen in die Höhe. »Anprobieren! Und ja, ich erinnere mich.«

»Also, ich kann dir jetzt aus eigener Erfahrung sagen, es ist möglich.«

»Wie meinst du das?«, fragt sie und schlüpft in eine schwarze Lederjacke.

»Meine Eltern haben meinem Ex Geld geboten, wenn er wieder mit mir zusammenkommt und mich nach Hause holt.«

»Krass«, sagt Zelda. »Ich schätze, wir haben beide nicht gerade Glück mit unseren Erzeugern gehabt. Was meinst du zu der Jacke?«

»Heiß«, sage ich. »Ja, Glück sieht wohl anders aus.«

»Und wie geht es dir jetzt damit?«, will Zelda wissen.

»Eigentlich ganz okay«, erwidere ich. »Sie haben inzwischen auch aufgehört, mich ständig anzurufen.«

»Bewundernswert. Ich weiß nicht, ob ich das könnte. So schrecklich ich meine ganze Familie finde. Irgendwie ist es ein seltsames Gefühl, sie aus meinem Leben zu streichen. Aber falls ich mal einen Tipp brauche, weiß ich ja jetzt, an wen ich mich wenden kann.«

Sie schließt die Arme um mich und drückt mich fest an sich. Ich erwidere ihre Umarmung. Es ist schön, zu wissen, dass ich sie zur Freundin habe, auch wenn mein Leben ansonsten gerade kopfzustehen scheint.

Ich finde noch ein langes, fein geblümtes Empirekleid, das ich unbedingt anprobieren will, und eine zerrissene Jeans für Zelda, bei deren Anblick sie entzückt quietscht. Sie hat außerdem noch ein löchriges schwarzes T-Shirt entdeckt, auf dem in roter Schrift »Punk's not dead« steht.

Wir gehen zu den Kabinen. Nachdem ich den roten Samtvorhang zugezogen habe, sehe ich in den Spiegel. Ich sehe müde aus. Und wer will es mir verübeln? In den letzten Wochen habe ich um meine große Liebe gekämpft, meinen besten Freund beinahe verloren, wurde von meinem Ex gestalkt und von meinen Eltern verraten. Und dennoch, trotz alledem bin ich froh, heute hier zu sein. Mit meiner besten Freundin. Ich vertraue Rhys. Er wird sich melden, wenn er bereit ist. Und alles wird gut werden. Ich lächle mein Spiegelbild an, und es sieht tatsächlich überzeugend aus.

»Weißt du was?«, fragt Zelda aus der Kabine nebenan. »Meine Eltern haben einen neuen Kandidaten gefunden.«

»Einen neuen Heiratskandidaten?«

»Haargenau. Sie wollen bald ein Dinner geben, damit ich ihn kennenlernen kann.« Sie macht würgende Geräusche.

»Das tut mir leid.«

»Vielleicht sollte ich mir eine Perücke kaufen, dann musst du mir nicht jedes Mal wieder die Haare färben.«

»Wenn es nötig ist, mache ich es aber gern«, sage ich und trete in der grünen Stoffhose nach draußen. In dem Moment kommt auch Zelda aus der Kabine. Mit dem Schlapphut, dem löchrigen T-Shirt und der zerrissenen Jeans ist sie mit Sicherheit der Albtraum ihrer Eltern. Aber ich finde, sie sieht perfekt aus.

»Du solltest das Outfit genau so nehmen«, sage ich.

»Ich finde auch. Aber deine Hose ist ein bisschen zu grün, wenn du mich fragst.«

»Schade, dabei wollte ich doch so gerne den Frosch-Lookalike-Wettbewerb gewinnen«, sage ich.

Wir gehen zurück in unsere Kabinen.

»Er heißt Alexander St George und ist angehender Investmentbanker«, sagt Zelda und knüpft nahtlos an unser Gespräch an.

»Also genau dein Ding.«

Sie schnaubt. »Du sagst es.«

Ich trete wieder aus der Kabine heraus. Das Kleid im Empireschnitt sieht toll aus, aber ich bin mir nicht sicher, zu was für einem Anlass ich es anziehen sollte.

»Wow!«, sagt Zelda, als sie in ihren eigenen Klamotten aus der Kabine kommt. »Das musst du kaufen.«

»Meinst du? Aber wann würde ich es tragen?«

»Auf meiner Hochzeit beispielsweise.«

»Sag so was nicht.«

»Auf meiner Hochzeit mit einem Punkmusiker in Vegas?«, versucht sie es erneut.

»Aber wäre ich nicht völlig overdressed?«, frage ich, denn ich kann mir nicht vorstellen, dass bei einer Punk-Hochzeit in Vegas irgendjemand in Abendgarderobe kommt.

»Ich bin die Braut, und ich darf entscheiden«, sagt Zelda. »Ernsthaft, das sieht so schön aus, das musst du nehmen.«

Ich blicke auf den Preis. Dreißig Dollar. Ich denke, das kann ich verschmerzen. Und Zelda ist so begeistert davon, dass ich es ohnehin nicht über mich bringen würde, sie zu enttäuschen.

»Also gut, gekauft. Wenn du dafür auch die Lederjacke nimmst.«

»Hä? Natürlich. Und den Schlapphut. Ich kaufe alles. Für irgendwas muss es doch gut sein, dass meine Eltern mich so großzügig finanziell unterstützen.« Zeldas Stimme klingt bitter und ich will sie eigentlich fragen, was sie meint. Doch sie steht bereits an der Kasse.

Draußen sagt sie: »Gehen wir noch was trinken?«

Ich werfe einen Blick auf mein schmerzhaft stummes Handy und nicke. »Klar, spricht offensichtlich nichts dagegen.«

Im *Vertigo* bestellt Zelda an der Bar zwei Bier. Ich will schon peinlich berührt meinen Kopf abwenden, weil wir sicher gleich nach unseren Ausweisen gefragt werden, aber der Barkeeper kümmert sich überhaupt nicht darum, dass wir noch zu jung sind, um Alkohol zu trinken, und stellt zwei Gläser vor Zelda auf der dunklen Holztheke ab.

Wir setzen uns in die hinterste Ecke der Bar unter ein Metallschild, auf dem ein Zitat von Ernest Hemingway steht.

»Ich trinke, um andere Menschen interessanter zu machen«, liest Zelda. »Vielleicht hilft mir das mit Alexander St George auch.«

Wir prosten uns zu und nehmen beide einen Schluck von unserem Bier. Es schmeckt bitter, aber erfrischend.

»Weißt du, Tamsin«, sagt Zelda nach einem Moment des Schweigens. »Ich denke, ich hätte es machen sollen wie du. Einfach auf alles scheißen und ans andere Ende des Landes ziehen. Verflucht, wenn ich drüber nachdenke, hätte ich eigentlich ans andere Ende der Welt ziehen sollen.«

»Warum hast du es nicht gemacht?«

»Feigheit.« Sie nimmt noch einen Schluck aus ihrem

Bier und lächelt mich reumütig an. »Weißt du, der Deal war, dass ich eine unbeschwerte Studienzeit haben darf, wenn ich danach meine Pflicht der Familie gegenüber erfülle. Aber mein schlechter Schulabschluss hat sie wütend gemacht. Das war meine Art der Rebellion. Das größte ›Fickt euch‹, das ich mir vorstellen konnte. Dass ihre Tochter es nicht an ein Ivy-League-College schafft. Deswegen haben sie gesagt, sie unterstützen mich nur dann finanziell, wenn ich in der Nähe bleibe. Vermutlich, damit ich nicht völlig ausrasten kann oder so. Pearley war die beste Uni in der Nähe, die mich angenommen hat.«

Langsam verstehe ich das ganze Ausmaß der Misere, in der Zelda sich befindet. Denn während ich mein Leben lang meinen Großvater als Stütze hatte, war sie schon immer auf sich allein gestellt. Durch ihre Rebellion hat sie ihre Eltern gegen sich aufgebracht und jedes Vertrauen verspielt. Und statt es als das zu sehen, was es war – ein Schrei nach Freiheit –, haben ihre Eltern es persönlich genommen und sie weiter eingeengt. Während meine emotionale Stütze gleichzeitig für meine finanzielle Sicherheit gesorgt hat, ist Zelda auch noch finanziell abhängig. Denn mit einem miesen Schulabschluss kriegt sie natürlich nirgendwo ein Stipendium. Und ein Nebenjob würde für die Studiengebühren niemals reichen.

»Was für eine verflixte Situation«, sage ich.

»Na ja, bis zum Bachelor habe ich ja noch ein bisschen Zeit. Ich hätte nur nicht gedacht, dass sie jetzt schon anfangen, solchen Druck zu machen.«

Ich nicke und schicke einen stillen Gruß an meinen Großvater. Ich hoffe, wo auch immer er ist, er merkt, wie viel er mir gegeben hat.

Rhys

50 Es ist absolut verblüffend, wie schnell Jeannie jede Scheu mir gegenüber abgelegt hat. Es ist, als wäre ich nie weg gewesen. Sie muss eine unendliche Sehnsucht nach Vertrauen und Geborgenheit gehabt haben, wenn sie sich so auf einen fast Fremden stürzt. Diese Gedanken mache ich mir auf dem durchgelegenen Bett in unserem Motelzimmer. Der Fernseher läuft, und Jeannies Atem geht seit einer Weile regelmäßig. Sie ist in meinem Arm eingeschlafen. Vorsichtig, um sie nicht zu wecken, nehme ich ihr die Brille ab und streiche ihr sanft die blonden Haare aus der Stirn. Sie rollt sich auf die andere Seite, als ich meinen Arm, in dem ich keinerlei Gefühl mehr habe, unter ihrem Kopf hervorziehe.

Wenn es nur immer so friedlich sein könnte. Doch ich habe Angst. Angst, dass ich sie wieder verlieren könnte, Angst, dass mein Leichtsinn und meine Gedankenlosigkeit sie in Schwierigkeiten gebracht haben. Aber dann erinnere ich mich daran, dass ihre Mom gestorben ist, dass sie außer mir niemanden hat. Ich muss stark sein. Ich darf nicht aufgeben. Ich bin ihr Fels in der Brandung und nur über meine Leiche werde ich zulassen, dass ihr Vater jemals wieder in ihre Nähe darf.

Viel Geld habe ich nicht mehr. Das Motel ist teurer als erwartet, und wir leben seit zwei Tagen von Süßkram und Chips aus dem Automaten draußen. Jeannie scheint es nicht zu stören. Für sie ist das hier ein großartiges Abenteuer. Ich wünschte, ich könnte die Welt mit ihren kindlichen Augen sehen.

Ich stehe vom Bett auf und gehe vor die Tür. Die kühle Nachtluft beruhigt mich. Ich lehne mich an die hölzerne Balustrade vor unserem Zimmer. Ein paar Türen weiter steht ein dicker Mann im Unterhemd an der Wand und raucht.

»Entschuldigung«, sage ich. »Hätten Sie vielleicht eine Zigarette für mich?«

»Klar«, sagt er und winkt mich zu sich.

Er hält mir seine Schachtel hin, und ich nehme mir eine Kippe. Er gibt mir Feuer. Ich inhaliere tief. Das Nikotin beruhigt meine angeschlagenen Nerven. Doch ich treffe hier und jetzt eine Entscheidung. Es wird die letzte Zigarette sein, dich ich rauche. Ich weiß, dass es Tamsin nicht gefällt, und für Jeannie will ich gern ein gutes Vorbild sein. Doch in diesem Moment bin ich zu schwach. Ein letztes Mal.

Ich bedanke mich und entferne mich wieder von dem Mann. Es ist bereits dunkel, und nur ab und zu rauscht ein Auto auf dem Highway am Motel vorbei und beleuchtet für einen Augenblick den Parkplatz. Mich erfüllt eine enorme Sehnsucht nach zu Hause. Nach Normalität. Ich habe das Gefühl, mich kopfüber in etwas gestürzt zu haben, das zu groß ist für einen allein. Ich denke an Malik, dessen Auto ich immer noch habe. An Malcolm, der vermutlich auf mich wartet, um mir zu sagen, dass er mit seiner Geduld am Ende ist. An Tamsin. Als ihr Gesicht vor meinem inneren Auge auftaucht, verkrampft sich alles in mir. Ich hoffe so sehr, dass sie verstehen wird, warum ich so handeln musste. Warum ich sie nicht einbeziehen konnte. Warum ich verschwinden musste. Tamsin und Jeannie sind die wichtigsten Menschen in meinem Leben und ich könnte es nicht ertragen, die eine zu verlieren, jetzt, da ich die andere gefunden habe. Sie sind meine Familie und ich bin nur vollständig, wenn beide in meinem Leben sind.

Beinahe muss ich lachen, als ich an den Rhys denke, der vor einem halben Jahr aus dem PJP in die Welt hinausgestolpert ist. Ich bin weit gekommen. Ich habe gelernt, zu vertrauen, Hilfe anzunehmen. Ich weiß, dass ich ein guter Mensch sein kann. Ich habe gelernt, zu lieben und zu leben. Das meiste davon verdanke ich Tamsin.

Ich nehme noch einen Zug von meiner Zigarette, doch sie schmeckt mir nicht mehr. Ich schnippe sie auf den Parkplatz und zücke stattdessen mein Handy. Wieder lese ich Tamsins letzte Nachricht, die sie mir gestern Abend geschickt hat.

Ich hoffe, dir geht es gut. Du fehlst mir. Komm bald wieder.

Ich seufze und tippe mit meinen Fingern eine Antwort.

Alles in Ordnung. Mach dir bitte keine Sorgen. Wir sehen uns bald.

Ich starre noch eine Zeit auf meinen Bildschirm. Ich sehe erst ein Häkchen neben meiner Nachricht, dann zwei. Dann färben sie sich blau. Tamsin hat sie gelesen. Ich stelle mir vor, wie sie auf ihrem Sessel sitzt, lesend. Jetzt das Handy in der Hand hält. Neben ihrem Namen steht, dass sie eine Nachricht schreibt. Ich erwarte ihre Antwort. Doch dann hört sie auf. Jetzt schreibt sie wieder. Und erneut verstummt sie. Dann verschwindet der Hinweis, dass sie online ist. Enttäuscht lasse ich das Handy zurück in meine Hosentasche sinken. Ich kann ihr nicht verübeln, dass sie mir nicht antworten will. Schließlich bin ich abgehauen, ohne ihr etwas zu sagen. Meine Kehle ist wie zugeschnürt, und ich ärgere mich über diese beschissene Situation, in der ich mich befinde. In der ich Einzelkämpfer sein muss, um die Menschen, die ich liebe, nicht in meinen Scheiß zu involvieren. Doch lange werde ich diese beiden Welten nicht mehr voneinander getrennt halten können. Ohne Geld ist Jeannies Abenteuer bald vorbei. Ohne meinen Job kann sie nicht bei mir bleiben. Sie kann nicht für immer unentschuldigt in der Schule fehlen. Und ich kann nicht mehr lange ohne Tamsin sein.

Ich stoße mich von der Balustrade ab und kehre in unser Zimmer zurück. Im Schein der staubigen Nachttischlampe, deren weißer Schirm vor Alter und Schmutz gelblich gefärbt ist, sieht Jeannies Gesicht ungeheuer friedlich aus. Der Anblick lässt keinen Zweifel, dass ich die richtige Entscheidung getroffen habe. Doch dieses Zimmer ist kein Ort für einen so wertvollen, unschuldigen Menschen wie sie. Die vergilbte Tapete, der staubige Teppichboden, von dem ich hoffe, dass er schon immer grau war, das muffige Bett. Ich muss sie an einen besseren Ort bringen.

In dieser Nacht treffe ich eine Entscheidung. Ich werde erneut Hilfe in Anspruch nehmen. Denn zusammen schaffen wir alles. Mit diesem Gedanken lösche ich endlich das Licht und lege mich zu meiner kleinen Schwester ins Bett. Obwohl sie so klein ist, beansprucht sie die gesamte Decke für sich und auch ungefähr zwei Drittel des Bettes. Ich lege mich an den Rand und wickle mich in eine Wolldecke. Erleichtert über die Tatsache, dass ich bald nicht mehr auf mich allein gestellt sein werde, schließe ich die Augen. Es gibt immer eine Lösung.

»Und wer ist Tamsin?«, fragt Jeannie, als wir am nächsten Tag auf dem Weg nach Pearley sind.

»Meine Freundin«, sage ich.

»Oooh, und willst du sie heiraten?«

»Äh, das ist vielleicht noch ein bisschen früh«, sage ich lachend.

»Warum? Liebst du sie denn nicht?«, will Jeannie wissen.

»Doch, natürlich. Aber wir sind noch so jung.«

»*Wenn* ihr heiratet«, fragt sie weiter, »darf ich dann Blumenmädchen sein?«

»Ich bin mir sicher, dass das in Ordnung geht. Ich frage Tamsin für dich.«

»Und glaubst du, es ist eine gute Überraschung, dass ich mitkomme?«, fragt Jeannie. Ich habe ihr erzählt, dass wir Tamsin überraschen.

»Eine sehr gute«, sage ich und hoffe inständig, dass ich recht habe.

Als wir vor Tamsins Tür stehen, bin ich nervös. Ich drücke Jeannies Hand, um ihr zu zeigen, dass ich da bin. Dabei bin ich mir ziemlich sicher, dass ich eher mir Mut mache. Als ich gerade die Klingel betätigen will, geht die Tür auf und eine Frau tritt heraus. Wir gehen an ihr vorbei und betreten das dunkle Treppenhaus. Mit dem leicht modrigen Geruch kehren Erinnerungen zurück. Erinnerungen an Tamsins Matratze, an meinen nächtlichen Besuch bei ihr, nachdem ich mit Joy gesprochen hatte. Erinnerungen an das aufgeregte Flattern in meinem Magen, bevor wir das erste Mal miteinander geschlafen haben. Doch dieses Flattern ist nichts im Vergleich zu der Nervosität, die jetzt in mir tobt.

Treppe um Treppe steigen wir nach oben, Jeannies Hand fest in meiner. Als wir auf Tamsins Stockwerk ankommen, dringt leise Musik aus ihrer Wohnung. Sie ist also zu Hause. Ich atme tief ein und klopfe.

Nach wenigen Augenblicken hören wir von drinnen Schritte. Die Tür geht auf.

»Rhys!«, ruft Tamsin und will schon lächeln, da erblickt sie meine Schwester.

»Tamsin, das ist meine Schwester Jeannie«, sage ich sanft und liebevoll.

»Hi, Jeannie, freut mich sehr, dich kennenzulernen.« Bei diesen Worten schüttelt sie meiner kleinen Schwester die Hand. Jeannie strahlt, und auch Tamsins Mund verzieht sich zu einem Lächeln. Obwohl es nicht das gelöste Lächeln ist, das ich so an ihr liebe, bin ich erleichtert, dass der erste Kontakt zwischen beiden so gut gelaufen ist.

Doch da sagt Tamsin: »Geh doch schon mal nach drinnen, Jeannie. Dein Bruder und ich müssen kurz etwas klären.«

»Okay«, sagt Jeannie und verschwindet in der Wohnung.

»Bist du von allen guten Geistern verlassen?«, keucht Tamsin, nachdem sie die Tür zugezogen hat, und all meine Zuversicht schwindet.

Tamsin

51 Rhys blickt zu Boden.

»Hast du deine Schwester entführt?«, frage ich entsetzt.

»Na ja, nicht direkt entführt«, sagt Rhys kleinlaut.

»Aber du wirst wohl kaum ihren Vater gefragt haben, ob du sie mitnehmen darfst. Weiß er, wo sie ist?«

»Nein, und es interessiert ihn offensichtlich auch nicht.«

Ich bin völlig überrumpelt. »Rhys, das kannst du nicht machen! Warst du die letzten Tage mit ihr zusammen?«

»Ja.«

»Du bist vorbestraft, Herrgott noch mal! Was du machst, ist Kindesentführung! Wenn ihr Vater … weißt du, was passiert, wenn das rauskommt?« Ich flüstere nur noch, weil ich vermeiden will, dass meine Nachbarn etwas hiervon mitbekommen.

Mir ist auf einmal richtig schlecht. Ich sehe es genau vor mir. Sie werden Rhys abholen. Sie könnten jeden Moment hier sein. Auch er macht inzwischen ein sehr unglückliches Gesicht.

»Ich weiß, dass ich Mist gebaut habe«, sagt er und schlägt die Augen nieder. »Aber was hätte ich denn tun sollen? Sie bei diesem … diesem …« Ihm fällt offenbar kein passendes Wort ein. »Bei *ihm* lassen sollen? Er ist nie zu Hause. Er vernachlässigt sie. Und ehrlich gesagt bin ich froh darüber, denn ohne ihn ist sie auf jeden Fall besser dran. Hast du gesehen, wie dünn sie ist? Ich bin ihre Familie. Ich bin derjenige, dem sie etwas bedeutet. Sie vertraut mir. Sie hat mich vermisst. Ich will ihr ein Leben bieten. Ein schönes Leben.«

»Und wie stellst du dir das vor?«, frage ich schrill. »Soll sie zu dir und Malik ziehen?«

Er zuckt mit den Schultern. Er hat offensichtlich nicht darüber nachgedacht, was es heißt, sich um seine zehnjährige Schwester zu kümmern. Nicht, dass ich auf diesem Gebiet Expertin wäre, aber immerhin habe ich eine ungefähre Vorstellung davon, dass man nicht einfach so ein Kind mitnimmt. Familie hin oder her.

»Ich hatte keine andere Wahl«, sagt er und geht einen Schritt auf mich zu. »Tamsin, bitte glaub mir. Es ging nicht anders.«

Ich muss mich am Treppengeländer abstützen. »Du hättest mit mir sprechen können.«

»Aber du hättest es mir ausgeredet.« Er nimmt meine Hand und presst einen Kuss darauf. »Zusammen können wir alles schaffen. Das hast du doch gesagt. Gilt das noch? Hilfst du mir?«

Für einen kurzen Moment muss ich mich abwenden. Ich habe keine Ahnung, was ich hier tue. Ich habe keinerlei Erfahrung mit so etwas. Ich atme einmal tief durch, dann drehe ich mich zu Rhys um. »Natürlich helfe ich dir«, sage ich. Wenn es nicht schon zu spät ist, füge ich in Gedanken hinzu.

Ich öffne die Wohnungstür und betrete gemeinsam mit Rhys den kleinen Flur.

»Warte kurz«, sagt er. Ich drehe mich zu ihm, und er zieht mich in seine Arme. »Danke.«

Er drückt mir einen Kuss auf die Schläfe, und ich schließe für einen Moment die Augen. Tatsächlich ist meine Wut beinahe verflogen. Während der letzten Tage habe ich mir große Sorgen um ihn gemacht. Ich hatte Angst, er könnte seinem Stiefvater etwas antun, mit dem Auto in den Graben fahren. Sich in einer Bar betrinken und irgendeinen Unsinn anstellen. Doch alles, was er wollte, war, seine Schwester zu finden, um für sie die Familie zu sein, die sie in den letzten Jahren nicht hatte.

»Du hast viele Bücher«, sagt Jeannie, die vor meinem Obstkistenregal auf dem Boden sitzt und *Die Abenteuer des Huckleberry Finn* auf dem Schoß hat.

»Hey, das ist auch eins der Lieblingsbücher von deinem Bruder«, stelle ich fest und sehe aus dem Augenwinkel, dass Rhys stolz lächelt. »Willst du was trinken, Jeannie? Limonade? Oder einen heißen Kakao?«, frage ich.

»Kakao«, sagt sie und strahlt mich an. Sie sieht unglaublich niedlich aus in ihrer an den Knien geflickten Hose und dem viel zu großen Pullover.

»Sollst du haben. Rhys, machst du deiner Schwester einen Kakao? Ich bin gleich wieder da.« Mit diesen Worten gehe ich ins Badezimmer.

Ich schließe die Tür hinter mir und atme tief ein. Dann spritze ich mir kaltes Wasser ins Gesicht. Ich klappe den Klodeckel zu und setze mich darauf. Schließlich wähle ich Amys Nummer.

»Tamsin?«, meldet sie sich.

»Hi, Amy. Ich brauche Hilfe.«

»Das ist ja mal etwas ganz Neues. Worum geht es?«

Ich erzähle ihr, dass Rhys mit seiner Schwester in meinem Zimmer sitzt. Auch die Umstände erkläre ich ihr, und sie keucht auf.

»Das ist nicht dein Ernst, oder?«

»Ich fürchte, leider doch.«

»Dieser Hornochse! Ich bin gleich da. Schickst du mir deine Adresse?«

Im nächsten Moment hat sie aufgelegt.

Als ich in mein Zimmer zurückkehre, sitzt Rhys auf meinem Sessel. Jeannie hat sich auf seinen Schoß gekuschelt und hält eine Tasse mit Kakao in der Hand. Mir geht das Herz auf bei diesem Anblick. In Rhys' Ausdruck liegt eine ungeheure Zärtlichkeit, auch wenn er maßlos erschöpft aussieht. Er hebt den Kopf und lächelt mich müde an.

Er ist einer von den Guten. Das weiß ich. Ich hoffe nur, die Welt sieht das auch so.

Kurze Zeit später klingelt es. Ich öffne die Tür, und nach wenigen Momenten steht Amy in der Wohnung. Rhys springt mit Jeannie in den Armen auf.

»Amy!«, ruft er.

»Ich habe sie angerufen«, sage ich.

»Fuck«, entweicht es ihm.

»Nicht so eine Ausdrucksweise vor Kindern«, sagt Amy.

Rhys stellt die zappelnde Jeannie auf den Boden. Amy geht auf sie zu und streckt ihr die Hand entgegen.

»Du triffst heute jede Menge Freunde von deinem Bruder.« Bei dem Wort »Freunde« blickt sie Rhys streng an. »Ich bin Amy. Und wie heißt du?«

»Jean«, sagt Jeannie.

»Freut mich sehr, Jean. Wie alt bist du denn?«

»Zehn. Und du?«

»Ich bin vierundzwanzig«, sagt Amy und lächelt. »Sag, hättest du Lust, dich mit mir zu unterhalten, während Rhys und Tamsin etwas zu essen holen?«

»Bist du so was wie mein Babysitter? Ich hatte noch nie einen Babysitter!« Jeannie strahlt übers ganze Gesicht.

»Ja, genau. Das bin ich«, sagt Amy und bedeutet uns, die Wohnung zu verlassen.

Wortlos laufen wir die Treppe hinunter.

»Du hättest sie nicht anrufen dürfen«, sagt Rhys, als wir vors Haus treten. Es ist Mittag, und die Sonne scheint warm auf unsere Köpfe. Doch ich kann die angenehme Wärme kaum genießen.

»Und was hätte ich deiner Meinung nach tun sollen? Dich und Jeannie in meinem Badezimmer verstecken? Amy ist die einzige Person, die ich kenne, die dieser Sache gewachsen ist.«

Rhys schweigt. Ich weiß, dass ich richtig gehandelt habe. Ich weiß, dass diese Situation zu viel für uns ist. Dennoch verstehe ich auch, dass es für Rhys nicht leicht ist, seine Schwester in Amys Obhut zu lassen, ohne zu wissen, auf wessen Seite sie steht.

Wir laufen über die Straße. Als Rhys sieht, dass Malcolm heute hinter dem Tresen steht, hält er kurz inne.

»Ich schätze, ich sollte mich bei ihm entschuldigen. Er wird mich zwar ohnehin feuern, aber das bin ich ihm schuldig.«

»Warum denkst du …«, setze ich an, doch Rhys ist schon im Café.

»Ah, Rhys, bist du wieder da? Geht's dir besser?«, sagt Malcolm. »Hab gehört, was passiert ist. Tut mir wirklich leid. Als Tamsin mir erzählt hat, dass deine Mom … Na ja, ich hab deine Schichten natürlich übernommen.«

Rhys' Mund steht offen. Er blickt von Malcolm zu mir und wieder zu Malcolm. Der lächelt ihn freundlich an.

»Sag einfach Bescheid, wenn du wieder arbeiten kannst. So ein Trauerfall kann einen ganz schön umhauen.«

»Ich … ich kann wieder arbeiten. Das schaffe ich«, sagt er. Mit seiner linken Hand greift Rhys nach meiner rechten und drückt sie fest. Ich verstehe die kleine Geste als Zeichen seiner Dankbarkeit.

»Gibt's noch was Warmes zu essen?«, frage ich.

»Für euch immer«, sagt Malcolm. »Heute hat Che sein Chili gekocht.«

»Dann hätten wir gerne vier Portionen zum Mitnehmen, bitte.«

»Kommen sofort.«

Malcolm verschwindet in der Küche, und ich lasse mich an einem der Tische nieder, während wir warten. Ich bedeute Rhys, sich ebenfalls zu setzen.

»Weißt du, welcher Tisch das ist?«, frage ich. »Hier hatten wir unser erstes Date.« Ich lächle ihn an.

»Ich weiß«, sagt er. »Das war das Beste, was ich je gemacht habe. Dich um ein Date zu bitten.« Er nimmt meine Hand. »Ich danke dir. Für alles. Dafür, dass du mich nicht aufgibst. An mich glaubst. Dass du meine Schwester bei dir aufnimmst und Amy um Hilfe bittest. Dafür, dass ich deinetwegen noch einen Job habe. Ich hoffe, ich kann mich eines Tages dafür revanchieren.«

Ich werde rot und winke ab. »Das ist eben so, wenn man sich liebt.«

Er führt meine Hand an seine Lippen und drückt einen festen Kuss auf die Innenseite meiner Finger. »Es scheint so. Und so langsam gewöhne ich mich auch daran.«

»Jetzt musst du dich nur noch daran gewöhnen, dass du nicht allein bist auf der Welt.«

Er nickt ernst. »Das tue ich.«

Malcolm kommt wieder und hat vier Boxen mit Chili in eine Plastiktüte gestapelt.

»Geht aufs Haus«, sagt er.

Bevor wir meine Wohnung wieder betreten, klopfen wir. Wir wollen das Gespräch von Amy und Jeannie nicht stören.

»Kommt rein«, ruft Amy.

Ich verteile das Essen aus dem Café, während Rhys erst Amy und Jeannie je eine Gabel in die Hand drückt und dann auch mir eine gibt. Ich lasse mich auf dem Boden nieder, und Rhys setzt sich in meinen Sessel.

»Also«, beginnt Amy. »Nach dem Essen muss ich gleich los und ungefähr eine Milliarde unangenehme Telefonate führen. Vielen Dank dafür, Rhys.« Sie blickt ihn streng an, und er fährt sich beschämt mit der Hand übers Gesicht. »Jeannie hat mir von ihrem Zuhause erzählt. Davon, dass sie eigentlich immer allein ist. Das ist kein Leben für ein zehnjähriges Mädchen. Sie braucht eine stabile Umgebung. Jemanden, der für sie da ist.« Wir hängen gebannt an Amys Lippen. Nur Jeannie wippt auf meinem Bett auf und ab, während sie sich immer wieder eine Gabel Chili in den Mund steckt. »Ich sage euch, was passiert ist. Und das ist die Version, die ich in meinen Telefonaten erzählen werde und die ihr euch alle ganz genau einprägt. Verstanden?« Wir nicken.

»Ich bin weggelaufen!«, johlt Jeannie.

»Haargenau. So war es«, sagt Amy. »Jeannie ist von zu Hause weggelaufen. Sie ist ein Stück von einem Trucker-Fahrer mitgenommen worden, der sie auf dem Parkplatz von SuperFoods abgesetzt hat. Dort habe ich sie aufgelesen, denn in meinem Job habe ich ein Auge für verloren gegangene Kinder. Das war heute Morgen. Ich werde beantragen, dass Jeannie bis auf Weiteres bei mir wohnen kann. Vernachlässigung wird von Child Welfare sehr ernst genommen. Ich hoffe, dass sie mir die Vormundschaft übertragen werden. Ich werde alles daransetzen, dass Jeannie nicht in irgendeine Pflegefamilie kommt. Denn meiner Erfahrung nach kann man damit sehr viel Pech haben.« Amy stockt kurz und räuspert sich. »Ein Gerichtsprozess wird dann alles Weitere regeln. Aber bis dahin können Monate vergehen.«

Rhys stellt sein Chili aufs Fensterbrett neben dem Sessel und steht auf. In zwei Schritten ist er bei Amy und umarmt sie.

»Oooookay«, sagt Amy und drückt ihn von sich weg. »Bin kein großer Fan von Körperkontakt, um ehrlich zu sein.«

»Danke«, sagt er. »Ich danke dir.«

»Ist schon gut. Du hättest gleich zu mir kommen sollen. Ich bin wirklich kein Freund von Alleingängen. Aber ich bin auch wirklich kein Freund davon, Kinder zu vernachlässigen. Und das sticht Alleingänge.«

Rhys

52 Ich sitze mit Jeannie in Amys Wohnzimmer auf dem Boden und helfe meiner kleinen Schwester bei ihren Hausaufgaben. Nicht, dass sie viel Hilfe bräuchte, aber ich will in alle Bereiche ihres Lebens involviert sein.

Amys Wohnung befindet sich im selben Gebäude wie ihr Büro. Sie ist hell und wirklich geräumig. Amy scheint ein Faible für Grünpflanzen zu haben, denn überall stehen Blumentöpfe mit exotisch aussehenden Bäumchen und Büschen. An den Wänden hängen rahmenlose, großformatige Leinwände, auf denen abstrakte Formen und Farbwelten zu sehen sind. Jeannie hat ein eigenes Zimmer, das wir mit Möbelspenden erst einmal notdürftig eingerichtet haben.

Amy war in den letzten beiden Wochen unglaublich. Sie hat sich mit verschiedenen Ämtern herumgeschlagen, bis ihr offiziell gestattet wurde, Jeannie bei sich aufzunehmen – unter der Voraussetzung, dass weder der leibliche Vater noch andere nahestehende Verwandte Einspruch erheben. Don hat sich auf keinen der Anrufe und schriftlichen Kontaktversuche gemeldet, sodass Jeannie nun übergangsweise bei Amy wohnt, bis Child Welfare offiziell entscheidet, was bis zum Gerichtstermin mit ihr geschehen soll. Sie haben sich eine zweiwöchige Frist erbeten.

Amy und ich haben Jeannie sofort bei einer Schule angemeldet, denn jedes Versäumnis kann dazu führen, dass meine Schwester in eine Pflegefamilie kommt. »Das ist keine Option«, sagt Amy immer wieder. Wir waren auch bei verschiedenen Ärzten. Ein Kinderarzt hat bei Jeannie eine leichte Mangel- und Unterernährung festgestellt. Der Kinderpsychologe bestätigte zwar, dass Jeannie aus Problemverhältnissen stamme und Zeichen von Vernachlässigung aufweise, ansonsten wirke sie auf den ersten Blick jedoch psychisch vollkommen intakt.

Ich frage mich, wie es kommt, dass Amy sich einfach so und völlig selbstverständlich um ein fremdes Kind kümmert und es sogar bei sich aufnimmt. Tut sie es für mich? Für Jeannie? Für sich selbst? Ich traue mich jedoch nicht, sie danach zu fragen.

Das Geräusch eines Schlüssels, der von außen in die Wohnungstür gesteckt wird, reißt mich aus meinen Gedanken. Amy öffnet die Tür. Sie ist außer Atem.

»Er ist da! Der Brief ist da!«, ruft sie und kommt ins Wohnzimmer. Sie wedelt mit einem Umschlag herum.

»O Gott«, sage ich. Ich bin nervös. Was, wenn sie beschlossen haben, dass Jeannie bei einer Pflegefamilie besser aufgehoben ist?

Amy reißt den Umschlag auf. Jeannie und ich starren sie gebannt an. Sie überfliegt den Brief und ihr Gesicht hellt sich auf.

»… sind wir zu dem Schluss gekommen«, liest sie, und ihre Stimme wird von Wort zu Wort lauter und höher, »dass Jean Bolton in den nächsten Monaten bis zum Gerichtstermin – siehe Anlage eins – in der Obhut von Ms Amy Davies bleiben kann. Regelmäßige Besuche von Child Welfare, angekündigt und unangekündigt, werden in dieser Zeit das Wohlergehen des Kindes sicherstellen.« Amy kreischt jubelnd auf. »Weißt du, was das heißt, Jeannie? Du kannst bei mir bleiben!«

Jeannie springt auf und wirft sich an Amys Brust. Sie schlingt die Arme um sie, und auch Amy schließt Jeannie in eine feste Umarmung, wenn auch ein wenig zögerlich. Ich sitze immer noch auf dem Boden und merke, dass mein Mund offen steht. Dann gehen wie von allein auch meine Mundwinkel nach oben. Als Jeannie mein breites Grinsen bemerkt, kommt sie zu mir und umarmt mich ebenfalls. Sie ist so stürmisch, dass wir nach hinten umfallen. Es ist erstaunlich, wie viel Kraft so ein kleines, dünnes Mädchen hat.

»Der Gerichtstermin ist irgendwann in den nächsten Monaten«, sagt Amy, aber ihre Worte dringen kaum zu uns durch, so voller Glück sind wir in diesem Moment.

Am frühen Abend des darauffolgenden Freitags steige ich mit Amy und Jeannie die Treppen zu Tamsins und meinem Dachgarten hinauf. Zuerst gefiel es Amy nicht, dass wir in ein leeres Gebäude eindringen, doch am Ende entschied sie, dass sich das Risiko in Grenzen hält.

Jeannie ist ganz quirlig und überdreht, denn sie war noch nie auf einer Party. Und schon gar nicht auf einer Party, die ihr zu Ehren veranstaltet wurde.

Als wir oben ankommen, lege ich die Hand auf die Türklinke und frage: »Bist du bereit, Jeannie?«

Sie nickt eifrig, und ihre großen Augen blicken gespannt auf die Tür.

Ich schiebe die schwere Eisentür auf, und sofort hopst Jeannie nach draußen. Es ist ganz still auf dem Dach. Ich nehme Jeannies linke Hand und Amy ihre rechte. Gemeinsam gehen wir um die Ecke.

»Überraschung!«, rufen Tamsin, Malik, Zelda, Sam, Ollie, Liz, Che und Malcolm im Chor. Sie blasen in bunte

Partytröten, klatschen begeistert in die Hände und Zelda pustet eine Luftschlange in unsere Richtung.

Jeannie zuckt im ersten Moment zusammen, doch dann ist sie ganz in ihrem Element. Aufgeregt springt sie von einem Fuß auf den anderen und jauchzt. Tamsin kommt auf uns zu und umarmt erst Jeannie und dann mich. Ich will sie gar nicht wieder gehen lassen und drücke ihr einen langen Kuss auf die schönen Lippen. Ohne Tamsin wären wir alle heute nicht hier. Die Dankbarkeit, die ich ihr gegenüber empfinde, lässt sich durch nichts in der Welt ausdrücken. Auch wenn ich es nachher versuchen werde.

»Wo ist diese ominöse Person, die kleiner sein soll als ich?«, fragt Zelda und geht auf Jeannie zu. »Wir haben noch etwas für dich. Ein Willkommensgeschenk.« Sie stellt eine mit buntem Geschenkpapier eingewickelte Kiste vor Jeannie.

Jeannies Augen werden noch größer, und sie springt wieder aufgeregt auf und ab. »Ein Geschenk, ein Geschenk!«, ruft sie. »Ich habe ein Geschenk!«

»Du kannst es auch auspacken«, sage ich. »Meistens geht es um das, was drin ist.« Ich kann ein Glucksen nicht unterdrücken.

Ganz vorsichtig löst Jeannie die Schleife.

»Es macht mehr Spaß, wenn du es einfach aufreißt«, sagt Tamsin. »Aber dein Bruder hat das auch noch nicht verstanden.«

Ich boxe sie in die Seite. »Wir Boltons nehmen es mit den Geschenken eben sehr genau«, sage ich, aber im nächsten Augenblick sehe ich, wie Jeannie begeistert das Geschenkpapier abreißt, ohne Rücksicht auf Verluste.

»Ich schätze, du bist der einzige Neurotiker«, flüstert Tamsin mir ins Ohr, und ich ziehe sie eng an mich.

Jeannie öffnet die Schachtel, und zum Vorschein kommt ein nagelneuer dunkelroter Rucksack.

»Wow!«, sagt Jeannie atemlos und versucht, ihn aus der Kiste zu heben. Doch anscheinend ist er nicht leer, denn es gelingt ihr nur mit Mühe.

»Schau mal rein«, sagt Malik.

Jeannie öffnet den Reißverschluss, und zum Vorschein kommen weitere Geschenke.

»Oooooh«, sagt Jeannie atemlos und schaut ungläubig in die Runde. »Sind die auch für mich?«, fragt sie vorsichtig.

»Na klar«, erwidert Tamsin. »Jeder von uns hat etwas reingetan.«

»Ihr seid wahnsinnig«, sage ich. Das dämliche Dauergrinsen in meinem Gesicht werde ich wohl nie wieder los. Ich blicke zu Amy, und auch sie strahlt. Sie beobachtet Jeannie, und ihr Blick ist ganz warm und sanft.

Von Che bekommt Jeannie eine quietschbunte mexikanische Puppe. Liz hat ihr eine rote Baskenmütze geschenkt. Das nächste Geschenk ist ein theoretisches Buch über Feminismus.

»Ich bin nicht so gut mit Kindern«, sagt Ollie und zuckt mit den Schultern. »Aber man kann nicht früh genug anfangen, sie mit den wichtigen Themen vertraut zu machen.«

Che gibt ihr einen Klaps auf den Hinterkopf, und sie boxt ihn mit der Faust in den Oberarm.

»Autsch«, ruft er.

»Hast es so gewollt. Und nicht anders verdient«, sagt Ollie. Alle lachen.

Von Malcolm bekommt Jeannie Buntstifte und ein Malbuch, von Zelda Nagellack in Neonfarben und Malik hat ihr eine CD mit Hip-Hop-Klassikern gebrannt. Sam hat ihr den ersten Band *Harry Potter* besorgt.

»Das lese ich dir vor«, entscheidet Amy. »Ihr werdet mich vermutlich steinigen, aber ich habe *Harry Potter* nie gelesen.«

»Na, dann wird es Zeit, dass du das nachholst«, sagt Liz.

Das letzte Geschenk ist das von Tamsin. Es ist ihre Ausgabe von *Pu der Bär.*

»Du hast ihr dein Lieblingsbuch geschenkt?«, frage ich überwältigt von dieser Geste. »Aber was liest du denn ab jetzt vor dem Einschlafen?«

Sie zuckt mit den Schultern. »Ich finde, ich bin langsam aus dem Alter raus. Vielleicht wage ich mich demnächst mal an *Die kleine Raupe Nimmersatt.*«

Nachdem alle Geschenke ausgepackt sind und Jeannie inzwischen dabei ist, sich eins nach dem anderen genauer anzusehen, eröffnet Malik das Büfett. Er hat richtig dick aufgetragen. Es gibt jede Menge Dips, Sandwiches und Häppchen. Che hat in einer Kühlbox sein selbst gebrautes Bier mitgebracht und verteilt es großzügig an alle. Ich lehne allerdings höflich ab, denn wenn Jeannie dabei ist, trinke ich lieber keinen Alkohol.

Aus dem Gettoblaster ertönt Musik. Irgendwie ist es Malik und Tamsin gelungen, einen Mix zu erstellen, mit dem sie beide glücklich sind. Oldschool-Hip-Hop wechselt sich mit den fröhlichen Songs aus Tamsins Sammlung ab. Die Stimmung ist ausgelassen, und Zelda und Malik tanzen sogar.

Als das nächste Lied vorbei ist, schalte ich die Anlage aus und räuspere mich. Alle drehen sich zu mir um, und auf einmal bin ich ganz nervös. Im Mittelpunkt zu stehen behagt mir nicht. Ich habe noch nie eine Rede gehalten.

»Also«, beginne ich, doch meine Stimme ist heiser. Ich räuspere mich und fahre fort: »Ich bin unendlich froh, dass ihr heute alle hier seid, um mit mir meine kleine Schwester zu feiern.« Jeannie blickt von ihrem Malbuch auf und winkt. »Die letzten Monate sind für mich in jeder Hinsicht absolut unbegreiflich gewesen. Und ich bin euch allen dankbar für das, was ihr für Jeannie und für mich getan habt. Jeder von euch hat bei dieser verrückten Achterbahnfahrt eine Rolle gespielt.« Ich schlucke, denn das war der einfache Teil. »Dreien von euch habe ich das Leben in den letzten Monaten besonders schwer gemacht. Malik«, ich blicke mich suchend um und sehe ihn neben Zelda auf einem der Paletten-Sofas sitzen, »du bist der geduldigste Mitbewohner, den ich mir vorstellen kann. Deine Kochkünste sind phänomenal, und ich habe dir wohl noch nie gesagt, wie froh ich bin, mir mit dir eine Wohnung zu teilen. Du bist ein echter Freund. Ich hoffe, du weißt, dass du dich auf mich verlassen kannst. Wann immer deine Schwester die harten Wahrheiten des Lebens zu hören kriegen muss, kannst du auf mich zählen.«

Er grinst. »Gut zu wissen. Allerdings solltest du ihr keine Hoffnungen machen, dass aus deinen so lebenbejahenden Weisheiten eines Tages mehr werden könnte.«

»Botschaft angekommen«, sage ich lachend. »Besonders möchte ich mich bei Amy bedanken, die meiner Schwester bei sich ein Zuhause gegeben hat. Und mit der eigentlich alles angefangen hat. Denn ohne dich, Amy, wäre ich überhaupt nicht hier. Ich werde dir nie vergessen, was du für mich getan hast.«

»Hör schon auf«, sagt Amy mit erstickter Stimme und macht eine wegwerfende Handbewegung.

»Gleich hast du es geschafft«, beruhige ich sie. »Lass

mich nur noch das hier sagen: Ich weiß nicht, ob ich mich jemals für all das revanchieren kann, aber wann immer du ein Regal brauchst, bin ich dein Mann.«

Alle lachen.

»Das Wichtigste habe ich mir allerdings bis zum Schluss aufgehoben. Das Wichtigste und das Schwerste. Denn wie soll man bitte der tollsten Frau auf der Welt, der Liebe seines Lebens, in ein paar Worten sagen, wie glücklich und dankbar man ist?«

»Das wird jetzt aber kein Antrag, oder?«, fragt Che lachend und erntet dafür erneut einen Schlag von Ollie.

»Halt die Fresse«, sagt sie.

»Nein, keine Sorge«, beruhige ich ihn. »Aber, Tamsin, ich will, dass du weißt, dass all das, was in den letzten Monaten passiert ist, nur der Anfang war. Der Anfang der schönsten und größten Liebe, die du dir vorstellen kannst. Du hast mir gezeigt, was Liebe, was Vertrauen bedeutet. Du hast mir beigebracht, zu leben. Und deswegen möchte ich dich fragen, falls du mich eines Tages heiraten willst, darf meine Schwester dann Blumenmädchen sein?«

»Au ja, au ja«, ruft Jeannie.

Ich grinse schelmisch und suche Tamsins Blick. Sie kommt auf mich zu. Ihre Vollkommenheit raubt mir den Atem. Sie schlingt die Arme um meinen Hals und küsst mich lange. Dann sagt sie theatralisch, sodass alle es hören können: »Ja, ja, eine Million Mal ja!«, und prustet los.

Mein »Ich liebe dich« geht im schallenden Gelächter und Applaus der anderen unter, aber ich weiß, dass Tamsin es gehört hat.

»Ich dich auch«, flüstert sie.

Dann drehe ich die Musik wieder auf.

Ich weiß, es ist noch ein weiter Weg, bis wir die Vergangenheit ruhen lassen können. Jeannies Gerichtstermin ist nur eine von vielen Hürden, die wir noch zu nehmen haben. Aber ich bin zuversichtlich. Zum ersten Mal in meinem Leben besteht die Chance, dass alles, wirklich alles gut wird.

Eine schwere Wärme durchflutet meinen Körper, und auf einmal bin ich unendlich müde. Ich entferne mich ein paar Schritte vom Trubel und lehne mich gegen eine Wand. Der kühle Stein in meinem Rücken tut gut. Ich beobachte Tamsin und meine Freunde, die mit mir feiern, dass es meiner Schwester gut geht. Zum ersten Mal seit langer, langer Zeit habe ich das Gefühl, dass es auf dieser Welt einen Platz für mich gibt.

ENDE

Danksagung

Wenn du, liebe Leserin und lieber Leser, bis hierhin gekommen bist, dann bedeutet das wahrscheinlich, dass du mein komplettes Buch gelesen hast. Bis vor ein paar Monaten hätte ich das nie, nie, nie für möglich gehalten, und deswegen gebührt dir mein allererster Dank. Ich hoffe, dir hat die Geschichte von Rhys und Tamsin gefallen!

Wenn man ein Buch schreibt und dann auch noch einen Verlag dafür findet, ist man eigentlich die ganze Zeit über dankbar. Dafür, dass man sich einen Traum erfüllen kann. Dafür, dass man seine Zeit mit Schreiben verbringen darf. Dafür, dass man ständig von allen Seiten Unterstützung erfährt. Und weil ich also meine letzten Monate in einer Blase aus seliger Ungläubigkeit und grenzenloser Dankbarkeit verbracht habe, bin ich jetzt, da ich in der Verlegenheit bin, eine Danksagung schreiben zu sollen, fast ein bisschen nervös.

Als Erstes muss ich hier Teresa erwähnen, mit der ich an einem Frühlingsabend in einem Berliner Biergarten plötzlich anfing, wild und fast ein bisschen zufällig zu plotten. Jetzt ist daraus ein Buch geworden – und das ist ehrlich gesagt ziemlich unglaublich.

Ich hatte das große Glück, von Anfang an phänomenale Testleserinnen und Testleser zu haben, die meinen Schreibprozess begleitet und mich mit ihrem tollen Feedback immer wieder motiviert haben: Christine, Angie,

Laura, Elisabeth, Sarah und Linus. Ganz besonderer Dank gebührt hier Sabine, die immer da war, wenn ich gezweifelt habe, und die mir mit ihrem Gespür für Texte unermüdlich zur Seite stand.

Ich danke außerdem Niclas, dem besten Agenten, den man sich wünschen kann, für seinen spektakulären Einsatz. Er hat die Gabe, mit erstaunlicher Präzision auf Schwachstellen zu zeigen, während er einem gleichzeitig das Gefühl gibt, dass eigentlich alles toll ist, was man macht. Wie konstruktive Kritik funktioniert, habe ich, glaube ich, durch unsere Zusammenarbeit zum ersten Mal wirklich begriffen.

Ein riesiges Dankeschön geht an meine Lektorin Greta, die mich mit ihrer Begeisterung für das Projekt völlig umgehauen hat und bei der ich mich in allen Belangen wunderbar aufgehoben fühle. Ganz allgemein bin ich dem Piper Verlag sehr dankbar für diese sagenhafte Chance, die ich bekommen habe. Denn es ist natürlich die ultimative Bauchpinselung, mein Debüt bei einem so tollen Verlag zu wissen. Hier will ich unbedingt auch Jenny danken, die nicht nur tolle Testleserin ist, sondern auch nicht ganz unbeteiligt daran war, dass mein Debüt bei Piper ein Zuhause gefunden hat.

Nicht fehlen dürfen an dieser Stelle meine Eltern, ohne die ich nie angefangen hätte zu schreiben. Einerseits, weil sie mich so früh wie möglich für die Literatur begeistert haben (*Pu der Bär* spielte dabei eine nicht unerhebliche Rolle). Und andererseits, weil sie jedes noch so brotlose Unterfangen, das ich beginne, unterstützen. Wo andere fragen: »Und was macht man dann damit?«, sagen meine Eltern: »You go girl!« (nur erwachsener und mit Argumenten untermauert).

Und vor allem ist da Maxi. Er ist mein Zuhause, mein Abenteuer. Bester Freund und bester Mann. Mit ihm in meinem Leben ist eigentlich alles leicht. Tausend Dank.

KATHINKA ENGEL

HALTE MICH.
Hier

EINE LESEPROBE

Zelda

1 Eine blonde Perücke überdeckt meine leuchtend pinken Haare. Meine Sommersprossen sind unter einer dicken Schicht Make-up verschwunden. Ich habe meine Fingernägel in einem konservativen Dunkelrot lackiert und einen farblich passenden Lippenstift verwendet. Allerdings ist der Großteil der Farbe in einem Kosmetiktuch gelandet, damit ich nicht zu puppenhaft aussehe. Mit etwas Rouge belebe ich meinen vollkommen ebenmäßigen Teint. Jedes Mal erscheint es mir wieder seltsam, meine natürliche Gesichtsfärbung zu überschminken, um mir danach künstliche Röte aufzumalen.

Die junge Frau, die mir aus dem Spiegel entgegenblickt, hat mit dem Mädchen, das ich bis vor zwanzig Minuten war, nicht mehr viel zu tun. Perfekt. Wenn ich jetzt noch meine Persönlichkeit überschminken könnte, wäre ich der absolute Traum meiner Mutter.

Vorsichtig öffne ich die Badezimmertür. Ich will um jeden Preis vermeiden, dass mich einer meiner Mitbewohner so sieht. Die Luft ist rein, und ich husche schnell in mein Zimmer. Auf dem Bett liegt bereits das dunkelgraue Kleid, das vor ein paar Tagen mit der Post geliefert wurde und vermutlich ein kleines Vermögen gekostet hat. Das Oberteil ist aus Spitze und betont meine eher zierliche Figur, während der ausladende Tüllrock meine Beine noch dünner wirken lässt, als sie ohnehin schon sind. Ich entledige mich meines Bademantels, schlüpfe von unten in das Kleid hinein und zupfe es zurecht. Mit der rechten Hand schiebe ich den Reißverschluss am Rücken so weit hoch, bis ich mit der linken Hand von oben drankomme und ihn ganz schließen kann. Es wäre leichter, Leon oder Arush um Hilfe zu bitten, aber dieser ganze Aufzug ist mir viel zu peinlich.

Die farblich passenden Wildlederpumps, die zusammen mit dem Kleid angekommen sind, packe ich in meine Handtasche. Jede Minute, die ich meine Füße nicht damit malträtieren muss, ist ein Geschenk. Ich schlüpfe in meine Sneakers, ziehe mir einen schwarzen Blazer über und schleiche mich aus meinem Zimmer. Von der Kommode im Flur schnappe ich mir meinen Schlüssel, den ich zu den Pumps in meine Tasche fallen lasse. Als ich schon beinahe aus der Tür bin, rufe ich schnell ein »Tschüss Jungs, bis morgen« in die Wohnung. Ohne eine Antwort abzuwarten, gehe ich und schließe die Tür.

Von Pearley, wo ich studiere, ist es eine einstündige Autofahrt nach Paloma Bay. Das Haus meiner Eltern liegt hinter dem idyllischen Badeort auf einem Hügel. Von dort hat man an klaren Tagen einen traumhaften Blick über die Bucht – eines der beliebtesten Motive auf den Postkarten, die jedes Jahr von Unmengen Touristen ins ganze Land geschickt werden.

Auf der Hinfahrt verzichte ich immer darauf, Musik zu hören, um mich in die richtige geistige Verfassung zu bringen. Das bedeutet: Ich male mir das Schlimmste aus, was an diesem Abend eintreten kann. Ich stelle mir die Situation plastisch vor. Ein uninteressanter Schleimbolzen in perfekt sitzendem Anzug versucht meinen Eltern in den Allerwertesten zu kriechen, während er mir gleichzeitig durch seine erbärmlichen Fummelversuche unter dem Tisch zeigt, dass er keinerlei Respekt vor Frauen im Allgemeinen und vor mir im Besonderen hat. Wenn ich dann diese Vorstellung potenziere, weiß ich ungefähr, was mich erwartet.

Wäre ich nicht finanziell von meinen Eltern abhängig, hätten sie mich nicht komplett im Griff, würde ich mir diesen ganzen Käse gar nicht geben. Aber zu studieren ist teuer. Und die Studienzeit ist meine letzte Chance, ich selbst zu sein. Deshalb lasse ich mich beinahe jedes Wochenende von meinen Eltern in diese demütigende Rolle drängen, im Gegenzug für ein wenig Freiheit.

Ich nehme die Straße, die mich durch Paloma Bay führt, auch wenn die Umgehungsstraße mich schneller ans Ziel bringen würde. Allerdings steht ein frühes Ankommen ganz weit unten auf meiner Prioritätenliste. Ich fahre gern durch die kleine Stadt, in der ich aufgewachsen bin. Hier laufen die Uhren langsamer. Wenn es einen Ort der Entschleunigung gibt, dann ist es Paloma Bay. Neben Hotels in modernen Glaspalästen, vor denen Limousinen auf Gäste warten, gibt es hier vor allem hübsche kleine Strandbars und edle Fischrestaurants, deren Fassaden hinter der palmengesäumten Straße einen direkten Blick auf den Strand bieten. Die Hälfte davon gehört vermutlich meinen Eltern. Die Saison hat noch nicht angefangen, obwohl hier, direkt am Meer, eigentlich das ganze Jahr über angenehme Temperaturen herrschen. Die Promenade ist kaum bevölkert und die Strandbäder – eine der sinnlosesten Erfindungen überhaupt – haben noch nicht einmal geöffnet. Denn nur Touristen zahlen in dieser Gegend Geld, um im Meer schwimmen zu gehen.

Gleich hinter dem Ortsausgang biege ich ab und folge einer schmalen Straße, die sich den Paloma Hill hinaufschlängelt. Hier und da sind beeindruckende moderne Villen in die Landschaft gebaut. Je weiter ich hinauffahre, desto einsamer wird es – bis ich an einem schweren Eisentor zum Stehen komme. Ich muss nur einen kurzen Augenblick warten, dann öffnen sich wie durch Geisterhand die beiden Torflügel. Ich weiß allerdings, dass es Rory, unser Pförtner, war.

Ich fahre die Auffahrt zum Haus hinauf, das sich groß und mächtig gegen den dunkelblauen Himmel abhebt. Die weiße Fassade ist beleuchtet, und aus den meisten Fenstern im Erdgeschoss und im ersten Stock scheint ebenfalls ein kaltes Licht. Ich parke meinen Mini – ein Geschenk meiner Eltern zum Schulabschluss – vor dem Haus. Aus meiner Handtasche hole ich die Pumps und tausche Fußkomfort gegen blutleere Zehen. Etwas staksig steige ich aus. Sofort eilt Miloš, der Fahrer meiner Eltern, herbei, um mein Auto umzuparken.

»Guten Abend, Ms Zelda. Schön, Sie zu sehen.«

»Nur ›Zelda‹, Miloš, wir haben darüber gesprochen«, korrigiere ich ihn. »Geht's Ihnen gut?«

»Danke, sehr gut«, sagt er und lächelt. »Allerdings fehlen Sie uns allen sehr.«

»Sie fehlen mir auch«, sage ich und meine es absolut ernst. Die Angestellten meiner Eltern waren für mich immer so etwas wie ein Familienersatz. Unter ihnen sind die besten Menschen, die ich je kennengelernt habe.

»Kommen Sie nachher in der Küche vorbei?«, fragt Miloš, als ich ihm meinen Autoschlüssel gebe.

»Wenn ich mich wegstehlen kann, auf jeden Fall!«, verspreche ich. Ohne die Aussicht auf einen Kaffee mit den einzig sympathischen Personen im Haus wäre dieser Abend nicht auszuhalten.

Ich gehe auf die massive Eingangstür zu. Nach nur drei Schritten muss ich schon stehen bleiben, um das erste Mal meinen linken Schuh zurechtzurücken. Ich balanciere auf dem rechten Bein, was gar nicht so leicht ist, wenn man sein ganzes Körpergewicht auf einem Pfennigabsatz und einer verschwindend kleinen Schuhspitze verteilen muss. Seiltänzerin werde ich in diesem Leben nicht mehr. Das steht fest.

Plötzlich höre ich hinter mir ein Auto vorfahren. Ich will mich umdrehen, vergesse aber, dass mein linker Fuß noch keinen Halt im Schuh hat. Beinahe komme ich aus dem Gleichgewicht und kann mich gerade so an einer der großen weißen Säulen festhalten, die den Eingangsbereich zieren. Na toll, jetzt bin ich auch aus dem anderen Schuh rausgerutscht.

»Vorsicht«, sagt der Fahrer des Wagens, der in diesem Moment die Tür geöffnet hat. Er lächelt mich an. »Philip Englander. Ich glaube, ich bin deinetwegen hier?«

Ich beeile mich, meine Schuhe wieder anzuziehen. »Hi, ich bin Zelda«, sage ich.

Philip Englander kommt auf mich zu und streckt seine Hand aus. »Freut mich, dich kennenzulernen.«

»Die Freude ist ganz meinerseits« sage ich und versuche, den ironischen Unterton, der sich bei diesem Satz immer automatisch in meine Stimme mischt, auf ein Minimum zu beschränken. Wenn ich ihn jetzt schon brüskiere, wird der Abend für mich unerträglich.

Miloš kehrt zurück, um Philips Wagen wegzufahren. Während ihrer Interaktion mustere ich mein Date für heute Abend das erste Mal. Er sieht nett aus – und intelligent. Das ist immerhin mal etwas Neues. Er hat rotblonde Locken, einen sauber getrimmten Bart und trägt eine runde Brille. Im Gegensatz zu den anderen jungen Männern, die meine Eltern an vergangenen Wochenenden eingeladen hatten, ist er nicht im Anzug erschienen, sondern in einer etwas legereren dunkelblauen Stoffhose, einem hellblauen Hemd und einer grauen Anzugweste. Mir fällt außerdem auf, dass er nett zu Miloš ist. Ich habe gelernt, dass Nettigkeit gegenüber Hausangestellten keine Selbstverständlichkeit ist, weswegen ich angenehm überrascht bin, als Philip sich bedankt.

»Also dann«, sagt er, als Miloš mit seinem Wagen weggefahren ist, »lasset die Spiele beginnen.« Er zwinkert mir zu.

»Du sagst es«, gebe ich zurück.

In dem Moment, da ich die Tür öffnen will, wird sie von innen aufgerissen.

»Ich wusste doch, dass ich etwas gehört habe«, ertönt die süßlich-überdrehte Stimme meiner Mutter. Nach hinten ruft sie: »Ich habe doch gesagt, sie sind da.« Wieder an uns gewandt: »Ich habe Agnes dreimal gesagt, sie soll nachsehen, aber anscheinend muss man hier alles selbst machen.« Sie lächelt betont gequält.

»Verzeihung, Mrs Redstone-Laurie«, hört man nun Agnes, die vermutlich aus der Küche herbeieilt, wo sie eigentlich alle Hände voll zu tun hat. Ich lächle ihr aufmunternd zu, als sie in die Eingangshalle kommt.

»Darf ich Ihre Garderobe abnehmen?«, fragt sie an Philip und mich gewandt und wir händigen ihr beide unsere Jacken aus.

»Sie haben wirklich ein atemberaubendes Haus, Mrs Redstone-Laurie«, sagt Philip zu meiner Mutter. Er blickt sich in der Eingangshalle um, die mit den Augen eines Fremden wohl tatsächlich relativ beeindruckend ist. Der Boden ist ein Mosaik aus rotem, weißem und grünem Marmor, das in der Mitte unser Familienwappen zeigt: im Zentrum ein aufgebäumter Hirsch, um den herum sich Ornamente ranken, darauf ein Ritterhelm, der das Wappen krönt. Eine Galerie aus Porträts unserer Vorfahren schmückt die geschwungenen Treppen links und rechts, die in den ersten Stock führen. Von der Decke hängt ein riesiger Kronleuchter, der mit Sicherheit eines Tages irgendjemanden erschlagen wird.

»Wir nehmen einen Aperitif im Salon«, sagt meine Mutter. »Mr Redstone-Laurie erwartet uns bereits.«

Meine Mutter hat die nervige Angewohnheit, meinen Vater im Beisein von anderen »Mr Redstone-Laurie« zu nennen. Ich fand es schon immer furchtbar affektiert.

Wir gehen hinter ihr in den Salon. Philip, ganz Gentleman, lässt mir den Vortritt. Als wir eintreten, erhebt sich mein Vater von einem der antiken Sofas, die meine Eltern im letzten Herbst mit sündhaft teurer türkis gestreifter Seide haben neu beziehen lassen.

Mein Vater reicht Philip die Hand und sagt mit seinem autoritären Bariton: »Philip, wie schön, Sie zu sehen. Ihren Vater treffe ich regelmäßig im Club. Sie Sind wohl kein Golfer?«

Das ist typisch für meinen Vater: das Gegenüber in der Sekunde, in der es eintritt, einschüchtern. Beispielsweise mit einem höflich verpackten Vorwurf wie jetzt gerade.

»Nein, Sir. Mir bleibt neben dem Studium kaum Zeit für Hobbys«, sagt Philip gelassen und nimmt meinem Vater so jeden Wind aus den Segeln. Hut ab, Philip Englander.

Nun wendet sich mein Vater mir zu. »Zelda!« Seine Stimme klingt überschwänglicher, als er es meint, da bin ich mir sicher. Er täuscht einen Wangenkuss an. Sein Dreitagebart fühlt sich an meiner Haut an wie Schleifpapier.

Während mein Vater und Philip weitere Höflichkeiten austauschen, packt mich meine Mutter am Arm und zieht mich zur Seite. »Ist das eine Perücke?«, zischt sie mir zu, nachdem sie sich vergewissert hat, dass keiner Notiz von uns nimmt.

»Und wenn schon«, sage ich achselzuckend. »Ich habe keine Lust, jedes Mal meine Haarfarbe zu ändern, wenn ich zu euch komme.«

»Ich hoffe für dich, du hast sie gut befestigt. Wenn sie verrutscht, dann gnade dir Gott.«

Ihre Fingernägel schneiden schmerzhaft in meinen Oberarm und ihr viel zu süßes Parfüm steigt mir in die Nase. Ich versuche mich an einem unbeschwerten Lächeln und schiebe ihre Hand von meinem Arm. Ich verstehe ihr Problem nicht. Die Perücke sieht täuschend echt aus. Die Einzige, die darunter zu leiden hat, bin ich. Denn meine Kopfhaut ist irrsinnig heiß. Aber sie ist natürlich diejenige, die ein Fass aufmachen muss. Sieht irgendjemand, dass ich mich beschwere und Fässer öffne? *I don't think so*, Mrs Redstone-Laurie. In ungefähr vier Stunden ist der Abend vorbei und ich kann ins Bett gehen. Und vor dem Frühstück bin ich wieder auf dem Weg nach Hause. Mit einer – wie ich hoffe – relativ graziösen halben Pirouette drehe ich mich um und gehe zu meinem Vater und Philip zurück. Genau im richtigen Moment.

»Darf ich Ihnen etwas zu trinken anbieten?«, fragt Agnes in die Runde und hält uns ein silbernes Tablett mit Champagnerflöten entgegen, von dem wir uns bedienen.

Für einen kurzen Moment folgt mein Blick dem von Philip, der durch den Raum wandert und am überdimensionalen Familienporträt über dem Kamin hängenbleibt. Es ist ein unsägliches Bild, aber meine Eltern haben ein Vermögen dafür ausgegeben. Auf dem Bild bin ich elf und trage ein abscheuliches gelbes Kleid mit rosa Schleife, weiße Spitzensöckchen und weiße Lackschuhe. Mein Vater sieht aus, als halte er sich für den Präsidenten höchstpersönlich, während meine Mutter im Hintergrund die perfekte Mischung aus schmuckem Anhängsel und stolzer Ehefrau und Mutter mimt.

Philips Lippen zucken kaum merklich nach oben, als sein Blick von dem Porträt zu mir wandert.

»Auf einen schönen Abend«, verkündet mein Vater und wir lassen unsere Gläser aneinanderklirren, ehe wir Platz nehmen.

Auf dem Couchtisch – ebenfalls antik – liegen Untersetzer für unsere Gläser bereit. Philip und ich setzen uns auf die eine Couch, meine Eltern lassen sich gegenüber auf der anderen nieder.

»Ihr Vater hat erzählt, Sie studieren Jura, Philip«, beginnt mein Vater sein Verhör.

»Das ist richtig. Ich bin in Berkeley.«

»Sehr beachtlich, sehr beachtlich. Unser ältester Sohn Elijah hat dort auch seinen Juraabschluss gemacht und Sebastian ist noch dort. Hervorragende Professoren. Finden Sie auch?«

»In der Tat.«

»Wann machen Sie Ihren Abschluss?«, fragt meine Mutter.

»Wenn alles nach Plan läuft, nächstes Jahr. Und dann steige ich in der Kanzlei meines Vaters ein. Das Ziel ist, dass ich so schnell wie möglich Partner werde.«

Ich nehme noch einen großen Schluck Champagner.

Diese Gespräche laufen immer gleich ab. Meine Eltern fragen den jungen Mann neben mir aus, der auf all ihre Fragen eine zufriedenstellende Antwort weiß. Bei diesen Abendessen gibt es keine Überraschungen. Philip unterscheidet sich allerdings insofern von seinen Vorgängern, als dass seine Ohren nicht vor Eifer rot glühen. Seine sind angenehm hautfarben.

»Berkeley hätten wir uns für Zelda auch gewünscht«, fährt mein Vater fort und lenkt das Thema auf das Unausweichliche: mein Versagen. »Aber ihre Prioritäten lagen andernorts. Wir unterstützen ihren Wunsch, einen Blick auf das einfache Leben zu werfen.«

Ich sitze unbeweglich auf meinem Platz, da alles, was ich tue, als provokante Reaktion gewertet wird. Meine langjährige Erfahrung hat mich gelehrt, dass es in solchen Momenten das Beste ist, einfach zu erstarren. Aber in mir brodelt es. Mein Vater ist ein verdammter Heuchler. Wenn ich mich an den Kampf erinnere, den ich ausfechten musste, damit sie mich nach meinem miserablen Schulabschluss überhaupt studieren lassen! Hätte ich nicht versprochen, in der Nähe zu bleiben und mich um meine »Zukunft« nach der Uni zu bemühen, hätten sie mich vermutlich sofort an irgendeinen reichen Erben verheiratet. Mein Herzschlag beschleunigt sich.

»Weißt du schon, auf was du dich spezialisieren willst?«, fragt Philip. Es ist das erste Mal, dass sich jemand direkt an mich wendet, seitdem wir uns gesetzt haben.

Ich atme tief ein, um etwas Passendes zu sagen. Doch als ich gerade ansetzen will …

»Bislang hat sie einfach noch nicht das Richtige gefunden«, antwortet meine Mutter an meiner Stelle. »Stimmt's Schatz?«

»Messerscharf analysiert, Mom«, sage ich leise, weil ich mir sicher bin, dass meine Antwort ohnehin niemanden interessiert. Nicht zum ersten Mal frage ich mich, ob es wirklich so ungewöhnlich ist, mit achtzehn Jahren noch nicht das ganze Leben durchgeplant zu haben.

»Wir sind froh, dass Zeldas Brüder alle frühzeitig wussten, was sie aus ihrem Leben machen wollten. Glücklicherweise ist der Druck bei den jungen Damen ja nicht so groß. Natürlich möchte niemand eine ungebildete Partnerin, aber ebenso wenig soll sie schließlich ihren Mann übertrumpfen. Ist es nicht so?«, fragt meine Mutter an meinen Vater gewandt. Er nickt und tätschelt ihre Hand. Mir wird schlecht.

Ich nehme noch einen Schluck Champagner. Mein Glas ist beinahe leer, und ich sehe mich nach der Flasche um. Leider kann ich sie nirgends entdecken.

Meine Kopfhaut wird unter der Perücke immer heißer, und ich habe das Gefühl, dass mein Gesicht unter der dicken Schicht Make-up zu ersticken droht. Vielleicht bin es auch ich, die von der enormen Last dieser Familie zerquetscht wird. Jedenfalls wäre es gut, noch einen Schluck trinken zu können. Als hätte Agnes meine Gedanken gelesen, taucht sie neben mir auf und schenkt mir nach.

»Danke«, flüstere ich und trinke einen tiefen Schluck.

Als ich mich wieder dem Gespräch zuwenden will, ist mein Vater gerade dabei, mit Philip die Vor- und Nachteile bestimmter Geldanlagen zu diskutieren. Meine Mutter blickt bewundernd von einem zum anderen und nickt eifrig, als hätte sie auch nur den Hauch einer Ahnung, worum es geht.

Ich bin erleichtert, als wir endlich mit einem leisen Klingeln ins Esszimmer beordert werden.

Die Tafel ist wie immer festlich gedeckt. Weiße Kerzen, weiße Blumen, weiße Stoffservietten, die nun, eine nach der anderen, auf dem Schoß ihres Besitzers verschwinden. Meine Mutter ist besessen von Farbkonzepten. Im Hintergrund läuft leise klassische Musik.

Der erste Gang – Frühlingssalate mit Forellentartar – wird aufgetragen. Dazu gibt es phänomenalen Weißwein, der meiner Erfahrung nach runtergeht wie Wasser. Es ist ein Ding der Unmöglichkeit, diesen Abend nüchtern zu überstehen. Aber ich muss etwas aufpassen. Betrinken darf ich mich nicht, sonst kommt es zum Eklat. Alles schon da gewesen. *Been there, done that.* Deshalb zwinge ich mich, zur Vorspeise Wasser zu trinken. Mein Vater und Philip sind inzwischen zum Thema Autos übergegangen.

»Ich sammle Oldtimer«, sagt mein Vater gerade. »Eine Leidenschaft, die ich mit meinem jüngsten Sohn teile. Doch seit er uns an die Brown University verlassen hat, kümmere ich mich allein um unseren Fuhrpark.«

Mit ›kümmern‹ meint er ›kaufen‹, und ich würde so gerne meinen Kopf kratzen.

Zur Hauptspeise gibt es Kalbsfilet mit verschiedenem Gemüse und ich erlaube mir ein Glas Rotwein. Aber nur eines – um die Gleichgültigkeit aufrechtzuerhalten.

»Wo wir gerade von ihm sprechen«, sagt meine Mutter, »Zachary lässt dich schön grüßen. Er hat einen begehrten Praktikumsplatz bei einer großen Unternehmensberatung ergattert, wo er den Sommer über arbeiten wird.«

»Schön für ihn«, sage ich mit vollem Mund, weil ich nicht damit gerechnet hatte, heute Abend noch mal direkt angesprochen zu werden. Was mein Bruder mit seinem Sommer macht, ist auf der Liste der Dinge, für die ich mich interessiere, ziemlich weit unten.

Es wäre schön zu wissen, was auf dieser Liste ganz weit oben steht. Als meine Mutter gesagt hat, ich hätte das Richtige noch nicht gefunden, war das gar nicht mal so falsch. Ich wünschte, ich wüsste, was diese eine Sache ist, für die ich eine Leidenschaft habe. Und wie soll ich meinen Eltern beweisen, dass ich gut in etwas sein kann, dass sie stolz auf mich sein können, wenn ich dieses »Etwas« nicht kenne?

Andererseits müsste ich mich früher oder später ohnehin davon verabschieden. Denn kein Mann möchte von seiner zu gebildeten Frau übertrumpft werden.

Stimmt's Mom?, füge ich in Gedanken hinzu.

Zum Nachtisch gibt es Waldbeeren-Sorbet. Und ich weiß genau, was jetzt kommt. Denn die Auswahl der Speisen ist kein Zufall.

»Sorbet ist in unserer Familie ein viel diskutiertes Thema«, sagt meine Mutter, und ich verdrehe die Augen. *Here we go*. Das ist ihre Lieblingsanekdote. Ich bin mir sicher, sie serviert nur deswegen ständig Sorbet, um ein Gesprächsthema zu haben, bei dem sie sich sicher fühlt. »Meine jüngeren Söhne sowie ich selbst finden, es ist der perfekte Nachtisch nach einem üppigen Mahl. Während unser ältester Sohn Elijah und Zelda der Ansicht sind, geeister Fruchtsaft sei kein Nachtisch.« Sie lacht schrill.

Ich tue meiner Mutter den Gefallen und beteilige mich am Gespräch. »Ich finde einfach, wenn man sich schon die Mühe macht, einen Nachtisch zu servieren, sollte es der Höhepunkt des Dinners sein. Crème brûlée, Mousse au Chocolat, Millionaire's Cheesecake. Aber Sorbet?«

Das Lachen meiner Mutter wird noch höher. Gleich zerspringt irgendwo eine Kristallvase. »Sehen Sie Philip, es ist ein heikles Thema. Was meinen Sie dazu?«

Er räuspert sich, wischt seinen Mund an der Serviette ab und legt sie auf den Tisch. »Ich meine, das war ein ausgezeichnetes Sorbet.«

Triumphierend blickt meine Mutter von Philip zu mir.

»Dessertwein?«, fragt mein Vater, dem dieses Schauspiel wohl inzwischen ähnlich peinlich ist wie mir.

»Gern, Sir«, sagt Philip und lässt sich von meinem Vater ein kleines Glas einschenken. »Ich könnte ein wenig frische Luft vertragen nach diesem wunderbaren Essen. Vielleicht hast du Lust, mir den Garten zu zeigen, Zelda?«

»Eine hervorragende Idee«, flötet meine Mutter. Sie hört schon die Hochzeitsglocken läuten.

Ich weiß allerdings ganz genau, worauf das hinausläuft. Er wird versuchen, mir an die Wäsche zu gehen, ich werde ihm eine scheuern. Ihm wird es peinlich sein. Mir wird meine Hand wehtun.

Ich stehe auf und bedeute Philip, mir zu folgen. Das Glas mit dem Dessertwein nehme ich mit.

Auf der Terrasse atme ich einmal tief ein. Die Nachtluft duftet gut nach Frühling und Leben. Ich habe das Gefühl, es ist der Geruch von allem, was ich gerade verpasse.

»Wollen wir ein paar Schritte gehen?«, fragt Philip, als wüsste ich nicht, was er damit bezweckt. Abseits der Beleuchtung am Haus sind wir unbeobachtet. Mir soll es recht sein. Ein weiterer Kandidat, den ich dann los bin.

Wir laufen die Stufen der Terrasse hinunter. Unten ziehe ich meine Schuhe aus, weil ich sie nicht auf der feuchten Wiese ruinieren will. Barfuß mache ich ein paar Schritte. Ich würde gern ein bisschen herumspringen, aber das ziemt sich nicht für eine Dame meines Standes. Das hat es vor zwölf Jahren nicht und tut es jetzt erst recht nicht. Ich drehe mich um, um zu sehen, ob Philip mir folgt. Er ist kurz stehengeblieben und betrachtet die Hinterseite unseres Hauses, das hell erleuchtet vor dem Nachthimmel erstrahlt.

»So ein Anwesen kann ganz schön einschüchternd sein, oder?«, fragt er.

»Du sagst es«, erwidere ich.

Wir schlendern eine Weile schweigend nebeneinander her, weil ich keine Lust habe, in Himmelsrichtungen zu weisen und zu erklären, was die Skulpturen darstellen sollen, die meine Mutter aus Langeweile kauft und dann in den Garten stellt. Ich spüre das feuchte Gras zwischen meinen Zehen. Das Gefühl der frischen Halme beruhigt mich. Wir steuern eine Steinbank an, die links vom Haupthaus etwas versteckt zwischen zwei hohen Bäumen steht. Je schneller Philip versucht, mir seine Zunge in den Hals zu stecken, desto eher ist der Abend vorbei.

Ich lasse mich nieder, und Philip setzt sich neben mich.

»Also«, sagt er, »wie oft musst du diese Verkupplungsversuche über dich ergehen lassen?«

Seine Direktheit überrascht mich. Sollten wir nicht so tun, als wäre es Zufall, dass wir heute Abend hier zusammengekommen sind? Das ist definitiv gegen die Etikette.

»Beinahe jedes Wochenende«, antworte ich.

»Wow, sie meinen es also wirklich ernst, hm?«

Ich seufze. »Scheint so.«

»Nimm es mir bitte nicht übel«, sagt er, »aber ich bin nicht bereit, dich zu heiraten.«

Ich hebe meinen Blick und sehe ihn direkt an. Er lächelt freundlich. »Das trifft sich gut«, gebe ich zurück. »Denn ich bin sicher auch nicht bereit, dich zu heiraten.«

»Puh. Ich bin froh, dass wir das geklärt haben. Ich bin ja der Meinung, man sollte sich erst mal kennenlernen.« Er gluckst. »Beispielsweise würde ich gern wissen, ob deine

Mom dich wirklich vorhin gefragt hat, ob du eine Perücke trägst.« Er zupft leicht an meinen Haaren.

»Äh ja, das hat sie«, sage ich. Er hat es also gehört. »Unter den blonden Haaren und dem Make-up bin ich so ziemlich der Albtraum meiner Eltern.«

Philip lacht. »Und wie sieht dieser Albtraum aus?«

Ich ziehe langsam die Perücke von meinen Haaren, und zum Vorschein kommt die pinke Farbe.

»Wow!«, sagt Philip. »Gefällt mir ehrlich gesagt besser so. Ich fand dich drinnen ein bisschen farblos.«

»Oh, vielen Dank für das Kompliment, Mr Ich-rede-über-Geldanlagen-und-steige-in-die-Kanzlei-meines-Vaters-ein. Wann wirst du noch mal Partner?«

»Vielleicht hätte ich sagen sollen, dass ich nach dem Studium ein Jahr lang barfuß durch die Welt reisen will.« Im Zwielicht erkenne ich, dass er schelmisch grinst.

»Vermutlich war es so besser für uns alle.«

»Vermutlich.«

Wir sitzen einen Moment schweigend nebeneinander. Dann sagt Philip: »Ich finde übrigens auch, dass Sorbet kein Nachtisch ist. Wenn ich einen Smoothie will, kaufe ich mir einen Mixer.«

Als wir uns verabschieden und meiner Mutter zum dritten Mal versichert haben, dass wir Nummern ausgetauscht haben, flüstert Philip mir ins Ohr: »Hat mich gefreut, dich kennenzulernen. Auch wenn wir nicht heiraten.«

Er umarmt mich, und ich bin froh, dass mich Menschen doch noch überraschen können – und ich sie trotzdem nicht heiraten muss.

Malik

2 Als ich am Sonntagmorgen die Tür von *Mal's Café* öffne, ist noch nicht viel los. Es ist zu früh, die Menschen schlafen ihren Rausch von letzter Nacht aus.

»Gut, dass du da bist! Du rettest mir echt den Arsch«, begrüßt mich mein Mitbewohner Rhys, der hinter dem Tresen steht und Tassen einräumt.

»Kein Problem, Mann. Wo soll ich anfangen?«

Rhys hat mich vor einer halben Stunde aus dem Bett geklingelt. Der Koch und Bäcker des Cafés hat sich spontan krankgemeldet, und es gibt weder Frühstück noch frische Muffins oder Kuchen. An einem Sonntag kommt das einer mittleren Katastrophe gleich. Also hat Rhys mich gebeten, einzuspringen. Ich fühle mich geehrt, dass er sofort an mich gedacht hat, weil es zeigt, dass er von meinen Fähigkeiten überzeugt ist. Das ist genau die Art von Zuspruch, die ich gebrauchen kann. Dass ich dabei noch ein bisschen Geld verdiene und durch die Arbeit in der Küche bis zum Nachmittag abgelenkt bin und keine Zeit für Nervosität oder Selbstzweifel habe, kommt mir auch sehr gelegen. Denn morgen beginne ich meine Ausbildung zum Koch in einem stinkfeinen Hotel. Das ist für mich ein riesiger Schritt, weil es bedeutet, dass ich meine Komfortzone hinter mir lasse und in eine mir bisher unbekannte Welt eintrete. Eine reichere Welt, die mit meinen Wurzeln wenig gemein hat. Wenn auch erst einmal nur als Lakai.

»Du musst dir keinen Stress machen. Im Kühlschrank sind noch ein Karottenkuchen und einige Cupcakes, mit denen wir hoffentlich eine Weile hinkommen.«

»Also, was brauchst du als Erstes?«, frage ich.

»Muffins. Schokolade und Blaubeere. Che hat außerdem das Rezept für seinen Erdbeer-Käsekuchen geschickt.« Rhys hält mir sein Handy hin. Das Display zeigt das etwas unscharfe Foto einer handschriftlichen Notiz.

»Den Käsekuchen kriege ich auch ohne Rezept hin. Wann fängt der Frühstücksstress an?«

»Stell dich darauf ein, dass ab neun Uhr Bestellungen eingehen. Wenn wir Glück haben, bleibt es noch etwas länger ruhig.«

Ich folge Rhys in die Küche. Während der Laden vorne in ein warmes Licht getaucht ist und mit Holzmöbeln, Zeitschriften, Büchern und gerahmten Bildern an der Wand eine gemütliche Atmosphäre ausstrahlt, ist hier hinten glänzender Edelstahl das vorherrschende Material. Ich fahre mit der Hand über die Arbeitsfläche. Sie ist angenehm kalt.

»Ich kenne mich hier nicht wirklich aus«, sagt Rhys. »Aber du solltest in den Schränken alles finden, was du brauchst.« Er öffnet alibimäßig ein paar Schranktüren und schließt sie wieder.

»Keine Sorge, ich komme klar.« Mit wenigen Blicken habe ich die Küche ausgelotet. Sie ist nicht sehr groß. Der Herd sieht aus, als hätte er schon bessere Zeiten gesehen, aber ihm gegenüber glänzt ein nagelneuer Ofen, der auf Brusthöhe in die Metallregale integriert ist. An der Stirnseite steht links vom Fenster ein überdimensionaler Kühlschrank. Die hüfthohen Regale daneben sind mit Lebensmitteln gefüllt.

»Noch mal danke, dass du so spontan einspringst. Ich weiß, dass du an deinem letzten freien Tag eigentlich Besseres zu tun hast.«

»Ach was, mach dir keinen Kopf. Ich freue mich über die Ablenkung.« Ich klopfe Rhys auf die Schulter. Er ist nicht nur mein Mitbewohner, sondern gleichzeitig mein bester – und einziger weißer – Freund. Ich würde ihn nie hängen lassen. »Und jetzt verschwinde, damit ich arbeiten kann.« Mit diesen Worten schiebe ich Rhys in Richtung Tür.

»Melde dich, wenn du Hilfe brauchst. Che sagt, er ist erreichbar.«

Als Rhys die Küche verlassen hat, atme ich einmal tief durch. Dann klatsche ich in die Hände und reibe sie voller Vorfreude aneinander. Ich öffne nacheinander alle Schränke und ziehe Rührschüsseln, Mixer, Messbecher und alles, was ich für die Muffins brauche, heraus. Als Nächstes widme ich mich den Lebensmitteln. Ich kenne Che, den Koch von *Mal's Café*, zwar kaum, aber ich hätte ihm nicht zugetraut, so ordentlich und organisiert in seiner Küche zu sein. Er wirkte auf mich immer wie ein ziemlicher Chaot. Glücklicherweise habe ich mich getäuscht und finde alle Zutaten sofort.

Als Erstes mache ich mich an den Teig für die Schokomuffins. Auf der Suche nach Zartbitterschokolade entdecke ich ein paar rote Chilis und mir kommt eine Idee. Ich weiß nicht, wie experimentierfreudig die Gäste in *Mal's Café* sind, aber vielleicht haben die ein oder anderen ja Lust, mal etwas Neues auszuprobieren.

Nachdem ich die Muffinbleche mit Papierförmchen ausgelegt habe, verteile ich den Teig gleichmäßig darin. Die eine Hälfte wird zu klassischen Schokomuffins, die andere Hälfte habe ich mit ein wenig Chili so verfeinert, dass das Ergebnis zwar nicht zu scharf ist, sich beim Essen aber trotzdem eine leichte Hitze im Mund entfaltet. Ich schiebe alles in den Ofen und stelle die Gradzahl und die Backzeit ein. In zwanzig Minuten sollten sie fertig sein.

Dann mache ich mich an die Blaubeermuffins. Es sind die Lieblingsmuffins meiner kleinen Schwester Jasmine. Für sie können es nie genug Blaubeeren im Teig sein. Allerdings ist die Gefahr dabei groß, dass die Beeren zu viel Flüssigkeit abgeben. Es ist eine Gratwanderung zwischen zu matschigen und zu trockenen Muffins, die ich glücklicherweise im Schlaf beherrsche. Denn auch ich bin der Meinung, dass man mit Blaubeeren nicht geizen darf.

Da der Ofen noch von den Schokomuffins belegt ist, beginne ich schon mal mit dem Erdbeer-Käsekuchen. Der Boden ist schnell aus Keksbröseln und zerlaufener Butter gemacht. In die Füllung rühre ich frisches Erdbeermousse.

»Malik«, ertönt Rhys' Stimme. Er hat seinen Kopf zur Tür reingesteckt. »Einen Frischkäse-Lachs-Bagel und ein Thunfisch-Sandwich, bitte.«

»Kommt sofort«, sage ich.

Der Ofen beginnt zu piepsen und ich schalte ihn aus. Die Muffins sehen toll aus, als ich sie herausnehme. Ich schiebe die vorbereiteten Blaubeermuffins hinein, programmiere den Ofen erneut – diesmal gebe ich dem Ganzen fünf Minuten länger – und mache mich an Rhys' Bestellung.

Ich arbeite wie im Flow. Jeder Handgriff hat einen Sinn. Das ist das Befriedigende am Kochen. Nichts passiert umsonst. Kein Handgriff ist verschwendet. Und am Ende macht man Leute nicht nur satt, sondern im besten Fall glücklich.

Während ich mit der einen Hand Pancakes brate und mit der anderen Hand Eier pochiere, ist auch die zweite Ladung Muffins fertig. Als Nächstes wandert der Käsekuchen in den Ofen.

Die Arbeit in der Küche hat beinahe etwas Meditatives für mich. Meine Hände sind so beschäftigt, dass mein Kopf nichts anderes tun kann, als ihnen Befehle zu geben, um dann ihren Bewegungen zu folgen. Mein Körper ist in völligem Einklang mit meiner Umgebung. Das Multitasking beim Kochen hat eine gewisse Ähnlichkeit mit einem Tanz. Doch statt eines Beats geben hier die gewohnten Handgriffe vor, was geschieht.

So vergeht Stunde um Stunde. Ich belege Bagels, brate Eier, toaste Brotscheiben, stampfe Avocado. Ich würze und schmecke ab, hacke, würfle, presse. Dazwischen schaffe ich in jeder freien Minute Platz, um dann von Neuem zu beginnen.

»Hey Malik«, ruft Rhys schließlich in die Küche hinein. »Es ist zwei Uhr. Ich habe die Frühstückskarten abgeräumt. Du kannst dich entspannen.«

Ich drehe mich um und recke meinen Daumen nach oben. Dann wische ich meine Hände an der ehemals weißen Schürze ab.

»Danke, Mann. Das kommt wie gerufen.«

Ich hatte ehrlich gesagt gar nicht wirklich gemerkt, wie anstrengend die letzten Stunden waren. Aber jetzt, da ich durchatme, spüre ich, dass ich erschöpft bin.

»Lass die Schürze hier und komm mit nach vorne. Ich mache dir einen Kaffee«, sagt Rhys.

Dankbar nicke ich. Koffein ist genau das, was ich jetzt brauche.

Als ich mir meine Hände und das Gesicht gewaschen habe, betrete ich den Laden. Drei der kleinen Tische sind besetzt. Alle haben zu essen. Meine Arbeit ist getan.

Als ich den Blick ein zweites Mal durch den Laden schweifen lasse, erkenne ich die beiden jungen Frauen an einem der Tische. In diesem Moment blickt eine der beiden auf und sieht mich.

»Malik«, ruft sie. »Schön, dich zu sehen!« Es ist Tamsin, Rhys' Freundin, die einen nicht unwesentlichen Teil dazu beigetragen hat, dass es ihm heute so gut geht. Seine Geschichte gehört zu den unglaublichsten, die ich je gehört habe. Er saß sechs Jahre lang im Gefängnis, und zwar unschuldig. Nach seiner Entlassung dauerte es einige Monate, bis er sich an die Welt gewöhnt hatte. Ich kann gut nachvollziehen, wie er sich gefühlt haben muss, denn auch ich habe eine Vergangenheit im Pearley Juvenile Prison. Allerdings ist meine einzige Entschuldigung jugendliche Dummheit und eine Hautfarbe, die bei gewissen Institutionen nicht ganz so hoch im Kurs steht. Aber im Gegensatz zu Rhys musste ich nicht meine gesamte Jugend hinter Gittern verbringen.

Tamsin kommt auf mich zu und umarmt mich. Ich muss mich hinunterbeugen, weil sie um einiges kleiner ist als ich. Besser gesagt: Ich bin um einiges größer als sie. Mit meiner Körpergröße von zwei Metern kommen mir fast alle Menschen klein vor.

»Setzt du dich zu uns?«, fragt sie.

Rhys drückt mir einen Becher mit heißem Kaffee in die Hand und ich folge Tamsin zu ihrem Tisch. Am Hinterkopf des Mädchens, das dort sitzt, erkenne ich, dass es sich um Tamsins Freundin Zelda handelt. Sie hat leuchtend pinke Haare und ist deswegen leicht auf Anhieb zu erkennen.

»Du erinnerst dich noch an Zelda?«, fragt Tamsin, und ihre Freundin wendet den Kopf. Was für eine Frage. Als könnte man Zelda je vergessen. Ich habe sie zwar erst einmal gesehen, aber schon bei unserem ersten Zusammentreffen sind mir ihre Unbefangenheit, ihre Quirligkeit und ihr seltsamer Humor aufgefallen. Sie ist witzig, aber auf eine sehr ungewöhnliche Art und Weise. Und sie ist wirklich niedlich mit ihren Sommersprossen und ihren leuchtenden, frechen Augen.

»Hi, Malik«, sagt sie. »Wie geht's?«

»Sehr gut. Und dir?«

»Ich bin schlecht gelaunt.«

»Frag besser nicht«, sagt Tamsin und lacht.

»Was ist los?«, will ich trotz der Warnung wissen.

»Ich hatte keinen Nachtisch«, sagt Zelda und schiebt in gespielter Traurigkeit die Unterlippe nach vorn. »Und ich fühle mich fremdbestimmt.«

»Das sind zwei ... äh ... gute Gründe für schlechte Laune. Wovon fühlst du dich denn fremdbestimmt?«, frage ich grinsend.

»Werbung, Determinismus, such dir etwas aus.« Sie verdreht übertrieben die Augen. »Aber dass ich keinen Nachtisch hatte, ist schlimmer.«

»Das können wir ändern«, sage ich. »Was darf es sein? Schoko-Chili-Muffin? Käsekuchen? Blaubeermuffins?«

»Kann ich alles haben?«, fragt sie. *»Garçon?«* Sie schnippt mit dem Finger in Rhys' Richtung. »Einmal alles mit Zucker, bitte.« An mich gewandt schiebt sie hinterher: »Vielleicht wird das ja doch noch mit mir und diesem Tag.«

Nach ein paar Minuten kommt Rhys mit Muffins und Käsekuchen. »Wer kriegt was?«, fragt er.

»Ich kriege alles«, sagt Zelda und zieht die Teller, die

Rhys einen nach dem anderen in die Mitte des Tisches stellt, vor sich.

»Beeindruckend«, sagt Rhys und nimmt sich einen Stuhl. Die anderen Gäste haben soeben gezahlt und sind im Aufbruch begriffen, sodass er erst einmal nichts zu tun hat.

Zelda beginnt, den Käsekuchen in sich hineinzuschaufeln. Ihr Gesichtsausdruck wird dabei immer fröhlicher.

»Mmmmh, das war genau das, was ich gebraucht habe. Kein Nachtisch! Das muss man sich mal vorstellen. Hast du das gebacken, Malik?«

»Damit habe ich meinen Morgen verbracht.«

»Che sollte öfter krank sein.«

»Sag das nicht«, schaltet sich Rhys ein, »ab morgen ist Malik nicht mehr verfügbar. Dann gibt es gar keinen Käsekuchen mehr, wenn Che krank ist.«

»Ich fange morgen meine Ausbildung zum Koch an«, erkläre ich – nicht ohne Stolz in meiner Stimme.

»Dann bin ich bei dir an der absolut richtigen Adresse«, sagt Zelda. Als sie meinen fragenden Blick sieht, erklärt sie: »Es geht um die großen Fragen des Lebens. Als Experte, was würdest du sagen: Ist Sorbet Nachtisch oder nicht?«

Ihre Frage verblüfft mich, so wie das meiste an ihr. Es scheint, als würde ihr Kopf unentwegt zwischen Gedanken hin und her springen. Ich frage mich, ob es anstrengend ist, so zu sein. Langweilig hat man es mit Zelda sicher nie. Das ist mir schon bei unserem ersten Treffen aufgefallen.

»Ich würde sagen, Sorbet ist ein fabelhafter Zwischengang für Menschen mit kleinem Magen«, sage ich.

»Ha! Ganz genau! Kannst du mir das schriftlich geben?«

Ihre Begeisterung wirkt echt, auch wenn ich nicht so ganz verstehe, warum sie meine Antwort so euphorisiert. Sie reicht mir ein abgerissenes Blockblatt und einen Kugelschreiber.

Ich, Malik Capela, bin der Ansicht, dass Sorbet ein Zwischengang ist, schreibe ich auf den Zettel. Ich unterschreibe und datiere den Zettel, falte ihn und reiche ihn an Zelda zurück. Sie liest, was ich geschrieben habe, und nickt zufrieden.

»Ich danke dir sehr, Malik Capela, Sorbet-Experte. Du hast mich sehr glücklich gemacht.« Bei diesen Worten beißt sie in den Schokomuffin und schließt kauend die Augen. »Das schmeckt einfach umwerfend.«

Ich grinse in mich hinein. Ihr Lob bestärkt mich nur noch einmal darin, dass ich mit der Ausbildung ab morgen den richtigen Weg einschlage.

Heartbeats -

Abbi Glines
UNTIL FRIDAY NIGHT – Maggie & West

ISBN 978-3-492-30919-6

Erin Watt
PAPER PRINCESS – Die Versuchung

ISBN 978-3-492-06071-4

Jamie McGuire
FROM HERE TO YOU

ISBN 978-3-492-23209-8

K. A. McKeagney
UNDERGROUND LOVE

ISBN 978-3-492-23567-9

ässt Herzen höher schlagen ...

Layla Hagen
DIAMONDS FOR LOVE – Voller Hingabe

ISBN 978-3-492-31161-8

Lauren Rowe
TRUE LOVERS – Captain Love

ISBN 978-3-492-06127-8

Jennifer L. Armentrout
DEADLY EVER AFTER

ISBN 978-3-492-31173-1

heart beats

WEITERE TITEL FINDET IHR UNTER
WWW.PIPER.DE/HEARTBEATS